きぐに

国境の長いトンネルを抜けると雪国であった。夜の底が白くなった。信号所に汽車が止まった。

穿过国境长长的隧道，就是雪国。夜的底色变白了。火车停在信号所旁边。

〔日〕川端康成
かわばたやすなり
著

陈德文 ⊙ 译

雪国

人民文学出版社

图书在版编目(CIP)数据

雪国 /(日)川端康成著;陈德文译. -- 北京:人民文学出版社,2025.
(川端康成作品精选). ISBN 978-7-02-019184-0

Ⅰ. I313.45

中国国家版本馆 CIP 数据核字第 202597B6M4 号

责任编辑　陈　旻
装帧设计　刘　静
责任印制　王重艺

出版发行　人民文学出版社
社　　址　北京市朝内大街 166 号
邮政编码　100705

印　　刷　侨友印刷(河北)有限公司
经　　销　全国新华书店等

字　　数　348 千字
开　　本　880 毫米×1220 毫米　1/32
印　　张　14.5　插页 3
印　　数　1—4000
版　　次　2025 年 7 月北京第 1 版
印　　次　2025 年 7 月第 1 次印刷

书　　号　978-7-02-019184-0
定　　价　49.00 元

如有印装质量问题,请与本社图书销售中心调换。电话:010-65233595

目 录

雪　国

一

　　穿过国境长长的隧道①，就是雪国。夜的底色变白了。火车停在信号所②旁边。

　　姑娘从斜对面的座席上站起身走过来，落下岛村面前的玻璃窗。冰雪的寒气灌入车厢。姑娘将上半身探出窗外，填满了整个窗户，似乎对着远方喊叫：

　　"站长——！站长——！"

　　一个手里拎着信号灯的汉子慢悠悠踏雪走来，他的围巾裹着鼻子，帽子的毛皮耷拉在耳朵上。

　　已经这么冷了吗？岛村向外一望，山脚下散散落落，点缀着铁路员工的木板房，寒颤颤的，雪色尚未到达那里，就被黑暗吞没了。

---

①　此处指上越线清水隧道，位于三国山脉上野国（今群马县）和越后国（今新潟县）国境线上，全长九千七百零二米。一九二二年八月开工，一九三一年九月完成。一九三四年作者两访越后汤泽，翌年开始写作《雪国》，一九三五至一九三七年分期连载。一九三七年由创元社发行初版，一九四八年该社出版《雪国》最终版。

②　信号所：车站间距过长时，为方便快车超越慢车，或单线时反向来车通过，安全起见，按规定凡先到列车进站前需为其他来车让道时，应暂时停靠于专用"待避线"躲避，并设信号指示，谓之信号所。上越线一九三一年全线开通后，至一九六七年复线完成之前，一直是单线运输。清水隧道出口附近信号所，于一九四一年一月，改设为土樽车站，多为四季登山者所利用。

3

"站长,是我,您好啊。"

"哦,这不是叶子姑娘吗,回来啦？天又冷起来喽！"

"听说我弟弟这次来这里工作,请您多多关照啊！"

"这地方眼看要变得冷清了。他年纪轻轻,怪可怜的。"

"他还是个孩子,站长,您可要多指点呀,拜托啦！"

"别担心,他干得很起劲。不久就要大忙起来了。去年雪很大,经常发生雪崩,火车开不动,村里人都忙着给旅客烧火做饭呢。"

"站长看样子穿得很厚实呀。可我弟弟在信上说,他还没有穿背心。"

"我都四件啦,年轻人一冷就拼命喝酒,横七竖八地躺在那儿,岂不知这会感冒的。"

站长朝着员工住房挥动一下手里的信号灯。

"我弟弟也喝酒吗？"

"不。"

"站长,您这就回家吗？"

"我受了伤,跑医院呢。"

"哎呀,真苦了您啦！"

和服外面穿着外套的站长,大冷天不想站在那里继续聊下去,他转过身子。

"好吧,多保重。"

"站长,我弟弟今天没来上班吗？"叶子两眼搜索着雪地。

"站长,请您好好照看我弟弟,谢谢啦！"

话声优美得近乎悲戚。高扬的嗓音自夜雪上空回荡四方。

火车开动了,她没有从窗外缩回身子。就这样,火车追上走在铁道边的站长。

"站长——！请转告我弟弟,下次放假一定回家一趟！"

"好的。"站长高声答应。

叶子关上窗户，两手捂着红扑扑的面颊。

这里是国境上的山区，准备了三台扫雪车。隧道南北拉上电力雪崩警报器，配备着五千人次扫雪夫和两千人次青年消防队员，随时应对突发事件。

看样子，铁道信号所不久将被大雪埋没，这位叶子姑娘的弟弟，打今年冬天起就开始在这里上班了。岛村知道了这些，对她更加感兴趣了。

然而，说是"姑娘"，只是凭着岛村这么看，和她一道来的那个男子是她什么人，岛村当然无从知道。两个人的举止虽说像夫妻，但那男子明显是个病人，同病人在一起，男女之间的界限就不那么分明，照料得越细心，看上去就越像夫妇。实际上，一个女人照顾一个比自己年龄大的男子，那一副年轻母亲的情怀，在别人眼里就像夫妻。

岛村只孤立地注意她一个人，看那姿态，他执意认定她是个姑娘。不过，他始终盯着窗玻璃这种奇妙的观察方式，也许平添了他本人过多的感伤之情。

约莫三个小时之前，岛村百无聊赖之余，不住晃动左手的食指，仔细观看，他想借助这根手指，清晰地回忆起将要会见的那个女人。然而，越是急于回想，越是不可捉摸，朦胧之中只是觉得这根指头至今依然濡染着女人的肤香，把自己引向远方那个女子的身边。他一边奇妙地遐想，一边把手指伸到鼻子底下嗅着，一不留神，指头在窗玻璃上画了一条线，那里清楚地浮现出女人的一只眼睛。他几乎惊叫起来了。但是，那只是一心想着远方的缘故，定睛一看，没有什么可奇怪的，映出的是对过座席上的那个女人。外面的天色黑下来了，车厢里亮起了灯。于是，窗玻璃变成一面镜子。不过，由于通了暖气，玻璃上布满水蒸气，不用手指指拭，是不会成为镜子的。

姑娘的一只眼睛，反而显得异样美丽。岛村将脸凑近车窗，蓦然装出一副观看黄昏暮景而泛起满脸乡愁的神情，用手掌指拭着玻璃。

姑娘微微俯着前胸，一心一意看着躺在面前的男子。她的肩膀显得有些吃力，稍稍冷峻的眼睛一眨也不眨，由此可知她是多么认真。男人枕着车窗，两腿蜷在姑娘的身旁，翘着脚尖。这是三等车厢。他们不是岛村相邻的一排座席，而是坐在前排对面的座席上。因此，横卧的男子，只是在玻璃上映出到耳根的半个面孔来。

姑娘和岛村正好相互斜对面坐着，因此他看得很清楚。他们上车时，岛村被姑娘那副冷艳姣美的面容惊呆了。当他低下眉头的一刹那，一眼看到姑娘的手被那男子青黄的手紧紧攥住，再也不愿意向那边转头了。

镜中的男子，一心一意望着姑娘的胸际，浮现出一副安详而平静的神色。他那久病的身体虽然很衰弱，却显出一种甜美的调和。他枕着围巾，再从鼻子下面将嘴巴盖严，然后再向上包紧面颊。一会儿滑落下来，一会儿缠到鼻子上。男人眼睛将动未动之际，姑娘便轻轻地为他重新围好。两个人若无其事地重复同一个动作，连岛村都看得心烦意乱。还有，男人包在腿上的外套，下裾不时张开，垂挂下来，姑娘也会立即发现，随时给他裹紧。这一切都显得十分自然。看那情形，他们像是忘记了里程，仿佛要去很远很远的地方。因而，岛村眼里所见没有悲伤的愁苦，而像是眺望一种梦中之景。这也许都是来自这面奇妙的镜子吧。

镜子深处漂流着暮景，就是说映射的物体和镜子如电影里的叠影一般相互运动。登场人物和背景毫无关系。并且，透明缥缈的人物影像，和朦胧流泻的夕晖晚景，两相融和，共同描摹出一个超脱现实的象征的世界。尤其是，当姑娘的面孔中央燃亮山野灯火的时候，岛村的心胸，为这难以形容的美丽震颤不已。

遥远的山巅上空，微微闪射着夕阳的余晖。透过车窗所见到的风景，虽然直至远方还保持着轮廓，但已经失去了光彩。不管走到哪里，平凡山野的姿影越发平凡。正因为没有什么特别引人注意的地方,反而涌动着一股浩大的感情的洪流。不用说这是因为有一张少女的面孔浮现在其中。映射在窗镜上的姑娘的脸庞周围,因为不断流动着暮景,姑娘的脸就显得透明起来。不过是否真的透明,由于从脸庞后面流泻的暮景总误以为是从脸庞前面通过的,定睛一看,则变得难以捕捉。

车厢里不太明亮,没有真正的镜子那种效果。几乎没有什么反射。所以,岛村在看得入迷的时候,渐渐忘记了镜子的存在,只觉得一位少女漂浮在流动的暮景之中。

这个时候,她的脸的中央燃亮了灯火,镜子里的映像不足以遮蔽窗外的灯火,那灯火也不能抹消映像。于是,灯火就从女人的脸中央流了过去。但是没有给她的面孔增加光艳。这是远方的冷光,只是照亮了那纤巧的眼眸四周。就是说,当姑娘的眼睛和灯火重叠的瞬间,她的眼睛宛若漂荡在夕暮波涛间的妖艳的夜光虫。

叶子当然不会想到有人这样盯着她看,她一心扑在病人身上,即便向岛村那里回一下头,也不可能望到映在窗玻璃里自己的影像,更不会留意那个眺望窗外的男人。

岛村长久偷看叶子,他忘记了这样做对她是一种不礼貌的行为。他也许被夕暮镜子里非现实的力量征服了。

所以,她呼叫站长时有点过于认真的样子,也被岛村看在眼里。抑或此时,他也是好奇心占了上风,很想听听那姑娘的故事。

列车经过信号所时,窗户上只是一片昏暗,对面风景的流动一旦消隐,也就失去镜子的魅力。叶子美丽的容颜虽然还在映现着,尽管她的动作多么体贴入微,但是岛村却发现她内心里存在一种清澄的冷寂。他不想再揩拭窗玻璃上的水汽了。

然而,半小时之后,没想到叶子他们和岛村在同一个车站下车了。他想,说不定还会发生什么和自己相关的事情,因而回头看了看。一接触站台上的严寒,他就深悔自己在车上的非礼行为,头也不回地打机车前边绕了过去。

男子攀住叶子的肩膀,打算穿过线路,这时,站台人员从这边一扬手制止住了。

不久,黑暗里驶来一列长长的货车,遮住了他们两人的身影。

二

旅馆接客的伙计,煞有介事地一身防雪服装扮,好像火灾现场上的消防队员。包着耳朵,套着长筒皮靴。候车室站着一个女子,身披蓝色斗篷,戴上风帽,透过窗户望着线路方向。

待在车厢里时的热气尚未消散,岛村还没有感受外头真正的寒冷,但因为是初次体验雪国的冬天,他被当地人的这身打扮首先吓了一跳。

"难道真的这么冷吗?"

"可不,已经完全是过冬的准备啦,晴雪的前一个晚上尤其冷。今夜要到零度以下呢。"

"现在就是零度以下了吧?"岛村注视着房檐下可爱的冰柱,和伙计一同登上汽车。雪色把家家户户本来就很低矮的屋脊,压抑得更加矮小,整个村子似乎都沉到了雪底下。

"果然是,摸到哪里哪里都是冰冷冰冷的啊!"

"去年最冷是零下二十度。"

"雪呢?"

"雪呀,一般七八尺,多的时候超过一丈二三尺哩!①"

"你说是以后吧?"

---

① 与越后汤泽同属南鱼沼郡的越后盐泽人铃木牧之《北越雪谱》:"凡日本国中,古往今来,人们皆以越后为第一深雪之地也;然于越后,雪深达一二丈者,当数我鱼沼郡也。"

"是以后呀。这场雪是前个时期下的,只有尺把厚,大部分都化了。"

"还会融化啊?"

"还不知道何时会下上一场大雪呢。"

时令是十二月初。

岛村患感冒鼻子一直堵塞,这时一下子通到脑门心子,仿佛洗净了一切脏污,鼻水不住滴滴答答流下来。

"师傅家的那个姑娘还在吗?"

"嗳,还在还在。刚才您下车时没有看见她吗?她披着深蓝色的斗篷。"

"那就是她呀?——回头能叫她来吗?"

"今晚上?"

"今晚上。"

"听说今天师傅的儿子坐末班车回来,她去迎接了。"

那位黄昏暮景的镜子映射的叶子所精心护理的病人,就是岛村前来会见的女人家中的少爷。

知道这一点,岛村自己的心里豁然亮堂起来了。围绕这层关系,他也不觉得有什么奇怪了。他反而对这个不觉得奇怪的自己而感到奇怪起来。

那个凭指头记忆的女子和眼睛里点亮灯火的女子之间,究竟会有些什么关系?又将会发生些什么事情呢?岛村不知为何,他心里似乎感觉到了什么。也许还没有从夕暮的镜子里清醒过来吧,那黄昏暮景的流动,莫非就是时间流逝的象征吗?他忽然犯起了嘀咕。

滑雪季节之前的温泉旅馆客人最少,岛村在馆内浴场①洗完澡,

① 馆内浴场:原文为"内湯"(uchiyu),温泉旅馆馆内浴场,同建筑物外庭园浴池"外湯"(sotoyu)相对应。

已经夜深人静了。他在古旧的走廊上每跨一步,玻璃窗就微微震动一下。尽头长长的柜台拐角处,一位女子长裙拖曳,亭亭玉立于寒光闪亮的黝黑的地板上。

她到底还是做艺妓了?他看到那身裙裾,猛然一怔。然而,她既没有迈步走过来,也没有做出任何迎迓的姿态。她只是站着一动不动,岛村远远看见她那肃穆的神色,急急走了过去,他站在女人身边沉默不语。涂满浓浓白粉的女子欲破颜为笑,反而显得一脸悲戚,一句话没说,两人一同向房间那边走去。

有过那段情,既不写信,也不来见面,更没有按约定寄来舞蹈造型的书什么的。这在女人看来,还不是回头一笑,就把自己给忘了?所以,照理说,岛村应当主动道歉,或者说明缘由才是。两人虽说谁也不瞧谁一眼,但凭感觉,岛村知道,她不但不怪罪自己,反而满心思念着自己。当他明白了这些之后,就越发感到,不管自己如何解释,那些话就越显得自己不是个真诚的人。他被女人身上涌现出来的甜美的喜悦包容了,两人一起来到楼梯口。

"它对你记得最清楚。"他左手握着拳头,伸出食指,突然杵到女人眼前。

"是吗?"女子攥着他的手指,紧紧不放,手挽手登上楼梯。

走到被炉前,她松开手,脸孔一下子红到了耳根。她想遮掩过去,又慌忙拉住岛村的手:

"它还记得我?"

"不是右手,是这只。"他从女人的手掌里缩回右手,伸进被炉,又将左拳头给她看。她若无其事地说:

"嗯,我知道。"

她含着微笑扳开岛村的手掌,把脸贴了上去。

"它还记得我?"

"哦,好冷啊,这么冰凉的头发还是第一次接触呢。"

"东京还没下雪吗？"

"你那时候说的话，看来是骗我的。要不然，谁会在这年关跑到这个寒冷的地方来呢？"

三

"那时候"——指的是过了雪崩危险期，进入新绿满眼的登山季节的那段时间。

不久，木通①新芽也要从饭桌上消失了。

游手好闲的岛村自然地对自己失去了真诚，他想借山野唤回真诚，于是一个人就到山间散心来了。那天晚上，他在国境的群山游荡七天之后，下山来到温泉场，吩咐召一位艺妓陪夜。那天举行修路工程竣工典礼，十分热闹，连村里的蚕房兼剧场都临时当作宴会厅了。十二三个艺妓，本来就人手不足，哪里还能临时叫得到？听说师傅家的姑娘也到宴会上帮忙了，跳上两三轮舞就回来，要不就叫她来也行。岛村又仔细问了一遍，一位侍女大致讲了下面的情景：三味线和舞蹈师傅家的姑娘虽说不是艺妓，可大宴会也时常请去，这里没有年轻的雏妓②，许多人年龄大了，不愿意出去跳舞，所以姑娘就显得特别宝贝。她倒很少单独去旅馆应客，但也不是个纯粹的素身子。

侍女的话听起来有些怪，岛村没放在心里。过了一小时光景，女子在侍女的带领下竟然来了，岛村一惊，立即端坐着。侍女正要离

①　木通：又名山通草、野木瓜，生于山野的蔓生植物。春季发新叶，开淡紫色花；秋季结椭圆形果实，熟后裂开有芳香。蔓茎用于编筐篮，果实入药，新芽食用。

②　雏妓：原文为"半玉"（han'gyoku），指只领半额"玉代"（月薪）尚未出师的艺妓。出师的艺妓称为"一本"（ippon）。下文的"陪酒女"（原文为"お酌"），亦同"半玉"。

开,女子拽住她的衣袖,又叫她坐下来。

　　女子给他的印象是出奇地清洁,看来就连脚趾丫里也很干净。岛村甚至怀疑是不是因为自己的双眼看了太多山里的初夏,才有如此联想。

　　她虽然有几分艺妓的装扮,但裙裾自然不会拖在地上,里面也规规矩矩穿着一件柔软的单衫。高价的腰带似乎有些不合身份,但看上去反而使人顿生怜悯。

　　先是谈了一些山中见闻,侍女出去了。村子周围可以看到的这些山峰,女子大都叫不出名字,岛村也无心再喝酒了。女子便出于意外地直接对他说,她就生在这个雪国,到东京做陪酒女期间,被人赎出,打算将来做个舞蹈师。哪知一年半后,那位恩人就死了。打从那人死后到今天为止,那也许才是她的真实的身世,可她也不急于全部抖落出来。她说自己十九了,要是真的,那么十九岁的她,看起来像是二十一二岁的人了。岛村开始找到了轻松自在的话题,便谈起歌舞伎来。对于俳优的艺风和信息,女子比岛村更精通。也许渴望着这样一位可以倾诉衷肠的人,她一个劲儿说着,不由露出花街女子的根性来。她似乎很熟悉男人的心思,但尽管如此,岛村一开始就把她当作淑女看待。一个星期没有开口和人说话了,他心里充满了对于人世的思恋和温情。岛村首先从女子身上感受到一种类似友谊的东西。甚至山野的感伤也牵连到女子身上来了。

　　翌日午后,女子将入浴用具放在廊下,顺便到岛村屋里来玩。

　　她身子尚未坐稳,他就突然说想叫她帮着请个艺妓来。

　　"帮忙请人?"

　　"你明白的。"

　　"这怎么行? 我到这里来,做梦都没想到,您会叫我干这种事情。"女子嗔怒地转身走到窗前,眺望国境的群山,面颊泛起红晕。

　　"这里没有那种人啊。"

"撒谎!"

"是真的。"她又猝然转过身来,坐到窗台上。

"绝对不可勉强人家的。艺妓都是自由身,旅馆一概不做这种事。不信,您随便找个人问问就知道了。"

"我想托你帮帮忙。"

"为何非要托我干这种事情呀?"

"我把你当朋友啊!既然是朋友,怎么好意思跟你调情呢?"

"这就叫朋友啊?"女子被他的话激得像个小孩子似的。接着,她甩出这么一句:

"您真了不起,这种事儿也能托我。"

"这又算什么呢?我在山上养好了身体,可头脑还是不清晰,即便和你也没法说知心话儿。"

女子低眉沉默不语。这样一来,岛村也显现出一个男人的厚颜无耻,不过她对这些早已习以为常,十分通达地理解了对方的意思。岛村凝望着她,也许眉毛太浓密了,她低俯的眼睛显得那般温婉而娇媚。女人的脸庞左右稍稍摇动着,又染上薄薄的红晕。

"您找个可意的吧。"

"这事得问问你呀。我初来乍到,怎么知道谁长得漂亮?"

"要找漂亮的?"

"年轻就行。年纪轻轻,就不会出大差错。只要嘴不狂、不唠叨个没完就好。傻乎乎的也不要紧,要干净些的。闲聊时我可以叫你来嘛。"

"我才不来呢。"

"别瞎说!"

"哼,就不来,还来干什么呀?"

"我想和你清清爽爽地交往下去,所以才不打你的主意啊!"

"真会说!"

"要是有了那种事儿,明天就不愿意再见到你,说起话来也不自在了。我从山上来到村子里,好不容易有个亲近的人,所以我不想作践你。不过,我到底是个出门在外的人啊!"

"嗯,这倒也是。"

"不是吗,从你来说吧,假如我找的是你讨厌的女人,以后见到了,也会恶心的。要是你替我挑,那就好多啦。"

"那谁晓得?"她冲了他一句,又蓦然转过脸去,"说的也是。"

"要是咱俩热络了,就糟啦。那多难为情,也不能长久相处了。"

"是啊,大家都这样。我生在港镇,这里是个温泉场哩。"想不到女子说得很直率,"客人大都是来旅行的,我虽说还是个孩子,可也听好多人说过,他虽然喜欢你但当面不肯说,这种人才叫人时时想着他,永远不忘记。分别后也一样。对方一旦想起你,给你写信来的,一般都是这一类人。"

女子离开窗户,这回轻柔地坐到窗下的榻榻米上了。看她脸色,似乎想起遥远的往日,急急滑向了岛村身旁。

女人的声音满含真情,这倒使得岛村感到内疚,想到不该轻易欺骗了她。

但是,他没有说谎。女人本来是个淑女,他虽然想找女人,但也不必对她有所欲求,就能问心无愧地得手。她太清纯了!从见到她第一面起,他就将她另眼相加。

况且,那时他还没有选定夏天的避暑地点,他打算带家属到这个温泉场来。这样一来,这女子幸好是个淑女,就可以陪伴妻子游玩,教妻子学习跳舞,消烦解闷儿。他确实这么想过。他虽然对女子产生一种情谊,但还是相应地渡过了这一关。

不用说,在这里也有一面岛村窥看黄昏暮景的镜子。他不仅不愿意和这种身份暧昧的女子藕断丝连,而且他认为,这也和夕暮火车车窗上映射的女子面颜一样,不过是一种虚幻的影像罢了。

他对西洋舞蹈的兴趣也是如此。岛村出生于东京下町①,幼小时就迷恋歌舞伎和戏剧,学生时代偏爱流行舞和歌舞。他富有钻研精神,不达目的决不罢休。他涉猎古代记述,遍访流派宗祖,不久,又结交日本舞新人,写作研究和批评的文章。这样一来,无论在日本舞沉滞时期或者自以为是的新的探索之中,他都有一种切实的不满足感。于是,他打定主意,决心投身于实际运动之中。但当他受到日本舞蹈青年演员招请时,又猝然换马,转向西洋舞蹈了。日本舞蹈完全不看,而开始搜集西洋舞蹈的书籍和照片,甚至不辞劳苦从国外将宣传画和节目单之类弄到手。他绝非仅仅出于对异国和未知世界的一颗好奇心,他由此重新获得的喜悦,在于目无所见的西洋舞蹈。岛村根本不看任何日本人跳的西洋舞蹈。借助西洋印刷品写写谈论西洋舞蹈的文章,没有比这更轻而易举的事了。未曾一见的舞蹈是另一个世界的故事,只能是纸上谈兵、天国之诗。名为研究,实际是凭空想象,不是欣赏舞蹈家鲜活肉体跳跃的艺术,而是欣赏西洋语言和照片所浮现出的本人空想跳跃的幻影。这是一种捕风捉影的情恋。况且,他写一些介绍西洋舞蹈的文字,好歹也算个文人。他有时借此解嘲,以抚慰自己随处漂泊的心灵。

他的这些有关日本舞蹈的话题,使得女子对他更加亲近起来。可以说这些知识相隔多年之后又在现实中发挥了作用。然而,这或许因为岛村不知不觉将这女子当成西洋舞蹈对待了。

所以,当他觉得自己含有淡淡旅愁的话语,触及到她生活中的隐痛时,他觉得欺骗了这个女子,心里十分后悔。

"这样的话,下回我带家属一道来,你们可以好好玩玩了。"

"嗳,这个我知道了。"女子放低声音,微笑着说,随后带着几分

---

① 下町:东京平民百姓聚居的商业闹市,如下谷、浅草、神田、日本桥、京桥等地。与此相对的山手区,则是富裕阶层的居住地区。

艺妓的神色调笑道：

"我也很喜欢那样，味淡而情长嘛。"

"所以请你代我叫一个呀。"

"现在？"

"嗯。"

"您真行，大白天亏您开得了口！"

"我不要被人拣剩的。"

"瞧您说的，您当这里是捞钱的温泉场呀？那是打错了算盘。您看看村里的样子还不清楚吗？"女人带着一副意外认真的口气，再三强调这里没有那样的女人。岛村一怀疑，女子就一本正经起来，且退让一步说：至于要怎么做，这得由艺妓自己决定，不过，要是不给主家打招呼就外宿，那是艺妓自己的责任，出了事主家①是不管的。要是跟主家打了招呼，那就是主家的责任，不论有什么事都会担待到底。就这一点不同。

"责任是指的什么？"

"比如搞出了孩子，或者弄坏了身子什么的。"

岛村对于自己这个颇为傻气的问题苦笑了一下，心想，这个山村说不定会有这种满不在乎的事情。

游手好闲的他自然有心要找到一种保护色，他对各地的社会民风抱有本能的敏感，从山上下来，就能从这座村子朴素的景象之中获取安闲和舒适。听旅馆人说，这里是雪国生活最舒心的村庄之一。直到前几年铁路未开通之前，这座村子就是农家百姓的温泉疗养地。有艺妓的家庭，挂着餐馆或小豆汤店的褪色的门帘，看到那煤烟熏黑的旧式格子门，人们就怀疑，这里会有客人登门吗？在所谓日用杂货店和茶食店里，只雇有一名艺妓，主人除了店里生意之外，还到农田

---

①　主家：原文为"抱え主"（kakaenushi），管理艺妓的主家。

里干活。看来她是师傅家的姑娘，没有营业执照①，偶尔去宴会上帮帮忙。这样做也不会使其他艺妓说闲话。

"一共多少人？"

"您说艺妓？十二三个人吧。"

"什么样的人好呢？"岛村站起来去按门铃。

"我回去啦？"

"你不能回去！"

"我不愿意。"女子屈辱地摇摇头，"我要回去。放心吧，我不在乎。我还会来的。"

可是一看到侍女，她便若无其事地重新坐正身子。侍女问她想找哪一个，问了几次，她都不肯提名字。

不一会儿，一个十七八岁的艺妓进来了，岛村一眼瞅到她，下山来村里寻欢的热情顿时凉了。她一双黝黑的膀子，瘦骨嶙峋，看样子带着几分稚气，人也还好，所以他极力不显露出一副扫兴的神情，向艺妓那边瞧过去。实际上，他的眼睛是被她身后新绿的群山迷醉了。他也不想再说什么，总之，这是一个山里的艺妓。看见岛村闷声不响，那女子颇为识相地默默站了起来。这时，场面更加尴尬，这样，僵持了一个多小时，岛村心里琢磨，如何用个巧妙的办法才能将艺妓打发回去。忽然他想到来过一张电汇单，就借口要马上跑一趟邮局，伴着艺妓一同离开屋子。

岛村走到旅馆门口，抬眼看到新绿飘香的后山，心向往之，撒野似的奔山上跑去。

也许感到有些蹊跷吧，他一个人大笑不止。

---

①　营业执照：原文为"鑑札"（kansatsu），即"营业许可证"或"执照"之意。按当时规则，作为艺妓必须向警察署及时领取"鉴札"，凡持有"鉴札"的艺妓，不许随便带往他处，违者处罪。

他太累了,又忽然回转身子,撩起浴衣,猝然向山下奔跑。脚底下腾起两只黄蝴蝶。

蝴蝶联翩飞舞,不久飞过国境的山峰,随着黄色渐渐变白,蝴蝶也越飞越远了。

"怎么啦?"

女子站在杉树荫里。

"您笑得挺开心啊!"

"打发走啦!"岛村又止不住大笑起来。

"走啦!"

"是吗?"

女子飘然转过身子,向杉树林里走去。他默默跟在后头。

这里是神社,布满苔藓的一对石兽①旁,有一块平滑的岩石,女子在上面坐下来。

"这里最凉快,盛夏时节也有冷风吹来呢。"

"这地方的艺妓都是那副模样吗?"

"大体都差不多。中年里头倒有长得挺漂亮的。"她低着眉淡淡地回答。她的脖颈上印着一小团儿杉树的清荫。

岛村仰望着树梢。

"算啦,体力全耗尽啦,真好笑啊!"

这棵杉树很高,只有将两手向后支在岩石上,挺起胸脯才能望见梢顶。树干笔直而立,浓密的树叶遮蔽着天空,寂然无声。岛村背靠着的是其中一棵最古老的树干,不知为什么,北面一侧的树枝,到顶端全部干枯,一排光秃的丫杈如尖桩倒刺进老干内部,犹如凶神的

---

① 石兽:原文为"狛犬"(komainu),神社等社殿门前两侧伏魔降妖、以示威严的狮子狗,据说是古代由高丽传入。一只开口欲呼"阿"(开始说话);另一只闭口欲呼"吽"(hōng,禁止出声)。原为牛闭口而发出的声音。用于咒文,则闭口不语之意。

刀剑。

"我打错了主意。下山来初次见到你,还以为这里的艺妓都很标致呢。"他笑了,本来他想,七天里在山间养精蓄锐,从而可以顺利地宣泄一番了。岛村到现在才明白,此种感觉,实际上也是因为初遇这位清纯无垢女子的缘故。

女子凝神眺望远方夕阳下光闪闪的河水,她有点寂寞难耐。

"啊,差点儿忘记了。这是您的香烟。"女子极力表现出一副轻松的样子,"刚才到您房间,看到您不在,不知出了什么事。您一个人拼命向山上跑,我是从窗户里看见的,好生奇怪。您忘记带香烟,我给您拿来了。"

她从袖袋里掏出香烟,给他点了火。

"真对不住那孩子啊!"

"没事儿,叫她什么时候走,还不是全凭客人一句话。"

布满石子的河流发出圆润、甜美的响声。透过杉树可以窥见对面山间襞褶的阴影。

"找不到一个和你相当的女子,以后见到你会后悔的。"

"我才不管呢,您倒是挺逞强的啊!"女子嘲讽似的说。和叫艺妓前大不相同,他们两个之间已经有了一种别样的感情。

一开始就想寻求这样的女子,又偏偏围着她远远绕圈子,当岛村彻底明白过来之后,他对自己甚感厌恶。同时,他发现这个女子异常美丽。女子站在杉树荫里呼唤着他,那窈窕的倩影使他浑身感到爽适。

细长而稍高的鼻梁虽显一般,但下面小巧而紧凑的嘴唇,宛如时伸时缩的水蛭漂亮的环节,细嫩、柔软,沉默时仿佛也在不停蠕动。要是有了皱纹或颜色失当,就会给人不洁的感觉,但并非如此,而是显得滑润而晶莹。眼梢既不上挑,也不下垂,着意描成横直的眼睛似乎有些不大自然,却恰到好处地包裹在一双浓密而微微低俯的眉毛下边。丰腴的桃圆脸轮廓平凡,但皮肤犹如细白瓷上略施薄红,颈项也不显得肥满。因而,她是个美人,更是个洁女!

作为一个有过陪酒经历的女子,她的胸脯微微前挺。

"瞧,不觉间飞来这么多蚊子。"女子抖了抖裙裾,站起身来。

静谧之中,两个人面孔上都显现出百无聊赖的神情。

大约夜间十点钟,女子在廊下大声呼叫岛村的名字,她一头闯进他的房间,立即倒在桌子上。她喝醉了,双手在桌面上乱抓一气,大口大口地喝水。

听说今冬在滑雪场结识的一帮老相识,越过山岭来和她相会,他们把她请到旅馆,招来艺妓大大热闹了一场。她被灌醉了。

她头脑昏昏沉沉,一个人滔滔不绝地说着,接着又添一句:

"这不好,我得回去。他们不知出了什么事,会到处找我的。"她踉跄地走出屋门。

约略一小时后,长长的走廊又响起了杂沓的脚步声。她东倒西歪地走进来,高声喊道:

"岛村先生——! 岛村先生——!"

"咦,不在吗? 岛村先生——!"

这纯粹是一个女子呼喊自己的心上人的声音。岛村大吃一惊。这尖厉的嗓音响彻整个旅馆,他迷惑不解地正要出去,女子一把戳破格子门,抓住门框,"咕噜"一声向岛村身上倒过来。

"唔,在屋里呀!"

女子小鸟依人,紧靠在他身上。

"我没有醉! 嗯,谁醉啦? 我好难受,好难受啊! 可脑袋很清醒。啊,真渴。那种混合威士忌不行,一喝就卜头,脑袋疼。那些人买的净是劣质酒,我哪里知道?"说着,她用手不住揉搓着脸孔。

外面骤然响起雨声。

女子稍稍放松膀子,一骨碌倒下了。他搂住她的脖子,女子的发髻几乎被他的面颊压得散开来。他顺势把手探入她怀中。

女子没有答应他的要求,两只膀子像锁紧的门闩一样,紧紧压在他想要的东西上。她玉山倾倒,已经力不从心了。

"什么呀,这个玩意儿,是什么呀? 畜生,畜生! 我累了啊! 这玩意儿。"说罢,她猛地咬住自己的胳膊肘儿。

他连忙将她拉开,胳膊上留下了深深的牙印。

这时,她已经任他摆布了,开始胡乱地写起字来。她说她要写几个喜欢的人的名字给他看,接连写了二三十个影剧明星的名字,然后又写了无数个岛村的姓名。

岛村掌心里那团难以到手的温软而肥腴的东西渐渐发热了。

"啊,好啦,这下子放心啦!"他亲切地说,他有了一种母性的感觉。

女子又急剧痛苦起来,她挣扎着想站起身子,又一头栽到房间对面的一角里。

"不行,不行,我得回去,回去!"

"你怎么走? 这么大的雨。"

"赤脚也要回去! 爬也要爬回去!"

"太危险啦,要走也得我送你。"

旅馆在山丘上,有一段陡坡。

"松开衣带,躺一会儿,醒醒酒。"

"那怎么行,就这样,习惯啦。"女子坐正姿势,挺起胸。然而,她很憋闷,打开窗户想吐又吐不出来。她扭动身子,想一下子躺倒,但还是咬着牙坚忍住了。这样持续了好长时间,她时时强打精神,反复说"要回去,要回去",不知不觉过了凌晨两点钟。

"您睡吧,我叫您睡嘛!"

"那你呢?"

"我就这样,醒醒酒就回去。趁着天未亮回去。"她膝行过去,拉住岛村。

"别管我,睡下吧。"

岛村钻进被窝,女子趴在桌子上喝水。

"起来,听见了? 叫您快起来。"

"你想叫我干什么?"

"您还是躺下吧。"

"你都说些什么呀?"岛村站起来。

他一把将女子拽过去。

女子不住转头,左右躲闪,突然她急剧地伸出嘴唇。

然而,其后她又像病中说胡话一样,倾诉满心的苦楚。

"不行,不行,您不是说好了要做朋友的吗?"这句话她不知重复了多少遍。

岛村被她那真诚的声音打动了。他皱起眉头,紧绷着脸,拼命控制自己。这种强烈的压抑使他兴味索然,他想信守和女子的约定。

"我还有什么可惜的呢? 我决不是可惜我自己。不过,我不是那种女人,我不是那种女人啊! 您自己不是说过吗? 这样就不能长久了。"

她醉意蒙眬,浑身酥软。

"这可不怪我呀,都是您不好。您输啦,都怪您,不怪我呀。"她虽然说得过于直露,但依旧抑制满心喜悦,咬住袖子不放。

好一阵子,她显得有些失魂落魄,安静了下来。忽然,她尖厉地叫道:

"您在笑我,对吗? 您在嘲笑我呀!"

"我没有笑你。"

"您心里在笑我! 现在不笑,以后肯定还会笑我的!"女子俯伏着身体抽噎起来。

随后,她又立即止住哭,紧紧依偎着他,温婉而亲密地详细谈起自己的身世。醉态里的那种痛苦仿佛一扫而光,对刚才的一切绝口不提了。

"真是的,只顾着说话,什么都不知道啦。"这回,她倒"扑哧"笑了。

她说趁着天还没亮必须赶回去。

"夜还很黑,这里的人都起得很早啊。"她几次站起来,打开窗户朝外看看。

"还看不见人影呢。今早下雨,没人下田吧?"

可是,雨夜里,等到对面山峦和山坡上的房屋依稀可见时,女子依旧不舍得离开,但还是赶在旅馆的人起床之前,整了整头发,又怕岛村送她到大门口会被别人看到。于是慌慌张张逃也似的独自跑了出去。岛村当天也回东京了。

四

"你那时候说的话,看来是骗我的。要不然,谁会在年关跑到这个寒冷的地方来? 那以后我也没有嘲笑过你呀。"

女子蓦地抬起脸,贴在岛村掌心的眼皮至鼻子两侧,一片绯红,透过浓厚的白粉显露出来了。这颜色使人联想到雪国之夜的寒冷,但由于那一头乌黑的秀发,同时也感到无上的温馨。

她的脸上漂浮着炫目的微笑。这期间,她是想起"那时候"来了,似乎是岛村的一句话渐渐浸染了她的身子。女子蓦然垂下头,露出后颈,一直可以窥见殷红的脊背,仿佛剥离出一个鲜润而充满爱欲的裸体,在头发的映衬之下,更加相得益彰了。额头上的刘海儿细而不密,但根部粗壮,像男人的头发,没有一丝茸毛,宛若黝黑而厚重的矿石,光耀动人。

他手里第一次接触如此异常冰冷的头发,吓了一跳,他以为这并非寒冷的缘故,而是这种头发本身就是如此。岛村重新审视着,女子已经在被炉上面掐指计算开了。她算个没完没了。

"算什么来着?"他问道,她依然默默扳着指头。

"五月二十三日是吧。"

"是吗,是在数日子。七八两个月可都是大月啊!"

"嗯,第一百九十九天。正好是一百九十九天呢!"

"真亏你还记得五月二十三这天。"

"看日记就立即明白啦。"

"日记?你每天记日记吗?"

"嗯。看旧日记很有趣。一个不漏全都写在上头了。自己读也觉得不好意思呢。"

"从什么时候?"

"到东京做陪酒女前不久。那时候手头紧,自己买不起日记本,就花上两三文钱买个杂记本,用直尺打上细格子,看样子铅笔削得很尖,所以线画得很整齐。于是,从上至下布满了密密麻麻蝇头小字。等到自己有钱买了,就不行了,用起来大手大脚的。练字本来是用的旧报纸,后来就直接在一卷卷信纸上练起来了。"

"你一直坚持记日记吗?"

"嗯,十六岁和今年最有意思。经常从酒宴上回来,换上睡衣就写日记。回来时已经很迟,写着写着就睡着了,即使现在看看,也能记起当时一些事情。"

"可不是吗。"

"不是天天都记,也有间断的日子。这山里头的筵席还不都是老一套?今年买到了每页都带月口的,谁知又失算了,因为一写就写得很长。"

比起日记,更让岛村意外的是女子记录小说的举动。没想到她从十五六岁时候起,就把读过的小说一一记下来了,这种杂记本有十本之多。

"写不写感想呢?"

"不会写感想,只是记下题目和作者,还有书里出现的人物的名字,他们之间的关系等等。"

"光是记下这些有什么用啊?"

"是没有用。"

"简直是徒劳。"

"可不是吗。"女子毫不介意地明确回答。她深深地盯着岛村。

完全是徒劳!岛村不知为何,总想再强调一下,这时,他全身忽然被寂静征服了,这种可以倾听积雪崩裂的寂静,竟是从女子身上产生出来的。岛村明明知道,对于女子来说这并非徒劳,他的脑袋瓜里蹦出"徒劳"这个字眼儿,反而使他感到她的存在是多么纯粹。

从她话里可以得知,这女子所说的小说,同日常所使用的"文学"这个词儿毫无关系。她和村里人之间谈不上什么友谊,只是交换着读读妇女杂志,然后完全孤立地各人看各人的书,既无选择,也不求其解。她只是在旅馆的客厅等处发现有些小说和杂志,随之借来读读罢了。不过,她也记住了一些新锐作家的名字,这些名字岛村基本都知道。然而,她的口气仿佛是在谈论外国文学遥远的故事,充满了一个毫无欲求的乞丐的哀鸣。岛村想,这就好比他借助外国书籍上的照片和文字,相隔万里,凭空想象西洋舞蹈究竟是什么样的舞蹈一样。

她又兴致勃勃谈起自己没有看过的电影和戏剧,似乎好几个月都在如饥似渴寻找这样一位谈话的伙伴儿。一百九十九天前那阵子,也是这般热烈地交谈着,并且主动投到岛村的怀抱。她好像忘记当时是如何的冲动,她自己的语言所描画的情景似乎又使她的身体燥热起来。

但是,这种对于都市事物的憧憬,如今也实实在在变得无可指望了,只成了缥缈的梦境。因此,较之那些都市逃亡者高傲的不平情绪,她更有着强烈的单纯的徒劳之感。她自己丝毫不因此而表现一副颓唐的样子,但在岛村眼里,却充满莫名的哀怨之情。假如一味沉沦于这种境况,那么岛村自己的存在也将变得徒劳,而陷入迷茫的感伤之中。然而眼前的她,在山野气息的熏染下却焕发着青春的朝气。

不管怎样,岛村都要对她重新审视,她现在当艺妓了,反而难于开口了。

那个时候,她烂醉如泥,浑身麻木。

"什么呀,这个玩意儿,是什么呀? 畜生,畜生! 我累了啊! 这玩意儿。"她烦躁不安,照着自己的膀子猛咬一口。

她站不起来,身子一骨碌倒下了。

"我决不是可惜我自己。不过,我不是那种女人,我不是那种女人啊!"她想起她说过的话,岛村一泛起犹豫,女子很快注意到了,她立即加以反驳。

"是零点的上行车呀!"①正好趁着同时响起的汽笛声,她站起身子,气急败坏地猛然打开格子窗和玻璃窗,一跃坐到了窗台上,背靠着栏杆。

一股冷气流进屋子。火车的鸣叫渐去渐远,仿佛听到夜风的声音。

"喂,不冷吗? 傻瓜!"岛村也走了过去,没有风。

一派冻雪崩裂的声响,仿佛在地层底下鸣动。严酷的夜景。没有月。谎言般众多的星辰,抬头一看,明光耀眼,闪闪飘浮,似乎皆以虚幻的速度继续沉落下去。群星渐次接近眼眉,天空渐渐高远,夜色更加幽邃。国境的山峦重重叠叠,模糊难辨,厚重的黑暗沉沉垂挂于

---

① 当时一日之间火车很少,来往车次定时运行。列车经过时的汽笛声可当作时钟的报时。

星空的四围。一切都达到了一种清雅和静谧的调和。

女子发觉岛村走近她,立即趴在栏杆上。她一点儿也不显得纤弱,在夜景的衬托之下,她的姿影显得无比坚强。又来啦,岛村立即有了某种预感。

然而,山色尽管黑暗,但鲜丽的、银白的雪色映照得山野生机勃勃,于是,山峦使人感到似乎透明而又静寂。天空和山野谈不上调和。

岛村抓住女子的领口。

"要感冒的,这么凉。"他猛然把她往后拖,女子抓住栏杆哑着嗓子说:

"我要回去。"

"回去吧。"

"让我再这样待一会儿。"

"那我先去洗澡啦。"

"不要走,就待在这儿吧。"

"把窗户关起来。"

"让我在这里再待一会儿吧。"

村庄的一半掩映在守护神杉树林的绿荫里。乘汽车不用十分钟就到车站了,那里的灯火灼灼闪耀,仿佛将要被严寒摧毁,发出了毕毕剥剥的响声。

女子的面颊,窗户上的玻璃,还有自己的棉袍袖子,对于岛村来说,凡是手接触的地方,都使他第一次感到冰凉难耐。

脚下的榻榻米也冷起来了。他一个人想去洗澡。

"等等,我也去。"这次女子爽快地跟他一道去。

女子把他胡乱脱掉的衣服收拾到竹筐里,这时,进来一个男浴客,他一眼看到将脸藏在岛村胸前的女子。

"哦,对不起。"

"不,请吧,我们到那边的浴池去。"岛村立即应道。于是,光着身子抱起散乱的衣筐走向隔壁的女子浴池。女子当然装作一副夫妻的样子来。岛村默默不响,也不回头看一下,火速跳进了温泉。他放心地高声大笑,接着又连忙对准喷水口漱了漱嘴。

回到屋子,女子横卧着,微微抬起头,用小手指拢一下鬓发。

"好可悲呀。"她只说了这么一句。

女子似乎半睁着乌黑的眸子,凑近一瞧,原来是眼睫毛。

神经质的女子一直没有阖眼。

坚挺的腰带发出很大的声响,岛村似乎醒了。

"这么早把您吵醒,实在不好意思。天还黑着吧。哎,不过来看看我吗?"女子熄灭电灯。

"能看见我的脸吗? 看不清楚吗?"

"看不清楚,天还未亮啊。"

"瞎说,您再仔细瞧瞧。"女子敞开窗户。

"坏啦,能看见了。我得回去。"

这黎明的寒冷令人惊奇,岛村从枕上抬起头,天空还是夜色,山野已是早晨。

"对啦,不碍的,眼下是农闲时节,没有人一大早就外出的。不过,会不会有人上山呢?"她一个人自言自语。女子拖着扎了一半的腰带走着。

"现在五点的下行车没有乘客,旅馆的人还都没起床。"

腰带扎好了。女子走了一会儿,又坐了一会儿,接着她不断走到窗边盯着外面。就像夜行动物害怕早晨一样,她来回转悠,坐立不安。仿佛妖艳的野性发作了。

不知不觉,屋里明亮起来,女子绯红的脸庞十分显眼,岛村惊呆了,他凝神看着那艳丽的红潮。

"瞧,脸蛋儿都冻得发红啦!"

"我不冷。那是洗掉白粉的缘故。我一钻进被窝,一股热流直冲脚尖儿呢。”她转向枕畔的镜台。

“天终于亮啦！我该回去啦！”

岛村看着外面，一下缩回了头。镜子深处白光闪耀，那是雪。雪里浮现着女子艳红的面颊，显现出无可形容的清洁和俊美。

太阳升起来了，镜中的雪光冷艳似火，一片灿烂。女子的头发随着雪色飘浮，散射着紫黑的光亮。

五

旅馆的墙脚下开挖了一圈儿淌水沟，利用浴池里排放的热水溶化积雪，大门口形成了一个泉水般浅浅的水洼。一条黧黑、肥壮的秋田狗，踩在脚踏石上久久舔着热水。库房里的客用滑雪板搬出来晾晒，那幽微的霉味儿经热气一熏，变淡了。雪块儿打杉树枝上掉下来，落在公共浴场的屋顶上，暖暖地散开了。

不久，从岁暮到新年，那条道路将被暴风雪封锁，再也看不见了。要去赴宴，就得套上防雪裤①，脚蹬长筒靴，披上斗篷，裹紧面纱。那个时候的雪深达一丈。再说眼下，岛村正在下山，他走的正是女子早晨从山上旅馆窗口里俯视的山路。然而，透过路边高高晾晒的襁褓下面，可以窥见国境上的群山，闪耀着悠闲的雪光。青绿的葱还没有被雪掩埋。

田地里，村中的孩子在滑雪。

从公路上一踏进村口，就能听到静静的雨滴般的声音。

屋檐下小小的冰凌柱泛着可爱的光芒。

一个洗澡归来的女人用湿手巾揩着额头，迎着炫目的雪光，抬眼

① 防雪裤：原文为“山袴”（sanpaku），别名“雪袴”（yukibakama）、“猿袴”（sarubakama）。腰肢部宽松，小腿以下紧缩，便于日常劳作。

望着屋顶上正在除雪的汉子,叫道:

"喂,顺便也给我们这边除一除吧。"

她似乎是趁着滑雪季节及早流落来这里帮工的女佣。隔壁玻璃窗上的彩画也陈旧了,屋脊歪斜着。这是一家饮食店。

家家户户的屋顶大都葺着细木板,上面排满了石头。那些浑圆的石头向阳的半面在雪里露出黝黑的质地,那黝黑的颜色是因为濡湿,更因为长久经受风雪的侵蚀而形成的。而且,那一排排低矮的房屋都和那些石头一样,乖乖地蹲伏于北国的这个角落里。

一群儿童一次次从水沟里抱来冰块,扔在路上玩。大概摔碎时飞散的冰块光闪闪的,很有趣吧。岛村站在太阳地里,感觉那冰块厚得令人难以相信,他盯着看了好半天。

一个十三四岁的女孩儿一个人靠在石墙边结毛衣。防雪裤下是高齿木屐,没有穿白布袜,赤裸的足踵裂了口子。一个三岁光景的小女童坐在她身旁的木柴堆上,不在意地握着线团。一根毛线从小女童扯向大女孩儿,这根灰色的旧毛线也发出温暖的光亮。

七八家滑雪板制造场里传来刨木头的声音。对面的屋檐下有五六个艺妓站着聊天儿。那位今早才从旅馆侍女嘴里知道艺名叫驹子的,也在这里头。好像是她先看到岛村一个人走着,带着极为认真的表情。一定是满脸通红,故意装出无所谓的样子吧?岛村无暇考虑这些,驹子却早已红到了脖颈。要是那样,完全可以回一下头,可是偏偏局促地低着眉,一面随着他的脚步微微掉过脸去。

岛村脸上发烧,匆匆而过。驹子立即追过来。

"真叫人难为情啊,您怎么打这里走过?"

"难为情?我更是难为情呢。你们这么多人,差点儿吓退了我,平时也都是这样吗?"

"可不是,吃过午饭就到这里来。"

"你红着脸吧嗒吧嗒追过来,不是更加难为情吗?"

"管它呢。"驹子干脆地说,脸上又红了。她伫立不动,一把抓住道旁的柿子树。

"我以为您会路过我家里,才跑到这儿来的。"

"你家在这儿吗?"

"嗯。"

"给我看日记,我就去。"

"那些劳什子,我要是想死都会预先烧掉。"

"你家里有病人吧?"

"哎呀,您都知道?"

"昨晚上你不也去接车了吗? 披着深蓝的斗篷。我也乘那班车,就坐在病人附近。旁边有位姑娘亲切而认真地照料着病人,那是他的妻子吧? 是从这里去接的? 还是从东京来的? 就像母亲一样,我都看得受感动了。"

"您真是,这事儿昨晚怎么没给我说? 干吗瞒着我?"驹子有些动怒了。

"是他妻子吧?"

然而,她没回答他。

"为什么昨晚不说? 真是个怪人!"

岛村不喜欢女子这般厉害。不过,把女子惹怒的原因既不在岛村也不在驹子本人,看来这是驹子性格的展现。总之,岛村反复受到她的诘难,似乎被她触到了要害之处。今朝看见映在镜子中的驹子时,岛村也自然想起暮景里映在火车窗玻璃里的姑娘,可是为什么没把这档子事儿告诉驹子呢?

"有病人也不碍事,反正不会有人到我屋里来。"驹子闪入低矮的石墙。

右首是覆盖白雪的田地,左面沿邻家的围墙站着一排柿子树。房前是花圃,正中间有个荷塘,里面的冰被捞到了岸边,红鲤鱼在水里游动。房子枯朽得似柿树的老干,积雪斑驳的屋顶,木板烂了,庇檐歪歪扭扭。

进入门内,一阵透心的寒冷,摸黑登上了梯子。这确实是个梯子,上面的房间也是真正的阁楼。

"这里是蚕宝宝的房子,很感惊讶是不是?"

"要是喝醉了回家,还不经常打梯子上摔下来?"

"是要摔下来。不过那时一坐进被炉,大体就那么睡着了。"驹子将手伸进被炉的被子底下试了试,然后去取火。

岛村环顾一下这座奇怪的房子,南边只开着一扇低矮的窗户,细木格子门新贴了纸,光线很明亮。墙壁上仔细地糊着白纸,所以好似钻进了旧纸箱。但头顶的屋脊内部整个儿低俯在窗户上,脑门上仿佛笼罩着一团"黑色的寂寞"。他猜想,墙壁的对面该会是怎样的呢?这座房子犹如吊在空中,有一种不稳定之感。但墙壁和榻榻米虽然古旧,却非常清洁。

驹子蚕一般透明的身体,就住在这里吗?

被炉上的被子是和防雪裤一样的斜纹棉布做的,衣箱陈旧了,却是纹路整齐的桐木,浸染着驹子东京生活时期的馨香。与此不大相称的是那只粗糙的镜台。红漆的针线盒依然闪耀着华贵的光泽。墙上嵌入一块块木板,那是书柜吧,上面垂挂着毛织的帘子。

昨夜的宴会服挂在墙上,衬衫露出枣红的里子。

驹子拿着火铲,很麻利地登上梯子。

"虽说是打病人屋里取来的,但这火可是干净的。"她低俯着刚理的发髻,拨弄炭火。听说病人患的是肠结核,是回老家等死的。

虽说老家,少爷也不是生在这儿。这村子是母亲的娘家。母亲在港镇做艺妓,后来就在那里当舞蹈师傅,没到五十岁就患上中风病,回到这个温泉地疗养。少爷从小就喜欢摆弄机器,进了一家钟表店,留在港镇。不久又到东京,上了夜校。身子也许吃不住了。今年才二十六岁。

驹子一气说了这么多,但是带少爷回来的那位姑娘是谁?驹子为什么待在这个家里?依然一句都未提及。

然而光凭这些,在这座悬在空中的房子里,驹子的声音也能传到了四面八方,岛村心里很不踏实。

走出门口,一件东西泛着白色闯入眼帘,回头一看,是桐木的三味线盒子。似乎比实物又长又大,背着这玩意儿赴宴简直令人难以置信。正当这时,煤烟熏黑的隔扇打开了。

"驹子姐姐,可以从这上面跨过去吗?"

清澄而优美的声音近乎悲戚。这声音似乎又从哪里弹回来了。

岛村记得,这是那位叶子姑娘从夜行火车的窗口呼叫站长的声音。

"可以。"驹子回答。叶子穿着防雪裤,蓦地跨过三味线,她手里拎着玻璃尿壶。

昨晚和站长谈得很熟,又穿着防雪裤,看来叶子明明是这一带的女孩子。一副华丽的腰带有一半露在防雪裤外头,黄褐色的防雪裤和黑色的粗纹棉布十分惹眼,毛织的长袖也一样鲜艳夺目。防雪裤在两膝上边开衩,看起来宽松肥大,而且又是硬挺的棉布,似乎显得很舒适。

叶子冷不丁儿睃了岛村一眼,一声不响地走过门口。

岛村来到外面之后,叶子的眼神在他额上烧得他难以忍受。那眼神像遥远的灯火一般寒冷。为什么呢?当他凝望映在火车玻璃窗里叶子的容颜时,山野的灯火从她眼前流去,灯火和眼眸相重合,欻然一亮的当儿,岛村为着那种难以言说的美丽而惊颤不已。他抑或回忆起昨夜的印象来了吧?说到这个,他也同样想起镜里一派白雪之中浮现出的叶子的红颜。

他加快了脚步。尽管生就一双肥硕、白嫩的腿脚,但喜欢登山的岛村,一面眺望着山野,一边轻松愉快地走着。不觉之间便疾步如飞。对于随时拿得起放得下的他来说,那夕暮的镜子和晨雪的镜子,很难使人相信是人工做的。那是一面自然的镜子,那是一个遥远的世界!

就连刚刚离开的驹子的小屋,也已经成为遥远的世界。他对自己甚感惊讶,登到坡顶,一位按摩女走来,岛村立即钉住她问:

"按摩师傅,能给我揉揉吗?"

"那么,现在是什么时辰了?"说罢,她把竹杖夹在胳肢窝里,右手从腰带里掏出带盖的怀表,用左手指摸索着表盘。

"二时三十五分过了。我三时半必须赶到车站,不过迟一点儿也没关系。"

"你能清楚地知道钟表的时间?"

"我把玻璃盖子拿掉了。"

"一摸就能知道了吗?"

"数字摸不到。"她又一次掏出女子用起来稍大的银质大怀表,打开盖子,这里是十二点,这里是六点,正中间就是三点。她按着手指示意地说。

"然后加以推算,一分不差不敢说,但决不会有两分的误差。"

"是吗,你走坡道不怕滑倒吗?"

"下雨时女儿会来接的。晚上给村里人按摩,已经不大上山啦。旅馆的侍女说是我丈夫不放我出来,真是没法子。"

"孩子都大了吧?"

"是呀,大女儿十三啦。"她说着进了屋,默默按摩了一会儿。远方的筵席上传来三味线的声音。

"这是谁呀?"

"从三味线的音色上,你能知道是哪个艺妓弹的吗?"

"有的能知道,有的不知道。老爷,看来您过的是好日子,细皮嫩肉的。"

"不感到僵硬吧?"

"论僵硬,脖子挺僵的。身子生得很匀称,不喝酒是吧?"

"你什么都知道啊!"

"我还熟悉三位客人,他们的体形和老爷您一样。"

"我的这种体形平凡至极啊!"

"可又说回来,不喝酒还有什么意思呢? 借酒浇愁嘛。"

"你丈夫喝不喝酒?"

"怎么不喝,真难办呀!"

"这是谁在弹三味线? 好难听啊!"

"可不。"

"你也弹琴吗?"

"弹的,从九岁练到二十岁,有了丈夫之后,十五年没弹啦。"

岛村想,盲女看起来比她年龄更显得年轻。他问道:

"你小时候学琴艺还是蛮扎实的吧?"

"手是已经变成按摩师的手了,但耳朵还能分辨。所以一听到艺妓弹得这么糟,心里就着急。真的,就好像过去自己弹的那样。"说着,她又侧耳细听:

"这是井筒屋的文子那丫头吧? 弹得最好的和弹得最差的我全都清楚。"

"谁弹得最好?"

"驹子那孩子,年纪轻轻,这阵子弹得可熟练啦!"

"唔。"

"少爷,您认识她吗? 说她一手好琴艺,也只是在这座山村里。"

"不认识。不过,她师傅的儿子回来了,咋晚我和他同一趟火车。"

"哦,他病好以后回来的?"

"看样子还没有好。"

“啊？听说那位少爷长期在东京治病，驹子这孩子今年夏天当了艺妓，挣钱给他寄去了住院费，这到底是怎么回事啊？”

“你是说那个驹子？”

“看在未婚夫这个分上，能尽力的也都该尽力做好，可这样下去何时能了呢？”

“你说是她未婚夫，真的吗？”

“是的，听说是未婚夫。我也不清楚，都这么传说呀。”

在温泉旅馆听按摩女讲艺妓的身世，虽说极为寻常，可是反而会遇到一些意想不到的事情。驹子为了未婚夫去当艺妓，这也是小事一桩，不过在岛村看来，他感到不可理解。也许这件事本身是同道德规范相冲突的缘故。

他还想继续更深入地问个仔细，可是按摩女却沉默不语了。

驹子是师傅儿子的未婚妻，叶子是他的新情人。可是，那儿子不久就要死了，岛村的头脑又泛起“徒劳”这个词儿。驹子守住未婚妻的名分，甚至卖身为他挣钱治病，这不是徒劳又是什么呢？

岛村盘算着，要是再见到驹子，就迎头给她一句“徒劳”；可转念一想，他反而感到她的存在是纯粹的了。

这种虚伪的麻木藏着寡廉鲜耻的危险性，岛村细细品味着其中的奥秘。按摩女走了之后，他躺下睡了，可心底里一阵冰冷。一看，窗户依然大敞着。

山峡里太阳很快掠过，寒冷的黄昏及早降临了。晦暗中，夕阳映照着远山积雪的峰峦，看起来近在咫尺。

不一会儿，远近高低的连山渐次清晰地显现出或浅或深的襞褶，淡淡的残曛流连忘返，积雪的峰顶晚霞灿烂。

村庄的河岸、滑雪场、神社，随处点缀着一团团杉树黝黑的阴影，十分显眼。

岛村正在承受一种虚幻的痛苦折磨的时候，驹子仿佛伴着温暖的阳光走了进来。

听驹子说,欢迎滑雪客的筹备会就在这家旅馆举行。她应召参加当晚的宴会。驹子坐进被炉,她蓦地抚摸一下岛村的面颊。

"今晚上很白,挺怪的呀。"

她就像要揉碎似的抓起他脸上柔软的肌肉。

"您是傻瓜!"

她有点儿醉了。宴会结束后,她又来了。

"不知道,我不知道。头疼,我头疼!啊,真难,真难啊!"她说着,一头倒在镜台前边,醉醺醺的,脸上闪过奇怪的表情。

"我很渴,快给我水喝!"

她双手捂着脸,顾不得发型散乱地倒在地上,不久又坐起来,用冷霜洗去白粉,露出通红的面庞,驹子独自一人得意地笑起来。有趣的是,她很快清醒了,瑟瑟地震颤着双肩。

接着,她用沉静的口吻对他说,整个八月,她都在患神经衰弱,头脑一直昏昏沉沉的。

"我担心我会发疯。我一直都在苦苦思索,我自己也不知道,究竟在思索些什么。好可怕呀!一点儿也不能睡觉,只是到筵席上才能安稳些。夜里老是做梦,吃饭也不香,拿起缝衣针在榻榻米上戳来戳去没个完。又是大热天。"

"当艺妓是几月里?"

"六月。要不然,我如今也许到浜松去了。"

"去成亲?"

驹子点点头。浜松的男人一个劲儿催她结婚。她一直不喜欢那个男人,所以很犹豫。

"不喜欢就拉倒,有什么好犹豫的!"

"不能那样说。"

"结婚?你还有那股子劲头儿?"

"讨厌,不关这个。不过,我不把身边的事情安排妥帖,是不会结婚的。"

"哦。"

"您说话太随便啦。"

"那么,你和浜松那个男人有过什么瓜葛吗?"

"要是有,谁还会犯犹豫呢?"驹子提高了嗓门。

"不过他说了,只要我待在这块地方,他就不许我和别人结婚。否则,他会不择手段地加以捣乱。"

"浜松那么个远地方,你还担心这个?"

驹子沉默好大一会儿。她一直躺着,仿佛在品味自己身体的温暖。她突然不经意地说:

"我当时还以为自己怀孕了呢。现在想想真可笑。嘻嘻嘻。"她掩口笑起来,立即缩着身子,两只手孩子般紧紧抓住岛村的衣领。

紧闭的睫毛看上去宛如半睁半阖的黑色的眼眸。

六

翌日早晨,岛村醒来,驹子一只胳膊支在火钵旁,翻开一本旧杂志,在上头乱涂乱画起来。

"哎,我回不去了。侍女来添火,真叫人难为情,吓得我一骨碌爬起来,太阳已经照到格子门上。昨晚喝醉了,就这么稀里糊涂睡着了。"

"几点了?"

"已经八点了。"

"去洗澡吧。"岛村起身了。

"不,走廊上会碰到人的。"她又变成一个规规矩矩的女子了。岛村洗完澡回来,她随即顶起一块手巾,动作麻利地打扫着房间。

　　她有些神经质地揩拭着桌腿和火钵的边缘,平整炭火也十分熟练。

　　岛村把腿伸进被炉,悠闲地躺卧着,烟灰掉落下来,驹子用手帕悄悄擦去,拿来了烟灰缸。岛村爽朗地笑起来。驹子也笑了。

　　"你要是有了家,丈夫肯定成天要挨你骂的。"

　　"可我什么也没骂呀。人家老笑话我,说我就连要洗的脏衣服也叠得整整齐齐。生就的,没办法。"

　　"所以说嘛,看看壁橱,就知道这家女人怎么样。"

　　早晨的太阳照得屋子暖洋洋的。

　　"真是好天气,要是早点回去,练练琴该多好。这样的天气,音色也不同啊。"

　　驹子一边吃饭,一边抬眼望着湛蓝的天空。

　　远处的山峦,白雪似烟,群峰包裹在乳白色的轻雾之中。

　　岛村想起按摩女的话,说在这里也能练琴,驹子霍然站起身来,给家里打电话,叫把换洗的衣服和长歌①歌谱一起送过来。

　　岛村心想,白天见到的那间屋子也有电话吗?这时,他脑子里浮现出叶子的一只眼睛。

　　"是叫那个姑娘送来吗?"

　　"也许是吧。"

　　"听说,你就是那家少爷的未婚妻?"

　　"哎呀,您什么时候听说的?"

　　"昨天。"

　　"真是个怪人,听说就听说了呗。昨晚为何不告诉我一声?"不过,这回同昨天白天不　样,驹子一直都是一副清纯的笑容。

　　"我不想伤害你,所以才没说。"

---

　①　长歌:江户初期,上方(大阪、京都)地区流行的长篇三味线曲。

"心里根本不是这样,东京人,都爱撒谎,我讨厌。"

"瞧,我一开口你就打岔,不是吗?"

"不是,您真的这么想?"

"真的。"

"您还在骗人。您明明不是这样。"

"我开始不理解,可是听说,你为了这门婚事当了艺妓,挣钱为他交医疗费。"

"讨厌,简直像演新派剧①一样。谁说我定亲了? 好些人都这么看。我也不是为了别人当艺妓,不过,我能做的还是应该做。"

"你说的我一点儿也猜不透。"

"直说了吧,师傅也许有这番意思,觉得我和他家少爷可以在一起。这只是她的想法,嘴里从来没说过。师傅的心思,少爷和我也都约略知道些,可我们俩并没有什么。就这些。"

"你们是青梅竹马吗?"

"那倒是,可我们天南海北,不生活在一起。我卖到东京的时候,他一个人来送我。最老的日记第一页上,这事都写着呢。"

"要是两人都在港镇,现在说不定成家了呢。"

"我觉得不会的。"

"是吗?"

"不要为别人操心吧,都是快死的人了。"

"可住在外边总是不好。"

"您哪,说这些就不好啦。只要我爱干,一个将死的人又怎样管

---

①　新派剧:一种对抗所谓旧剧歌舞伎的戏剧。明治中期,川上音二郎等,倡导以当代为题材的戏剧运动,初以自由民权思想的壮士为主角,后来脱离政治色彩,转而取材于社会问题,作为一门新的剧种而成长起来。明治末期,结合社会现实以上演催人泪下的悲剧为主。此处借以比喻容易引起悲伤的话题。

得了呢?"

岛村无言以对。

可是,驹子还是对叶子的事一字不提,这是为什么呢?

还有那位叶子,在火车上像年轻母亲一样忘我地照顾着病人,把他送回家来,今早又给和这个男人有着某种关系的驹子送换洗的衣服,她究竟是怎么想的呢?

岛村正在不着边际地胡思乱想。这当儿,忽然听到一种低沉而清澈的声音,正是叶子优美的呼唤。

"驹子姐姐,驹子姐姐!"

"哎,辛苦啦!"驹子走进里边的三铺席房间。

"叶子妹妹来啦?哎呀,这么重,真难为你啦!"

叶子似乎默默回去了。

驹子用指头绷断最细的第三根弦,换了新的,调准了音。其间,他已经知道她的嗓音十分清澈俊雅,打开被炉上包着一大沓乐谱的包袱一看,除了一般练习曲之外,还有杵家弥七①的《文化三味线谱》二十册。岛村感到很意外,他拿起一本来,问:

"就用这些作为练习曲吗?"

"这里没有师傅,实在没办法呀。"

"家里不是有个师傅吗?"

"中风啦。"

"中风,嘴还能动啊。"

"嘴也不灵啦。教舞蹈,只能用还能动的左手纠正动作,可弹起三味线来不堪入耳。"

"只看乐谱明白吗?"

---

① 杵家弥七(1890—1942):本名赤星曜,二世弥七的门弟弥寿治之女。大正五年(1916)袭名四世弥七。为实现三味线音乐乐谱化而呕心沥血,完成《三味线文化谱》,进而通过广播普及文化谱,致力于发展长歌。

"都明白。"

"不说良家淑女,单说艺妓,在这遥远的山里,竟然令人敬佩地专心演练高雅的三味线入门曲,乐谱店老板知道了也一定很高兴吧?"

"酒宴上主要是跳舞,后来到东京也是学的舞蹈。三味线只略略记得一些,忘记了也没有人给予指点,全仗音谱啦。"

"唱歌呢?"

"哦,唱歌呀? 学跳舞的时候也听熟了一些,还算凑合,新的歌是从广播里学,自己也不知道怎样。其中还有自己瞎琢磨的,想必很好笑吧。还有,在熟人面前不出声,碰到陌生人倒能放开嗓门大声唱。"她有些羞赧,摆了摆姿势,紧紧盯着岛村的脸,仿佛说"您点吧"。

岛村一下子被她慑服了。

他生在东京下町,从小熟悉歌舞伎和日本舞,听惯长歌的词句,自然也就记住了。但他没有亲自学习过。一说起长歌,他首先浮现于脑海中的是舞姿翩跹的舞台,而不会想到艺妓卖笑的筵席。

"真没劲,您真是个最叫人头疼的客人啊!"驹子咬住下唇,将三味线横放在膝头。不过,她似乎换了另外一个人,认认真真摊开练习歌谱说:

"今秋,一直都是练的这个谱子。"

她指的是《劝进帐》①。

忽然,岛村浑身一阵透凉,几乎使他绷紧了面颊,一股清泠之气直达五脏六腑。在他那朦胧虚空的头脑里,响彻了三味线的弦音。这音乐使他大为惊奇,更将他击倒在地。他承受着虔诚之念的冲撞和悔恨之思的洗礼。他自己已经毫无气力,只好舍身于驹子的艺术

---

① 《劝进帐》:歌舞伎十八番之一,独幕剧。三世并木五瓶词,四世杵屋六三郎曲。叙述源义经为逃脱源赖朝迫害,与家臣辨庆装扮成化缘和尚,巧妙通过安宅关的故事。

长河之中,任其随波逐流,以图心神涤荡之快。

一个十九、二十光景的山野艺妓,弹起三味线,琴艺竟然如此高妙,弹奏的地点虽说是筵席,但这不正像舞台上的音乐吗?岛村转念又想,这也许只是自己对于这片山野的感伤之情所致吧。驹子时时生硬地念一句歌词,就说这里节奏太慢,又很麻烦,干脆跳过去。她不知不觉忘情地提高了嗓门,嘈嘈的弦音也激越地响彻四面八方。岛村害怕了,这种音乐究竟会传向哪里呢?于是他有些虚张声势似的枕着胳膊躺下了。

《劝进帐》一曲终了,岛村放下心来,"哦,这个女子爱上我了",想到这里,他心绪一阵悲凉起来。

"这样的天气,音色也不同啊。"他抬头仰望雪后的晴天丽日,想起驹子说的这句话。空气也不同往常。既没有墙壁,也没有听众,更没有都市的尘埃,只有音乐透过这个纯粹冬日的早晨,径直飞向远方积雪的山峦。

永远面对山峡这片大自然的景观,不知不觉之间,她已经将其当作听众,一直进行孤独的练习,这早已形成了她的习惯,所以弹拨的力量自然强劲起来了。这孤独踏破哀愁,蓄积着野性的意志和力量。虽有几分基础,但从阅读音谱学习复杂的音曲,到撇开音谱独自弹奏,一定是靠着坚忍不拔的毅力而付出无数次努力才获得的吧?

驹子的生存方式,被岛村看成是虚空的徒劳,哀叹为遥远的憧憬;然而,她却凭借自身的价值,弹拨出动听的音乐!

岛村的耳朵无法辨认她是如何灵巧挥动着那双纤指,他单凭音乐感情加以理解,但对于驹子来说,他是一名相当好的听众。

当弹到第三支曲子《都鸟》①的时候,也许因为曲调本身过于柔

---

① 《都鸟》:安政二年(1855),二世杵屋胜三郎创作的长歌曲。描写东京隅田川春夏之交的美景,借助河中雌雄相从、浮沉嬉戏的都鸟,歌颂男女欢爱之情。曲调高雅。

艳,岛村紧张的心情放松了,而变得温馨而安然,他一味紧盯着驹子的面颜。于是,他越发体会到一种肉体的亲近之感。

　　细而高耸的鼻梁,虽然显得很平常,但面孔生动、高雅,仿佛窃窃自语:"我就在这儿。"优美而鲜润的朱唇,紧紧吮缩在一起时,看上去光亮细腻,似乎还在微微嚅动;虽然随着歌唱时而张大,但又立即缩小下来,显得楚楚可爱,和她全身的魅力十分相合。微弯的眉毛下,眼角既不上挑,也不下垂,故意描成直线的眼睛,如今盈盈生辉,闪动着稚气的光芒。她没有施白粉,都市的接客生活,使她通体明净,且染上几分山野之色。浑身的皮肤宛若新剥的百合或玉葱的球茎。她的颈项红润润的,看上去洁净无比。

　　她端然而坐,看起来像一位靓妆少女。

　　临了,她说眼下正在学习《浦岛新曲》①,一边看谱,一边弹奏。驹子默默将琴拨子塞进琴弦,随之放松了姿势。

　　她立即变得风情万种,妩媚动人。

　　岛村没有说话,驹子也无心听取他的评论,她只是一味陶然自乐。

　　"这里的艺妓弹三味线,你只要听一下就能知道是谁吗?"

　　"我当然知道。不到二十个人呀。要是弹都都逸②就更好分辨了。这曲子最能弹出个人的特点来。"

　　然后,她捧起三味线,移动一下蜷曲的右腿,将琴担在小腿肚上,腰肢转向左侧,身子倾向右方。

　　"从小就是这么练习的。"她瞅着琴把子唱起来:

　　"黑——发——的——呀……"随着稚气的歌唱,也跟着响起铮铮的琴声。

---

①　《浦岛新曲》:以浦岛传说为题材的舞蹈剧。坪内逍遥作。
②　都都逸:描写男女情爱的俗曲,由七七七五共二十六音组成。

"你一开始学的就是《黑发》①吗?"

"哪里呀。"驹子还像小时候那样摇着头。

七

从此以后,驹子在这里过夜,也不硬要赶在天亮之前回去了。

"驹子姐姐!"廊子远处传来了语尾上挑的呼喊声,是旅馆里的小女孩。驹子把她抱进被炉,一心一意逗她玩耍,快到中午,她带着这个三岁的小女孩去洗澡。

洗完澡又给她梳头。

"这孩子一见到艺妓,就尖声地叫'驹子姐姐',最后一个字声音很高。照片或画面只要有留着日本发型的,都成了'驹子姐姐'。我喜欢小孩,知道孩子在想些什么。小君呀,到驹子姐姐家里玩吧。"她站起身来,又悠闲地坐到廊下的藤椅上。

"东京人好性急呀,这么早就滑起来啦!"

这间房子位于小山之上,可以清晰地看到南面山脚下的滑雪场。

岛村也从被炉里转过头去,只见斜坡上面白雪斑驳,五六个身着黑色滑雪服的人一直在山下稻田里滑着。那层层梯田,尚未被积雪掩盖,坡度也不大,选得实在不是地方。

"好像是学生,赶上星期天了吧,那样玩法会有趣吗?"

"不过,他们滑的姿势都很好呢。"驹子悄声地自言自语:

"在滑雪场上碰到有艺妓打招呼,人们总是惊叫一声:'是你呀?'她们在滑雪场上晒黑了皮肤,认不出来了。平时晚上看到的都是化了妆的。"

---

①　《黑发》:练习长歌时的短曲。描写伊东佑亲的女儿辰姬与源赖朝相恋,后让情于政子,自己一边梳头,一边为相思所苦的情景。

"也是穿的滑雪服吗?"

"是防雪裤。啊,真讨厌,真讨厌,在筵席上一碰上,就立即说:'明天在滑雪场再见吧。'今年不想滑雪了。再见吧,喂,小君,咱们走吧。今夜要下雪。下雪之前天气很冷啊。"

驹子走了,岛村坐在她坐过的藤椅上。他看见滑雪场前头的山坡上,驹子牵着孩子小手往回走。

云彩出来了。背阴里的山和日光照耀的山重合在一起,时阴时晴,变幻不定,显出一派薄寒的景象。不一会儿,滑雪场倏忽蒙上一片阴影。视线转回窗户下边,只见干枯的菊花篱笆上早已凝结了晶莹的冰凌柱。然而,屋顶融化的雪水流进竹管里,潺潺之声不绝于耳。

夜里没有落雪。一阵冰霰过后,下了雨。

回东京前的一个夜晚,月色清雅,空气凛冽。岛村再次叫来驹子,虽说快到十一点了,驹子非要出去散步不可,怎么说都不行。驹子动作有些粗暴,硬把岛村拖出被炉,拉着他一道去了。

道路已经结冰,村庄寒森森的,寂悄无声。驹子撩起衣裾,掖在腰带里。月亮明净,宛如蓝色冰海上的一把利剑。

"到车站去!"

"你疯啦?来回要走七八里呢。"

"您就要回东京了吧?我去看看车站。"

岛村从肩膀到两腿,冻得发麻了。

一回到房间,驹子猝然显得神情颓唐,她把双手深深探进被炉,低着头,久久不肯去洗浴。

被炉上面蒙上一层被子,褥子紧挨着地下火钵的边缘,铺成一个被窝。驹子面对被炉坐在一旁,一直俯首不语。

"怎么啦?"

"我要回去。"

"瞎说!"

"好啦,您休息吧,我就这么坐着。"

"为什么要回去?"

"我不回去啦。天亮前我就待在这儿。"

"你这么闹别扭,不好。"

"我没有闹别扭,谁给您闹别扭了?"

"那好吧。"

"嗯? 我受不了呀!"

"什么呀,怪不得,来吧,没关系嘛。"岛村笑了。

"不会难为你的呀。"

"不行。"

"真傻,到处乱闯一气。"

"我要回去。"

"不要走嘛。"

"受不了啦,好吧,您回东京吧。我太难受啦。"驹子在被炉上悄悄埋下头来。

所谓受不了,还不是害怕同客人的关系越陷越深? 也许每到这个时候,她实在打熬不住了。女人的心思已经到这个份儿上了吗? 岛村一阵沉思起来。

"您快回去吧。"

"我打算明天就走。"

"哎呀,您为什么要回去呀?"驹子醒过来似的抬起头。

"可我这样一直待下去,又能为你做些什么呢?"

驹子含情脉脉望着岛村,突然带着激烈的口气说:

"您不能这样,您不能这样啊!"她焦躁地站起身子,猛然搂住岛村的脖子。

"您呀,不该这么对我说。快起来,我叫您快起来,您就快起来嘛。"她一边诉说,一边倒了下来,一阵狂乱之中,完全忘记了自己的身子。

片刻过后,她睁开温润的眼睛。

"您明天真的要回去吗?"她沉静地问道,捡起了席面上的落发。

岛村决定第二天午后三点出发。他换衣服时,旅馆伙计把驹子叫到廊下。"行啊,就算十一个小时好啦。"驹子答道。也许伙计认为十六七个小时太长了吧?

一看账单,早晨五点回去算到五点,翌日零点回去算到零点,一切都按钟点儿计算。

驹子外套外边围着一条雪白的围巾,她把岛村送到车站。

为了消磨时间,岛村买了一些旅途中的土产,如腌木蓼果、滑子菇罐头之类,还剩二十分钟。他到站前高坡上的小广场散步,举目四望,原来周围雪山攒聚,中间夹着这块褊狭的土地啊!驹子一头秀发抑或太黑了吧,在山峡一派沉寂的日阴景象之中,反而增添一层悲戚的感觉。

远方河流下游的山腹一个地方,不知为何,照射下来一团薄薄的阳光。

"我来之后,积雪大都消解啦。"

"不过,要是连着下上两天,立即就会达到六尺深。继续下去,连电线杆上的电灯都会埋进雪里。像您那样一边走一边想心事,弄不好撞到电线杆上,会碰得头破血流的!"

"那么深啊!"

"前头一所镇上的中学,听说大雪的早晨,从宿舍二楼的窗户里,有的学生赤条条地跳进雪里,身子一下子沉下去,不见了。就像游泳一样,他们只是在雪底下游来着。瞧,那边也有扫雪车。"

"很想来赏雪。但是过年时旅馆很拥挤,又怕火车被雪崩埋掉了。"

"您真会享福哩！您一直过着这种日子吗?"驹子盯着岛村的脸。

"为什么不留胡子呢?"

"哎,想留啊。"他抚摸着刚剃过的浓黑的须根,在自己唇边荡起一丝皱纹,使柔润的面颊更显得精神焕发。也许驹子就是对他这一点最感兴趣吧? 他想。

"我说你呀,一旦洗去白粉,一张脸就像刚刚用剃刀刮过一样啊。"

"乌鸦又叫啦,真晦气。是在哪儿叫啊? 好冷!"驹子仰望天空,两肘抱着双肩。

"到候车室烤烤火吧。"

这当儿,从公路拐进车站的宽阔路面上,身穿防雪裤的叶子,慌慌张张跑过来了。

"喂,驹子姐姐! 行男哥哥他……驹子姐姐!"叶子气喘吁吁,就像一个从恶人手里逃脱的孩子死死缠住母亲,叶子一把抓住驹子的肩膀。

"快回去! 情况紧急,快!"

驹子强忍肩头的疼痛,她闭着眼睛,脸色突然变得惨白起来,出乎意料地使劲摇了摇头。

"我要送客人,不能回去。"

岛村大吃一惊。

"送什么呀,你甭管啦。"

"这不好,我不知道您还会再不再来呀。"

"来,来!"

叶子似乎什么也没听见,她急急地劝道:

"刚才电话打到了旅馆,听说你在车站,我就跑来啦。行男哥哥在叫你呢。"她拽住驹子,驹子一直忍耐着,这时忽然甩掉叶子。

"我不!"

这时,驹子跌跌撞撞走了两三步路,接着一阵恶心,她想呕吐,但嘴里什么也没有吐出来。她眼角潮润润的,双颊起了鸡皮疙瘩。

叶子呆然而立,直盯着驹子。由于她的神情过于认真,看不出是恼怒、惊奇,还是悲哀。假面般的容颜使她显得十分单纯。

她猝然转过脸来,蓦地抓住岛村的手。

"哎,求求您啦,让她回去吧。快让她回去吧!"她一个劲儿高声喊叫,缠住他不放。

"好,我会让她回去的!"岛村大声对她说。

"快快回家去,傻瓜!"

"是您,您在说些什么?"驹子说着,她的手把叶子从岛村那里推开。

岛村指了指站前的一辆汽车,被叶子用力抓住的手已经麻痹了。

"我叫那辆汽车马上送她回去,你先走吧。这里,人会看见的呀。"

叶子微微点了点头。

"快点儿,快点儿!"她说罢转声跑回去了。岛村简直不敢相信这是真的,他似乎仍不满足,目送着叶子渐去渐远的背影。此时,他的心头掠过一丝不应有的疑虑:为什么那位姑娘总是这般认真呢?

叶子近乎悲戚的优美的声音,眼下似乎正从雪山某处飘然而至,久久存留于岛村的耳鼓。

"上哪儿去?"岛村去找汽车司机,驹子将他拉回来。

"我不回去!"

岛村蓦地对驹子感到一种肉体的憎恶。

"你们三人之间究竟发生了什么事情,我一字不晓。少爷也许就要死了,他很想见你一面,才派人来喊你的。老老实实回去,不然你会后悔一辈子。我们说话的当儿,要是他咽气了,怎么办?不要再犟啦,快回去,就此将一切了断吧!"

"不对,您误解我啦。"

"你被卖到东京的时候,不就是他一个人为你送行的吗?你最早的日记第一页上不是写的他吗?有什么理由不去送他一程呢?快去吧,将你写在他生命的最后一页上吧!"

"不,我不愿看着一个人的死。"

驹子究竟是出于冷酷的薄情,还是出于热烈的爱恋?岛村一时迷惘起来。

"还记什么日记呀?我要全部烧掉!"驹子嗫嚅着,面颊潮红。

"您啊,真是个老实人。看您这么老实,把我的日记全都送给您吧。您可不要取笑我呀。我觉得您是个老实人呢。"

岛村胸中涌起莫名的激动。是的,他也觉得没有比自己更老实的人了。他不再强求驹子回去了。驹子也闷声不响了。

驻在车站的旅馆支店的伙计出来,通知他们检票了。

四五个身穿暗淡冬装的当地人,默默不语地上上下下。

"我不进站啦,再见!"驹子站在候车室的窗户里面。玻璃窗关着,从火车上看去,她就像穷乡僻壤的一家水果店的一只水果,被人遗忘在煤烟熏黑的玻璃箱里。

火车开动了,候车室的窗玻璃闪着光亮。驹子的容颜在光明之中一下子燃烧起来,又骤然消泯了。那是和早晨雪光映照的镜子中一样的红颜。在岛村眼里,那是即将告别现实世界的一种颜色啊!

从北面登上国境的山峦,穿过长长的隧道,冬日午后淡薄的阳光仿佛已经被地下的黑暗吸收去了,古老的火车犹如脱去明净的外壳一般钻出隧道,于重峦叠嶂之间顺着暮色渐浓的山峡呼啸而下。山的这边还没有下雪。

火车沿着河流行驶,不久来到广阔的原野。山峰好似经过精雕细镂,一条条优美的斜线自顶端缓缓伸向遥远的山裾,山顶上空,月色清明。整个山体在霞光浅淡的夕空映射下，呈现一派秾丽、缥缈之色，这就是山边麓地唯一的景象。月光溶溶，没有冬夜的严寒之气。天上不见一只飞鸟。山间野地，一览无余，向左右绵延伸展，直达河岸。岸边矗立着一座水力发电站，只有这座纯白的建筑，一直映在冬日萧索的车窗里。

车窗因暖气而变得模糊不清了。暮色渐次笼罩外面的原野，窗玻璃上又映出乘客半明半暗的影像来。那是暮景之中镜子的嬉戏。这趟列车只挂了三四节褪色的车厢，和东海道①不同，这是在另外的地方用旧的车厢，电灯也很黯淡。

岛村好像乘上一种非现实的工具，不再考虑时间和距离，一味听任身子虚空地向前运行。他一旦陷入此种精神恍惚的状态，就开始将单调的车轮声听成是女人此前说的话。

这些话语时断时续，虽然简短，却显示了一个女人努力活着的意志。他听了甚感难过，而且不会淡忘。然而，对于如今远行的岛村来说，这是一个遥远的声音，只不过给他平添几分旅愁罢了。

也许就在这时候，行男断气了吧？她为何那样顽固，不肯回家呢？难道驹子因此再也不能和行男见上最后一面了吗？

乘客少得可怕。

一个五十多岁的男人和一个面色红润的姑娘相向而坐，不住说着话儿。那姑娘丰腴的肩头围着黑色的围巾，肤色宛如一团燃烧的烈火。她挺着胸脯，专心地倾听着，快活地频频点头。看样子两个都是出远门的旅伴。

但是，到了有烟囱的缫丝厂的一座车站，老爷子急匆匆从行李架上取下行李，打车窗扔到站台上了。

"我走了，有缘总会在一起的。"他对姑娘打了招呼，下车了。

---

①　东海道：东京到京都沿海一带的道路。

　　岛村蓦地热泪盈眶,他不由惊诧不已。这使他越发感到,这个男人彻底离开女人回家去了。

　　做梦也没有想到,他们原来是萍水相逢的两个旅人。男人看来是个行商。

八

　　正是飞蛾产卵的季节,不要把西装挂在衣架①或墙壁上。离开东京家里时,妻子这样叮嘱过他。回来一看,吊在卧室屋檐边的装饰灯上趴着六七只橙黄色的大蛾子,里间三铺席房子里的衣架上,也停着一只躯体肥硕的小飞蛾。

　　夏天,窗户上装了防虫铁纱网,那网上也一动不动地贴着一只蛾子,突露着红褐色小小羽毛似的触角,翅膀却是透明的浅绿,羽翅修长,宛若女人的纤指。对面国境上连绵的群山,经夕阳一照,已是一派秋色,因而,这一点浅绿反而显得更加死寂。唯有前后翅膀相互重叠的部分,绿色才变得浓密。秋风一来,那翅膀如一角薄纸闪闪飘动。

　　大概还活着吧?岛村走过去,用手指弹了弹纱网的内侧,蛾子没有动。他握起拳头"咚"地敲打了一下,蛾子像一片树叶飘落下来,半道上又翩翩飞走了。

　　凝神一看,对面杉树林的前边,正在飞过一群群数不清的蜻蜓,如蒲公英的茸毛飘忽不定。

　　山脚下的河水看起来好像打杉树梢顶流了过去。

　　稍高的山坡上开满胡枝子的白花,银光闪烁。岛村一直贪婪地

---

　　①　衣架:原文为"衣桁"(ikou)。室内晾挂衣物木架,门型,近顶部有横木。有单门独立,底部加平行木支撑;亦有屏风型双门或多门,呈直角或锐角曲折联立。

朝那里遥望。

岛村走出室内浴池,看见一位俄罗斯妇女坐在大门口卖东西。她为何要到这样的乡间来呢?岛村过去想看个究竟。只见她卖的是一般的日本制化妆品和发饰等物。

她四十出头,污秽的脸上布满细细的皱纹,肥胖的脖颈上显露出洁白的脂肪。

"你从哪里来?"岛村问。

"从哪里来?是啊,我是从哪里来的呢?"俄罗斯女子不知如何回答,她一边收拾东西,一边思忖着。

裙子像卷裹着的一片脏布,早已看不出西装的影子。她像一个过惯了日本生活的人,背起那只大包袱回去了。不过,她脚上穿的依然是靴子。

在一起目送俄国女子回去的老板娘的劝诱下,岛村也走进柜台,看到炉畔坐着一位大块头的女子,脊背朝外。女子收起裙裾站了起来。她穿着一身玄色的礼服。

滑雪场有一幅宣传画,画着一个女子,穿着陪酒时的和服,下身套着棉布防雪裤,同驹子肩并肩乘坐在滑雪板上,岛村记得那位艺妓就是她。她是一位腰肢丰满、举止大方的中年女子。

旅馆老板把火筷子搭在炉子上,烤着一个椭圆形的大包子。

"吃一个吧,怎么样?这是人家送礼的,尝一口玩玩吧!"

"刚才那位洗手不干了吗?"

"是啊。"

"她是个挺好的艺妓吧?"

"满期了,特来辞行的。她可是很叫座的呀。"

岛村对着热包子,一边吹气一边咬嚼。坚硬的包子皮散出一股陈旧的香味,微带酸涩。

窗外,夕阳照耀着鲜红的熟柿子,那光线似乎反射到屋内梭连钩①的竹筒上来了。

"那长长的,是芒草吧?"岛村好奇地望着山坡路。一位老婆子背着一捆芒草踽踽而行,芒草高过她身子一大截。而且挺着长长的穗子。

"那个呀,那是芭茅啊!"

"是芭茅吗? 是芭茅吗?"

"铁道省②举办温泉展览会时,记得建造了一所休息室还是茶室,就是用这里的芭茅葺顶的。听说东京来人把这座茶室整个买下来了。"

"是芭茅吗?"岛村又一次自言自语地嘀咕着。

"看起来,山间开放的是芭茅花,我还以为是胡枝子哩。"

岛村下了火车,首先映入眼帘的是山野上的白花。陡峭的山腹上头,临近峰顶,洁白似雪,闪耀着璀璨的银光,看上去好比遍布山巅的秋阳。他不由"啊"的一声动了情。他认定那就是胡枝子的白花。

然而,走近一看,芭茅劲健的气势和那仰慕远山的感伤之花全然不同。大捆大捆的芭茅严严实实遮蔽了背草女人们的身影,擦着山路两侧的石崖沙沙作响,高扬着坚实的穗子。

回到房间一看,隔壁昏暗的灯影里,一只个儿大的飞蛾正在黑漆衣架上爬行,产卵。屋檐下的蛾子也吧嗒吧嗒不住扑打在装饰灯上。

虫子大白天就唧唧唧叫个不停。

驹子来得稍微晚了些。

她站在廊下,面对面盯着岛村。

---

① 梭连钩:原文为"自在键"(jizaikagi),旧时炊具,将铁链套上竹筒吊在屋梁上,自由调节其高低,下端钩子挂茶壶锅釜,用于烧煮。
② 铁道省:日本管理国营铁路事务的最高行政机构。一九四五年改称为运输省。历经几次统合,现称为国土交通省。

"您,来干什么? 到这个地方来干什么呀?"

"我来见你呀。"

"心里根本不是这样想的。东京人净撒谎,我讨厌。"

她一边落座,一边低声柔和地说:

"我不愿为您送行了,说不清是一副怎样的心情。"

"哦,我这次一声不响地回去。"

"不,我说的是不到车站去。"

"他怎么样了?"

"还用问,死了。"

"就在你送我的时候?"

"不过,和这没关系。说送行,谁能想到会那么难受啊!"

"嗯。"

"您二月十四那天干什么来着? 您骗人! 我等得好苦啊! 您说过的话,根本不算数。"

二月十四日是赶鸟节①,这是雪国孩子们一年里的盛大节日。十天前,村里的孩子们就穿着草鞋踩雪,再将踩得硬实的雪板,切割成二尺见方的雪块,堆积起来建造积雪的殿堂。这种雪堂面积约有三十多平方,高达丈余。十四日晚上,将各家稻草绳集中起来,堂前燃起熊熊篝火。这个村子的新年是二月一日,所以稻草绳有的是。接着,孩子们爬上雪堂屋顶,挤在一起,合唱赶鸟歌。然后,孩子们进入雪堂,点灯守夜,直到黎明。十五日天亮,他们还要再次爬上雪堂屋顶,合唱赶鸟歌。

这时候,正是积雪最深的时节。岛村约好了,他要来观看赶

---

① 赶鸟节:旧历新年正月十四日夜至十五日,为追赶有害于农田及农作物的鸟兽,祝愿当年丰收,聚众齐唱《赶鸟歌》。歌曰:"鸟自何方来? 来自信浓国;被何物追赶? 一束湿木柴。草地与河畔,群鸟高高飞,哎哟哎哟呵……"年轻人挨家挨户边唱边敲打竹籤(zhēn,竹制乐器)以乐之。

鸟节。

"我二月里正在老家,后面停了生意,想着您肯定要来,十四日回到这里。早知道,慢慢照顾病人该多好呀。"

"谁生病了?"

"师傅来到港镇,得了肺炎,我正好在家,他们打来电报,我就过去护理了。"

"好了吗?"

"没有。"

"都怪我呀!"岛村没有守约而甚感悔恨。他对她师傅的死表示哀悼。

"算啦。"驹子连忙宽宏地摇摇头。她用手帕掸掸桌子。

"虫子真多啊。"

矮桌上和榻榻米上到处落满了小羽虫,许多小蛾子围着电灯飞旋。

纱窗外面也停留着好多种斑斑点点的蛾子,在清澄的月光里浮动。

"我胃疼,我胃疼呀!"驹子两手插进腰带,一下子趴在岛村的膝盖上。

她那涂着厚厚白粉的后颈从衣领里露出来,上面立即落满了一群比蚊子还小的蠓虫,有的眼看着死去,有的不能动弹。

她的粉颈比起去年更加丰满了,已经二十一岁了,岛村想。

他的膝头流过一股温润的气息。

"账房的人见到我,一齐笑着说:'驹子,快到茶花间瞧瞧吧。'我不愿去,把阿姐送上火车,回来想美美睡上一觉,可电话打过来了。我很累,本来打算不过来了。昨晚为阿姐饯行,多喝了点酒。账房一个劲儿取笑,他们说原来是您。隔一年了,看来是个一年只来一次的主儿吧。"

"我也吃了那包子。"

"是吗?"驹子挺起胸脯,她的脸抵在岛村膝盖上的部分留下一团潮红,看上去略带几分天真。

她说,一直把那位中年艺妓送到下下个车站才回来。

"真难办啊,从前不论干什么,大家都能立即抱成团儿,可现在个人主义渐渐抬头,各有各的打算。这地方也完全变样啦,净是来一些不对脾气的人。菊勇姐姐走了,我也孤单了。以前不管什么事,只要她一句话。又是个花魁,上客不少于六百支香①,我们这里拿她当宝贝哪!"

那位菊勇到了期限回老家去了。岛村问,她是结婚还是重操旧业呢?

"阿姐是个很可怜的女子。从前的婚姻失败了,才来这里的。"驹子迟疑了一下,她想不再说下去,随之望了望月光下的梯田。

"那半山腰里不是有一座刚盖成的房子吗?"

"你是说'菊村'小酒馆吧?"

"是的,她本来要嫁给那家老板的,可阿姐临时改了主意,吹了。闹了好一阵子。特叫人家为自己盖了新房,刚要嫁过去,就一脚蹬了。原来她又有了相好的,打算同那人结婚,谁知又受了骗。一旦迷上一个人,竟会变成那副样子吗?那男子把她给用了,如今又不能回心转意,要来房子住进去。因此,只得远走高飞,另谋出路了。想想好可怜啊!我们知道的不多,听说有过好几个男人呢。"

"男人吗,总有五个吧?"

"可不嘛。"驹子唭唭笑了,一头躺下来。

"阿姐也太软弱啦,她胆子小。"

① 艺妓接客时点燃线香计算时间,月终凭线香数目领取工钱。故"玉代"亦称"线香代"。

"真是没办法。"

"不是吗? 招人喜爱,又算得了什么?"

她俯伏着,用簪子搔了搔头皮。

"今天去送行,真叫人难过。"

"那座好容易新盖的店铺怎么样了?"

"由原配来掌管。"

"原配来掌管? 那倒有意思。"

"开业的一切手续都办妥了,也只能这么办理。那位原配领着孩子,搬了过来。"

"家里怎么办?"

"撇下一个老婆子。寻常百姓,男人喜欢这种生活,他倒是个挺乐观的人呢。"

"游手好闲吧? 大概上了几分年纪。"

"还年轻,三十二三光景。"

"哦? 那么说,小老婆要比原配大呀!"

"一般大,都是二十七。"

"菊村就是菊勇的'菊'字吧? 那店果真交给原配了?"

"一旦打出牌子,就不好变卦啦。"

岛村合上衣领,驹子过去关窗户。

"阿姐对您很了解,今天还问起您来着。"

"她来辞行,在账房里碰见过。"

"都说些什么?"

"没说什么。"

"您知道我的心情如何?"驹子又一下子把刚刚关紧的窗户打开来,一跃身子坐到窗台上。

过了一会儿,岛村说:

"这里的星光和东京完全不同。看起来好像飘浮在空中。"

"因为是月夜嘛,也不总是这样。今年的雪好大呀!"

"火车好像常常不通吧。"

"是啊,很可怕。五月里才通汽车,比往年晚个把月呢。滑雪场不是有一家小商店吗?二楼被雪崩冲毁了,楼下的人一点儿不知道。听到一种奇怪的响声,还以为是厨房的耗子闹腾的,出去一看,根本没有什么耗子,楼上全堆满了雪,挡雨板也被卷走了。虽说是表层雪崩,广播里大肆报道一通,吓得滑雪客再也不敢来啦。今年也不打算滑雪了,年前早把滑雪板送了别人。不过也还是滑了两三次。看我没变吗?"

"师傅死了,你怎么办呢?"

"人家的事儿,别管! 二月里不是一直在这儿等您吗?"

"回到港镇,悄悄给我写封信不就得啦?"

"才不呢。干吗那样可怜兮兮的! 给您的信,连您夫人也能看,那才真叫可怜呢。我犯不上顾忌谁而自欺欺人!"

驹子急风暴雨地好一阵数落着,岛村频频点头。

"您不要坐在虫子窝里,关掉电灯算啦。"

月色皎洁,照在女子的耳轮上,清晰地映出凹凸不同的阴影。泠泠的寒光如一根根银针刺进榻榻米的深处。

驹子的嘴唇柔美而滑润,如水蛭身上的环节。

"好啦,放我走吧!"

"还是那么着急。"岛村转过头去,对着那张奇妙的、略显饱满的桃圆脸,就近仔细地瞧。

"大伙都说,和十七岁刚来那阵子毫无两样。生活嘛,本来就是千篇一律啊。"

她仍保有北国少女火一般红润的脸庞。艺妓般的肌理经月光一照,越发泛起贝壳似的光亮。

"可我家里还是变了,您知道吗?"

"你师傅死了,你已经不住在那间蚕房里了。新搬的地方是个真正的香巢①了,对吗?"

"您是说真正的香巢? 可不,店头贩卖粗果子和香烟,也还是我一个人。这回成了替人打工的了,夜里很晚,我就点上蜡烛看书。"

岛村抱着她的肩头笑了。

"人家装了电表,不好意思再浪费电了嘛。"

"是呀。"

"不过,也就是替人干活呗。这家人待我很好,孩子哭了,太太怕打扰我,就抱到外面去。一切都不缺,只是有时床铺歪歪斜斜,不好看。回来晚了,他们早给我重新铺好了。有时被褥叠得不整齐,被单儿打绉了,看着心里觉得别扭,可自己又懒得再铺好。人家一片好心,真是很难得。"

"你要是有了家,只怕更苦了。"

"大伙儿都这么说,生就的嘛。家里有四个孩子,东西扔得乱七八糟,我成天价里里外外跟着收拾。等规整好了,又不知会乱得怎么样呢。但总得有人管,否则哪里坐得住啊。我琢磨着,只要境况允许,我会活得更体面些的。"

"是啊。"

"您知道我的心情吗?"

"知道。"

"知道什么? 说说看。快呀,快说说嘛。"驹子突然紧追不舍,声音也尖厉了。

"瞧,说不出来不是? 撒谎! 您花天酒地过日子,是个很马虎的人。您不懂!"

---

①　香巢:原文为"置屋"(okiya),艺妓之家。禁止狎客游兴,仅可应扬屋[扬屋(ageya),即召见花魁(花魁,oiran)之所]和茶屋(茶屋,chaya)之招,派出艺妓。

接着又放低声音：

"可悲呀，我是个傻瓜。您也明天回去吧！"

"你这样步步追逼，我哪里一下子说得清楚？"

"有什么说不清楚？您呀，在这一点上，不可指望。"驹子又气馁地沉默不语了。她双眼紧闭，心想，岛村不会把自己放着不管的吧？她很知趣地摇摇头说：

"一年来这么一次，也行。只要我在这块儿，您一年务必来一趟啊！"

她说期限是四年。

"待在老家时，做梦都想不到又出来做营生，滑雪板也送人了，要说干成的只是戒烟啦。"

"对对。以前你抽得很厉害。"

"嗯。筵席上客人送的，我悄悄装在袖袋里，每次归来，都有好几根呢。"

"四年也够长的。"

"很快就会过去的。"

"好暖和。"驹子挨过来，岛村一把抱起她。

"生来就是个暖身子呀。"

"早晚要冷起来啦。"

"我到这里五年了，开始很担心，这个地方能住下去吗？铁路开通前，这里更冷清。您第一次来，也有三年了。"

岛村思忖着，不到三年自己来了三次，每一次都看到了驹子境遇的变化。

几只纺织娘急急地鸣叫起来。

"好心烦呀。"驹子说着离开他的膝头。

北风吹来，纱网上的蛾子一齐飞了。

浓密的睫毛闭在一起，看上去仿佛半张半阖的黑眸子。岛村虽然早知道这些,但他还是就近窥视了一番。

"一戒烟,就发胖。"

腹部的脂肪增厚了。

一旦别离,再难以寻觅,眼见着他们又找回了过去的亲昵之情。

驹子一只手伸进前胸。

"一边怎么变大啦?"

"傻瓜,还不是他的坏习惯,专揉一边。"

"好个你呀,真讨厌! 瞎说,你真坏!"驹子立即上火了,岛村想起是怎么回事了。

"下次跟他说,两侧平均使力气。"

"是要平均吧? 要叫他平均,对吗?"驹子温存地将脸贴了过去。

这间屋子位于楼上,蛤蟆围着房子四周乱叫。听起来不是一只,而是两只,三只,一同爬行。久久地鸣叫着。

驹子在室内浴场洗罢澡,怀着一副安闲的心情,又沉静地谈起自己身世来了。

这里初检时,她以为和雏妓一样,只敞开胸脯,被人取笑,大哭了一场。她连这些都说了。只要岛村问起,她什么也不在乎。

"我呀,那种事儿可准时啦,每个月都是提早两天来呢。"

"那要是碰到赴宴,不是挺糟糕吗?"

"哎,您连这都懂啊?"

每天到著名的温泉场洗洗澡,暖暖身子,每逢赴宴,打旧温泉到新温泉来回要走七八里路。加上山间生活很少熬夜,身子骨健康而粗大,却生就一副艺妓常有的小腰身,骨盆又窄又厚。其实,这女人引得岛村千里迢迢来相会的,只不过是她那一副深深的哀愁。

"像我这样的人,还能不能生孩子呀?"驹子十分认真地问道。她是说,只要跟一个男人交往下去,不就等于是夫妻吗?

岛村第一次听说驹子有这么个男人,打十七岁起一直相处了五年。岛村很早就感到吃惊,由此更能看出,她是多么无知和缺少警惕。

她刚出道时,为她赎身的那位恩人死了之后,驹子回到港镇也许就同这个人好上了。不过她从开始到现在都讨厌他,所以两人的关系不很融洽。

"能维持五年也很不容易啊!"

"曾有过两次要分手,一次是来这里当艺妓;另一次是打师傅家搬到新家的时候。都怪我太懦弱,我真是个意志薄弱的人啊!"

听说那个男人住在港镇,她留在那里不方便,所以趁着师傅来这座村子,带过来安顿在这里了。人倒也随和,可她从未想过要许配给他,说起来好可怜。年龄相差很大,只是偶尔来一次。

"怎样才能了断呢?我时常想,索性变得浪荡些好了。我真的这么想过呀!"

"不能那样。"

"还是不该放纵自己,由着性儿不成。我很爱惜自己的青春的身子,只要我愿意,就能将四年期限改成两年,可我不想勉强自己,身体要紧啊!硬撑着也能挣好多支香。有了期限,不至于使主家吃亏。多少月钱,多少利息,多少税金,再加上伙食补贴,按月算得清清楚楚。我不想硬要多揽活儿,要是上宴会太麻烦,即刻拔腿一走了之。除了熟人点名相邀,旅馆里太晚了也不会传话过来的。要是自己大方起来,哪里还有个底儿?随赚随花,落得轻松自在,也就罢啦。本钱也归还一半了,还不到一年哩!可零花钱,月月也要开销三十元呢。"

她说每月能挣卜百八十块的就行了。上月客人最少,只到三百支,六十元。驹子赴宴九十多回,次数最多,一次宴会一支归自己所有,虽说主家吃亏了,还会不断赚回来。据说这家温泉浴场,借钱延长期限的一个也没有。

翌日清晨,驹子依然起得很早。

"我正做梦同插花师傅一起打扫这个房间就醒啦。"

移到窗边的镜台映着红叶的山峦。镜子里秋天的太阳十分耀眼。

粗果子店的女孩儿拿来了驹子的替换衣服。

"驹子姐姐!"隔扇的暗角里传来的,不是那位叶子清澈而悲戚的声音。

"那姑娘怎样了?"

驹子蓦地扫了岛村一眼。

"老是去上坟。还记得吗? 滑雪场山下有块荞麦田不是? 开满白花,没看见左面有座坟墓吗?"

驹子回去之后,岛村也到村里散步。

白粉墙的屋檐下,女孩子穿着大红色的灯芯绒防雪裤,在玩皮球。秋天确实来临了。

这里有好多老式风格的房子,令人想起"参觐交代"①的时代。庇檐深广。楼上的窗棂只有一尺高,又细又长。檐端吊着茅草帘子。

土坡上围着一道长满丝芒草的篱笆,绽开一片淡黄色,每一根丝芒草的细叶,都向四面八方伸展开来,状如喷水,好看极了。

道路旁边的太阳底下,铺着稻草席子,叶子在上头打小豆。

一粒粒亮晶晶的红小豆,从干枯的豆荚里蹦出来。

大概因为顶着手巾的缘故,她没有看见岛村。叶子一边张开穿着防雪裤的两个膝头,一面打小豆,一面用那清澈而悲戚、可以传遍山野的声音唱着歌儿:

---

① 参觐交代:江户时代,地方诸侯(大名)定期到江户(东京)朝拜将军,所经之地,沿途设置许多驿站,供给食宿。汤泽町位于自越后至关东翻越三国岭的三国街道线(国有干道)上。作为越后国的出口,汤泽町乃是重要宿场。当地出产的熊胆、山菜等,为山民一大收入。一九二五年,上越北线始通汤泽。

> 蝶儿舞,
>
> 蜻蜓翔,
>
> 蝈蝈山上叫嚷嚷,
>
> 松虫、铃虫、纺织娘。

九

还有一支歌:

> 杉林里,晚风刮,
>
> 飞起一只大老鸹。

如今,从窗户里俯瞰杉树林前边,今天也有一群蜻蜓飞流而过。天近黄昏,看来,它们的飘游只好匆匆忙忙,加快速度。

岛村出发前,在车站的小店里,看到新出版的有关这一带登山指南的书,买了一本。他随意地翻看着,书里写道:从这间屋子一眼看到的国境上的群山,其中一座山峰附近,蜿蜒的小路边有个美丽的池沼,一带湿地长满各种高山植物,繁花似锦。夏天,红蜻蜓款款而飞,有时会停在游人的帽子、手,甚至眼镜框上,那种悠闲的样子,都市的蜻蜓比起来相差万里。

可是,眼下的这群蜻蜓,好似被什么人追逐一般,急急地飞翔,它们要赶在暮色降临之前逃脱,以免被黝黑的杉树林吞没了身影。

远方,夕阳遍山。可以清晰地看到红叶自山端开始次第变红了。

"人是脆弱的,要是从山上摔下来,从头到脚,立即就会粉身碎骨。但是据说熊等动物,打再高的山崖上滚下来,身子一点儿都不会受伤。"岛村想起了今朝驹子说的话。当时她指着那座山,告诉他又有人遇难了。

人假如长着熊一般的又硬又厚的毛皮,人的官能就大不一样了。

人相互爱慕的是细皮嫩肉,想到这个,岛村遥望夕晖里的群峰,感伤地眷恋起人的肌肤来了。

"蝶儿舞,蜻蜓翔,蝈蝈……"提前吃晚饭的时候,不知是哪个艺妓,弹着拙劣的三味线,唱起了这首歌。

登山指南书上,只是简单地标着:道路、日程、住宿以及费用等,反而可以任凭自由地想象。岛村当初认识驹子,也是在残雪尚存、新绿渐萌的山间旅行之后、来到这座温泉村的时节。眼望着留下自己脚印的山峰,想到如今正是秋天登山的季节,一颗心早已飞到山里去了。一无所成,游手好闲的他,艰难跋涉于山野之间,这正是不折不扣的徒劳!唯其如此,他才感受到一种非现实的魅力。

一旦远离,就会不住思念着驹子。尽管如此,等一来到身边,就立即安下心来。眼下,他太亲昵于她的肉体了,他怀恋人的肌肤。他向往山野,陶醉于同一种梦境。这也许是因为驹子昨晚刚在这里过夜的缘故吧。然而,如今他只好静静地呆坐着,听凭驹子翩然而至。一群徒步旅行的女学生嬉戏打闹,听着她们热烈欢快的叫喊,岛村昏昏欲睡,及早进入了梦乡。

不一会儿,似乎就要下雨了。

第二天醒来,驹子已经端坐桌前看书了。她随身穿一件丝绸外褂。

"醒啦?"她声音沉静,朝这边看了看。

"怎么啦?"

"您醒了吗?"

岛村怀疑她是偷偷来睡在这里的。他环顾一下自己的床铺,拿起枕畔的钟表一看,才六点半。

"好早啊!"

"可是侍女早来生过火啦。"

一大早,铁壶里就冒出了水汽。

“起来吧。”驹子站起身，坐到他的枕头旁边，一副家庭主妇的表情。岛村伸着懒腰，顺势抓住女子膝头上的手，摆弄着她小指上弹琴磨的茧子。

“我好困呀，不是刚刚天亮吗？”

“您一个人睡得舒服吗？”

“还好。”

“您呀，还是不肯留胡子。”

“对啦对啦，上次分别时，你说过来着，是叫我留胡子的。”

“忘了也就算啦。胡楂子总是刮得青凛凛、光秃秃的。”

“你还不是一卸了白粉，脸上就像刚刮过一样吗？”

“腮帮子又胖起来了吧？白白的面孔，睡着了，没胡子，模样儿很怪，圆乎乎的。”

“还是柔和些为好。”

“没指望。”

“讨厌，你是不是一直死盯着我看？”

“可不。”驹子哧哧笑着点点头，先是微笑，接着就着火般地大笑起来。她不知不觉握紧了他的手指。

“我躲在壁橱里，侍女一点儿也没觉察。”

“从什么时候藏进去的？”

“不就是刚才吗？侍女来生火的时候呀。”

她想起来就大笑不止，忽然红到了耳根，为了掩饰，她抓起被头扇着风。

“起来，快给我起来呀！”

“好冷。”岛村紧紧抱着棉被。

“旅馆的人起床了吗？”

“不知道，我打后山上来的。”

“后山？”

"顺着杉树林爬上来的。"

"那里有路吗?"

"没路,可很近。"

岛村吃惊地望着驹子。

"我来谁也不知道。厨房里有响声,但大门还是紧闭着的。"

"你一直起得很早吧?"

"昨晚上没睡好觉。"

"知道下雨吗?"

"是吗?那里的山白竹都湿了,原来是雨淋的呀?我走了,您再睡一会儿,歇着吧。"

"我起来了。"岛村攥住女子的手,一跃出了被窝。他走到窗前,俯视着女子上山的路径,遍布着茂盛灌木的山脚下,长着一片茁壮的山白竹。那里是连接杉树林的山丘地带,窗下的稻田里种着普通的蔬菜,有萝卜、白薯、葱和山药等,在朝阳的照射下,他第一次发现每片叶子的颜色都不相同。

伙计站在通往浴场的走廊上,给泉水里的红鲤鱼喂食。

"天一冷,鱼也不肯吃食了。"伙计对岛村说。他对着漂浮在水面的干蚕蛹屑,瞧了老半天。

驹子干干净净地打坐着,对洗澡回来的岛村说:

"待在这种清净的地方,做做针线活儿该多好!"

房子刚扫过,稍显陈旧的榻榻米,秋日的太阳深深地射进来。

"你会做针线吗?"

"这话真失礼。姊妹行里数我最苦。想起我长大成人那几年,似乎正逢家境贫寒的时候。"她喃喃自语,突然提高嗓门:

"侍女一见到我,满脸疑惑地问:'驹子姑娘,什么时候来的?'我总不能两次三番钻壁橱呀,那多难为情。我回去了,尽快洗个澡。不然,等头发干了,再到梳头师傅那里去,就赶不上中午的宴会了。虽说这里也有个宴会,但是昨夜才来通知我,我已经答应了别的地方,来不了啦。星期六,忙得很,没空儿过来玩啦。"

驹子尽管这么说着,却迟迟不愿意离开。

她不去洗头了,把岛村带到后院,大概她刚才是打这里悄悄溜进来的,过道儿上放着驹子的湿木屐和湿布袜子。

她爬着经过的那片山白竹看样子是走不通的,所以只好顺着田埂向有水声的方向走去。河岸变成了幽深的悬崖,栗子树上传来孩子的叫喊。脚边的草丛里落了来几颗毛栗子,驹子用木屐踩碎,剥出了栗子。都是些小栗子。

对岸是倾斜的山腹,盛开着芭茅的花穗子,银光闪耀,飘摇不定。那炫目的白色,又像飞翔于秋空里的透明的幻影。

"到那边看看吧。那里有你未婚夫的墓。"

驹子倏忽挺立身子,盯着岛村看了看,将手里的小栗子,猛地掷向他的脸孔。

"你总是耍弄我!"

岛村来不及躲避,额头上发出噼噼啪啪的声音,疼极了。

"那座坟和您什么缘分,也劳你去参观一番?"

"干吗那么当真?"

"对我来说,这可是正经事儿,不像你,只管自己整天享清福!"

"谁整天享清福了?"他有气无力地嘟哝着。

"我问你,为何要提未婚夫什么的?我从前不是反复对你说过吗?他不是我的未婚夫,你忘啦?"

岛村当然没有忘。

"师傅或许希望我和少爷在一起,但也仅仅是心里这么想,嘴里从来没有提到过。对于师傅的这番心意,少爷和我都约略知道些。不过,我们两个从未有过什么。各人有各人的生活。我被卖到东京的时候,只有他一个人为我送行。"

岛村记得驹子这样说过。

那男子病危时，她住在岛村这儿。

"我愿意干什么就干什么，一个将死的人怎能管住我呢?"她曾经孤注一掷地说。

而且，正当驹子送岛村到车站的当儿，病人情况突变，叶子来接驹子回去，驹子断然拒绝，没有回去，从而未能见到最后一面。这样一来，岛村对那个叫作行男的人留下了很深的记忆。

驹子一直避而不谈行男的事，就算不是未婚夫，为了给他挣医疗费，跑到这里当艺妓，这无疑也是出自"正经事儿"的考虑。

栗子砸到了脸上，也不见生气，驹子一时有些惊讶。她有些不忍心，即刻对他厮磨起来。

"我说，您真是个老实人，看来，心里有什么伤感的事情吧?"

"树上的孩子正看着哪。"

"真闹不懂，东京人太复杂，周围一吵闹，注意力就消散。"

"什么都消散得彻底。"

"不久连生命都会消散的。去上坟吧。"

"还去吗?"

"瞧，您根本不愿意去上坟，对吗?"

"只是怕你有所顾忌呀。"

"我一次也没来过，是有顾忌，真的。一次也没来过。如今，师傅也一起埋在这里了，我感到对不住师傅，越发不愿来上坟了。这事儿总觉得有些虚情假意。"

"你这才是相当复杂啊。"

"为什么? 人活着的时候，没有向他表白心事，死了之后，总该要说说清楚吧。"

杉树林一派寂静，能听到冰冷的雨滴掉落的声音。打这里穿过去，沿滑雪场下边再走一段路，就到了坟场。高高田埂的一角里，竖立着十座古老的石碑和一尊地藏菩萨像,寒碜地裸露着身子。没有鲜花。

地藏菩萨后面低矮的树荫里,蓦然浮现出叶子的前胸。她也似乎有些意外,绷着脸孔,一副认真的表情,目光如火,直直对这边瞧着。岛村突然对她点点头,就兀立不动了。

"叶子妹妹好早啊。我呀,正要去梳头师傅家呢……"驹子正说着话,一股黑色的旋风卷地而来,刮得她和岛村浑身缩成一团。

一列货车打眼前通过。

"姐姐——!"一声呼喊透过震耳欲聋的巨大声响传来,货车黝黑的车门里,一位少年不停挥动着帽子。

"佐一郎——!佐一郎——!"叶子呼叫着。

这是在雪中的信号所呼叫站长的嗓音,犹如徒然呼唤着船上远游的亲人,那声音优美而悲戚。

货车驶过去了。仿佛取下眼罩,铁路对面的荞麦田,繁花如雪,静静地在红色的茎上一起绽开,鲜明耀眼。

冷不丁碰到叶子,他俩没有注意火车通过,然而,其中似乎有一种东西被这趟货车裹走了。

这之后,叶子的声音似乎比轰隆的车轮留下了更长久的余韵。纯洁的充满情爱的呼唤仿佛依然在天上回荡。

叶子目送着火车。

"弟弟在车上,我要去车站看看。"

"火车也不会在车站等着你呀。"驹子笑了。

"是啊。"

"我呀,不会给行男哥哥上坟的。"

叶子点着头,她迟疑了一下,就跪在墓前,双手合十。

驹子兀立不动。

岛村转眼看看地藏菩萨,三面长脸,两手合掌于胸前。另外左右还各有两只手。

"我梳头去啦。"驹子对叶子说罢,沿着田间道路走回村子。

当地土话有一种称为"禾台"的东西:在两棵树干之间,用竹子或木棒绑捆扎成晒衣竿的样子,分成几段,挂上稻子晾晒,看起来像高大的稻草屏风——岛村他们经过的道路旁边,百姓们正在做"禾台"。

穿着防雪裤的姑娘,身子一扭,就投过来一个稻捆,站在高处的汉子,灵巧地一把抓住,双手捋了捋,分开来搭在竿子上。他们习惯了,悠闲地、手脚熟练地重复着相同的动作。

"禾台"垂挂着稻穗,驹子珍惜地捧在手里仔细端详,轻轻晃动着。

"这稻子真饱满呀,摸一摸心里也舒畅,和去年大不一样啊!"她眯起眼,用心体会着稻谷的触感。一群麻雀打低空胡乱地飞了过去。

道路边的墙壁上残留着陈旧的布告,上面写着:

插秧工工钱协约:男工每天工钱九角,包伙。女工打六折。

叶子家里也设了"禾台",搭建在离公路稍远的洼地稻田里。庭院左首,是邻家的高大的"禾台",架在白粉墙边一排柿子树上。稻田和庭院之间也有"禾台",同柿树上的"禾台"构成直角,一端的稻穗底下开了小门,就从那里出出进进。没脱粒的稻穗不可做草帘子,正好搭成稻棚子了。旱地里枯萎的大丽花和玫瑰园前面,山芋展现着浓绿的叶子。放养红鲤鱼的荷花池被"禾台"遮住了,看不见。

去年驹子住过的那间蚕房的窗户,也被遮挡了。

叶子娇嗔地低着头,钻过稻穗底下的小门回去了。

"家里就她一个人吗?"岛村目送着那稍微前屈的背影问道。

"大概不会吧。"驹子冷冷地回答。

"啊,烦死啦。不去梳头了,都怪你多嘴多舌,扰乱人家上坟!"

"是你太固执,不愿在坟场见到她呗。"

"你根本不了解我的心情! 回头有空,我去梳头,也许会晚些,我一定来。"

凌晨三点钟。

突然,"哗啦"推开障子门的声响将岛村惊醒,驹子"扑通"躺倒在他身上。

"我说来,就来。对吧,我说过要来,这不就来了?"她剧烈地喘息起来。

"看你醉成什么样子。"

"是吧,我说来,一定来。"

"哦,你是来了。"

"来的路上看不见,看不见啊,唉,苦死啦!"

"真难为你,是怎么爬过那段山坡的呢?"

"不知道,谁还记得。"驹子翻转过来,滚动着身子。岛村不堪其苦,他想坐起来,因为还没睡醒,不由摇晃了一下,头颅倒在一个灼热的东西上了。他吃了一惊。

"简直是一盆火! 傻瓜。"

"是吗? 火枕,会把你烫伤的呀!"

"真的。"他闭起眼睛,一股热流直冲脑门,岛村切实感到了生命的活力。随着驹子剧烈的喘息,传递着一种实实在在的东西。这东西像是一种难以割舍的悔恨,又像是一颗安然期待复仇的心灵。

"我说来,这不就来了?"驹子只是重复着这句话。

"我算来过了,这就回去。我要去梳头。"

她爬起来,咕嘟咕嘟地喝水。

"你这副样子,不能回去!"

"回去,有伴儿。洗澡的用具呢,到哪儿去啦?"

岛村站起来,打开电灯,驹子双手捂着脸,趴在榻榻米上。

"讨厌!"

驹子身穿袖口金丝绲边的漂亮夹衫,外面罩着黑领睡衣,系着一根窄腰带。因此,看不到贴身内衣的领子。她醉态蒙眬,连脚底板儿都泛着殷红,畏葸地团缩着身子,显得十分可爱。

洗澡的用具看来都扔掉了,肥皂、梳子散落在地上。

"剪吧,剪子我拿来啦。"

"剪什么呀?"

"剪这个。"驹子将手伸向后边的头发。

"在家时想剪掉头绳,可手就是不听使唤,特来这里,想叫你给我剪一剪。"

岛村分开女子的发髻,剪去了头绳,每剪掉一处,驹子就甩甩头发,心情也渐渐沉静下来。

"现在几点?"

"已经三点了。"

"哎呀,这么快呀? 可不能把真发剪了呀。"

"怎么扎这么多绳子?"

他抓起一束假发卷儿,发根热乎乎的。

"已经三点了吗? 从筵席上回来,倒头就睡了吧? 和朋友约好了,是她们请我的。也许不知我到哪儿去了。"

"她们在等你吗?"

"去公共浴场洗澡来着。三个人,有六场筵席,只能赶四场。下周是红叶季节,很忙。谢谢啦!"她梳理着散乱的头发,抬起脸来,眯细着眼睛,微笑了。

"不管它,嘻嘻嘻,真好笑呀。"

随后,她惋惜地拾起一束假发。

"叫朋友们久等,这不好。我走啦,回来不再路过这里啦。"

"认得清路吗?"

"认得清。"

她踩住了衣裾,摇晃了一下。

早上七点和凌晨三点,在特殊的时间里,一天瞅空子来两次,岛村想想,觉得真是非同寻常。

<h1 style="text-align:center">十</h1>

旅馆的伙计们像过年扎门松一样,将红叶装饰在大门口。这是为了欢迎赏枫的客人。

一个临时雇用的领班口气生硬地指挥着,这人曾自嘲是一只候鸟,从新绿至红叶这段时期,他在附近山间温泉一带干活儿,冬天到伊豆半岛的热海、长冈等地的温泉浴场做工。每年他都不固定待在同一家旅馆里。他吹嘘自己对于伊豆的繁华温泉场极富经验,背地里总是说这些山间温泉不会善待客人。他一边搓着两手,一边盯住客人不放,表现出一副毫无诚意、低三下四的嘴脸。

"老爷,您知道木通果吗?要想尝尝,我这就给您拿来。"他冲着散步回来的岛村说。他把结着果实的蔓子都挂在红叶枝头了。

这些红叶打山上砍来就高高挂在屋檐上了,旅馆的大门忽然一片鲜红,十分惹眼。一片片红叶硕大无比。

岛村握着冰凉的木通果,向账房里瞥了一眼。叶子端坐在炉边。

老板娘用铜壶温酒①。叶子和她相向而坐,老板娘每当说起什么,叶子总是认真地点点头。她没有穿防雪裤和外套,只有一件刚浆洗过的丝绸和服。

"她是来帮忙的吗?"岛村不经意地问那个领班。

"哦,托您的福,人手不够,没法子呀。"

---

① 铜壶温酒:将铜质水壶埋在火钵一侧炭火中,用以烫酒。

"和你一样?"

"哎,乡下姑娘,就是与众不同啊!"

叶子看来是在厨房做事,还没有上过筵席。客人一多,厨房的侍女就大声嚷嚷,可就是听不见叶子优美的嗓音。负责整理岛村房间的侍女说,叶子临睡前喜欢在浴槽里唱歌,可他未曾听到过。

不过,一想到叶子待在这家旅馆,岛村总觉得不便再招驹子来了。尽管驹子的爱情一直针对着他,但他自身空虚,只把这看作美丽的徒劳。然而,另一方面,驹子对于生命的渴望,也像她那赤裸的肌体,深深触动了他。他可怜驹子,也可怜自己。岛村似乎察觉叶子长着一双慧眼,一切都瞒不住她那犀利的目光。于是,岛村也被这个女子所吸引。

不等岛村召唤,驹子当然也会自动上门的。

他去溪流深处观赏红叶,曾经打驹子家门前通过。当时,她听到车声,心想一定是岛村来了,跑出去一看,他连头也没有回。他真是个薄情郎!她呢?只要被叫去旅馆,总是要到岛村房间,一次也不落。每逢洗澡,也要路过那里。一有宴会,她总是早来一小时,先到岛村这里玩,等侍女来叫再过去。她时常逃席来找岛村,对着镜台匀匀脸。

"我要去干活。我要做生意,好吧,做生意挣钱。"她说着,走了。

不知为什么,她回去的时候、总是将琴拨子袋儿、外褂等随身带来的东西,丢在他的房间里。

"昨夜回来,没有烧好的开水,到厨房里稀里哗啦盛了碗饭,浇上早晨剩下的黄酱汤,就着腌咸梅吃了,冰冷冰冷的。今早家里没人叫我,睁开眼已经十点半了。本来打算七点起床后就过来的,结果没做到啊!"

就连这些事,还有从哪家到哪家,筵席是什么样子,总要絮絮叨叨报告一遍。

"我还会来的。"她喝了口水站起来。

"也可能不来了。本来三十个人的筵席,只有三个人陪,忙得抽不开身呀。"

然而,过一会儿她又来了。

"累死啦,三十个人只有三个人陪,她们两个一老一小,苦了我啦!客人又是小气鬼,肯定是哪个旅行团的。三十个人至少也得六个人陪着。我喝上几杯吓唬吓唬他们去。"

天天如是,究竟会走到哪一步呢?驹子也想将自己的身体和心思一概掩藏起来,可是她的这种孤独的志趣,反而更加使她风情万种。

"廊子里有响声,多难为情啊!放轻脚步,还是有人能听到。打厨房穿过吧,人家就会取笑说:'驹子,又去茶花间吗?'我还从未想到,我会这般顾及着别人。"

"地方小,不自由嘛。"

"大家都知道了。"

"这可不行。"

"是啊,一旦稍稍坏了名声,在这块小地方,就很难混下去了。"说罢,她抬起头来,笑了。

"哎,没关系,我们到哪里都一样干。"

这种发自肺腑的大实话,使得坐食祖产的岛村甚感意外。

"真的,到哪里都是一样干,用不着瞎担心。"

从她那一副淡然的口气里,岛村听出了女子的心声。

"这就行啦。因为唯有女人,才会真心爱上一个人。"驹子低俯着略显红润的脸孔。

后衣领张开了,背部到双肩形成一面洁白的扇形,浓饰白粉的肌肉悲婉地聚拢起来,看上去,好似一块毛织物,又像背负着一只小动物。

"当今的世道下是这样啊。"岛村嘀咕着,又悚然觉得这话多么空洞。

"什么时候都一样。"驹子倒很单纯。

她扬起脸来,又莫名其妙地加了一句:

"你不知道吗?"

她的贴身石榴红内衣看不见了。

岛村正在翻译瓦雷里①、阿兰②,还有俄罗斯舞蹈流行年代法国文人的舞蹈理论,计划自费出版一小部分精装本。这种书对日本舞蹈界毫无作用,但正因为如此,反而使他心安理得。通过自己的工作嘲弄自己,也有一种类似撒娇的愉快。抑或从这些方面,可以产生他哀婉的梦幻的世界吧。因此,他不必急着出外旅行。

他用心体察昆虫们愤懑致死的情形。

秋令渐凉,他房间的榻榻米上每天都有死去的虫子。翅膀坚硬的虫子一旦翻转,就再也翻不回来了。蜂子走上几步就倒下来,再走再倒。随着节令的推移,这虽然属于自然的消亡,安静的死灭,然而走近一看,它们竟是震颤着脚肢和触角痛苦挣扎而死的。这些小小的祭场,安设于八铺席的榻榻米上,真是显得太空旷了。

岛村正要伸手捡拾昆虫的尸骸,忽然想起留在家里的孩子们。

平时落在窗户纱网上的蛾子也死了,如散乱的枯叶。有的从墙壁上掉下来,捧在手里一看,为什么都这般美丽?岛村思索着。

防虫纱网拆除了。虫声悄然减少了。

国境上的山峦变成深沉的铁锈色,于夕晖掩映之下,闪现着矿石般冷寂的钝光。旅馆里赏枫的游客蜂拥而至。

---

①　瓦雷里(Paul Valery,1871—1945):法国象征派诗人、评论家。主要著作有诗集《幻美集》《海滨墓园》,评论《达芬奇方法引论》《关于舞蹈》等。

②　阿兰(Alain,本名 Emile Chartier,1868—1951):法国思想家、教育家。主要著作有《我的思想历程》《幸福散论》《关于精神和热情的八十一章》等。

"今天不能来啦,也许。有本地人的筵席呢。"当晚,驹子路过岛村这里,不久,大厅里响起鼓声,夹杂着女人尖厉的喊叫。一片嘈杂声里,意外听到一个极为清纯的嗓音。

"劳驾!劳驾!"是叶子在呼唤。

"哎,这是驹子姐姐叫我送来的。"

叶子站在原地,像邮差一样伸过手来,又慌忙跪在地上。岛村打开折叠的信笺,叶子早已消失了踪影。什么话也没来得及说。

> 眼下正闹得欢,还喝了酒。

随身携带的"怀纸"上胡乱写着这样的字句。

可是没过十分钟,驹子噔噔噔地跑进来了。

"刚才那丫头带来什么东西了吗?"

"带来了。"

"是吗?"她快活地眯起眼睛。

"啊,真开心!我说去拿酒,就这样溜出来啦。给领班看见了,挨了骂。酒真好,被骂了都不会在意脚步声。啊,真讨厌,一来就喝醉了。回头还得上班呢。"

"连指尖儿都变得好看啦。"

"唉,为了牛崽嘛。那丫头和你说什么来着?知道吗?她可会嫉妒了!"

"谁呀?"

"妒火也能烧死人啊!"

"那姑娘也是来帮忙的吧?"

"手里捧着酒壶,站在廊下的暗角里,一直盯着什么,眼睛光闪闪的。你也挺喜欢那双眸子吧?"

"她大概觉得场面太下流才这么看着的吧。"

"所以我才写个纸条儿叫她带来。我渴了,给我水喝。谁下流?

你若不肯甜言蜜语把一个女勾引到手你就不会明白。我醉了吗?"
她身子摇晃了一下,抓住镜台两端照了照,撩起衣裾,出去了。

不久,宴会似乎散了,立即微微传来杯盘碰撞的声音。看来驹子
是被客人带到别的旅馆二次筵席上去了,这时,叶子又送来了驹子折
叠的信笺。

> 山风馆不去了,接下来去梅花间。回去时会去您房间。
> 晚安。

岛村有些难为情地苦笑了。

"谢谢。你来帮忙的吗?"

"嗯。"她点点头。叶子顺势用那冷峻而美丽的眼睛,向岛村瞟
了一下。岛村有些狼狈起来。

他见过她好几回了,每次都留下令他感动的印象。这位姑娘娴
静地打坐在他面前,反而使他感到不安。她的过于认真的举止,看起
来似乎正处身于极不寻常的事件之中。

"你挺忙吧?"

"哎,不过,我什么都不会呀。"

"我见过你好几次了。开始是在回来的火车上,你扶侍着他,还
托站长照顾弟弟,还记得吗?"

"嗯。"

"听说你临睡前常在浴池里唱歌,是吗?"

"哎呀,太失礼啦,真是难为情。"她的声音优美得惊人。

"我觉得你的事我全都了解。"

"是吗?是听驹子姐姐说的吧?"

"她呀,没说过,她似乎不愿提起你的事。"

"是这样啊。"叶子悄悄转过脸去。

"驹子姐姐很好,她很可怜,请您好好待她。"

她说得很快,语尾里微微震颤着。

"可我无能为力啊。"

叶子这回连身子也颤抖起来,她的脸上闪耀着危险的光辉。岛村移开视线,他笑了。

"我也许早些回东京更好。"

"我也去东京。"

"什么时候?"

"什么时候都行。"

"那么,我带你一道走吧?"

"哎,请带我一道回去吧。"她淡然地说,但语气很认真,岛村很是惊讶。

"只要你家里人同意就成。"

"家里人只有一个在铁路工作的弟弟,我自己决定就行了。"

"东京有落脚的地方吗?"

"没有。"

"和她商量了吗?"

"你是指驹子姐姐? 我恨她,不跟她说。"

说着说着,心情轻松了,她抬起湿润的眼睛看了看岛村。他从叶子身上感受着奇妙的魅力,不知为何,反而对驹子越发燃起了爱的烈焰。同一位不明底里的少女私奔般地跑回东京,这也许是向驹子最激烈的赔礼方式吧? 也是一种变相的刑罚!

"你呀,跟一个男人走不害怕吗?"

"为什么要害怕呢?"

"你到东京没有栖身之地,也没决定要干些什么,不是太冒险吗?"

"一个单身女子怎么都能活下去。"叶子说话,尾音上挑,十分动听。她一直盯着岛村。

"就在您家做侍女,好吗?"

"什么,做侍女?"

"我并不想做侍女。"

"先前在东京干什么来着?"

"护士。"

"在医院,还是上护校?"

"都不是,只是这么想想罢了。"

岛村回想起叶子在火车上照拂师傅儿子的身影,她那一丝不苟的态度里不正包含着自己的志向吗?想到这个岛村微笑了。

"那么说,这回想去学护士了吗?"

"我已经不打算当护士了。"

"你这样像浮萍随处漂泊怎么行呢?"

"哎呀,什么浮萍不浮萍,我不爱听。"叶子不服气地笑着。

她的笑声响亮、清澈而又悲戚,听起来不像故意犯傻。然而,这笑声撞击在岛村空虚的心版上之后消泯了。

"有什么可笑的吗?"

"我只想护理一个人呀。"

"哎?"

"现在不行了。"

"是吗?"岛村没想到她会突然说起这个,沉静地说。

"听说你每天都到荞麦田下边的墓场去上坟?"

"嗯。"

"这一生再也不想护理别人,或为别人上坟了,对吗?"

"是的。"

"不过,你舍得丢下那坟,一心无挂碍地去东京吗?"

"哎呀,拜托了,就请带我走吧。"

"驹子说,你非常嫉妒她,那个男子不是驹子的未婚夫吗?"

"你说行男哥哥？撒谎，胡说！"

"驹子哪一点值得你恨呢？"

"驹子姐姐吗？"叶子好像呼唤眼前的驹子一样，目光峻厉地看着岛村。

"您要好好对待驹子姐姐。"

"我是无能为力啊。"

叶子眼里溢出了泪水，她捏住掉在榻榻米上的小飞蛾，哭着说：

"驹子姐姐说我会发疯的。"说罢，她飘然离开屋子。

岛村浑身发冷。

他打开窗户，正要把刚才叶子捏死的小飞蛾扔出窗外，一眼看到醉醺醺的驹子，弓着腰在和客人划拳。天空阴霾。岛村到室内浴场去洗澡。

隔壁的女子浴场，叶子领着旅馆的女孩儿走进去。

叶子叫她脱掉衣服，给她洗澡，亲切地和她对话，那甘美的声音听起来，就像一位年轻的母亲。

接着，那声音唱起歌来：

  ……

  ……

  进了后院抬头看，

  三棵梨树三棵杉。

  三加三是六棵树，

  下面乌鸦来做窝，

  上头麻雀在睡眠。

  森林里的蝈蝈儿，

  怎么叫呀怎么喊？

  阿杉为友来上坟，

  一盘一盘又一盘。

　　她熟练地唱着这首拍球歌,嗓音细嫩、生动,调子活泼而富于节奏感,岛村做梦都不会想到是刚才那位叶子唱的。

　　叶子不停跟女孩儿说话,出了浴场,她的声音依然似悠扬的笛韵在原地回响。门口古旧的黝黑闪亮的地板上,靠着一只桐木三味线盒。秋夜岑寂,岛村不由被那只桐木琴盒所吸引,他正读着那位持有者艺妓的名字,不想驹子正从洗涮杯盘的地方走过来了。

　　"看什么呢?"

　　"她在这儿过夜吗?"

　　"谁? 唔,她呀? 傻瓜,你知道吗? 这玩意儿不会一直带在身边的,有的要搁在这儿好几天呢。"她笑了,痛苦地叹息着,闭上了眼睛。她放下身子一侧的衣岔,倒向岛村。

　　"哎,送我走。"

　　"不要回去了。"

　　"不行,不行,我要回去。当地人开宴会,她们都上二次筵席了,只有我留下来。因为在这里开宴,一切都好说,可是朋友们回来,要约我洗澡,我要是不在家,那就太失礼啦。"

　　驹子虽然烂醉如泥,可还是抖擞精神,沿着陡峭的坡路回去了。

　　"是你把那丫头给逗弄哭的?"

　　"这么说,她确实有点不正常啊。"

　　"你这样看人家,觉到有意思吗?"

　　"不是你说的吗? 说她要发疯了。她一想到你说的这句话,就呜呜哭起来了。"

　　"那就好。"

　　"可是没过十分钟,就在浴池里唱起动听的歌来。"

　　"洗澡时候唱歌,是那丫头的老毛病。"

　　"她真心实意地要我好好善待你呢。"

　　"真傻。不过,这种事儿,你大可不必对我吹嘘一通,不是吗?"

"吹嘘？我真不明白，为何一提到那个姑娘，你总是意气用事。"

"你想娶那丫头吗？"

"你怎么能说出这种话？"

"我不是开玩笑。我一见到那个丫头，总觉得到头来将成为我的一个包袱，我也不知道为什么。你呀，如果喜欢她，不妨留心看看再说吧。我想你肯定也会有这个感觉的。"驹子双手搭在岛村的肩膀上，亲昵地依偎过来。突然，她又摇了摇头。

"不对，在你这样的人手里，那丫头也许不至于会发疯。那就把我这个'包袱'给带走吧，行吗？"

"算了吧！"

"你以为我是酒后胡说一气呀？那丫头在你身边有人疼爱，想起这个，我就会在这山里纵情享乐，那才开心哩！"

"喂——"

"甭管我！"她一溜小跑地逃走了，"扑通"一声撞在挡雨板上，那里就是驹子的家。

"他们以为你不回来了呢。"

"不，门是开着的。"

她抱起那扇发出干裂声响的门板，拉开来。驹子低声说：

"进去吧。"

"不过，这么晚……"

"家里人都睡了。"

岛村犯起犹豫。

"好，我送送你吧。"

"不用了。"

"不行，你还没看过我这个新家啊！"

走进后门，这个家里的人横七竖八躺在眼前。他们盖着褪色的硬挺挺的棉被，套的是这一带产的防雪裤用的棉花。昏黄的灯光底下,主人夫妇和十七八岁的女儿,还有五六个孩子,脑袋各自朝着不同的方向,脸上露出寂寞而坚毅的表情。

岛村仿佛被温热的气息推拥了回来,不由想退出门外,驹子将后门"咣啷"一声关上了,大踏步越过木板地面。岛村悄悄从孩子们的枕头旁边穿过,一种奇妙的快感在他心头荡漾。

"在这等着,我去楼上开灯。"

"算了。"岛村摸黑从楼梯登上去,回头一看,朴素的睡脸对面是卖粗果子的柜台。

这里是普通百姓家的房子二楼,四间①的面积,榻榻米也很陈旧。

"我一个人住,大倒是挺大的。"驹子说。隔扇全敞开了,一间堆满了这个家里的旧家什。煤烟熏黑的障子门内铺着驹子的小小寝床。墙上挂着赴宴的衣服,简直像个狐狸的巢穴。

驹子孤零零坐在地板上,仅有的一个坐垫让给了岛村。

"呀,好红啊!"她照着镜子。

"怎么醉成这副样子?"

接着,她在衣柜上头摸索着。

"瞧,日记。"

"真多呀!"

她从旁边抽出一个花纸糊的小盒子,里头塞满了各种香烟。

"客人们送我香烟,我就装在袖口或夹在腰带里带回来,虽然揉皱了,但是不脏,而且很齐全。"她坐在岛村面前,将箱子伸到岛村面前,翻着给他看。

"哎呀,没有火柴。我自己戒烟了,不用火柴啦。"

"不用啦,你也做针线吗?"

---

① 间:日本旧时表示面积大小的单位。四间约十三点二平方米。

"是啊,赏红叶的客人一来,根本没空儿做啦。"驹子回过头去,收拾一下衣柜前边的缝补衣物。

也许是对东京生活的留恋吧,纹路整齐的精美的衣柜,红漆的高级的针线盒,依然像是住在师傅家里,在这粗陋的二楼上,显得很寒酸。

电灯系子垂挂到枕头上。

"读罢书想睡了,一拉这个,灯就灭了。"驹子摆弄着那根细绳,规规矩矩坐在那里,像个家庭妇女,带着几分腼腆。

"狐狸嫁闺女——好齐全呀。"

"可不是嘛。"

"这屋子要住四年?"

"可是,已经半年了,很快就会过去的。"

可以听到楼下传来的鼻息声,似乎没有话说了,岛村连忙站起来。

驹子一边关门,一边伸头仰望天空。

"要下雪了,红叶期马上就要过去啦。"她又来到外面,说:

"'这一带,是山乡,红叶艳艳雪飞扬'①,红叶季节也会下雪呢。"

"我走了,晚安。"

"我送你,送到旅馆门口。"

然而,她和岛村一起进了旅馆。

"你休息吧。"她说罢,翩然而去。不一会儿,端着两杯冷酒,进入他的房间。大声说:

---

① 司马芝叟作净瑠璃《箱根灵验暨者复仇记》,俗称《暨者胜五郎》,时代物(历史故事),享和元年(1801)作,十二段,描写下肢行动不便的胜五郎及其妻初花为兄报仇的故事。其中第十一段,描写胜五郎之妻初花,于塔之泽瀑布冲水,向神明祈祷,随即跛子胜五郎腿脚立起。此乃该段初花台词。

"给,快喝吧,喝呀!"

"旅馆的人都睡了,你打哪儿弄来的?"

"甭管,自然有地方。"

看来,驹子是从酒桶里灌的,先喝了一杯,刚才的醉态又来了,她眯着眼,盯着就要溢出来的酒杯。

"不过,摸黑喝酒,喝不出味道啊!"

驹子把冷酒杵到他眼前,岛村一口气喝了进去。

这点儿酒虽然不至于喝醉,但在外走了段路,身子发冷,心里一阵难受,酒劲儿也上了头。他似乎也感觉自己脸色惨白,于是闭上眼睛躺下了。驹子连忙过来照料。不久,岛村百依百顺地完全陶醉于女子温热的肌体中了。

驹子宛若一个尚未开怀的少女,很不好意思地抱着人家的孩子一样,一心呵护着他。她抬起头,仿佛端详着孩子的睡姿。

岛村过了一会儿,断断续续地说:

"你呀,是个好姑娘。"

"为什么? 我哪里好?"

"是个好姑娘。"

"是吗? 你真坏,说些什么呀? 正经点儿!"驹子不加理睬,她一面摇着岛村,一面三言两语地敲打他,接着,便沉默不响了。

然后,她独自笑了。

"这样不好,我心里很难过,你还是回去吧。我已经没有什么衣服可穿了。每到你这儿,都想穿不一样的宴会服,可是实在没有可挑的了,这还是借朋友的呢。我这个人很坏吧?"

岛村无言以对。

"我这个样子,哪一点儿好呢?"驹子哽咽着问。

"第一次见你,觉得很讨厌,谁会像你那样,说话净招人嫌? 对你,我真的讨厌死啦。"

岛村点点头。

"嘿,这事儿我一直瞒着你,知道吗?一个男人,当面被女人指出这个来,那就算完啦!"

"我不在乎。"

"是吗?"驹子似乎在回想自己,久久不说话。一个女人对于生命的感悟像一股暖流传到他身上。

"你是个好女子。"

"哪点儿好呢?"

"是个好女子啊!"

"真是个怪人!"她有些不好意思地缩紧双肩埋下脸来,突然又想起什么,一只胳膊支撑着,扬起头来。

"你是什么意思?说呀,什么意思?"

岛村惊讶地望着驹子。

"快说呀!你就是为这个来的?你在耻笑我吧?你确实在耻笑我啊!"

她满脸通红,瞠着岛村紧追不舍,肩头因愤怒而激剧地颤抖。忽然,她又面色转青,扑簌扑簌流下泪来。

"真窝囊!啊,我真窝囊!"她一骨碌折身而起,背对这边坐着。

岛村想到驹子误解了自己,他猛然一惊,闭上眼睛一言不发。

"真可悲啊!"

驹子自言自语,团缩着身子倒了下来。

她或许哭累了,拔出银簪子扑刺扑刺向榻榻米上一阵乱戳,又霍然站起身来,离开屋子。

岛村不好去追赶她,听了驹子的一席话,他心里十分内疚。

谁知,驹子似乎又立即悄悄转回来,站在障子门外尖声叫道:

"喂,不去洗澡吗?"

"来啦。"

"对不起,我想通啦。"

她躲在廊下,没打算进屋,岛村拎着毛巾出去,驹子也不和他照面,微微低着头先走了。那副样子,就像一个罪行败露的犯人,被解走了。可是,当她泡在热水里时,又可怜见地瞎闹起来,没有一点儿睡意。

次日早晨,岛村在谣曲①声中醒来。

他静静听了一段谣曲,驹子从镜台前边回过头来,冲他嫣然一笑。

"是梅花间的客人,昨晚宴会后,我不也被召去了吗?"

"是谣曲会的团体旅行者吧?"

"嗯。"

"下雪了?"

"嗯。"驹子站起来,打开窗户给他看。

"红叶期已经过去啦。"

窗外一方灰暗的天空上,纷纷扬扬飘浮着鹅毛大雪。四周静寂地令人难以置信。岛村心里空空的,他睡眼惺忪地眺望着雪景。

演唱谣曲的人们也敲起鼓来。

岛村联想到去年岁暮,一个雪天早晨的镜子,他向镜台望去。镜子里浮现着冰冷而硕大的雪花,在敞开领口、揩拭脖颈的驹子周围,飘扬着一条条银线。

驹子的肌肤洁净如洗,自己一句无心话竟然惹起她那样的误解,岛村怎么也不会想到她是这样的一个女人。然而,正因为如此,看上去,反而有一种难以违逆的悲悯之情。

远山铁锈色的红叶日渐黯淡,初雪覆盖着群峰,一片明丽。

杉林罩上一层薄薄的雪花,十分显眼。站立于雪地上的树木,一

---

① 谣曲:古典能乐剧的唱词。

棵棵直指苍穹。

十一

　　雪里缫丝,雪里织造,雪水漂洗,雪上晾晒。从纺绩到织造,全过程都在雪里进行。有雪才有绉绸,雪是绉绸之母。——古人①在书里写道。

　　这种绉绸是村里的妇女守着漫长的雪日手工制作的。岛村曾经在估衣店找到雪国地带的一种麻纱,用来做过夏装。由于研究舞蹈,他结识一位贩卖能乐剧古戏装的店老板,托付他:一旦发现高级的绉绸,随时请自己来看。他很喜爱这种绉绸,还用来做过一件内衣。

　　古时候,据说每年一开春,撤除防雪帘子,积雪融化的日子,绉绸就上市了。"三都"②的绸缎庄,千里迢迢跑来购买绉绸。当地甚至有他们专设的旅店。姑娘们半年里辛辛苦苦织成的东西,也是为了能拿到"初市"上销售。远近村庄的男女都来赶集,杂耍、百货,应有尽有,像庙会一般热闹。绉绸上的纸牌上表明织女的姓名、地址,根据成绩评出一等、二等来。也可供选媳妇作参考。要从童年学起,而且只有十五六岁到二十四五岁的女孩儿,才能织得一手好绉绸来。一旦上了岁数,织出的绸子表面就失去了光泽。姑娘们都想进入屈指可数的"纺织名女"的行列,拼命磨炼技艺,从旧历十月开始缫丝,到翌年二月半晾晒,在这段大雪封门时期,什么也不做,天天一门心

---

①　铃木牧之(1770—1842):新潟县南鱼沼郡盐泽町人,终生继承祖上历代家业,经营当铺及绉绸生意,业余学习俳谐与书画。同当时江户文人马琴、蜀山人、京传、京山、一九、三马等过从甚密。一面交往风雅之士,一面热心于买卖,两不相误。勤俭力行,粗衣粗食,安于简素之生活。著有《北越雪谱》,记录北越庶民生活至为详尽,乃成为当今古典名著之一。

②　三都:江户时代的京都、江户(东京)和大阪。

思做着这种手工活计。成品中包含着她们满腔的情爱。

　　岛村穿着的绉绸，也许就是明治初年或江户末期的姑娘们制作成的。

　　直到现在，岛村也还把自己的绉绸拿去"雪晒"。这些不知是穿在谁人身上的估衣，他每年都送到产地晾晒，虽说很麻烦，但一想起古代冰天雪地里姑娘的心血，依然想到织女的家乡实行真正的晾晒。晾晒在深雪上的白麻，经朝阳映照，一片艳红，分不清哪是雪哪是布。只是感到，夏天的污垢去除了，自己的身子也变得清净而爽适起来。不过，这些都是由东京估衣店代劳，传统的晾晒方法是否流传至今，岛村就无从知晓了。

　　晾晒店自古就有。织女很少各自在家晾晒，大多都是送到晾晒店去。白色的绉绸一下机就晾晒，染色的绉绸则要桄在拐子①上晾晒。白绉绸可以直接铺在雪上，从正月晒到二月，有的干脆把白雪覆盖的旱地、稻田当晒场。

　　不论是布是纱，都要浸在灰汁里泡一夜，翌日早晨再用清水漂洗几遍，绞干后晾晒。这种工序要连续反复好几天。正当白绉绸晾晒接近尾声时，旭日东升，晨光绚丽，那幅美景无可形容，真想请温暖地方的人也来观赏一番。——古人在书里写道。还有，晒纱一结束，就预示着雪国的春天快要到来了。

　　绉绸的产地临近温泉乡，就在山峡渐渐开阔的河流下游的原野上，从岛村的房间里就能看见。古代大凡有绉绸集市的镇子，都建造了火车站，如今都成为著名的纺织工业基地了。

　　然而，不管是可穿绉绸的盛夏，抑或生产绉绸的严冬，这两个时期岛村一次也没来过这座温泉乡，所以他没有机会同驹子谈起绉绸

---

　　①　拐子：原文为"拐"（kase 或 kasegi），抽丝或纺纱暂时"桄线"用的"工"字形工具，三根木棒组合，一根竖立，两根上下平行，方向互为直角。俗曰"线拐子"。

的事。

　　岛村听到叶子在浴场里唱歌,忽然想到,这姑娘要是生在古代,指不定也会面对纺车和织机唱起歌来吧? 叶子的歌声听起来就是那样一种声音。

　　比羊毛还细的麻丝,要是没有浸透天然的雪的湿气,比较难于处理。所以阴冷季节最好,古代有种说法:数九寒冬纺织的麻布,三伏酷暑穿在身上肌肤生凉,这是自然界阴阳相生的结果。对岛村一往情深的驹子,总有一种根性上的清凉之感,因而,驹子的一腔热情,在岛村看来,显得十分可怜。

　　然而,这种痴爱未能像一片绉绸一样留下确实的形态。用来做衣服的绉绸,在工艺品中尽管寿命较短,但只要着意加以爱护,五十年前的绉绸,穿在身上仍不褪色。但是,人身上的依恋之情缺乏绉绸一样的寿命。岛村一旦朦胧地意识到这一点,心里就浮现出驹子为别的男人生儿育女的一个母亲的形象。他惊恐地环视周围,心想,自己兴许太疲劳了。

　　这种忘记回归自家妻子身边的长久的逗留,并非因为难舍难分,而是养成了等待驹子频频前来幽会的习惯。驹子越是迫不及待,岛村越是受到一种苛责:莫非自己已经不再活着? 可以说,他一边眼望着自身的寂寞,一边又在原地伫立不动。驹子为什么能占据自己的心灵? 对此,他迷惑不解。岛村可以理解驹子的一切,驹子却根本不理解岛村。驹子撞在虚空墙壁上的回响,在岛村听来,犹如雪花纷纷而降,堆满心头。岛村如此为所欲为,自然也不会永远持续下去。

　　他感到,这次归去暂时不会再到这个温泉之乡来了。雪天将临,岛村依偎着火钵,旅馆老板特意拿出来的京都产的古老铁壶,水开了,发出轻柔的噝噝声响。壶身上嵌着银丝的花鸟,栩栩如生。噝噝的水沸声有两种,一远一近,远处如松风谡谡,近处若银铃叮咚。岛村将耳朵凑近铁壶,倾听那轻微的铃声。于是,叮咚不绝的远方蓦地传来籍籍履声,岛村忽然看见驹子·莲波细步、翩翩而至的那双娇小的腿脚。岛村不由一怔,他觉得,是应该早早离开这块地方了。

岛村打算到绉绸产地去看看。他想借此增强自己离开这个温泉之乡的心情。

可是,河下游有好几座町镇,岛村不知道该到哪里去。他不想参观现代织机业发达的大町镇,岛村随便在一处旅客稀少的车站下了车,走了一会儿,来到古时候曾经做过驿站的镇子。

家家伸展着长长的庇檐,支撑着一端的木柱排列于道路上,好似江户时代町镇上的"店下"①。可是在雪国,自古称之为"雁木",雪深时作为人行通道。一边是一排排房舍,庇檐一直连续不断。

因为每户人家的房檐互相毗连,屋顶的积雪只有卸到中间街道上来,别无办法。实际上,是将大屋顶上的积雪抛到道路当中的雪堤之上。要去街道对过,就在一段段雪堤上开凿隧道,供人来往。听说当地人把这叫作"钻胎"。

同是雪国,驹子所在的温泉村,家家户户不相毗连,所以岛村来到这座镇子才首次看到"雁木"。他十分好奇地在里面走了走。古老的庇檐底下晦暗无光,倾斜的柱子根部腐烂了。他仿佛是在窥探当地的人家,他们祖祖辈辈埋在深雪之中,过着忧郁的日子。

织女们在雪中精心从事这份手工制作,她们的生活可不像自己织成的绉绸那样滑爽、明净。细思之,这里给他留下一个地地道道的古镇的印象。记载绉绸的古书,援引了唐代秦韬玉②的诗句。但是,没有人愿意雇用织女在家纺绩,因为制作一定绉绸十分费工,成本上不划算。

这些辛苦一辈子的无名工人早已死去,只留下美丽的绉绸。这

---

① 　店下(tanashita):店铺外侧廊下、通道等。
② 　秦韬玉:唐末政治家、诗人,字中明。生卒年不详,大致与皮日休、陆龟蒙同时。唐僖宗中和二年(882),特赐进士及第,编入春榜。京兆(今西安)人。所作《贫女》诗云:"苦恨年年压金线,为他人作嫁衣裳。"

些绉绸成为岛村们的华丽的衣着,即使炎夏也是遍体生凉。这种本来并不奇怪的事情,岛村反而觉得不可思议。难道一切包含挚爱的行为,到头来总要给人以伤害吗?岛村走出"雁木",来到街上。

这是一条笔直的长长的街道,似乎是从温泉村延续下来的古老驿站的大道。板葺的屋顶摆着横木和压石,同温泉镇没什么两样。

庇檐的柱子投下模糊的影子,不知不觉之间,夕暮降临了。

再没有可看的了,岛村又乘上火车,到下一个镇子去。这里也和前一个镇子一样。他依然信步溜达着,为了驱驱寒气,他吃了一碗乌冬面。

面馆就在河岸上,这河也是打温泉浴场流过来的。他看到三三两两的尼姑,前后从桥上走过。她们穿着草鞋,也有的背着圆顶斗笠,托钵而回。犹如乌鸦急急归巢一般。

"好多尼姑从这里经过吗?"岛村问面馆的老板娘。

"是的,这后面有座尼寺①,一到下雪的日子,就很难出山啦。"

桥对面,暮色笼罩的山峰,已经变白了。

这个地区,每到木叶凋零、朔风劲吹的季节,一直都是寒气砭肤的阴天。正是温雪的日子。远近的高山一派白色。这叫"岳环峰宕"。另外,面海的地方,有海鸣,深山之处,有地吼。声如远雷。这叫作"地吼海鸣"。看了"岳环峰宕",听了"地吼海鸣",就会知道雪天不远了。岛村记得,古书上是这么写的。②

---

① 尼寺:疑指距离越后汤泽四十公里小出车站附近的尼寺,一般称为"小出学林"。一八九五年,由中村仙岩尼开基于北鱼沼郡汤之谷村,命名为龙谷院,后改称尼僧学林。现称为新潟专门尼僧堂。

② 此处仍指《北越雪谱》一书,关于雪的文字如下:"我国雪意,不同于暖国。九月半起,则入霜期,寒气渐剧。至九月末,杀风侵肌。冬枯诸木,枝叶凋零。天色霎时不见日光,连日欲雪之相。天气朦胧,数日远近高山,白雪点点可观。里人称之为岳环峰宕。又,有海之所则曰海鸣,山间深处则曰地吼,声如远雷……直至秋分前后。每年如是矣。"

　　岛村躺在被窝里静听赏红叶的客人唱谣曲时,那天下了第一场雪。今年应该也"地吼海鸣"了吧。岛村孤身之旅,一个人待在温泉旅馆,等着和驹子相会,渐渐地,他的听觉也变得异常灵敏。当他一想到"地吼海鸣",耳眼里就流过遥远的响声。

　　"尼姑马上要过冬了吧,她们有多少人来着?"

　　"呀,大概好多吧!"

　　"尼姑们聚在一起,大雪封门好几个月,她们都干些什么呢? 过去这一带纺织绉绸,尼寺里也干这种活儿,那该多好!"

　　岛村满心好奇,听他这么一说,面馆老板娘只是以微笑作答。

　　岛村在车站等回程车,等了将近两个小时。微弱的太阳落山了,寒气打磨着满天星斗,闪闪烁烁。腿脚冰冷。

　　岛村毫无目的地转了一圈儿,又回到温泉浴场。车子越过铁道路口,开到守护神杉树林旁边,眼前出现一座灯火闪耀的店铺。岛村放下心来,这里是"菊村"小酒馆,三四个艺妓站在门口闲聊天。

　　驹子也在这里吗? 他刚这么想,驹子就出现了。

　　车子立即减速,司机似乎知道岛村和驹子的关系,他若无其事地缓缓而行。

　　岛村蓦地向驹子的背后方向回过头去。自己乘坐的汽车的辙印清晰地留在雪上,在星光照耀下向远方绵延。

　　车子来到驹子面前,只见驹子眼睛一闭,猛地扑向汽车。车子没有停留,静静登上山坡,驹子躬着腰站在车门外的踏板①上,紧紧抓住门把手。

　　驹子就像被一种外力紧紧吸引住了,岛村似乎寄身于一团温暖之中,他没有觉得驹子正在干着一件极不自然、极其危险的事情。驹子像揽住窗户一般举着一只臂膀。袖口滑落下来,闪出了贴身长衫

---

　　①　踏板:旧时汽车门外装设幅宽三十厘米踏板以便于上下。

的艳色,越过厚厚的玻璃,映在岛村冻得紧绷着的眼睑上。

驹子将额头抵在窗玻璃上,高声喊叫:

"到哪儿去啦? 我问你,到哪儿去啦?"

"太危险啦,胡闹!"岛村高声应和,这可是一次甜美的嬉戏。

驹子打开车门一头倒了进去。这时候,车子停了,已经到山脚下了。

"告诉我,到哪儿去啦?"

"唔,没有。"

"哪儿呀?"

"哪儿也没去。"

驹子整整衣裾,那副做派像艺妓。岛村好奇地望着她。

司机呆然不动。车子已经开到了路尽头,岛村突然意识到,到了目的地还坐在车里不动,太奇怪了。

"下车吧。"岛村说。驹子把手叠在他的膝头。

"呀,好冷,怎么这样冷! 为什么不带我去?"

"别问啦。"

"什么呀? 真是个怪人!"

驹子快活地笑了,登上了一段陡峭的石阶小径。

"你出门的时候,我看到了,大约是两点或不到三点钟吧?"

"唔。"

"听到车声,我就出来了,到外头一看,你连头也没回,对吗?"

"是吗?"

"就是没回嘛。干吗不回头看看呀?"

岛村一惊。

"你呀,不知道我来送行啊?"

"不知道。"

"我就知道。"驹子依然快活地笑着,她挨过肩来。

"为什么不带我去？你变得冷酷了，真可厌。"

突然响起了火警的钟声①。

两人回头张望。

"失火啦，失火啦！"

"火灾！"

火焰从下面村庄的中央升起来。

驹子喊了两三声，抓住了岛村的手。

翻卷的黑烟之中隐隐约约看到了火舌。火势向横里蔓延，舔舐着周围人家的屋檐。

"是哪里？你原来师傅的家，不是离得很近吗？"

"不对。"

"是什么地方？"

"还向上一些。靠近车站。"

火焰穿过屋顶，蹿向天空。

"啊呀，是蚕房！是蚕房！糟啦，糟啦，蚕房着火啦！"驹子不住叫喊起来，她的面颊紧紧抵在岛村的肩膀上。

"是蚕房，是蚕房！"

火势很旺，从高处俯视下去，广阔的星空之下，玩具般的火场寂悄无声。正因为如此，仿佛传来一阵阵可怕的燃烧的音响。岛村抱住了驹子。

"不要害怕。"

"不，不，不。"驹子摇着头，大哭起来。她的脸伏在岛村的手心里，似乎比平素更加娇小，紧绷的太阳穴不住地跳动。

一见到火就放声大哭，她为什么哭，岛村并未怀疑，依然紧抱

---

①　火警的钟声：原文为"擦半鐘"，报告火警的钟声。远处火灾，则一点点悠悠传响；近处火灾，则急急无间断鸣响。

着她。

驹子忽然停止哭泣，抬起头来。

"啊呀，想起来啦，蚕房今晚有电影，一定是挤满了人。瞧……"

"那可不得了。"

"有人会烧伤，会烧死的呀！"

他俩慌忙跑上石阶，上面可以听到嘈杂的声音。抬眼一看，高处二三楼上的房间，大都拉开了格子门，跑到光亮的廊下，观看大火。庭院角落一排干枯的菊花在旅馆的灯光或星光的辉映之下，现出清晰的轮廓，立即使人想到，这是大火照耀的缘故吧？在这菊花的后面，也站满了人。旅馆的领班带着三四个伙计，从他们两人前面跌跌撞撞跑了下来。驹子扯开嗓门高声问道：

"喂，是蚕房吗？"

"是蚕房！"

"有人受伤吗？有没有人受伤啊？"

"正在救人哪。是电影胶片一下子着了起来，火势蔓延得很快。打电话问过啦，瞧！"领班一行人迎头碰见他们两个，扬了扬手，走了。

"据说孩子们都从楼上一个个被扔了下来。"

"哎呀，这可怎么得了呀？"驹子跟着领班下了石阶，后面的人一起跑了过去，驹子也一道跑起来了。岛村紧追不舍。

石阶下边，火场被房屋遮挡了，只能看到火舌。火警的钟声在空中回荡，越发使得人们惶恐不安，跑动得更快了。

"地上的雪冻了，当心滑倒。"驹子回头望着岛村，她就势站住了。

"哎，这样吧，你不用去啦。我是担心村里的人。"

照理说，也是。岛村有些扫兴，发现脚边是铁轨，他们已经走到铁道路口。

"银河！多美啊！"

驹子自言自语，仰头看看天空，又跑了起来。

啊，银河！岛村也抬头赞叹。蓦然，他觉得身体仿佛正向银河飘浮而去。银河的光亮越来越近，似乎要把岛村托举起来了。羁旅中的芭蕉，于荒海之上看到的，也是这个光明浩瀚的银河吗？① 赤裸裸的银河眼看就要降临这里，它想亲自用肌肤卷裹暗夜的大地。它艳丽得令人恐怖！岛村感到，自己渺小的身影从地面反映于银河之中了。银河里面群星灿烂，光明耀眼。随处可见的闪光的彩云，飘荡着一粒粒银沙，绮丽、明净。深不见底的银河，紧紧吸引着岛村的视线。

"嗬——依！嗬——依！"岛村呼唤着驹子。

"嗬——依，快点儿来呀！"

驹子奔向银河低垂的黑暗的群山。

她褰裳而来，挥动着素腕，火红的衣裾飘舞翩翩。星光点点的雪地上，扬起一朵红艳。

岛村飞也似的追过来。

驹子放缓脚步，松开衣岔，拉住岛村的手。

"你也去吗？"

"嗯。"

"真好奇！"衣裾垂落在雪地上，她一手拎起来。

"人家要笑话我的，回去吧。"

"不，到前头再说。"

"这样不好，我怎能带你到火场去呢？村里人看见了，多不好意思。"

岛村点头同意了，停住脚步。可是驹子又轻轻拽着岛村的衣袖

---

① 松尾芭蕉(1644—1694)：江户时代著名俳句诗人。元禄二年(1689)，芭蕉游越后出云崎，作俳句："瀚海佐渡夜，高空横天河。"

慢慢走起来。

"你在一个地方等我,我马上回来。在哪儿等呢?"

"哪儿都行。"

"对,再朝前走走。"驹子瞅着岛村的脸,可是又急忙摇摇头:

"我讨厌,够啦。"

驹子"咚"地撞着岛村的身子,他摇晃了一下。道边的一层薄薄的积雪里,立着一排排大葱。

"你好无情啊!"

驹子立即冲着他说。

"你呀,不是老说我是个好姑娘吗? 一个转脸要走的人,干吗要说这种话? 仅仅是表白一下吗?"

岛村想起驹子用簪子扑刺扑刺戳进榻榻米的样子来。

"我哭了呀,回到家里之后,我又哭了一场。同你离别,太可怕啦。不过,你还是早点儿回去吧。经你一说我就哭了,这件事我不会忘记的。"

岛村想起那句被驹子误解、反而深深刻在女人心底的话语,不由感到依依难舍起来。忽然,火场上人声喧嚣,新燃起的烈焰又腾起了火苗。

"啊呀,又烧起来啦,火势好大呀!"

两人喘了口气,得救似的跑了起来。

驹子速度很快,木屐掠过冰冻的积雪向前飞奔,两只胳膊不是前后,而是左右摆动,张开两胁,用力挺着胸脯,身子显得格外娇小。略显肥胖的岛村一边看着驹子,一边奔跑,早已疲乏无力了。然而,驹子急速喘着气,向岛村身上倒来。

"眼珠子发冷,就要流泪了。"

面颊出火,只有眼睛冰凉。岛村的眼睑也濡湿了。他眨眨眼睛,银河也在眼里闪着光辉,岛村强忍住即将掉落的泪水,问道:

"每晚,银河都是这样吗?"

"银河?好漂亮吧?不是每晚都这样,今夜非常晴朗啊!"

银河从他们跑来的方向转到了前面,驹子的面庞看起来好似映照在银河之中了。

但是,看不清鼻子的形状,嘴唇的颜色也消失了。岛村很难相信,充溢于太空的明丽的光带,竟然如此黯淡?淡淡的星光不如薄薄的月夜,但较之满月的天穹,银河却更为明亮。驹子的容颜在地上没有留下任何影像,宛若一副古老的面具,飘忽不止,洋溢着女人的馨香,令人不可思议。

抬头仰望,看样子,银河为拥抱大地依旧徐徐降落下来。

银河,这浩大的极光浸透了岛村的身子,使他随着光波流转,犹如立于地极顶端,虽然冷寂难耐,却妖艳夺人。

"你走后,我要正儿八经地过日子。"驹子说罢迈出步子,用手整整蓬松的发髻。走了五六步,又回过头来。

"怎么啦?这不好。"

岛村站着不动。

"行吗?等着我,过会儿一块儿到你房间去。"

驹子扬了扬左手,跑了。她的背影几乎被黑暗的山峦吸附而去。银河在群峰起伏的分界线上散开衣裾,又反转过来,将灿烂无边的华美的境界回映于浩渺的天宇。群山愈加晦暗、岑寂。

岛村走出去不久,驹子的身影就被公路旁的人家遮住了。

"嘿哟!嘿哟!嘿哟!"听见一阵吆喝,公路上出现了抬水泵的人们。有人打后面跑过来,岛村急忙上了公路。他俩走的那条路和公路交接成"丁"字形。

又有水泵过来,岛村为他们让开,随后跟在后头跑着。

这是老式的手压形木质水泵。一行人拖着长长的绳子,另外,还围着一些消防队员。那水泵小得可笑。

　　驹子也站在路口,等着水泵过去,她看见了岛村,两人又一道儿跑过去。站在路边给水泵让路的人们,仿佛被水泵紧紧吸引,一起追过去。眼下,他们两个也加入了奔向火场的人群。

　　"你也去吗?真好奇!"

　　"哦。那水泵靠不住啊,明治时代以前的玩意儿。"

　　"是的,不要摔倒啦。"

　　"挺滑的哩!"

　　"可不,不久就会整夜里刮起雪暴,弄得人惶恐不安,你不妨来看看。你不会再来了吧?野鸡、兔子都会逃到人家里去。"驹子的声音合着消防队员的吆喝和人们的脚步,听起来十分爽朗。岛村也感到身轻如燕。

　　传来了火焰炸裂的响声。眼前又蹿出了火苗。驹子抓住岛村的胳膊。公路边低暗的屋顶深呼吸一般,猝然浮现在火光里,接着又淡漠不清了。水泵的水从脚下的道路流过来,岛村和驹子也自然站在人墙之中了。火场的焦煳味儿夹杂着煮蚕茧的腥气。

　　人们这一堆儿那一团儿,高声交谈:什么电影胶片着火啦,孩子一个个打楼上扔下来啦,什么没有人受伤啦,村里的蚕茧、大米幸好没放在这里啦,等等,议论不止。然而,大家一同面对火场,却一言不发,远近一片寂静,尽皆统一于火场之上了。人们都在倾听火花的毕剥之声和水泵的轰鸣。

　　不时有些晚来的人,到处呼唤亲人的姓名,一旦有人答应,则高兴得大呼小叫起来。唯有这些声音才带来一些活气。火灾警报已经停止。

　　岛村怕引起注意,悄悄离开了驹子,站到一堆孩子的后面。火势燎人,孩子们向后退缩着。脚下的雪似乎有些融化了,人墙前面的积雪经火与水一番消解,上面满是纷乱的脚印,一片泥泞。

　　那里是蚕房一旁的旱地,和岛村他们一同赶来的村民,大都拥到这里来了。

　　大火似乎是从安置放映机的入口烧起来的,蚕房一半从屋顶到墙壁都倒塌了,房梁和柱子等骨架还在冒烟。因为屋里只有木板墙和地板的屋子本来就是空的,所以屋内没有卷起黑烟,屋顶上浇足了水,大概不会再着火了。不过,火势还在蔓延,意料不到的地方突然冒起了火苗。三台水泵慌忙转过去,火苗立即上蹿,腾起一股黑烟。

　　火影在银河里扩散开来,岛村仿佛又被掬向银河里去了。黑烟流向银河,相反,银河也欻然下泻。脱离屋顶的水泵里的水龙左右晃动,水烟溟濛,一团灰白,宛如受到了银河之光的照射。

　　驹子不知何时走过来,她握住了岛村的手。岛村回头看了一眼,没有作声。驹子望着火焰,火影在她那红通通的不苟言笑的脸上明灭、闪灼。岛村的胸中不由涌起了一股激情。驹子的发髻散开了,她挺起了脖颈。岛村正想伸手过去,手指却颤抖起来。岛村的手很温暖,驹子的手更炽热。岛村感到,别离的时候即将迫近了。

　　入口的廊柱等物又着起来,一根水龙猛喷过去,栋梁刺刺地冒着水汽倒了下去。

　　蓦然之间,人群一下子惊呆了,他们看到一个女子掉落下来。

　　蚕房也时常用来演戏,楼上安装着简单的座席。虽说是二楼,但很低矮,从上头落到地面只是一眨眼的工夫。不过,人们还是在这一瞬间里充分看清了她掉落的全过程。她也许像个玩偶,令人不解地掉了下来,一眼就能知道已经不省人事了。虽说是掉落,却没有发出声音。因为地面有水,所以也没飘起什么尘埃。她跌落在刚刚燃起的新火焰和重新转旺的老火焰之间了。

　　一台水泵对准老火焰喷射出弯弓一般的水流,就在这股水流前面,忽然浮现出一个女体。她就是这么掉落的。女体在空中保持了水平姿态。岛村心头突然紧缩,但也没有立即感到什么危险和恐怖,仿佛是非现实世界的一个幻影。僵直的身子于落下的空中变得柔软了,而从这个玩偶的姿态上,可以得知,她已经毫无抵抗,因失却生命而变得自由,生与死一概休止了。岛村心里闪过一丝不安,水平伸展的女体,头部是否冲着下方?腰部和膝盖是否有所弯曲?看上去虽然很有可能,却仍是水平般地掉落下来了。

"啊!"

驹子尖厉地号叫一声,捂住了两眼。岛村一直盯着,眼睛一眨也不眨。

跌落下来的女子正是叶子!岛村是什么时候知道的呢?人群的惊讶和驹子的尖叫实际上发生在同一瞬间,叶子的小腿在地上抽搐,也是在同一瞬间。

驹子的叫喊,贯穿着岛村的全身,和叶子小腿的抽搐一起,使得岛村冰冷的足尖不由得痉挛起来。他沉浸在一种莫名的深沉的痛苦和悲哀之中,心脏不住激烈地跳动。

叶子轻微的抽搐几乎难于辨认,又立即停止了。

在看到叶子的抽搐之前,岛村首先看到了她的容颜和鲜红的箭翎和服。叶子是仰面掉落下来的。一边的膝盖上缠绕着裙裾。她跌到地上,小腿只是抽动了一下,就昏过去了。岛村总是觉得她没有死,他只是感到,叶子的内部生命已经发生异变,迅速转型了。

叶子从二楼看台上掉下来,二楼的两三根柱子向外倾斜,在叶子脸的上方燃烧起来。叶子闭上那双摄人魂魄的俊美的眼睛。她翘着下巴颏,挺直颈项。火影飘摇,映着她惨白的面庞。

岛村忽然想到,多年前他到这个温泉浴场会见驹子,在火车上看到叶子脸庞的后面,点燃起野山的灯火,心中又是一阵战栗。霎时,仿佛也映照出他和驹子在一起的岁月来。他的揪心般的痛苦和悲哀也正出自于此。

驹子从岛村身边跑了出去,这和驹子尖叫一声捂住眼睛,几乎是同一瞬间。也就是人群大吃一惊的时候。

　　烧焦的黑色木块儿,水淋淋的,散乱一地。驹子像艺妓一般长裾拖曳,脚步踉跄地奔过去,想将叶子抱回来。驹子奋力挣扎的脸孔下面,低垂着叶子临死前虚空的容颜。看起来,驹子宛若怀抱着自己的牺牲或刑罚。

　　人群交头接耳地谈论着,迅速向她们两个围过来了。

　　"闪开,请闪开!"

　　岛村听见驹子喊道。

　　"这丫头疯啦,她疯啦!"

　　驹子疯狂叫喊着,岛村想走过去,被一群汉子推开,摇晃着身子。那些人想从驹子手里抱回叶子。

　　岛村站定脚跟抬头仰望,刹那间,天河似乎流水哗然,直向岛村的心头奔泻下来。

译后记

　　穿过国境长长的隧道，就是雪国。夜的底色变白了。火车停在信号所旁边。

　　这是川端康成的小说《雪国》开头的名句。读《雪国》，就想去雪国。作家醉心描写的，究竟是怎样一块神奇的土地？有着什么样的风景？那里生活着什么样的人群？

　　常年的疑问，常年的诱惑，常年的痴迷。于是，便有了一次雪国之旅。

　　还记得这部小说吗？简练的故事，朦胧的人物，迷离的山景，飘忽的文字……《雪国》在现代日本文学史上独树一帜，占尽风流，惹得不同层次的文化人评说不尽。推崇有之，贬斥有之，不褒不贬，以平常心对待有之。但不论采取哪一种态度，谁都无法忽视它，抹消它。在当今尚没有任何一种奖赏能够替代权威性的诺贝尔奖的时候，《雪国》和它的作者无疑是一个榜样，一座丰碑，一种品牌，具有恒久的魅力。

　　古今中外，文学的力量是巨大的。当川端康成带着他的《雪国》走向世界文学高峰的时候，诞生《雪国》这个艺术麒麟儿的摇篮——越后汤泽，这块自古封闭的山涧谷地，便成了人们趋之若鹜的文学的"麦加"。

　　真真假假，虚虚实实。不温不火，不即不离。欲进复退，欲言又止。苍狗白云，镜花水月……这就是我读《雪国》的感觉。久而久之，缥缈的《雪国》之感渐渐沉滞下来，"固化"成"新潟""越后"和"汤泽"等这些实实在在的地名了。

在这种逐渐"固化"的过程中，我切实体验了我们中国人常有的"京华何处大观园"般的追寻和发现的快乐。当然，故事的舞台谁都知道，尽管书中没有涉及。不过，要想深刻地感受作品，就得到故事的舞台上去，进入角色。带着此种想法，我来到了越后汤泽。

初冬季节，平原上还是晚枫如火，高山里已经冰封雪裹。我走的路线和小说男主人公岛村去雪国的路线正相反。川端康成首次访问汤泽是一九三四年六月，走的是由南向北的路。他在一篇文章中写道："由水上车站乘火车到前一站上牧温泉……接着又在不知是水上还是上牧的旅馆老板建议下，去了一趟清水隧道对面的越后汤泽。那里比水上更加偏僻。"（一九五九年十月《〈雪国〉之旅》）作品开头提到的"国境的隧道"就是群马县和新潟县之间三国山脉的清水隧道。这条隧道长约十公里，始凿于一九二二年，历时九年建成。由水上穿过清水隧道进入汤泽，犹如渔人进入桃花源，眼界豁然开朗，风景也随之一变，完全是另一个世界。尤其在冬天，四周苍山负雪，宛若莲花朵朵，冷，艳，奇。

我们的汽车从北方的津南町沿三五三国道渐渐驶入汤泽町。这里离二〇〇四年"中越地震"的中心——小千谷不算远，我发现这一带的房屋建筑很特别，房顶呈锐角形，北面窄而陡，南面阔而缓，正如《雪国》中岛村所看到的：

> 家家伸展着长长的庇檐，支撑着一端的木柱排列于道路上，好似江户时代町镇上的"店下"。可是在雪国，自古称之为"雁木"，雪深时作为人行通道。一边是一排排房舍，庇檐一直连续不断。

书里的描写，眼前的情景，使我想起广州的街道，觉得很相像。

不过,广州是为了躲雨,而这里是为了防雪。自然环境的酷烈,考验着生命的强度,激发着人类创造的智慧。二〇〇六年新旧交替之际,连续下了几场大雪,津南地方雪深达四点一六米,出现了历史上前所未有的严寒天气,我想起不久前亲自到过的这块地方,才真正掂量出"雪国"这两个字的分量,对那些豪雪拥门而毅然坚守故乡,同自然灾害英勇搏击的民众不由得肃然起敬。

江户时代,生于越后的铃木牧之(1770—1842)在《北越雪谱》一书中写道:"凡日本国中,古往今来,人们皆以越后为第一深雪之地也;然于越后,雪深达一二丈者,当数我鱼沼郡也。"他说的完全是实话。鱼沼是出产良米之乡,著名的"鱼沼粳米"享誉国内外,市场价格比其他"越光"名牌大米高出一倍。鱼沼米之所以美味,就是因为这里冬期长,气温低,雪水足。

傍晚,抵汤泽,下榻于汤泽车站附近的波斯利亚饭店。此处距当年川端写《雪国》的高半旅馆约有十分钟的车程。高半旅馆原由一位名叫高桥半左卫门的人创办,至今已有九百年历史。这是一座典型的和式温泉旅馆,位于汤泽地区最高点,温泉水量最丰沛,常年不减。馆内有一间屋子,叫"霞之间",这里就是川端康成创作《雪国》的地方。屋内布置依原样不变,一张矮桌,一把无脚背靠椅,左手一只暖炉,一只烟盘,墙上悬着字画。汤泽还有许多同《雪国》有关的景点,如"驹子之汤""雪国馆""雪国之碑"等。

江山还需文人扶,一个富于人文内涵的地方,自然会产生一种巨大的吸引力和昭示力。昔日寂静的高原小镇,今天成了人气旺盛的观光名所。上世纪八十年代初期,东京、上野至新潟的上越新干线开业运营,巨蟒般的电车的呼啸声,震动着千年寂静的云山野水,驱散了现代驹子们的欢声笑语。雪夜,泡在饭店十三楼顶的"露天风吕"里,我沉下心来,望着四面黑魆魆的山峦,想慢慢找回当年艺妓们幽怨的歌唱和三味线悲切的琴音。然而,除了眼前氤氲的水汽和耳边呼啸的朔风,什么也没有得到。我的努力也像作品主人公岛村一样,最后化作了一个接一个的徒劳。

　　一度雪国行,胜读十遍书。在雪之地,读《雪国》之书,更有一番亲切的情味。我以为,理解《雪国》,只能凭借直接感觉。空灵,冷艳,虚幻,迷茫。主观取代了客观,自然淹没了人物,影像淡化了实体,感性排除了理智。作品的美质不正潜隐于这种剪不断理还乱、说不清道不明的晃漾着的混沌之中吗?这,就是我对《雪国》乃至整个川端文学的认识,或者称为评价。

　　川端自己说过:"岛村不是我,甚至不是一个作为男人的存在。他也许只是映射驹子的一面镜子。"(一九六八年十二月《谈〈雪国〉》)

　　这部小说开头用大量文字描写叶子映现在车窗玻璃中的幻影,真是不厌其详,读得我们颇有些腻味。我所厌皆作者所爱,徒叹奈何而已。也许这就是我们和作者的差距吧。同样,结尾关于"火场银河"的一大段叙述,洋洋洒洒,又进一步把小说推向光怪陆离的太虚幻境,实现了作者心目中的"艺术的升华"。不过,这里没有秦可卿引路,作为读者的我们,只能凭借自我意识,在这座作者所精心营造的精神的伊甸园里,寻觅着美。

　　(这篇译后记系在旧作《感受雪国》一文的基础上改写而成)

译　者

二○○六年一月初稿

二○二一年八月改订

千 羽 鶴

一

菊治走进镰仓圆觉寺①境内之后，又犯了犹豫，要不要去出席茶会呢？时间已经晚了。

圆觉寺后院的茶室②，每逢举行栗本千佳子茶会，菊治都接到一份请柬，但自从父亲死后，他从未来过一次。因为他认为，这不过是出于对亡父礼节性的表示罢了，所以不予理睬。

然而，这次的请柬上却多写了一句话：希望来看看我的一个女弟子。

看到这份请柬，菊治想起千佳子的那块痣。

菊治八九岁的时候。他随父亲到千佳子家里，千佳子在餐厅敞着前胸，用小剪子剪那痣上的毛。痣布满了左边乳房的一半，一直扩展到心窝，有手掌般大小。那黑紫色的痣上似乎生了毛，千佳子在用剪刀剪掉。

---

① 圆觉寺：镰仓幕府第八代将军北条时宗（1251—1284），一面扩大幕府权势；一面皈依佛教，信仰禅宗。自中国宋朝迎来无学祖元，于弘安五年（1282）创办圆觉寺，作为圆觉寺派的大本山，仅次于建长寺，为"镰仓五山"第二。山内塔头（tattyu，高僧墓塔）十数所，拥有宝物无数。（乘坐横须贺线至北镰仓站可达圆觉寺境内附近。）

② 茶室：此指圆觉寺塔头之一、北条时宗所设的墓堂佛日庵。弘安七年（1284）四月四日，三十四岁的时宗殁后，每月四日，皆于此举办茶会以示追念，至于今日。

"哎呀,小少爷也来啦?"

千佳子吃了一惊,她本想将衣襟合上,似乎又怕慌慌张张掩上衣服显得不够自然,于是便稍稍转过身去,慢慢将前襟塞进和服腰带。

看样子,她不是避讳父亲,而是看到菊治才感到惊讶的。女佣到门口看过,回来通报了,千佳子应该知道是菊治的父亲来了。

父亲没有进入餐厅,他坐到隔壁的房间里。客厅辟为茶道教室。

父亲一边看着壁龛里的一幅挂轴,一边心不在焉地说:

"给我一杯茶吧。"

"嗳。"

千佳子答应一声,她没有立即走过来。

千佳子膝头摊开的报纸上,落下了一些男人胡须般的黑毛,这个,菊治也瞧见了。

大白天,老鼠在天棚里吵闹。廊缘边上,桃花盛开。

千佳子坐在炉畔煮茶,她有些神情茫然。

其后,大约过了十天左右,菊治听见母亲仿佛披露什么惊人的秘密似的对父亲说:千佳子因为胸前长痣,所以没有结婚。母亲以为父亲不知道,她好像很同情千佳子,脸上带着怜悯的神色。

"唔,唔。"

父亲略显惊讶地应和着。

"不过,被丈夫看到又有什么关系?只要他知情,答应娶她就行了。"

"我也是这么跟她说的,可是一个女人家,胸口长块黑痣,这哪儿说得出口呀?"

"她早已不是年轻姑娘了。"

"那也不好说。要是男人,结了婚被知道了,不过笑笑罢了。"

"你瞅到她的痣啦?"

"瞎说些什么呀?"

"光是听她说的？"

"今天来教茶道时，我们聊了一阵子……她到底说出来啦。"

父亲默然不语。

"即便结了婚，男人又能怎样呢？"

"会厌恶，会心里不舒服。不过，这个秘密或许可以变成闺房乐事，坏事变好事嘛。再说，这也不算什么大不了的缺点。"

"我也劝她说，这个不会碍什么事的。可是她说，那痣长在了奶子上。"

"唔。"

"她说啦，一想到生小孩要吃奶，这事儿最叫人伤脑筋。丈夫还好说，不过也得为婴儿考虑考虑呀。"

"长痣的乳房不出奶水吗？"

"那倒不是……她想要是给吃奶的婴儿看到了，那多苦恼。我没有想到这一点，可她却是顾虑重重。孩子一生下来，就要吃奶；刚睁眼首先看到的也是乳房，一眼看到妈妈的乳房上一片可怕的黑痣，那么，孩子对这个世界的第一印象，还有对于母亲的第一印象，就是极其丑陋的。——这种深深的印象会留在孩子一生的记忆中。"

"唔。不过，这也想得过多啦。"

"要是这样，也可以喂牛奶，或者找个奶妈子什么的。"

"长个痣算什么，只要有奶就行嘛。"

"可是，这样也还是不行。我听她说了之后，也流下眼泪。我以为她的话有道理。我们菊治可不能吃了乳房上长痣的人的奶啊。"

"可不是嘛。"

菊治对于佯装不知的父亲感到气愤，连菊治也看到十佳子的痣了，而父亲对他一点也不在乎，这使菊治更加憎恨父亲。

自那以后近二十年了，现在看来，也许那时父亲也感到困惑不安吧？菊治想到这里，他不由苦笑起来。

　　菊治过了十岁的时候,经常想起当年母亲的话,时时陷入不安的情绪里,要是有了吃过长痣的奶的异母弟妹,那可怎么办呢?

　　不仅是害怕另有弟妹,他也害怕这样的孩子本身。他觉得,那种被大黑痣上长着毛的乳房的奶水喂大的孩子,就像恶魔一般可怕。

　　所幸,千佳子似乎没有生小孩,往坏里想,也许父亲不让她生孩子吧。使得母亲流下眼泪的关于痣和孩子的事,可能也是父亲为了不让她生孩子而向她灌输的借口。总之,父亲生前和死后,都不曾出现过千佳子的孩子。

　　菊治和父亲一起看见千佳子的黑痣之后不久,千佳子就向菊治的母亲说了这件事,看来,她是想抢在菊治告诉母亲之前,来个先下手为强吧?

　　千佳子一直未嫁,也许就是那痣控制了她的一生吧?

　　菊治对于那黑痣的印象也难于消泯,说不定什么时候那片痣也会和他的命运纠缠在一起。

　　千佳子以茶会为名邀他来见见那位小姐时,那片痣也在菊治眼里闪现。他蓦然想到,既然是千佳子的介绍,那位小姐想必是个纯净无瑕、冰清玉洁的人儿吧?

　　菊治甚至想象过,父亲或许有时也会用手捏一捏那痣,说不定还用嘴呕过那片痣呢。

　　眼下,他在小鸟鸣啭的山寺中走着,这种联想又一次掠过心头。

　　然而,菊治发现那些痣两三年后,千佳子有些男性化起来,现在完全成了一个中性人了。

　　今天的茶会兴许也会手脚麻利地表演一番,那一侧长着痣的乳房也许萎缩了。想到这里,菊治坦然地笑了。这时,两位小姐从后头急急赶了过来。

　　菊治站住,给她们让路。

"栗本女士的茶席,就在这条路的尽里头吗?"他问。

"是的。"

两位小姐同时回答。

就算不问本来也知道怎么走。从小姐的和服穿戴上也可以看出她们走这条路是去参加茶会的,菊治的问话只是为了使自己决心出席茶会罢了。

其中一位小姐,拿着绘有白色千羽鹤的桃红绉绸小包裹,面目姣好。

二

两位小姐进入茶室之前换白布袜时,菊治也来到了。

他从小姐背后向屋内打量着,八铺席的房间,茶客济济一堂,膝盖顶着膝盖,看来都是穿着华丽的和服的人们。

千佳子一眼看到了菊治,"啊"的一声,站起身走过来。

"啊,请吧。真是稀客啊,欢迎,欢迎。快请,就打那儿进来吧,没关系。"

她指了指壁龛附近的格子门。

室内的女子们一起朝他看来,菊治脸红了。

"都是女客吗?"

"是的,也有男士,他们都回去啦,您就是万绿丛中一点红啊。"

"不是什么红。"

"菊治少爷有红的资格,没事儿。"

菊治摆摆手,示意自己绕到对过的入口去。

那位拿着千羽鹤包裹的小姐,把换下的白布袜包起来,彬彬有礼地站着,让菊治先走过去。

菊治进入相邻的房间。这里散乱地放着点心盒、运来的茶具盒,还有客人们的东西。后面的水屋①里，女佣正在洗茶具。

千佳子走进来，跪坐在菊治面前。

"怎么样？是个好小姐吧？"

"是那个拿着千羽鹤包裹的姑娘吗？"

"包裹？我不知道什么包裹。就是那个刚才站在那儿的漂亮小姐呀。她是稻村先生的千金。"

菊治漠然地点点头。

"什么包裹，净是留心一些奇怪的东西，倒叫人大意不得。我还以为你们是一同来的，正为您的高超手腕而震惊呢。"

"你都说些什么呀。"

"来时的路上碰到了，实在有缘分。稻村先生，您家老爷也是认识的。"

"是吗？"

"他们过去是横滨一家生丝商。今天的事儿我没有对小姐说明，您就从旁好好相相吧。"

千佳子声音不小，菊治担心隔壁茶室里的人会不会听到。正在踌躇之余，千佳子蓦地凑过脸来。

"不过，出了点儿麻烦。"

她压低了声音。

"太田夫人来了，她家小姐也跟着来了。"

她瞅着菊治的脸色。

"我今天并没有请她，可是她……这种茶会，谁都可以来参加的，刚才就有两对儿美国人来过了。对不起。太田夫人她知道了，也实在是没法子。不过，她当然不知道菊治少爷的事情。"

---

①　水屋：相当于茶室的厨房或洗涮间，茶会的准备、收拾、洗涤场所。一般为三铺席，内设纳物棚架。

"我今天也……"

菊治想说,他今天本来就不打算相什么亲,但是没有把话说出口来,似乎在喉咙管卡住了。

"尴尬的倒是夫人,菊治少爷只管像平时一样沉住气好啦。"

菊治听了千佳子的话感到气愤难平。

栗本千佳子和父亲的交往似乎不太深,时间也不长。父亲死前,千佳子曾经作为身边好使唤的女人在家中出出进进。不光是茶会,就是一般客人来访,她也在厨房里帮忙。

自从千佳子变得男性化之后,母亲觉得,现在再去嫉妒她,就有点儿叫人哭笑不得了。母亲后来一定发现父亲看见过千佳子的痣了,可那时已经事过境迁,千佳子也一副不记往事的样子,转而成为母亲的后盾了。

菊治也逐渐对千佳子随意起来,跟她不时使个小性儿,不知不觉,少年时代揪心的厌恶感也淡薄了。

千佳子变得男性化、成为菊治家得心应手的一个帮工,这也许就是千佳子的一种生存方式。

千佳子仰仗菊治家做了茶道师傅,获得了初步的成功。

千佳子只是和菊治父亲一个男人进行毫无指望的交往,或许由此压抑了自己作为女人的欲望吧? 菊治在父亲死后一想到这些,甚至对她泛起淡淡的同情。

母亲不再对千佳子抱着敌意了,其中一方面是因为牵涉到太田夫人的事。

自从茶友太田死后,菊治的父亲负责处理他的茶具,随之认识了他的遗孀。

将这件事最早告诉菊治母亲的就是千佳子。

不用说,千佳子站到了母亲一边。千佳子似乎做得有些过火,她每每跟在菊治父亲后面盯梢,还三天两头到夫人家里发警告。她满腔醋意,如火山喷发。

母亲性格内向,她被千佳子这种风风火火、爱管闲事的行为弄得目瞪口呆,她生怕这件丑事传扬开去。

千佳子当着菊治的面时,也对母亲大讲太田夫人的不是。她看到母亲对此不感兴趣,就说讲给菊治听听也好。

"那次我去她们家时,狠狠数落了一通,谁知被她的孩子听到了,于是,隔壁传来了抽抽噎噎的啜泣声。"

"是她女儿吧?"

母亲皱起眉头。

"是的。听说十二岁啦。太田夫人真是愚钝,我以为去骂那孩子呢,谁知她特地把孩子抱过来,让她坐到膝盖上,当着我的面,母女二人抱头痛哭。"

"那孩子也怪可怜的。"

"所以嘛,我也把她当作出气筒啦。因为她母亲的事,她也全都知道。不过,那姑娘倒是长着一张桃圆脸,好可爱呢。"

千佳子边说边瞧着菊治。

"我们菊治少爷,要是也能跟老爷说说就好啦。"

"请你不要再播弄是非了。"

母亲警告她。

"夫人有苦只肯往肚子里咽,这可不行啊,干脆一股脑儿吐出来不好吗? 夫人您看您瘦成这副模样儿,可人家倒是白白胖胖的。虽说她少个心眼儿,可只要招人怜爱地哭上一阵子就行啦……不说别的,单说她接待您家老爷的客厅里,还公然悬着她亡夫的照片呢。您家老爷竟然一点也不在乎。"

就是这么一位夫人,在菊治父亲死后,领着女儿来出席千佳子的茶会了。

菊治仿佛兜头浇了一盆冷水。

正如千佳子所说,今日尽管没有邀请太田夫人,在父亲死后,千佳子依然和太田夫人保持来往。这一点,菊治万万没有料到。也许她还叫女儿向千佳子学习茶道呢。

"如果您不乐意,那就叫太田夫人先回去算啦。"

千佳子盯着菊治的眼睛。

"我没有关系,她们想回去,那就自便吧。"

"要是这么一个善解人意的人,过去何须惹得老爷、太太烦心呢?"

"不过,一起来的还有小姐吧?"

菊治未曾见过这位遗孀的女儿。

菊治不愿当着太田夫人的面会见那位拿着千羽鹤包裹的小姐。他更不愿意在这种场合初会太田的女儿。

可是,千佳子的声音老是在他耳边响起,不断刺激他的神经。

"总之,她知道我来了,想逃也逃不掉呀。"

说着,他站了起来。

他从壁龛旁边进入茶室,顺势坐在入口处的上座。

千佳子跟着进来,郑重地给大家作介绍:

"这位是三谷少爷,三谷先生的公子。"

菊治重新向大家鞠躬致意,他一抬头,清清楚楚看见了小姐们。

菊治心里有点儿紧张,眼前和服的色彩弄得他眼花缭乱,再也分不清谁是谁了。

他定下神来仔细一看,原来太田夫人正和他面对面坐着。

"噢呀!"

夫人的叫声全体茶客都听到了,那声音十分诚恳而充满怀想。

"久违啦,好长时间没见面啦。"

夫人继续说道。

接着,她轻轻拉一下身边的女儿的衣袖,示意让她赶快行礼。那位小姐有些难为情,她红着脸鞠了一躬。

菊治实在有些意外。夫人的态度丝毫看不出有什么敌视和恶意,而是满含思念的样子。看来,她和菊治的不期而遇,倒使她异常高兴。她甚至忘记了自己在满座客人中是个什么身份。

小姐一直埋头不语。

夫人似乎有些觉察,她的双颊变红了。她的眼睛看着菊治,似乎想到他的身边和他说说话儿。

"还在做茶道吗?"

"不,我一向不做。"

"是吗?这可是祖传之道啊。"

夫人激情满怀,她的眼睛濡湿了。

菊治自打父亲葬礼之后,再未见过太田夫人。

她和四年前相比,没有多大变化。

她有着白皙而细长的脖颈,以及与此不太相称的浑圆的肩膀,体态比实际年龄更显轻盈些。眼睛稍大,鼻子和嘴巴嫌小。细细打量起来,那小巧的鼻官恰到好处,令人舒心。说起话来,看上去嘴唇有点儿向上翘。

小姐的长脖颈和圆肩膀明显是继承了母亲的特点,嘴巴比母亲的大,紧闭着。比起女儿的嘴,母亲的小嘴儿反而显得有些特别。

小姐的眼睛比母亲的更加乌黑闪亮,含着几分悲愁。

千佳子瞅着炉子里的炭火。

"稻村小姐,给三谷少爷献杯茶,好吗?你还没有点茶吧?"

"哎。"

手拿千羽鹤包裹的小姐走过去。

菊治知道,这位小姐坐在太田夫人的旁边。

但是,菊治自打看到太田夫人和太田小姐之后,总是避免把眼睛转向稻村小姐。

千佳子让稻村小姐点茶,大概是想给菊治看看的吧?

小姐走到茶釜前,回头望望千佳子。

"茶碗呢?"

"哦,就用那只织部①的好啦。"

千佳子说。

"这是三谷少爷家中的老爷最喜欢的茶碗,后来老爷送给我啦。"

小姐面前的茶碗,菊治是记得的。父亲一定用过这只茶碗,因为这是父亲从太田遗孀的手里接受下来的茶碗。

亡夫的这件心爱之物,又从菊治父亲手里转到千佳子手里,眼下出现在茶席之上。太田夫人是以何种心境看待这一切呢?

菊治对没头脑的千佳子甚感惊讶。

要说没头脑,太田夫人不是更加没头恼吗?

面对中年女子纷乱繁杂的过去,菊治感到,正在点茶的小姐那副清净的模样儿,显得多么纯洁、美丽!

三

千佳子打算让菊治瞧瞧手拿千羽鹤包裹的这位小姐,而小姐也许还不知道她的良苦用心吧?

小姐大大方方完成了点茶,亲自把茶碗送到菊治面前。

菊治喝完茶,稍微端详着茶碗。这只黑织部②茶碗,正面白釉的

---

① 织部:此处指织部茶碗,美浓窑烧制。另有彩陶茶盘、水罐和茶碗等茶道用具。是安土·桃山时代(1573 1598?)继千利休之后,在著名茶人古田织部正重然指导下,贯彻"织部风格"的个性化精神而制作的。

② 黑织部:织部陶瓷目前分为八类:志野织部、黑织部、青织部、总织部、绘织部、鸣海织部、赤织部,以及伊贺织部。黑织部者,整体使用铁质釉彩,烧成之后用铁钩自窑中拖出,立即放入冷水中,使其色漆黑优雅,光洁无比。

底色上,用黑釉描画出嫩蕨菜的花纹。

"还有印象吧?"

对面的千佳子问。

"怎么说呢。"

菊治模棱两可地应着,放下茶碗。

"这蕨菜的芽儿明显表现了山乡的气息。这是适合早春时节的茶碗,是您家老爷使用过的。现在才拿出来,虽然有点儿过了季节,但正好献给菊治少爷。"

"不,我父亲用没用过,对这只茶碗来说并不重要。毕竟,这只茶碗是利休所在的桃山时代的传世之品①。数百年之间为众多茶人所宝爱,一代代传承下来。我的父亲算不了什么。"

菊治说着,他想忘掉自家同这只茶碗的因缘。

这是一只有着奇特因缘的茶碗,从太田传给太田夫人,太田夫人传给菊治的父亲,父亲传给了千佳子。其间,太田和菊治父亲这两个男人死了,留下了两个女人。

如今,这只古老的茶碗,又在感受着太田遗孀和她的女儿、千佳子、稻村小姐,还有其他小姐的芳唇吮吸和纤指抚摸了。

"我也想用这只茶碗喝一杯茶,刚才是用别的茶碗呢。"

太田夫人冷不丁地说道。

菊治再次感到惊讶。是卖乖装傻,还是厚颜无耻?

太田小姐一直俯首不语,菊治对她深为同情,他再也看不下去了。

稻村小姐又为太田夫人点茶,全座的目光一起注视着她。这位

---

① 传世之品:凡具有一定来历的传统优秀之茶具,谓之"名物"(meibutsu)。利休前,尤其是东山时代所产者,称为"大名物"(oomeibutsu),利休时代者称为"名物",随时代以降,小堀远州选定之物称为"中兴名物"。经常有人误将"大名物"当作大名所用之物。

小姐也许不知道这只黑织部茶碗的因缘吧,她的动作只是遵循平常的套路。

这是一次无可挑剔的点茶,动作朴实,姿态纯正,身体上下,皆富品味。

嫩绿的树叶映着小姐身后的障子门,绚丽的"振袖"和服,肩头和衣袖仿佛也摇曳着柔和的树影。一头秀发光洁耀眼。

这间茶室,自然显得光线有些过强了,不过,这反而映衬出小姐青春的亮丽。姑娘所持有的绯红色茶巾①,使人感到鲜艳而不粗俗,小姐的素手里仿佛绽开一朵红花。

小姐的周围,似乎飞舞着千百只小小的白鹤。

太田遗孀将织部茶碗捧上手,说道:

"这黑釉里的青青茶汤,宛如萌发的一团春绿啊。"

可是,她绝口不提这是亡夫的遗物。

接着,大家例行公事般地观赏茶具。小姐们对茶具不怎么了解,大体只是听千佳子的讲解。

水罐、茶勺,都是从前菊治父亲的物件,可是千佳子和菊治都没有明说。

小姐们回去了,菊治一坐下,太田夫人就挨了过来。

"刚才实在失礼了,您生气了吧? 我一看到您,立即涌起一股怀念之情。"

"唔。"

"您出落得好帅气呀。"

夫人眼里浮现着泪光。

"对了,对了,太太的葬礼……我本想参加来着,可是没有去。"

---

① 茶巾:原文为"袱紗",用于揩拭茶具使之清洁,或者观赏茶具时垫在茶具下边。长宽约三十厘米,质地多样,颜色有红、紫和松叶色等多种。

菊治神情黯然。

"老爷和太太相继去世……想必很孤单吧?"

"唔。"

"还不回家吗?"

"嗯,稍等一会儿。"

"很想找个时间,同您说说话儿。"

千佳子在隔壁叫喊:

"菊治少爷!"

太田夫人依恋地站起身子,小姐在院子里等着。

母女一起对着菊治低头告别,小姐的眼睛暗含一种求助的神色。

相邻的房间里,千佳子带着身边两三个弟子和女佣一道儿收拾茶具。

"太田夫人都说了些什么呀?"

"没有……什么也没说。"

"您要提防着点儿,看她似乎又和顺,又恭谨,可总是装出一脸无辜的表情。谁知道她在想些什么。"

"她还不是经常出席你的茶会吗,不知道从什么时候起。"

菊治的口气里带着几分讽刺。

他要逃离这里恶浊的空气,于是来到外面。

千佳子跟了过来。

"怎么样? 是个好姑娘吧?"

"是个好姑娘。不过,要是没有你和太田夫人,还有我父亲的亡灵,在身边徘徊扰乱,那就更好啦。"

"您怎么这般斤斤计较呀? 太田夫人和那位小姐毫无关系嘛。"

"我只是觉得对不住那位小姐。"

"有什么对不住她的。您不愿意看到太田夫人,这个我该向您道歉。可是今天我并没有请她呀。稻村小姐的事,您要另当别论。"

"那好,今天就告辞啦。"

菊治说罢又站着不动,他怕边走边说,千佳子更不会马上离开。

只剩下菊治一个人了。这时,他才发现眼前的山麓满布着杜鹃花的蓓蕾。他深深呼吸着空气。

他对自己应千佳子之邀来这里感到憎恶,可是对那位手拿千羽鹤包裹的姑娘,却留下了鲜明的印象。

同席上看到父亲的两个女人,之所以没有觉得心中郁闷,就是因为有那位姑娘在场啊!

然而,这两个女人如今还活着,并且谈论着父亲,而母亲已经死了。菊治每每想起这一点,就感到怒火中烧,千佳子胸前丑陋的黑痣也随之浮现在他眼前。

晚风吹拂着翠绿的新叶,菊治摘掉帽子,慢悠悠地走着。

他远远看见太田夫人站在山门边的绿荫里。

菊治猝然想躲开她,他巡视着四周。看样子,只要登上左右两旁的小山,就可以不经过山门。

可是,菊治还是往山门走去,他似乎稍微紧绷着双颊。

那位遗孀一眼看到菊治,反倒迎过来了。她双腮染着桃红。

"我等着想再见您一面呢。您或许认为我是个厚脸皮的女人吧?可是,就那么走了,我有些不舍得……再说,一旦分别,还不知什么时候能再见到呢。"

"小姐她呢?"

"文子呀,她先回去啦,是和朋友一起走的。"

"那么,小姐知道您是在等我吗?"

菊治问。

"嗯。"

夫人答道,她瞧着菊治的脸。

"这么说,小姐不会感到憎恶吗?刚才在茶席上,她也好像不愿意和我见面。小姐好可怜呀。"

菊治说得很露骨,但听起来又很婉转。夫人直截了当地回答:

"那孩子见到您,一定很痛苦吧?"

"是我父亲让小姐吃尽了苦头啊。"

菊治本来的意思是,正像太田夫人的事,也让自己吃尽苦头一样。

"不是因为这个,实际上,文子很受老爷的疼爱呢。关于这些,我会找个时间慢慢对您说。那孩子一开始的时候,对于老爷的一番好心,似乎并不怎么领情。可是战争结束那阵子,在那场可怕的大空袭里,她似乎有所触动,态度完全变啦,对老爷也就尽心尽力起来。说是尽心,一个女孩儿家,也就是为了弄只鸡、做点儿小菜什么的给老爷送去,出去买买东西罢了。不过都是冒着生死的危险,全心全意干着的。她不顾飞机丢炸弹,从很远的地方扛来了大米……由于转变得太快,连老爷也感到迷惑不解。我眼睁睁看着女儿变成了另一个人,总是心疼得要命,同时也深感内疚。"

菊治这才想起母亲和自己都受过太田小姐的恩惠。那时候,父亲有时带一些意想不到的礼品回家,这才知道,原来都是太田小姐买的。

"真不知女儿为何会变得这么快啊。可能是想着自己不知哪一天就会死掉,一定是可怜着我吧?所以也就拼着性命对老爷尽心尽力啦。"

小姐一定清楚地看到,在那场失败的战争里,自己的母亲拼死依附菊治父亲的爱的情景吧?由于现实中的每一天都是那样酷烈,她一定丢开自己死去的父亲,只看着现实中的母亲吧?

"刚才注意到文子的戒指了吗?"

"没有。"

"那是老爷送给她的。老爷即便来我这里,一响起警报,就马上要回去。于是文子就非要送他回家不可。她怕老爷一个人半道上出岔子。有一次,她送老爷没有回来,我想大概是在府上住下了,那样也好嘛。可转念又想,两个人该不会死在路上了吧?第二天早晨,回来后一问,才知道她送到府上的大门口,回来时在防空壕里熬了一夜。下回老爷又来的时候,他说:'文子呀,多亏了你啦。'就把这枚戒指送给她了。那孩子不愿给您见到这枚戒指,她怕难为情啊。"

菊治听罢,心里一阵厌恶。奇怪的是,太田夫人还以为菊治当然会寄予一番同情呢。

然而,他对夫人并不感到十分厌恶,也不对她抱着特别的警惕。夫人自有一种使他身心放松的温馨之情。

小姐的百般用心,抑或在于她不忍心看到母亲凄凉的晚景吧?

夫人讲述着小姐的故事,在菊治听来,实际上是在诉说自己的爱情。

看来夫人有着满心的话儿想一吐为快。然而,这个听她倾诉衷肠的人应该是谁呢?是菊治,还是菊治的父亲?说得极端些,她似乎还没有找准这个对象。她把菊治当作他的父亲而追怀不已。

从前菊治和母亲对太田遗孀的敌意,尽管依旧尚未消除,现在已经松弛了大半,稍不留神就觉得自己仿佛就是被这个女人所爱的父亲。一种错觉引诱着他,自己好像和这个女人早有着一段情缘。

父亲很快和千佳子分手,和这个女人一直相爱至死,也不是不能理解。菊池心想,千佳子一定会欺负太田夫人,而菊治自己也被一种残忍之心所驱使,感到一种诱惑,似乎可以轻而易举地耍弄她一把。

"您经常出席栗本的茶会吗?她过去可是老欺负您的呀。"

菊治说。

"自从您家老爷去世之后,她给我写过信。我想念老爷,自己也很孤单。"

夫人低着头说。

"是和小姐一起吗?"

"文子也是很不情愿和我一道来。"

他们跨越铁路,穿过北镰仓车站,朝圆觉寺对面的山上走去。

四

太田遗孀少说也有四十五岁左右了,比菊治要大将近二十岁。然而,她却使得菊治忘记了她的年龄,菊治仿佛怀抱着一个比他还要年轻的女人。

菊治切实和夫人共同感受到了她的多次经历带来的欢悦,他临场毫不畏缩,也没有觉得自己是个缺乏经验的单身汉。

菊治似乎初次认识了女人,同时也认识了男人。他对自己这种男性意识的觉醒深感惊讶。女人原来是个如此顺从的承受者,一个招之而来、诱之而去的被动者,一个令人销魂的温柔之乡啊!对于这些,菊治以前并不清楚。

菊治,作为一个独身者,事情过后,他每每有着一种罪恶感。现在,这种罪恶感本该最为强烈,然而,他从中尝到的只是甘甜和安谧。

每逢这个时候,菊治都想无情地走开,可他陶醉于温热的依偎而不肯猝然离去,宛若锋芒初试,恋恋难舍。他不知女人的温柔波涛会绵延至此。菊治在那波涛中获得暂时的休憩,他意得志满,犹如一位征服者,一边昏昏欲睡,一边令奴隶为自己濯足。

他还感受到了一种母爱。菊治向下缩缩脖颈,说道:

"栗本这地方有一大片黑痣,您知道吗?"

他说罢,又立即感到不小心走了嘴。不过,因为此时脑中一片茫然,他并不觉得这话对千佳子有什么不好。

"布满了乳房呢,就在这块儿,这样……"

菊治说着,伸过手去。

菊治的头脑泛起一种思绪,使他随口说出这件事来。这是有意背逆自我、伤害对方的一种奇矫的心理在作祟。他也许很想看看那块地方,借此掩饰一下羞赧而畏葸的心绪。

"不行,太可怕啦。"

夫人悄悄合上衣襟。她似乎没能马上理解菊治的意思,于是,意态安详地问道:

"这事我也是初次听说,不过,遮在和服里看不见吧。"

"也不是完全看不见。"

"哦,究竟怎么回事呀?"

"长在这里,还是可以看到的。"

"瞧您,真讨厌,是想着我也长了痣,摸来摸去地在找吗?"

"哪里哪里,果真有,这会儿还不知道是什么样的心情呢。"

"是在这儿吗?"

夫人也看着自己的前胸。

"干吗跟我说这些? 这种事儿又算得了什么呀?"

夫人没有上钩。菊治的一番鼓动,对于夫人向来不起什么作用。于是,菊治只好自讨苦吃。

"总是不好啊。我在八九岁的时候,曾经见过那黑痣,如今还时时在眼前闪现。"

"为什么呢?"

"就说您吧,不也为那片黑痣所害吗? 栗本不是扮作我和母亲的代言人,跑到您家里大吵大闹的吗?"

夫人应和着,悄悄缩了缩身子。菊治用力抱住她:

"我想就是那会儿,她也不断想到自己胸前的黑痣,所以更加心狠手辣吧?"

"哎呀,您说得挺吓人的。"

"她或许也是要向父亲报仇来着。"

"报什么仇呀?"

"有了那片痣,她始终抬不起头来。她一直认为自己被抛弃,也是因为长了痣的缘故。"

"不要再谈痣的事了,怪叫人恶心的。"

夫人看来不愿再想象那痣究竟是什么样子。

"栗本女士现在看来也不再避讳那片痣了。她活得很好,苦恼也已成为过去。"

"苦恼一旦过去,就再也不留痕迹了吗?"

"有时过去了,回头想想,还蛮怀念的呢。"

夫人说着,她似乎依然恍惚留在梦境之中。

菊治本来不愿说的一句话,这时也吐露出来了。

"刚才在茶席上,您身边不是坐着一位小姐吗?"

"嗯,雪子姑娘,稻村先生的女儿。"

"栗本喊我来,就是为了叫我看看那位小姐。"

"唔。"

夫人睁大了眼睛,频频盯着菊治。

"是来相亲的吗?我一点儿也没看出来。"

"不是相亲。"

"可不是嘛,是相过亲后回家的啊?"

夫人的眼睛在枕畔流下一道泪水,她的肩膀抽动着。

"真对不起,真对不起,干吗不早点儿跟我说呀?"

夫人伏面而泣。

菊治实在有些意外。

"到底是不是相亲后回家,不好就是不好,两者没有关系。"

菊治这样说,也完全是这么想的。

这时,稻村小姐点茶的倩影又在菊治的头脑里浮现,那个绘有千羽鹤的桃红的包裹也渐渐明晰起来。

于是,夫人啜泣着的身子使他感到一种丑恶。

"啊,真是难为情呀,我罪孽深重,实在是个坏女人啊!"

夫人不住抽搐着浑圆的肩膀。

对于菊治来说,要是后悔的话,也一定会感到丑恶。尽管相亲是另外一回事,但眼皮底下,毕竟是父亲的女人。

然而,菊治直到此时,他既不觉得后悔,也不觉得丑恶。

菊治并不十分清楚,他自己为何同夫人堕入了这种境况。一切都是那么自然。夫人刚才的意思,也许是后悔自己不该诱惑了菊治吧?但是,夫人看来并没有打算诱惑菊治,而菊治也全然没有受到诱惑的感觉。况且,菊治从内心里没有任何抵触情绪,夫人也是坦然以对。可以说,这里没有任何道德上的暗影。

他们进入圆觉寺对面山丘上的旅馆,两人一起吃了晚饭。因为菊治的父亲,是个谈不完的话题。菊治并非一定要听,但他还是老老实实地听了,这显得很是滑稽。夫人也是毫不经意,心怀眷念地诉说着。菊治一边听她述说,一边感受着她那一番恬静的好意。他感到自己被包裹于温柔的情爱之中。

菊治仿佛觉得父亲也曾经很幸福。

她说自己不好就算是不好吧。他早已失去摆脱夫人的时机,只好委身于甘美的欢爱之中了。

抑或菊治的心底里潜隐着一团阴影,逼使他像排毒似的,顺口将千佳子和稻村小姐的事也一并抖搂出来了。

他的话太有效了。假若后悔,就是因丑恶而后悔,菊治甚至还想要对夫人说些残酷的话语,他想起这些作为,心里蓦然涌出一种自我厌恶的情绪。

"干脆忘掉吧,一切都无所谓啦。"

夫人说。

"这些个事,又算得了什么!"

"您只是在回忆我父亲吧?"

"嗯。"

夫人怪讶地抬起头来。由于枕着枕头哭泣,菊治看到她眼泡有些红肿,眼白稍显浑浊,睁开的眸子还残留着女性的特有的倦怠。

"您要怎么说就怎么说吧,我是个可悲的女人吧。"

"胡说。"

菊治一把扯开她的前胸:

"要是有痣,我不会忘记的,印象很深……"

菊治对自己的话深感惊愕。

"不行,这么盯着看,可我已经不年轻啦。"

菊治露出牙齿凑了上去。

夫人刚才情感的波涛又上来了。

菊治安然入睡了。

蒙眬之中,他听到了小鸟的鸣啭。菊治从嘤嘤鸟鸣里睁开眼睛,这对于他,仿佛是第一次体验。

犹如朝露濡湿了碧绿的树林,菊治的头脑像被清水洗涤了一番,没有任何思虑。

夫人背对菊治而眠,不知何时又转过身来,菊治略带奇异的眼神,支起一只胳膊,望着薄明中的夫人的睡相。

五

茶会过去半个月,菊治接受了太田小姐的拜访。

她被引到客厅里,菊治为了平静一下激动的心情,亲自打开茶柜,用盘子装了些洋果子。他一时猜不出小姐是单独而来,还是夫人因为不好进这个家、在门口等着。

菊治打开客厅的门,小姐从椅子边站起来,低着头。菊治一眼看到她那双唇紧闭的兜嘴儿。

"让你久等了。"

菊治绕过小姐的背后,打开面向庭院的玻璃窗。

他走过小姐身后的时候,闻到了花瓶里白牡丹的幽香。小姐浑圆的肩膀微微前倾着。

"请坐吧。"

菊治说罢,先在椅子上坐下来,不知为何,他感到心里很平静,因为他从小姐脸上,看到了她母亲的面影。

"突然前来打扰,实在有些失礼。"

小姐低俯着头说。

"不必客气,找到这儿不容易吧?"

"嗯。"

菊治想起来了,空袭时就是这位小姐把父亲送回家门口的。这是他在圆觉寺里听夫人说的。

菊治想把这事告诉她,但没有说出口。他看了一下小姐。

于是,当时太田夫人温暖的情意,犹如一股泉水涌向心头。他想到,所有的一切,夫人都优容地原谅了他,使他安下了心。

也许正是这份安然,使他对于小姐也放松了警戒,不过,他还是没有正面迎望着她。

"我来……"

小姐欲言又止,她抬起头。

"关于母亲的事,我想来拜托您。"

菊池屏住呼吸。

"请您原谅我母亲。"

"什么? 原谅?"

菊治不由反问道。看来,夫人把自己的事情也都跟小姐说了。

"要说原谅,该请原谅的是我。"

"关于府上老爷的事,也请原谅。"

"父亲的事也一样,要说原谅,该请原谅的是我父亲。我母亲也已经不在,就算要原谅,谁来原谅呢?"

"老爷及早过世,想来也是我母亲的过错。再说,还有太太也……这事我也对母亲说过。"

"你过虑了。夫人也很可怜。"

"要是先死的是我母亲就好了。"

看样子,小姐感到羞愧难当。

菊治意识到小姐在说的是夫人和自己的事。那些事情,对她是多么大的伤害啊!

"您能原谅母亲吗?"

小姐再次极力央求道。

"提什么原谅不原谅,我要感谢夫人才是。"

菊治明确地表示。

"都怪我母亲,是母亲不好,请您别理她了,再也不必记挂她啦。"

小姐说得很快,声音不住颤抖。

"拜托啦。"

小姐请求原谅的话语,菊治听得很明白,意思是:您不要再管她的事情了。

"电话也不要再打了……"

小姐说着,脸也发红了。为了遮掩自己的羞涩,她有意抬头看看菊治。她珠泪盈睫,乌黑的眼波里没有丝毫恶意,仿佛在固执地哀求。

"我知道啦,对不起。"

菊治说。

"拜托您啦。"

小姐满面羞涩，连那长长细嫩的雪白的脖颈也发红了。也许为了映衬那美丽的细长的颈项，她的西服领子装饰着一道白边儿。

"您打电话约她，母亲没有来，是我阻止了她。母亲拼命要来，我就抱住她不松手。"

小姐有些放心了，语调也和缓下来。

菊治打电话约请太田遗孀，是在那事之后第三天。夫人的声音显得很高兴，可是她没有到咖啡馆相会。

那次打电话之后，菊治一直没有见到夫人。

"事后想想，母亲太可怜啦，可是当时就是觉得太难为情，我拼死拼活把她拦下了。母亲就对我说，那么，文子，你就替我回绝吧。我来到电话机旁，一句话也说不出来。母亲呆呆望着电话机，簌簌流下眼泪，仿佛三谷少爷就站在电话机旁边。母亲就是那样一个人。"

两人沉默了好一阵子，菊治说：

"上次茶会之后，夫人在等我，你为何先走了呢？"

"因为我想让三谷少爷知道，母亲不是那种很坏的人。"

"她一点儿也不坏。"

小姐低下眉来，可以看到娇小的鼻子下边是那只兜嘴儿。一副温和的桃圆脸很像她的母亲。

"我很早就听说夫人有个女儿，我曾幻想对你谈谈我父亲的事情呢。"

小姐点点头。

"我也这样想过。"

菊治心里想，要是同太田遗孀没有任何关系，能和这位小姐无拘无束地谈论父亲，那该有多好。

可是，他之所以从心底里原谅夫人，甚至原谅父亲和夫人的事，正因为他和这位夫人之间，并非没有一点儿瓜葛。这奇怪吗？

小姐意识到已经待得很长了，她慌忙站起身来。

菊治送她出去。

"要是有时间和你谈谈我父亲的事,以及夫人美好的人品就好啦。"

菊治虽然是随便说说,可他心里也是这么想的。

"好的。不过,不久就要结婚了吧?"

"我吗?"

"嗯。听母亲说的,您已经同稻村雪子小姐相过亲了……?"

"没那么回事。"

出了门就是一段下坡道,中间微微有些起伏。站在那里回首遥望,只能看见菊治家院子里的树梢。

菊治听了小姐的话,蓦然想起了千羽鹤小姐的姿影。文子站在路上,向他告别。

菊治转过身来,同小姐的方向相反,登上了高坡。

森林的夕阳

一

千佳子向公司里的菊治打电话。

"今天直接回家来吧?"

是要回家的,可是菊治依然感到不悦。

"是的。"

"今天就快点儿回来吧。为了老爷。像往常一样,每年的今天都是老爷的茶会。一想起这个,我心里就不能平静。"

菊治沉默不语。

"我扫茶室呢,喂喂,我在打扫的时候,忽然想做上几道菜。"

"你在哪里啊?"

"在您府上,我就在这儿。对不起,预先没给您打招呼。"

菊治很是惊奇。

"一想起这一天,我就坐立不安,我想扫扫茶室,心情或许会好些。本来想先打个电话的,不过,您肯定要拒绝。"

父亲死后,茶室就闲置下来了。

母亲活着的时候,好像时常一个人进去坐坐。可是,她也不在茶釜里生火,只是提着一铁壶开水进去。菊治不愿意母亲进入茶室。母亲会悄悄在里面想些什么呢?他很好奇。

菊治很想知道母亲一人在茶室里做什么,但他从未偷看过。

可是,父亲生前,茶室的事一任千佳子管理,母亲很少进入茶室。

母亲死后,茶室一直关着。从父亲时候起就在家里做佣工的老保姆,一年打开几次,通风换气。

"从什么时候就没有打扫了呢?榻榻米擦过几遍了,还有霉味儿,真是没办法呀。"

千佳子说话越来越不知天高地厚了。

"扫着扫着,就忽然想做菜。想得突然,材料不齐全,不过也准备了点儿。您就直接回家来吧。"

"好啦,真没办法。"

"菊治少爷您一个人,也挺寂寞的,伙上三四个公司的同事一起来,怎么样?"

"不行,没有人懂茶道。"

"不懂更好嘛,也只是粗粗准备了一下,就请放心地来吧。"

"那怎么行啊。"

菊治猛然吐出这么一句话。

"是吗?真叫人失望。怎么办呢?请谁呢?老爷的茶友呢……也没法叫,对啦,叫稻村小姐来吧。"

"开什么玩笑?算了吧。"

"为什么呀？不是很好吗？那件事儿,对方很积极,再见上小姐一面,仔细瞧瞧,好好谈谈,不行吗？今天请她,小姐要是来了,就说明她愿意啦。"

"不行,我不同意。"

菊治满心烦闷地说:

"算啦别这样,我不回家了。"

"这事儿,我在电话里不好说,回头再说吧。总之,事情就是这样,您快点儿回来吧。"

"事情就是这样,就是哪样呀？我可不知道。"

"好啦,权当是我管闲事,行了吧?"

千佳子虽然这么说,可那种咄咄逼人的气势还是听得出来。

他想起千佳子胸口那一大片痣来。

于是,他觉得千佳子扫茶室的扫帚声,听起来就像打自己的头脑里扫过,她那擦洗廊缘的抹布就像揩摸着自己的脑子。

因为首先有了这种厌恶感,千佳子趁他不在闯进家门,随便去做菜,这不是很奇怪的事吗?

要是为供奉父亲,扫扫茶室,插上鲜花回去,也还可以原谅。

但是,菊治淤积心头的厌恶感里,稻村小姐的倩影,犹如电光一闪。

父亲死后,自己自然和千佳子疏远了,但是,她莫非要借稻村小姐为诱饵,和自己重新结缘、紧盯不舍吗?

千佳子的电话,照例传达了她乐天的性格,让你只好苦笑而不由疏忽大意起来,但同时还带着一股强加于人、不可一世的语气。

菊治认为,自己觉得她是那样咄咄逼人,原因在于自己太懦弱了。因为过于胆怯,不管千佳子在电话里说些什么,他都不能发怒。

千佳子抓住了他的弱点,所以得寸进尺吧?

菊治下班后来到银座,进入一家狭小的酒吧。

菊治不得不按千佳子所说的那样回家去,然而他为自己的怯懦所苦,心情十分沉重。

圆觉寺茶会回来之后,菊治意外地和太田夫人在北镰仓旅馆住了一夜。这事虽然千佳子不会知道,但自那之后,她有没有和这位遗孀见过面呢?

他怀疑,电话里的强硬语调,不仅是因为千佳子本来就有的那副厚脸皮。

也有可能,千佳子只是按着自己的方式,处理他和稻村小姐的事情。

菊治无心在酒吧里继续待下去,他只得乘上电车回家了。

国营电车经过有乐町开往东京站的时候,菊治透过车窗俯视着高大的街树下的道路。

这条道路和国营电车线路几乎构成直角,东西走向,正好映照着夕阳,宛若一块金属板,发出刺眼的光亮。然而,那承受着落日的街道树是阴影这边朝向电车,看上去一派浓绿,树荫里似乎很清凉。枝干纵横,宽阔的叶子葱茏茂密。道路两边是排列整齐的西式楼房。

奇怪的是,街道上没有一个人影。直到皇居护城河一带地方,显得静悄悄的。闪光的车道也是一片宁静。

从拥挤的车厢里向下看,似乎只有这条街道,浮现在黄昏奇妙的时间带里,具有一种外国的情味儿。

菊治想象着,那位手拿桃红绉绸白色千羽鹤小包裹的稻村小姐,正走在这条林荫路上,包裹上的千羽鹤清晰可见。

菊治的心情一下子好起来。

这时候,那位小姐或许已经到家了,菊治胸中泛起一阵激动。

尽管如此,千佳子在电话里叫菊治邀请同事一起来,听到菊治不大积极,接着又说邀请稻村小姐,她究竟打的什么算盘?是否一开始就想叫小姐来呢?菊治还是摸不着头脑。

一回到家,千佳子就急忙跑到门口:

"就一个人?"

菊治点点头。

"一个人好啊,她来啦。"

千佳子说罢,伸手来接菊治的帽子和提包。

"又路过哪家店里了,是不是?"

菊治想,也许脸上还残留着酒气。

"到哪儿去了? 后来我又向公司挂电话,说已经走了。我算计着您路上的时间呢。"

"真是奇怪。"

千佳子随意闯进家来,想干什么就干什么,预先连个招呼也不打。

她跟着他来到里屋,打算把女佣拿来的衣服给他换上。

"不用啦,这不好,我自己来。"

菊治脱下上装,回绝着千佳子,一个人进入更衣室。

他换好衣服打更衣室走出来。

千佳子独自坐在那里,说:

"独来独往的,好佩服。"

"啊。"

"这种不自由的日子,总该结束啦。"

"看到老子受那份罪,不能再学他呀。"

千佳子睒了菊治一眼。

千佳子跟女佣借了下厨的衣服穿在身上,这本来是菊治母亲用的,她把袖子卷起来。

腕子以上白得很不协调,肌肤丰腴,胳膊肘内绷着一条青筋。菊治意外地发现,她的膀子长着肥厚的筋肉。

"我想还是茶室好些吧,她现在正坐在客厅里呢。"

千佳子有点儿故作庄重地说。

"茶室里的电灯能亮吗？可从未见过茶室开灯。"

"要么用蜡烛，不是更有情趣吗？"

"那样不好。"

千佳子想起什么似的说道：

"对啦，对啦，刚才给稻村小姐打电话时，她问妈妈也一起去吗。我说，要是一道能来更好。可是她母亲说不方便，所以就决定小姐一个人来了。"

"决定？是你随便决定的吧？冒冒失失请人到家里，不怕人家说你太失礼了吗？"

"这我知道，不过小姐已经在这儿了，她能来，我们即便有些冒失，不也就自然消除了吗？"

"此话怎讲？"

"这不是明摆着的吗？咳，她今天既然肯来，就说明小姐对这门亲事主动愿意了呗。这条路倒是有点儿绕弯子，不碍的，事成后，你们两个就笑我栗本是个怪女人好啦。该成功的事，怎么办都能成功。这是我的经验。"

千佳子一副了如指掌的样子，她似乎看透了菊治的内心。

"你已经跟对方说好啦？"

"哎，说好啦。"

千佳子仿佛耍菊治态度明朗些。

菊治起身，经走廊向客厅走去。他来到大石榴树下，想极力改变一下神情。因为他不愿意让稻村小姐看出自己有什么不悦。

他一看到蓊郁的石榴树荫，脑里就浮现出千佳子的那块痣。菊治摇摇头。客厅前面的脚踏石映现着落日的余晖。

格子门敞开着，小姐坐在门边一角。

小姐光彩照人，使得宽阔而幽暗的客厅角落也明亮起来。

壁龛的水盘里养着花菖蒲。

小姐系着绘有旱菖蒲的腰带,实出偶然,不过这也是出于季节的考虑,也许不算太偶然。

壁龛里的不是旱菖蒲,而是花菖蒲叶子和花长得很高。看花的状态,可以知道是千佳子刚刚才插上去的。

二

第二天星期日,下雨。

午后,菊治独自进入茶室,收拾昨天用过的茶具。

他还想重温稻村小姐的余馨。

他叫女佣拿伞来,正要从客厅走下亭院里的垫脚石,发现屋檐下面排水的竹筒裂了,石榴树根前面,雨水哗哗流淌下来。

“那里要修一修啦。”

菊治对女佣说。

“是的。”

雨夜,钻进被窝,菊治想起,那流水声很早以前也曾经听到过。

“不过,修来修去,没个完呀。趁着还不太破旧,卖掉算啦。”

“现在宅第大的人家都这么说呢。昨天,小姐看了大吃一惊,说好大呀。看样子,小姐会住到这里来的吧。”

女佣似乎叫他不要卖。

“栗本师傅,她也说了这样的话吗?”

“嗯。小姐一来,师傅就领她到处看了一遍。”

“什么?真有她的。”

昨天,小姐没有告诉菊治这件事。

菊治以为小姐只是从客厅到茶室,所以今天他也想学着从客厅到茶室走一趟。

菊治昨晚彻夜未眠。

茶室里仿佛依然氤氲着小姐的体香,他半夜里还想爬起来再到茶室去看看。

"永远都是彼岸伊人。"

他如此想象着稻村小姐,这才又躺下了。

这位小姐居然在千佳子的带领下,在家里走了一圈儿,这使菊治甚感意外。

菊治吩咐女佣把炭火送到茶室里,他便踩着脚踏石走过去。

昨夜,千佳子回北镰仓,她是和稻村小姐一块儿出去的,随后女佣收拾了茶具。

菊治只要把摆在茶室角落的茶具重新收好就行了,可他不知道原来是放在哪里的。

"栗本她可能很清楚。"

菊治嘀咕了一句,望着壁龛里的歌仙画①。

法桥宗达②的一幅小品,薄墨的线条施以淡彩。

"这画里是谁呀?"昨晚,稻村小姐问他,菊治没有回答上来。

"哦,这是谁呢? 没有附上和歌,我不知道是谁。这种画里的歌仙,大致都是一个模样儿。"

"是宗于③吧?"

千佳子插嘴说。

"他写的和歌是:松林郁郁绿无限,更为春天增颜色。现在季节稍晚了点儿,不过老爷很喜欢,一到春天就经常挂出来。"

---

① 歌仙画:原文作"歌仙绘",第六十六代一条天皇治世时,藤原公任所选以柿本人麻吕为主的三十六位杰出歌人的肖像画,并通常各附代表和歌一首。

② 法桥宗达:即俵屋宗达(? —1640?),江户初期画家,长于装饰画和水墨画。法桥为僧侣的级别,次于法印、法眼。宗达作为平民画家,被授予法桥之位,实属罕见。

③ 宗于:源宗于(? —939),第五十八代光孝天皇的皇子——是忠亲王之子。三十六歌仙之一。歌风于平明中时带艳丽、余情和寂寥之感。

"究竟是宗于还是贯之①,光凭画是难于区别的。"

菊治坚持说。

今天再看看,一张脸意态安然,实在辨别不出究竟是谁。

然而,这幅笔墨简洁的小型画,却给人以气象宏阔的感觉。望着望着,仿佛散发出微微的清香。

由这幅歌仙画,由昨晚客厅里的花菖蒲,菊治又想起稻村小姐来。

"我烧水了,想多烧一会儿,等滚开了才好,所以晚啦。"

女佣拿来炭火和铁壶。

茶室里有些潮湿,菊治只是叫拿火来就行了。他不想煮茶。

但是,菊治一提到火,女佣就暗自会意,所以开水一并也烧好了。

菊治胡乱添了木炭,架上茶釜。

菊治从小经常跟着父亲出席茶会,已经习惯了,可是自己从来没有主动点茶的兴趣。父亲也不劝他学习茶道。

如今水烧开了,菊治把锅盖子错开一些,茫然地坐在那儿。

稍微闻到了霉味儿,榻榻米似乎也潮湿了。

色调朴素的墙壁,昨天把稻村小姐反衬得尤其突出,今天又黯淡了。

菊治感到稻村小姐的到来,就像住在洋房里的人穿着和服赴约一样,所以他昨天对稻村小姐说:

"栗本突然邀你来,实在难为你啦,选在茶室接待你,也是栗本的主意。"

"师傅对我说,今天是府上老爷举行茶会的日子呢。"

"听说是的,对于我来说,这种事儿全都忘记了,根本不考虑。"

"在这样的日子,偏要找我这样没什么常识的人来,师傅不是寒

---

①　纪贯之:仅次于柿本人麻吕的三十六歌仙之一。

碜人吗？最近也没有很好学习。"

"栗本也是一大早才想起来,赶紧打扫茶室来着。所以才会有霉味儿。"菊治支支吾吾地说,"不过,同样能相识,要是不通过栗本的介绍就好了。我认为,很对不起稻村小姐。"

小姐惊诧地望着菊治。

"为什么这么说呢？没有师傅的介绍,当然没有人引我们见面了。"

这是她简单的抗议,不过,事情也确乎如此。

那倒也是,没有千佳子,在这个人世上,他们两个也许不会相逢。

菊治面对直射过来的闪光,仿佛承受着鞭子的抽打。

接着,小姐的话听起来似乎答应了她和菊治的这门亲事。菊治是这么想的。

正因为此,小姐诧异的眼神,在菊治看来,却是一道亮光。

但是,菊治在小姐面前直接称千佳子为栗本,小姐会有何感觉呢？虽然时间很短,但她毕竟曾是菊治父亲的女人啊,小姐果真知道这些吗？

"栗本给我留下过不好的印象。"

菊治的声音在打颤。

"我不愿意让这个女人触犯我的命运。我很难相信,稻村小姐是她介绍来的。"

千佳子也端来了自己的饭盘,谈话就此打住。

"我也来陪陪你们吧。"

千佳子坐下了,她微微躬着腰,似乎要平静一下干活时的急促气息。她瞅瞅小姐的脸色。

"只有一位娇客,显得太冷清啦。不过,老爷地下有知,也一定会很高兴的。"

小姐恭谨地敛着眉说：

"我没有资格进入老爷的茶室呀。"

千佳子没有在意,她只顾沉浸于回忆里,滔滔讲述着菊治父亲生前是如何使用这间茶室的。

千佳子满以为这门婚事谈成功了。

临别时,千佳子走到大门口说:

"菊治少爷也到小姐家回访一次吧……下回就该商量日子了。"

小姐点点头,她似乎还想说什么,但终于没有开口。蓦然间,她的整个身姿显现出本能的羞涩。

菊治出乎意料,他仿佛感应到小姐的体温。

然而,在菊治看来,自己好像被包裹在丑恶的黑幕之中了。

直到今天,这面黑幕仍未去除。

不仅介绍稻村小姐的千佳子不干净,菊治自身也不干净。

菊治一味想着父亲用脏污的牙齿吮吸过千佳子胸前的黑痣,父亲的影像也和自己连在一起了。

小姐对于千佳子并不在意,而菊治却很在意。不是吗,菊治的卑怯和优柔,虽然不全都因为这一点,那也是重要原因之一啊。

菊治看起来是那样厌恶千佳子,仿佛稻村小姐和他的婚事也是千佳子强迫的结果。再说,千佳子似乎也是一个便于如此利用的女人。

菊治以为自己的这番用心可能已被小姐看穿,所以好像当头挨了一棒。菊治这时候也好像看清了自己,不禁感到愕然。

吃罢饭,千佳子去沏茶,菊治又问道:

"假如说,我们的命运注定操纵在栗本手里,那么对于命运的看法,稻村小姐和我就很不相同。"

他的话总带有一些辩解的味道。

父亲死后,菊治不愿意母亲一个人进入茶室。

现在想想,父亲、母亲和自己各各进入这间茶室时,各人都有各人的想法。

雨点儿打在树叶上。

其中,雨水落在雨伞上的声音逐渐临近了。

"太田女士来啦。"

女佣在门口说。

"太田女士?是小姐吗?"

"是夫人,看样子很憔悴,像是生病了……"

菊治猝然站起身来,伫立不动。

"请到哪儿坐呢?"

"就在这里。"

"好的。"

太田夫人淋着雨进来了,看样子,她把伞放在大门口了。

菊治以为雨水沾湿了她的脸庞,没想到竟是眼泪。

因为不断从眼睛流到面颊上,所以才知道是泪水。

一眼看去以为是雨水,这都是因为菊治开始太疏忽。

"啊,怎么啦?"

他几乎叫起来,慢慢靠近她。

夫人坐在雨水打湿的廊缘上,两手伏地。

她眼看着就要慢悠悠瘫倒在菊治身上了。

自廊缘进屋的门槛附近,变得湿漉漉的。

她泪如泉涌,在菊治眼里犹如点点雨滴。

夫人的眼睛始终不离开菊治,仿佛是那目光支撑着才没有倒下。菊治也感到,假如摆脱她的视线,就要发生什么危险。

眼窝凹陷,布满细密的皱纹,眼圈儿青黑,变成奇妙的病态的双眼皮。可那副哭诉般的眼眸,温润而明亮,满含无法形容的柔情。

"对不起,很想和您见面,实在忍受不住了。"

夫人满含深情地说。

那番柔情从她的姿态上也看得出来。

要是缺乏这种柔情,凭着那副憔悴的样子,菊治是很难正面瞧着她的。

菊治被夫人的痛苦刺穿了心胸。而且,他明明知道这痛苦皆因自己而来,但还是错以为,夫人的一片柔情可以缓解自己的痛苦。

"要淋湿的,快进来吧。"

菊治蓦然从夫人的背后紧紧抱住她的前胸,几乎是把她拖上来的。他的动作有些残酷。

夫人想站稳自己的脚。

"请放开我,放开来。很轻吧?"

"是啊。"

"已经很轻了,最近瘦多啦。"

菊治一下子将夫人抱起来,他连自己都感到有些吃惊。

"小姐会放心不下的。"

"文子?"

听夫人的呼唤,仿佛文子也来到了这里。

"是和小姐一道来的吗?"

"我瞒着她呢……"

夫人抽噎起来。

"那孩子始终守着我,半夜里,我一有动静,她马上就醒了。她因为我,也变得古怪起来了。她甚至说出一些可怕的话。她问我:'妈妈,你为什么只生下我这个孩子?你也可以为三谷老爷生个孩子嘛。'"

夫人说着,改换了一下姿势。

菊治从夫人的口气里感受到小姐的悲哀。

文子的悲哀,抑或正在于她不忍心看到母亲的悲哀。

尽管如此,听到文子竟然说出菊治父亲的孩子,这话深深刺疼了他。

夫人依然凝神注视着菊治。

"今天或许也会追我来的。我是趁她不在家时溜出来的……她看到下雨,以为我不会外出。"

"怎么,下雨天就……"

"也许她以为我体弱,下雨天走不了路。"

菊治只是点点头。

"前些天文子到这里来过吧?"

"是来了,她叫我原谅她的母亲,听小姐这么一说,我反而无言以对了。"

"我完全知道这孩子的想法,可是为什么还要来呢?啊,真可怕。"

"不过,当时我还是感谢了夫人一番。"

"太好啦,仅凭这我本该就知足啦……谁知过后,我还是痛苦得受不了,实在对不起。"

"说实在的,没有谁可以束缚住您的,即使有,也只能是父亲的亡灵,是吗?"

但是,夫人的脸色,并没有被菊治的话所打动,菊治仿佛扑了个空子。

"忘掉吧。"夫人说,"接到栗本女士的电话,我真不知道为什么那么上火,想想很是惭愧。"

"栗本给您打电话了吗?"

"嗯,今天早上,她告诉我您和稻村雪子小姐的婚事成功了……她为何告诉我这件事情呢?"

太田夫人的眼睛又溢满泪水,但她还是笑了。那不是凄凉的微笑,而是一种天真无邪的微笑。

"事情还没有决定下来。"菊治一语否定。

"夫人是不是让栗本觉察出我的一些情况来了？打那之后，您和栗本见过面没有？"

"没见过。不过，她是个可怕的女人，也许早已知道了。今天早晨打电话的时候，她肯定觉得我有些怪。我呀，也真没出息，差点儿倒下来了，嘴里还喊叫了一声。尽管是打电话，但对方听得很清楚。她还说什么'夫人，请您不要干扰'之类的话。"

菊治皱起眉头，一时说不出话来。

"说我干扰，这简直是……关于您与雪子小姐的亲事，我只怪自己不好。可是从今早起，我觉得栗本女士十分可怕，一想到她，就觉得浑身战栗，家里实在待不住了。"

夫人有点儿魂不守舍了，她不住震颤着肩膀，嘴唇朝一边歪斜，而且上挑，显露了这个年龄的老丑。

菊治站起身走过去，他伸手按住夫人的肩膀。

夫人抓住他的手说："我怕，我好怕呀。"

她环顾一下周围，突然颓丧地说：

"是这里的茶室吗？"

她是什么意思呢？菊治迷惘地回答：

"是的。"

他的话同样暧昧不清。

"是间好茶室呢。"

夫人是想起死去的丈夫经常应邀来这里呢，还是想起菊治的父亲了呢？

"是第一次吗？"

菊治问。

"嗯。"

"您在看什么？"

"不，没什么。"

"那是宗达的歌仙画。"

夫人点点头,随后她一直低着眉。

"从前没到我家来过吗?"

"是的,一次也没来过。"

"是这样的吗?"

"哦,只有一次,老爷的葬礼……"

夫人不再说下去。

"水已经开了,喝杯茶吧,可以医治疲劳,我也要喝呢。"

"唔,可以吗?"

夫人想站起来,她摇晃了一下身子。

角落里摆着碗橱,菊治拿来茶碗。他注意到这是昨天稻村小姐用过的茶碗,但还是照旧拿了出来。

夫人想打开茶釜锅盖,她抖动着手指,盖子碰撞在茶釜上,发出轻轻的响声。

她手拿茶勺,胸部微微前倾,泪水滴在茶釜沿上。

"这个茶釜也是您家老爷买下的。"

"是吗? 我一点儿也不知道。"

菊治说。

即使听夫人提起这是亡夫保有的茶釜,菊治也不觉得反感。他对率直地谈起这种事来的夫人,也不感到奇怪。

夫人煮好茶说:

"我不能端过去,请过来吧。"

菊治走到茶釜旁边,就在那里喝茶。

夫人失神似的一头倒在菊治的膝盖上。

菊治抱住夫人的肩膀,她稍稍晃动着脊背,呼吸变得细微起来。

菊治的膀子像怀抱一个婴儿,感到夫人浑身酥软。

三

"夫人。"

菊治粗暴地摇了摇夫人。

菊治双手做了个卡脖子的形状,抓住她的咽喉和胸骨,他发现夫人的胸骨比以前更加突出了。

"夫人分得清父亲和我吗?"

"太残酷了,不要这样。"

夫人闭着眼睛,声音甜甜地说。

夫人仿佛不想从另一个世界马上就回来。

菊治是对夫人说的,更是对自己心中的不安说的。

菊治也乖乖地被带到另一个世界里了。那只能是别一种世界。在那里,父亲和菊治已经没有什么区别了,那种不安是后来才萌生的。

夫人也许不是人世间的女子,她是人世以前的女子,或者是人世最后的女子。

夫人一旦进入别一种世界,那么她死去的丈夫和菊治的父亲,还有菊治,就不会感到有什么区别了吧?

"您一想起父亲,就把他和我当成一个人了,对吗?"

"原谅我吧,啊,太可怕。我是个罪孽深重的女人。"

夫人眼角的泪水流成了一条线。

"啊,真想死,我真想死啊! 要是现在能死,那该有多么幸福。菊治少爷,您刚才不是要掐我的脖子吗? 您干吗又不掐死我了呢?"

"别开玩笑啦。不过,您这么一说,我真有点儿想掐掐看呢。"

"是吗? 那太好啦。"

夫人说罢,伸长了细长的脖颈。

"太瘦了,很好掐。"

"您总不会留下小姐去死吧?"

"不,这样下去,还不是累死吗?文子的事只好拜托菊治少爷了。"

"您是说小姐也和您一样吗?"

夫人沉静地睁开眼来。

菊治对自己的话感到惊讶。这是一句无意之中说出来的话。

夫人作何理解呢?

"瞧,脉搏这么乱……已经不会太长了。"

夫人抓起菊治的手放在乳房下面。

她也许听到菊治的话以后,心脏在剧烈地悸动吧。

"菊治少爷多大了?"

菊治没有回答。

"不到三十岁吧?对不起,我是个悲哀的女人,我可不知道呀。"

夫人支撑着一只手臂,歪着身子,蜷起腿来。

菊治坐着。

"我呀,来这里不是为了玷污菊治少爷和雪子小姐的婚事,不过,一切都了结啦。"

"结婚的事还没有定下来,您这么说了,我权当您是为我洗脱了过去。"

"是吗?"

"就说媒人栗本吧,她是我父亲的女人。她为了出气,总喜欢算老账。而您是我父亲最后的女人。我想,有了您,我父亲也是很幸福的。"

"您还是早些和雪子小姐结婚吧。"

"这是我的事。"

夫人茫然地望着菊治,面颊失去血色,用手按着额头。

"我有些头晕。"

夫人执意要回家,菊治叫了汽车,自己也乘了上去。

夫人闭着眼,靠在车子的角落里,身子已经无法支撑,生命亦在飘忽之中。

菊治没有进入夫人的家中。下车时,夫人冰冷的手指从菊治的掌心里倏忽消失了。

当夜两点钟,文子打来电话。

"是三谷少爷吧? 妈妈她刚才……"

她到这里顿了一下,决然地说:

"她去世啦。"

"什么? 夫人她怎么啦?"

"她死啦,心脏麻痹。最近,她吃了许多催眠药。"

菊治无言以对。

"所以,我有事想拜托三谷少爷。"

"说吧。"

"三谷少爷要是有要好的医生,能不能来一趟呢?"

"医生? 要找医生吗? 这么着急?"

医生一直没有来过吗? 菊治十分不解,接着恍然大悟。

夫人是自杀,为了隐瞒,文子才托了菊治。

"我知道啦。"

"请多关照。"

文子一定经过深思熟虑,才给菊治打电话的。因此,只是简明扼要地给他说了。

菊治坐在电话机附近,闭着眼睛。

菊治在北镰仓旅馆和太田夫人住了一夜,回来的电车上看见的夕阳,又在他的头脑里闪现。

那是池上本门寺①森林的夕阳。

---

① 池上本门寺:位于东京都大田区,日莲上人圆寂的寺庙。今天的横须贺线不经过此处。

他看到火红的夕阳,流水一般掠过森林的树梢。

森林黑黢黢地浮现在晚霞的天空。

夕阳流过树梢,渗进了疲敝的眼睛,菊治紧闭着双眸。

蓦然之间,他联想到那留在眼帘的夕照的天空,似乎飞翔着稻村小姐包裹上银白的千羽鹤。

志 野 瓷

一

菊治在太田夫人"头七"的第二天来到太田家。

第一天,想着公司下班回来已经是下午,他本打算请假提前去那里,但临出门时又感到心神不安,所以直到天黑都未能成行。

文子来到大门口。

"啊呀。"

文子两手拄地,抬头仰望着菊治。她那颤抖的肩膀全靠两手支撑着。

"谢谢昨天的献花。"

"不客气。"

"承蒙献花,我还以为不会光临了呢。"

"是吗? 也可以先献花,后来人的嘛。"

"可是,我没有想到这一点。"

"昨天我已经走到这里的花店了……"

文子真诚地点点头:"花里虽然没有标上大名,我一看就知道了。"

菊治想起来了,昨日他站在花店的花丛之中,回忆着太田夫人。

菊治立即感到,是这馥郁的花香缓解了自己对于罪愆的恐惧。

如今,文子也同样满含温情地迎迓菊治。

文子穿着白底棉布衣服,没有施白粉。稍显粗糙的嘴唇搽了点淡淡的口红。

"昨天我还是不来的好。"

菊治说。

文子歪斜着身子,意思是"请进来吧"。

文子想控制自己不哭出声来,就像她在大门口打招呼一样。可是这回,她以同样的身姿说话,眼看就要哭起来了。

"哪怕只是承蒙送来鲜花,就不知多么令人高兴的了。不过,您昨天也是可以来的。"

文子站在菊治身后说。

菊治尽量装出轻松的口气:

"我不愿意使得你家亲戚们感到厌烦。"

"我已经不考虑那些了。"

文子坦白地说。

客厅里,灵位骨灰盒前立着太田夫人的照片。

花只有昨天菊治送的一束鲜花。

菊治未曾料到,只把他送的花留下来,其余的花,也许文子全都收拾了。

也可能就是个寂寥的"头七"。菊治有着这样的感觉。

"是水罐啊。"

文子知道菊治指的是花插。

"哦,我以为正合适。"

"好像是件挺好的志野瓷①呢。"

---

①　志野瓷:据传为志野宗信于文明至大永年间(1469—1528)在濑户烧制的瓷器。志野自安土桃山时代开始在美浓(今岐阜)作陶,以白釉为基本。志野瓷分类多种,其中绘志野,以不透明白釉为底,用铁质釉绘制花纹,大方素朴,别具风格。

作为水罐有点儿嫌小了。

花是白玫瑰和浅色的康乃馨,这束花插在筒状的水罐里,十分相宜。

"母亲也时常用来插花,所以留下了,没有卖掉。"

菊治坐在灵前烧了香,他双手合十,闭上眼睛。

菊治表示谢罪。他对夫人的爱满怀感谢之情,同时又仿佛受到这种心情的怂恿。

夫人是因为罪责难逃而死吗?是为情爱追逐、无法忍受而死吗?置夫人于死地的是爱,还是罪?菊治整整思考了一个星期,还是迷惑不解。

而今,他在夫人的灵前紧闭双眼,尽管夫人的肢体没有浮现在他的脑海里,然而,夫人那种令人迷醉的触感,却温馨地包裹着菊治。奇怪的是,对于菊治来说,也正是因为夫人,这一切并不显得有什么不自然。触感复苏过来了,这不是雕刻的感觉,而是音乐的感觉。

夫人死后,菊治长夜无眠,他在酒里加了安眠药,但还是易醒,多梦。

但是,他并不感到噩梦的威逼,而是从梦醒之际,享受着甘美的陶醉。菊治睁开眼睛,脑子也是一片恍惚。

死去的人也能令人感受到她的拥抱,菊治觉得很奇怪,凭着他的肤浅的经验,实在难以想象。

"找是一个罪孽深重的女子啊!"

夫人和菊治在北镰仓旅馆住了一夜的时候,以及她来到菊治家里走进茶室的时候,她都说了上面的话。正如这句话反而更加诱发夫人欣快的战栗和唏嘘一样,如今,菊治坐在灵前,思索着夫人的死因,如果就是她的罪愆的话,那么,他依然会不时联想到夫人所说的"罪孽深重"这句话来。

菊治睁开了眼睛。

文子在他的身后啜泣,她有时忍不住哭出声来,又似乎强咽了回去。

菊治一动不动。

"这是什么时候的照片?"

他问。

"五六年前,是将小幅放大的。"

"是吗?这不是点茶时的照片吗?"

"哎呀,说的正是呀。"

这是一幅放大了的面部照片,领口下边和两肩外缘裁去了。

"您怎么知道是点茶时的照片呢?"

文子问道。

"我有这种感觉。稍微低俯着眉头,是在做着什么事的表情。虽说看不见肩膀,但身子却在用力气。"

"稍微有些侧面,很是斟酌了一阵子,但这是母亲所喜欢的照片啊。"

"显得很沉静,是一幅好照片呢。"

"可是脸部偏向一侧,还是不太好,人家烧香时她都没能瞧一眼。"

"可不,是有这个问题。"

"面部转向一边,又都是低着头。"

"是这样啊。"

菊治回忆起夫人临死前还在点茶。

夫人手拿水勺,眼泪滴在茶釜沿上。当时菊治走过来,自己端走了茶碗。茶一喝完,茶釜上的眼泪就干了。菊治刚放下茶碗,夫人就一头倒在他的膝盖上。

"照这张像的时候,母亲有些发福。"

文子说着说着,语气支吾起来。

"还有,这张相片和我很相像,挂在这里,真是有些难为情。"

菊治蓦地回过头去。

文子低下眉来,从刚才起,她的眼睛就一直凝视着菊治的背影。

菊治已经离开灵位,他必须面对文子。

难道他要对文子道歉一番吗?

幸好花插用的是志野瓷的水罐,菊治两手向前轻轻支着身子,如同打量茶具般地审视着。

白色的釉子里泛着微红,犹如冷艳而温淑的肌肤,菊治用手摸了摸。

"犹如温柔的香梦,我喜欢优良的志野瓷。"

他本想说"犹如温柔的女子香梦",而省略了"女子"二字。

"要是中意,就当母亲的遗物送给您吧。"

"不。"

菊治慌忙抬起头来。

"要是不介意,就收下吧,母亲也会很高兴的。这件东西好像还不错。"

"当然是件好东西了。"

"我也从母亲那里听说过了,所以把您送的鲜花也插上了。"

菊治不禁热泪滚滚。

"好吧,我收下。"

"母亲一定很高兴。"

"不过,我不大会再当作水罐使用,可能用作花瓶。"

"母亲也用来插过花,可以那么用的。"

"花也不是适合于茶道的花。茶道的用具离开茶道就显得凄凉了。"

"我也不想再习茶道了。"

菊治回头看看,顺势站起来。

他把壁龛附近的坐垫移到廊缘边坐下来。

文子一直在菊治身后,保持着距离坐着,她没有坐垫。

菊治移动了位子,文子一个人留在了客厅中央。

文子的手放在膝头,手指微微弯曲,这时颤抖着握了起来。

"三谷少爷,请您原谅我的母亲吧。"

文子说罢,忽地低下头。

刹那之间,文子的身体像是要倒下来,菊治大吃一惊。

"说什么呢?请求原谅的应该是我啊。我甚至觉得我应该郑重地致歉。可我不知道如何道歉,我愧对文子小姐,感到没有脸来见你。"

"感到内疚的是我们。"

文子的脸上露出羞愧的神色。

"真是无地自容呀。"

文子那没有搽一点白粉的面颊,直到白皙的细长的脖颈,逐渐泛出了潮红,由此可以感知她确乎身心交瘁了。

而那淡薄的血色,越发反衬出文子的贫血。

菊治心如刀割。

"我以为你对我憎恶极了。"

"憎恶?怎么会?母亲曾经憎恶三谷少爷吗?"

"不,害死你的母亲的,不正是我吗?"

"母亲是自己寻死的,我一直是这么想的。母亲死后,我一个人独自思考了一周呢。"

"打那之后,家里就剩你一个人了吗?"

"嗯。在这之前,我和母亲都是这么生活过来的。"

"是我害死了你的母亲。"

"她是自己寻死的,假如说三谷少爷害死了母亲,那我更是害死了自己的母亲。如果因为母亲的死而必须憎恶谁的话,那么,就应当

憎恶我自己。要是由别人承担责任或感到后悔,母亲的死就会变得
阴暗而不纯粹,留下的反省和后悔就会成为死者沉重的负担。"

"也许确实是这样。可要是我没见夫人……"

其余的话菊治没有说出口。

"死去的人要是能够获得饶恕,就足够了,也许母亲是为了获得
饶恕才死的吧? 您肯不肯原谅母亲呢?"

文子说着,站起来走了。

听了文子的话,菊治感到,头脑里的一幕终于结束了。

他想,果真可以减轻死者的负担吗?

为死者而深感忧烦,等于是诅咒死者,这种浅薄的错误也许很多
吧? 死去的人不能以道德强迫活着的人。

菊治再度瞧了瞧夫人的照片。

二

文子端着茶盘进来了。

茶盘上放着"赤乐"和"黑乐"筒型茶碗①。

她把黑乐放在菊治面前。

杯子里是粗绿茶。

菊治捧起茶碗,瞅瞅碗底的乐印。

"是谁的?"

他很唐突地问道。

---

① "赤乐""黑乐":"乐烧"瓷,于天正年间(1573—1592)在京都始创,是一种
低火度烧制的软性陶瓷。不用辘轳等造型道具,只用指尖捏制成型,故谓
之"手捏瓷",素朴雅致。"赤乐"在乐烧中最为普通,本体为氧化铁黏土,
涂以红色,上透明釉彩烧成。"黑乐"则涂以黑色不透明釉彩,强火烧制,
并放入开水中浸泡,以取得柔和之感。筒形茶碗有深筒茶碗和半筒茶碗
之分。

"我看是了入①的吧。"

"红的也是吗?"

"也是。"

"是一对儿吧?"

菊治瞧着红茶碗。

文子把红茶碗一直放在膝盖前边。

用筒型茶碗代替茶杯更方便,不过倒是促起了菊治不快的想象。

文子的父亲死后,菊治的父亲还活着的那阵子,菊治的父亲到文子的母亲那里,那时用的不是茶杯,就是这一对儿"乐茶碗"吗? 菊治父亲用黑的,文子母亲用红的,是用作"夫妇茶碗"了吗?

如果是了入制陶,也没有什么不舍得的,说不定还是他们两人行旅中用的茶碗呢。

果真如此,那么文子明明知道这些,却仍然为菊治拿出这对茶碗来,这可是一场不小的恶作剧啊!

然而,菊治并不感到这是有意的讥刺或耍什么阴谋。

他只觉得这是一个少女单纯的感伤。

这感伤抑或也感染了菊治。

文子和菊治,都为文子母亲的死所累,他们也许不能摆脱这样的感伤吧? 然而,这对儿"乐茶碗",却加深了菊治和文子共同的悲哀。

菊治父亲和文子母亲之间,文子母亲和菊治之间,还有文子母亲的死,所有这一切,文子也都一清二楚。

隐瞒文子母亲的自杀,也是他们两个的共谋。

文子的眼角微红,看来她刚才沏茶时,哭过了一场。

"我想,今天还是来得好。"

---

① 了入(1756—1834):"乐烧"本家乐家第九代陶工,乐家中兴名匠。其制品精巧轻盈,赤釉色彩鲜明,黑釉沉静滋润。

菊治说。

"刚才文子小姐的话,意思是说死者和活着的人,已经不存在什么原谅不原谅的事情了。那么,我可以换一种想法,那就是认定夫人已经原谅了我。"

文子表示理解。

"只有这样,母亲也才会获得原谅啊,虽然母亲不肯原谅她自己。"

"可是,我到这里来,和你相向而坐,这也许是一件很可怕的事。"

"为什么呢?"

文子看了看菊治。

"是指选择死这件事不好吗? 我也有同样的想法。母亲死的时候,我也一直感到痛悔来着。母亲不论受到如何的误解,死都不能用作辨明。死拒绝一切理解。不论是谁,都无法给予原谅的。"

菊治默然不语,他以为,文子也在探索着死的秘密。

死,拒绝一切理解。他听文子说出这样的话,感到很意外。

现如今,菊治所理解的夫人和文子所理解的母亲,也许截然不同。

文子没有办法了解作为一个女人的母亲。

原谅也好,被原谅也好,菊治只是一味陶醉于女体的温柔之乡,任凭情感之波的漂荡。

这黑红一对儿乐茶碗,载着菊治,神游于情感的梦幻之中。

文子不知道这样的母亲。

从母亲身体里出生的孩子,不理解母亲的身子,这真是有些微妙,但母亲身体的形状,却很微妙地传给了女儿。

从大门口受到文子迎迓的那时候起,菊治就感受着一种柔情,这是因为他从文子那张亲切的桃圆脸上,看见了她母亲的面影。

如果说,夫人从菊治那里看见了他父亲的面影而犯下了错误,那么,菊治认为文子酷似她的母亲,这种令人战栗的诅咒,引诱着菊治乖乖地就范了。

文子那张小巧的微微突出的下嘴唇有些粗糙了,菊治盯着她,觉得没法和她再争执了。

怎么样才能使得这位小姐略示反抗呢?

菊治泛起了一种感觉,他说:"夫人也很柔弱,所以她无法活下去了。"

"可是我对夫人很是残酷,我把自己道德上的不安,通过这种形式,有些强加给夫人了。因为我太胆小,太卑怯……"

"是我母亲不好,母亲太不像话啦。我认为她对您家老爷或者对三谷少爷您,都不符合她的性格。"

文子啜嚅起来,面孔现出红晕,比起刚才更加鲜丽。

她故意躲避菊治的目光,稍稍转过脸,低下头来。

"不过,打从母亲死后第二天起,我就渐渐认识到母亲其实是很美的。这不单是我的看法,而是母亲独自变得美好起来了吧。"

"大凡对于死去的人,都是一回事吧。"

"母亲也许耐不住自己的丑行才死的吧?不过……"

"我想不是这样的。"

"还有,她实在痛苦得无法忍受啦。"

文子涌出了眼泪,她是想说说母亲对菊治的满心情爱吧。

"死去的人,已为我们的心灵所有,好好珍视吧。"

菊治说。

"不过,他们都死得太早啦。"

文子明白,菊治指的是他和文子两家的父母。

"你和我都是独生子女。"

菊治接着说。

　　从自己的话里他才觉察，假若太田夫人没有文子这个女儿，他或许会因为和夫人之间的事，陷入更加黯淡与扭曲的思绪之中。

　　"文子小姐，听说你对我父亲也很亲切，这是夫人告诉我的。"

　　菊治终于冒出了这句话来，他自以为说得很自然。

　　父亲将太田夫人当作情人，常来常往她们家里，他想这事儿和文子说开了也没有关系。

　　不料，文子立即双手伏地。

　　"请原谅，因为母亲太可怜啦……打那时起，母亲时时刻刻想寻死。"

　　她一直那么俯伏着身子，不知不觉哭出声来，双肩似乎也没了力气。

　　菊治来得很突然，文子没来得及穿袜子，为了把两脚藏在腰后面，她尽量团缩着身子。

　　头发扫着榻榻米，从赤乐筒形茶碗上掠过。

　　文子两手捂着哭泣的脸孔出去了。

　　她好大一会儿没有回来。

　　"今天就到这儿吧，我告辞了。"

　　菊治说着，出了大门。

　　文子抱着包裹来了。

　　"这件东西，请带着吧。"

　　"哦？"

　　"志野水罐。"

　　拿出花，倒掉水，擦干净，包好。文子手脚这么麻利，菊治颇为惊奇。

　　"今天就拿走吗？就是那个插了花的？"

　　"请吧，请带走吧。"

　　文子因为悲不自胜才加快了动作的吧？菊治想。

"那我就领情了。"

"本该由我自己送去的,可我不便去府上拜访。"

"为什么?"

文子没有回答。

"好吧,请保重。"

菊治正要出去。

"谢谢您啦,不要管我母亲的事,请早点儿成个家吧。"

文子说。

"你说什么?"

菊治回首张望,文子没有抬头。

三

带回来的志野水罐,菊治依然插上白玫瑰和浅色康乃馨。

太田夫人死后,菊治仿佛才爱上了她,他一直被这种情绪缠绕不放。

而且,自己的这份爱,还是靠着夫人的女儿文子的启示才实实在在感觉到的。

星期天,菊治试着打电话叫文子。

"家里还是一个人吗?"

"嗯。渐渐觉得好寂寞啊。"

"一个人,这怎么行?"

"是呀。"

"家里静悄悄的,电话里都能听得出。"

文子微微发笑了。

"找个朋友陪陪你,不好吗?"

"不过,来了人,就觉得母亲的事会被人知道似的……"

菊治无言以对。

"一个人也不好外出吧?"

"不碍的,可以锁上门嘛。"

"那就请来一趟吧。"

"谢谢啦,改天去。"

"身体怎么样?"

"瘦多啦。"

"睡得好吗?"

"几乎整夜睡不着觉。"

"这不行。"

"最近想把这里拾掇一下,也许会搬到朋友家里住。"

"最近? 什么时候?"

"这里能卖掉的话。"

"卖房子?"

"是的。"

"你真的打算卖吗?"

"是呀,您不觉得卖掉好吗?"

"这个,是啊,我也正想卖房子的呢。"

文子默然无语。

"喂喂,这事儿没法在电话里多说。这个星期天我在家,你能来一趟吗?"

"好的。"

"承蒙相送的志野水罐,我插上了西洋鲜花,等你来了,我再当水灌使用……"

"点茶……?"

"不点茶,只是当作水罐用一次,否则太可惜了。再说,茶具也要和别的茶具协调一致才好,否则光彩不合适,就显现不出真正的美感。"

"可我这副模样儿,比上回见面时更寒碜人,我不去啦。"

"没有别的客人。"

"可是……"

"那好。"

"再见。"

"请保重。有人来了,再见。"

来人是栗本千佳子。

菊治绷着脸,怀疑电话被她听到了。

"气候一直郁闷不堪,这回很久才盼来个好天气。"

她一边打招呼,一边及早眼盯着志野水罐。

"马上就到夏天了,茶会也没了,想来茶室里坐坐……"

千佳子把作为礼品的自家做的点心,还有扇子拿出来了。

"茶室里又有霉味儿啦。"

"可不是吗?"

"是太田家的志野瓷吧? 让我瞧瞧。"

千佳子若无其事地说着,朝着花挨过去。

她双手拄地,低着头,高耸着两个粗大的肩头,仿佛又在喷射毒焰。

"是买的吗?"

"不,是送的。"

"送的? 这可是得了件宝贝呀,是作为遗物纪念品的吧?"

千佳子抬起脸来,转过身子:

"这种东西,还是买下来为好,由小姐送给您,总是有些不妙。"

"好了,让我想想。"

"请一定要买,太田家的茶具有好多都留在这儿了,不过都是老爷花钱买下的。夫人受到照顾之后也一样……"

"这些事儿,我不想从你口里听到。"

"得了,得了。"

说罢,千佳子翩然离去。

听到她在对面和女佣说话。她系着围裙出来了。

"太田夫人是自杀的吧?"

千佳子突然冒出一句。

"不是。"

"真的不是? 我有这个感觉,那位夫人身上,总是飘荡着一股妖气。"

千佳子看着菊治。

"老爷也说过,那位夫人是个难以捉摸的女子。凭着女人家的眼光,又不一样,她总是显得那般天真无邪,同我们这些人合不来,黏黏糊糊的……"

"不要再往死者身上吐唾沫。"

"话虽如此,可她死了,还不是给您菊治少爷的婚事添麻烦吗?老爷为了这个夫人也是吃尽了苦头。"

菊治想,苦了的还不是你千佳子吗?

千佳子这个女人,父亲只是逢场作戏罢了,也不是因为有了太田夫人,千佳子就怎么怎么样了。然而太田夫人守着父亲直到他去世,千佳子一直对她恨之入骨。

"像菊治少爷的年轻人,是无法理解那位夫人的,她死了反而好,真的。"

菊治转向一边。

"她妨碍了菊治少爷的婚事,这怎么得了啊? 她一定是因为自己作恶多端,魔性大发,无法控制才死的。她这种女人,还指望着死后能见到老爷呢。"

菊治打了个寒噤。

千佳子走到院子里。

"我也到茶室里静静心。"

她说。

菊治一直坐着,瞧着鲜花。

银白和粉红的花朵和志野瓷的颜色相互融和,一片朦胧。

菊治的脑海里,浮现出独自在家里哭泣的文子的倩影。

母亲的口红

一

菊治刷过牙回到卧室时,女佣把牵牛花插进墙壁上的葫芦花瓶里。

"今天总该起床了。"

菊治说罢,又钻进被窝。

他仰面躺着,从枕头上扭过头,瞧着壁龛角落上的花。

"开出了一朵啦。"

女佣退到隔壁去了。

"今天还休息吗?"

"唔,再歇息一天,会起来的。"

菊治患感冒,头疼,已经从公司请假四五天了。

"这牵牛花是哪里来的?"

"院子边缠绕在蘘荷上,刚开了一朵儿。"

这是野生的吧,常见的纯净的蓝色花朵开在纤细的蔓子上,花和叶子都很小。

然而,这只古老的涂着红漆有几分黝黑的葫芦,垂挂着绿叶和蓝花,显得十分清雅可喜。

女佣从父亲在世时就来到这个家里了,所以她很懂得这些。

葫芦上可以看见薄漆的花押①,古旧的盒子上也有"宗旦②"的名字,要是真品,那么这只葫芦,就是三百年前的古董了。

菊治不知道茶道插花的规矩,女佣也不得要领,但是早晨饮茶,有牵牛花作点缀,也感觉很相宜。

三百年传下的葫芦里,插着花开一朝的牵牛,菊治想到这里,他对花瞧了老半天。

较之在三百年前的志野水罐插上西洋花,还是这个更合时宜吧?

但是,这支牵牛花能养活多长时间呢? 他心里感到不安。

菊治对照料他吃早饭的女佣说:

"那支牵牛瞧着瞧着像是要凋谢了,看来也不是这样的。"

"是吗?"

菊治忽然想起,自己曾经打算在文子送的她母亲的遗物——志野水罐里,插上一次牡丹花。

拿来水罐的时候,已经过了牡丹花的花期。不过,那时候,有的地方牡丹花还在开吧。

"家里原来有着这只葫芦,我倒是早忘了,亏得你给我找出来了。"

"嗳。"

"你见过父亲在葫芦里养牵牛花吗?"

"没有,牵牛花和葫芦都属干蔓生植物,我想试试看……"

"什么? 蔓生……"

菊治笑了,他有些泄气。

----

① 花押:旧时文件木尾作者绘画式自笔署名。
② 宗旦:千家第三世宗匠(1578—1658),千利休之孙。入大德寺作"喝食"(kasshiki,向诸僧报告饭菜品种的有发少年),既长,继承家业,观利休之末路,终生不仕。精通侘茶,主张"茶禅一味"。在宗旦子孙倡导下,茶道出现"表千家""里千家""武者小路千家"三个流派。

读报读得头疼了,菊治躺在客厅里。

"床铺还是原样吧?"

女佣正在洗涮,听到菊治的话,揩揩手走过来。

"我这就去整理一下。"

其后,菊治走到卧室一看,壁龛里的牵牛花没有了。

葫芦花瓶也没有挂在壁龛里。

"唔。"

花瓣儿有些打蔫了,为了不让他看见才拿走的吧?

听女佣说牵牛和葫芦这些都是"蔓生植物",菊治笑了。看来父亲的生活习惯,依然保留在女佣的这些做法里。

但是,壁龛的正中央,却突出地摆放着志野水罐。

要是文子来这里看到了,她一定认为这样做太草率了。

菊治从文子那里拿来这只水罐的时候,立即插上了白玫瑰和浅色的康乃馨。

在母亲的灵位前,文子也是这样做的。这白玫瑰和康乃馨是在文子母亲头七时菊治献上的。

菊治背着水罐回来的路上,又到前一天去过的那家花店买了同样的鲜花。

但是,在这之后,只要摸一下这只水罐,胸中就怦怦直跳,所以菊治不再插花了。

走在路上,每每看到中年妇女的背影,一下子就被吸引住了,等一回过神来,就不由嘀咕道:

"简直是个罪人。"

随之,神情黯淡下来。

于是定睛一看,那人的背影已经不像太田夫人了。

看上去,只是腰肢丰腴很像夫人。

菊治瞬间里感受着一种战栗的渴望,但也在同一瞬间里,感受着甜蜜的迷醉和恐怖的震撼。他似乎从犯罪的瞬间里醒悟过来了。

"是什么使我成为罪人的呢?"

菊治喃喃自语,似乎力图摆脱掉什么,然而,回答他的只是一种想和夫人相会的强烈欲望。

死者肌肤的触感时时鲜活地映现于脑际,他想,只有从这样的境界里逃逸出来,才能使自己得救。

他认为,道德的苛责造成了官能的病态。

菊治把志野水罐收在盒子里,钻进被窝。

他向庭院望去,这时响起了雷声。

虽然遥远,但很剧烈,而且每响一阵,就向这里接近一程。

闪电开始穿过院子里的树木。

接着,先下起阵雨来了。雷鸣渐行渐远。

院子里泥土飞溅,雨势很强。

菊治起来,给文子打电话。

"太田小姐她搬家了……"

对方回答。

"什么?"

菊治不由一惊。

"对不起,那么……"

文子卖了房子了,菊治想。

"搬到哪里了,知道吗?"

"哎,请等一等。"

对方好像是女佣。

她马上回到电话机旁,像是读着字条,告诉了新的地址。

房东姓"户崎",也有电话。

菊治把电话打到那户人家。

文子的声音很开朗:

"让您久等啦,我是文子。"

"文子小姐吗?我是三谷,我给你家里挂电话了。"

"对不起。"

文子放低了声音,听起来很像她的母亲。

"你什么时候搬过去的?"

"嗳,是……"

"你没有告诉我呀。"

"最近把房子卖了,一直住在朋友家里。"

"唔。"

"该不该告诉您呢?我一直犯犹豫呢。当初,没打算告诉您,也觉得不好告诉您,于是就没告诉。近来又后悔不该瞒着您。"

"那可不是吗?"

"哎呀,您也这么想吗?"

菊治说着说着,仿佛经过一番洗涤,浑身清爽。打电话竟然也有这样的感觉?

"送我的志野水罐,每当一看到,我就想见你啊。"

"是吗?我家里还有一只志野瓷,是小型的筒形茶碗。本来打算和水罐一并送您的,可是母亲用来喝过茶,茶碗边缘上还印着母亲的口红呢……"

"啊?"

"母亲这么说了。"

"你是说瓷器上印着夫人的口红,对吗?"

"不是说没有擦过,那件志野瓷本来就是薄胎红,口红一沾上茶碗口,怎么也擦不净。这是母亲说的。母亲去世后,我再一看那茶碗口,有一处透着朦胧的红晕。"

文子是无心地诉说着这一切吗?

菊治似乎听不下去了。

"这里下了猛烈的阵雨,你那里呢?"

"这里是倾盆大雨,雷声很大,吓得我缩成一团儿啦。"

"下雨后会感到清凉一些。我也休息四五天了,今日在家,方便的话,请来玩玩吧。"

"谢谢了,我要去拜访,也得找到工作之后。我很想工作啊。"

没等菊治回答,文子抢先说:

"接到您的电话,我很高兴。我去拜访您,虽然不该再见您,但是……"

菊治等到阵雨过后,叫女佣收起了床铺。

给文子打电话,结果竟会把她招了来,就连菊治自己也感到惊讶。

菊治更是没有料到,当他听到那位姑娘的声音时,他和太田夫人之间罪孽的阴影反而消泯了。

是那姑娘的声音,使他感到她的母亲依然活着吗?

菊治要刮刮胡子,他把肥皂刷子在庭园的树叶上扫了扫,让雨滴濡湿。

过午,菊治心里只是想着文子来,谁知走出大门一看,竟是栗本千佳子。

"哦,是你?"

"天热了,好久没见了,特过来看看。"

"我有点儿不舒服。"

"那可不行,您脸色很不好呀。"

千佳子皱起眉头,瞧着菊治。

文子可能穿西服来,听到木屐的响声,怎么会误以为是文子呢?真奇怪。菊治一边思索,一边问道:

"修整牙齿了吧?年轻多了。"

"梅雨时节,趁着闲空儿……太白了些。反正很快就会脏的,不碍事。"

千佳子走过菊治躺着的客厅,瞅了瞅壁龛。

"什么也没有,这回可利索啦。"

菊治说。

"唔,是梅雨季节了,不过,还可以摆点儿花什么的……"

千佳子回过头来。

"太田家的志野瓷哪儿去啦?"

菊治沉默不语。

"我看,还是还给她的好。"

"那是我的自由。"

"不能这么说呀。"

"这至少不是你该管的事。"

"那也不见得。"

千佳子露出雪白的假牙笑了:

"今天我来又要惹您头疼啦。"

她说着,猛地伸出两手,摊开来:

"这个家,假若您不让我把妖气赶走,那就会……"

"你不要唬人。"

"我是媒人,今天要提出几个条件。"

"要是稻村小姐的事,劳你费心,我拒绝。"

"哟,哟,不要因为讨厌我这个媒人,把自己的美满姻缘耽搁啦,那样不是太小家子气了吗?媒人嘛,只是搭个桥,您只要等着上桥就行啦。当年老爷就是这样使唤我的,他倒挺轻松的。"

菊治满脸不高兴。

千佳子有个怪癖,一旦有了谈兴,就高高耸立着两肩。

"说起来也很自然,我呀,和太田夫人不同,我很轻贱。这些事应该毫不隐瞒地告诉您的。遗憾的是,在老爷玩过的女人里,我是够不上数的。他看不上我……"

说罢,低下了头。

"可是我一点儿也不怨恨他,此后,只要我对他有用时,他就一直随意使唤我……男人嘛,对于自己相好的女人,可以随便使唤。我也托老爷的福,对于世俗人情十分熟悉。"

"唔。"

"所以,我的这个特长,少爷您也可以利用啊。"

菊治认为她说的也很在理,不由就上钩了。

千佳子从和服腰带里抽出扇子。

"一个人太男子气,或者太女人气,就无法真正了解这个社会。"

"是吗? 那么说,所谓了解就只有不男不女的中性人才可以做到喽?"

"干吗讥刺人呀? 要是真的成为中性人,反倒能一眼看破男人或女人的心理。太田夫人和独生女儿长相厮守,亏得她撇下闺女寻死了。依我看,她是另有企图。她是想,自己死后,您这位菊治少爷不就可以照料她的女儿了吗……"

"说到哪儿去了?"

"我苦苦思索了很久,终于解开了这个疑团。我的意思是说,太田夫人不惜拿死来毁掉菊治少爷的这门亲事,她不是一般的死,而是别有用心。"

"你这是胡思乱想。"

菊治嘴里说着,心里却被千佳子的这种"胡思乱想"搅扰得不得安宁。

犹如电光一闪。

"菊治少爷,稻村小姐的事,您也对太田夫人说了?"

菊治想起来了,可又佯装不知。

"给太田夫人打电话,说我的事已经定下了,不正是你吗?"

"不错,我是告诉过她的,我叫她不要捣乱。太田夫人她当晚就死啦。"

一阵沉默。

"可是,我打电话,菊治少爷怎么会知道的呢? 当时,她向您哭诉来啦?"

菊治一下子被问到了。

"是的吧? 她在电话里还'啊'地大叫了一声呢。"

"这么说,等于是你把她害死的!"

"菊治少爷这么想,就可以解脱了,是吧? 我习惯了充当恶人。老爷可以根据需要,随时叫我扮演一个冷酷无情的坏女人。我今天干脆也做一次恶人吧,虽然不是为了报恩。"

千佳子的嫉妒和憎恶是根深蒂固的,菊治听她似乎又在吐露心扉。

"这些内幕的事,还是装作不知道吧……"

千佳子似乎盯着自己的鼻子尖儿。

"菊治少爷就把我当成一个可厌的女人,朝我皱眉头好啦……总之,我一定要赶走这个妖女,使您缔结良缘。"

"什么良缘不良缘的,就此打住吧。"

"是了,是了。我也不想再谈到太田夫人的事了。"

接着,千佳子和缓地说:

"太田夫人也并不坏……自己死了,不声不响地在为女儿和菊治少爷祈祷……"

"又胡说八道了。"

"难道不是吗? 您以为她活着的时候,从来没打算把女儿许给您菊治少爷吗? 那您也太麻木啦。她这个人,不管睡着了还是睁着眼睛,一心一意只想着老爷,像妖魔一样死缠不放,痴情倒也算痴情。稀里糊涂,把女儿也拖下水,最后还搭上了一条命……可旁人看来,就像可怖的鬼神作祟或诅咒,她是布了一张魔性之网啊。"

菊治和千佳子两个对望了一下。

千佳子向上翻了翻那小巧的眼睛。

因为躲不开她的目光,菊治只好转向一侧。

千佳子的那张嘴,菊治也不得不让她三分,因为自己一开始就有弱点,对于千佳子的奇谈怪论,他也感到有些惧怕。

死去的太田夫人果真希望女儿文子和菊治结成一对儿吗?菊治根本没想过。他不相信这一点。

这是千佳子出于嫉妒,又在信口胡说吧?

千佳子的胡乱猜度就像她胸口的黑痣一样丑恶。

然而,这种奇谈怪论,对于菊治就像一道闪电。

菊治感到惧怕。

难道自己不也是希望这样吗?

母亲去世,随之移情于女儿,世界上不是没有这种事儿,但是,一边陶醉于母亲的拥抱,一边倾心于女儿的柔情,而自己又浑然不觉,这不是中了邪魔,又是什么呢?

菊治现在想想,打从见到太田夫人后,自己的性格也为之一变。

菊治有点恍惚了。

"太田家的小姐来啦,她说要是有客,她改天再来……"

女佣进来通告。

"哦,她回去了?"

菊治走出大门。

二

"刚才太冒失啦……"

文子伸着白皙而细长的脖颈仰望着菊治。

从喉头到胸脯,那里的凹窝里蒙上一层淡黄色的阴影。

不知是因为光线还是因为憔悴,那淡黄的阴影使得菊治感到几分安然。

"栗本来了。"

菊治淡然地说。他出来时有些拘谨,一见到文子,反而轻松了许多。

文子表示会意:

"看到师傅的阳伞啦……"

"唔,这把蝙蝠伞吗……?"

一把长柄、鼠灰色的蝙蝠伞靠在大门边。

"这样吧,先到旁边的茶室里等等,好吗? 栗本婆子就要回去了。"

菊治说着,他甚至怀疑自己,明明知道文子来了,干吗还不把千佳子赶走呢?

"我呀,没关系的……"

"是吗? 请吧。"

文子似乎对千佳子的敌意毫无觉察,她到客厅里去问候千佳子。

她感谢千佳子对她母亲去世的悼念。

千佳子仿佛是师傅见到徒弟,稍稍耸着左肩,反转着身子。

"你妈是个好心眼儿的人,这个世界好人活不下去,就像最后一朵鲜花坠地呀。"

"她并没有那么好。"

"其后小姐一人,想必夫人也会有所牵挂吧?"

文子低下眉来。

她那稍稍翘起的下嘴唇紧闭着。

"一个人孤单单的,还是学点儿茶道吧?"

"哦,我早已……"

"可以消愁解闷儿嘛。"

"我的身份已经不适合学茶道了。"

"怎么这么说。"

千佳子将扶住膝头的双手左右一摊：

"说实在的，今儿我到这座宅子来，是想到梅雨过去了，这里的茶室需要打开来通通风。"

她说着，朝菊治睃了一眼。

"文子小姐也来了，看怎么办呢？"

"什么？"

"想借你母亲的遗物志野水罐用一下……"

文子抬眼看看千佳子。

"聊一聊你母亲的往事吧。"

"不过，要是在茶室里哭起来，多难为情呀。"

"哦，那就哭吧，想哭就哭。眼看菊治少爷的夫人就要进门了，我也不能随便到茶室里来了。这可是个令人怀想的茶室啊……"

千佳子笑笑，又说：

"和稻村家雪子小姐的亲事定下的话……"

文子点点头。脸上没有任何表情。

可是，她那酷似母亲的桃圆脸显得很憔悴。

菊治说：

"说这些没影儿的事，不是诚心使人难堪吗？"

"我的意思是说等定下来之后。"

千佳子一句顶了回去。

"好事多磨嘛，在事情未定下来之前，文子小姐就权当没听说。"

"嗯。"

文子再次点点头。

千佳子招呼女佣把茶室扫一扫，走开了。

"这里的背阴处，树叶还是湿的，请注意。"

院子里传来了千佳子的声音。

三

"早晨的电话里,也能听到这儿的雨声吧?"

菊治说。

"电话里也能听到雨声吗? 我倒没在意。我家庭院里的雨声,电话里也能听到吗?"

文子向院里望去。

一带绿树的对面,可以听到千佳子打扫茶室的声音。

菊治望着院子说:

"我跟文子小姐打电话,也没注意到你那里有没有雨声,后来我才感到,那是一场很大的雨啊。"

"呀,打雷很可怕呢……"

"是啊是啊,您在电话里也说了。"

"就连这些小事我也很像母亲,雷一响,母亲就用衣袖裹住我的小脑袋。夏天出门,母亲总要抬头看看天空,嘴里不住嘀咕,今天会不会打雷呢? 现在,有时我一听到打雷,就用衣袖遮住脸膛。"

文子从肩膀到前胸隐隐显得有些忸怩:

"那只志野茶碗我带来啦。"

说着,她走了出去。

文子回到客厅,将裹着茶碗的小包递到菊治面前。

菊治犹豫了一会儿,文子又拉过去,从盒子里掏出来。

"这乐烧筒形茶碗,也是夫人当作茶杯使用的吧,是了入制的吗?"

菊治问。

"是的,黑乐和赤乐盛粗茶和煎茶不相宜,所以爱用这只志野茶碗。"

"是啊,黑乐盛进煎茶,茶的颜色看不出来……"

看到菊治无意将放在那里的志野茶碗拿在手里观赏,文子说道:

"虽说不是什么好的志野瓷,不过……"

"不。"

然而,菊治还是不愿伸手。

正像文子早晨在电话里说的,这只志野茶碗白色釉子上隐隐现出微红,瞧着瞧着,那白色下面的红色越来越鲜艳了。

而且,碗口稍稍现出薄茶色,有一处的薄茶色显得很浓。

那里是嘴唇接触的地方吗?

看来是沾上的茶锈,也许是嘴唇弄脏的。

这种薄茶色再仔细一瞧,依然泛着微红。

正如今早文子在电话里说的,这是她母亲残留的口红的痕迹吗?

这样看来,瓷的开片①里也混合着茶色和红色。

口红已经褪了色,宛如枯萎的红玫瑰——又像陈旧的血色。菊治心里甚觉得奇怪。

他同时感到了令人作呕的不洁和痴迷的诱惑。

茶碗整体是青黑色,绘着大叶子的花草,有的叶心出现了暗红色。

这种花草画看起来单纯而健壮,仿佛唤醒了菊治病态的官能。

茶碗的款式凛然可观。

"真好。"

菊治说着,拿在手里。

"我对瓷器不太懂,可是母亲很喜欢用来喝茶。"

"这是一只适合女人用的茶碗。"

---

① 开片:日语原文为"貫入"(kannyū),釉的裂纹。烧制过程中混有裂隙的釉面,观之赛花纹。宋代官窑青瓷,以裂纹为特色。其后,"官窑"二字渐次代之以"貫入"或"貫乳"二字。是鉴定古瓷器的重要标识。

菊治从自己的话语里十分鲜活地感受到了文子母亲这个女人。

尽管如此,文子为什么把渗入母亲口红的志野茶碗拿来给自己看呢?

菊治弄不明白,这是因为文子太天真,还是太缺乏心计了呢?

只是,文子那种顺从一切的态度似乎也传给了菊治。

菊治将茶碗放在膝头一边旋转,一边瞧着,他尽量避免指头碰到碗口。

"还是收起来吧,假如给栗本婆子看到,又要惹麻烦了。"

"嗯。"

文子将茶碗收到盒子里包了起来。

文子本想拿来送给菊治的,但她似乎不好意思开口。或许她觉得菊治并不喜欢。

文子站起来将小包放到门口。

千佳子从庭院里弓着身子走进来。

"请把太田家的水罐拿来吧。"

"就用我家里的东西吧,太田小姐正在这里呢……"

"说什么呀? 就是因为文子小姐在这儿才要用嘛。我不是说了吗? 通过这件志野瓷遗物,可以聊一聊太田夫人的往事。"

"你不是很恨太田夫人吗?"

菊治问道。

"我怎么会恨她呢? 我只是和她性格不合罢了,我不会去恨一个死者。不过就是因为不投缘,我不理解那位夫人,但另一方面,有时反而能将她一眼看穿。"

"看穿,看穿,这就是你的癖好……"

"也可以不被我看穿嘛。"

文子来到廊下,接着坐到客厅门口。

千佳子耸着左肩,回头看了看。

"我说，文子小姐，让我用一下你母亲的那件志野瓷吧。"

"好呀，请吧。"

文子回答。菊治把刚才放进抽斗里的志野水罐拿了出来。

千佳子将扇子插进腰带，抱起水罐盒子，进了茶室。

菊治也走到客厅门口。

"今早电话里听说你搬家了，吃了一惊，家里的事情，都是你一个人操办的？"

"嗯。是一位熟人买下来的，还算简单。那位相识临时住在大矶，房子很小，说要和我换一换。不过，再小的房子我也不能一个人住进去。而且，要是上班，还是租房子住便当些。所以就暂时住在朋友家里了。"

"工作定了没有？"

"没有，真的要做事，我也没有什么特长……"

说着，文子笑了。

"我本来打算等有了工作再来拜访的，既没有房子，又没有职业，孤身漂泊，谁见了都会感到可怜的。"

菊治想说，这样的时候来最好，他本来以为文子无依无靠，但看样子也并不寂寞。

"我也想卖房子，但一直犹豫不决。不过，我是一心想卖掉，排水管坏了也没修理，榻榻米也都成了这个样子，席子也没能换一换。"

"您不久就要在这座宅子成亲的吧？ 到时候……"

文子说得很爽快。

菊治看看文子。

"是听栗本说的吧？ 你想想我现在能结婚吗？"

"是因为我母亲吗……？ 既然她使您如此痛苦，就不要再去想了，母亲的事已经成为过去……"

四

千佳子对于茶道很熟悉,所以早已把茶室收拾停当了。

"您看看和水罐配得起来吗?"

经千佳子这么一问,菊治一时回答不上来。

菊治没有搭腔,文子也不作声。菊治和文子一起看着水罐。

本来是供在太田夫人灵前插花用的,如今又还原为水罐了。

先前太田夫人的手中之物,现在又听任千佳子调用了。太田夫人死后,传给女儿文子,文子又送给了菊治。

这只水罐的命运也算奇特,大凡茶具都是如此吧?

那么在太田夫人之前,这只水罐出现后的三四百年之间,又是为何种命运的人所有,怎样传承下来的呢?

"放到风炉和茶釜旁一对比,志野水罐就像一位美人儿呢。"

菊治对文子说:

"但是那强健的姿影绝不亚于钢铁啊。"

志野水罐雪白的肌体内透着几分鲜润,光彩照人。

菊治在电话里对文子说,看着这只志野水罐,就想和她见面,也许她母亲的雪肌里含蕴着女人深邃的毅力吧。

天气暑热,菊治敞开茶室的格子门。

文子坐着的背后的窗户,可以看到青青的枫树,浓密的叶荫映在文子的头发上。

文子细长的颈项上半部搪着窗户的亮光,那件短袖衫似乎初次上身,臂膀有点儿青白,双肩圆润而不显臃肿,两只腕子也很圆活。

千佳子也在望着水罐。

"看来水罐只能用在茶道上,否则就失去了生命。插上几枝西洋花,真是委屈了它啦。"

"我母亲也用来插过花呢。"

文子说。

"你母亲留下的水罐到了这儿,就像做梦一样。不过,她想必很高兴吧?"

千佳子口气里含着讥刺。

然而,文子却满不在乎,她说:

"母亲也常用水罐插花来着,再说,我也不想学茶道啦。"

"不要这么说嘛。"

千佳子环顾着茶室,说道:

"我一坐到这儿,就觉得心平气定。可以同各方人士充分交流。"

说罢,她望望菊治:

"明年是老爷逝世五周年,到忌日那天,要举行茶会。"

"是啊,把所有的赝品全摆出来,呼朋唤友,一定很愉快。"

"说些什么呀?老爷的茶具没有一样是假的。"

"是吗?不过,全都是假茶具,那也很有趣啊。"

菊治对文子说。

"这间茶室,我总感到有一种腐臭的霉味儿,要是举办一次全部使用假茶具的茶会,说不定能驱散这股毒气。借此以追念父亲,和茶道绝缘。虽然我早已和茶道断绝了关系……"

"你是说,我这个老婆子一向贫嘴贱舌,来这里可以为茶室增添些活气对吧?"

千佳子胡乱地搅动着茶筅①。

"唔,就算是吧。"

"可不许这么说呀。不过,您既然结了新缘,断了旧缘也好嘛。"

---

① 茶筅:搅动茶汤使之泛起泡沫的竹刷。将竹段一端劈成丝篾,使其向内蜷曲作猫爪状,形似一只灯泡。

千佳子说了声茶已煮好,把茶端到菊治面前。

"文子小姐,听了菊治少爷这种玩笑话,你不觉得你母亲的这件遗物送得不是地方吗? 我看着这只志野瓷,你母亲的面影似乎就映在上面。"

菊治饮完茶,放下茶碗,倏忽看了一下水罐。

那只漆黑的"涂盖"①上也许映着千佳子的影子吧。

但是,文子却浑然不晓。

菊治不明白,文子是一味顺着千佳子呢,还是故意无视千佳子呢?

文子毫无厌恶之色,她一直在茶室里陪着千佳子,倒也有点奇怪。

千佳子谈起菊治的婚事,文子也不介意。

从很早以前起,千佳子就一直对文子母女心怀忌恨,她的每一句话,都是在侮辱文子,可是文子一点儿也不表示反感。

抑或文子将这一切仅仅当作秋风过耳,独自沉浸在深深的悲哀之中吧?

丧母的打击也许超越了这些。

再就是她继承了母亲的性格,对自己对别人都顺乎自然,是个奇妙的清洁无垢的姑娘吧。

然而,尽管千佳子如此忌恨和侮辱文子,却不见菊治极力救助文子。

当菊治觉察这一点后,他想自己才是个奇怪的人。

最后,菊治看到千佳子点好茶,自劝自饮的样子,也觉得颇为奇怪。

千佳子从腰带里掏出手表:

---

① 涂盖:不是与水罐一起烧制的盖子。一起烧制的则称为"共盖"。

"这样的小手表,眼睛老花了,不合适……请把老爷的那只怀表送给我吧。"

"没有怀表啊。"

菊治一语顶回。

"有。老爷常带在身上呢。去文子小姐家的时候,不是也带着的吗?"

千佳子故意现出惊讶的神色。

文子低着眉。

"现在是两点十分吧。两根针重合在一起,看上去很模糊啊。"

千佳子又摆起了一副爱干活儿的架势。

"稻村家小姐召集一伙人,今天下午三点学习茶道。去稻村家之前先路过这里,想讨菊治少爷的回话,以便做到心中有数。"

"那就请明确回绝稻村小姐吧。"

"是的,是的,明确回绝。"

菊治说罢,千佳子笑着含混了过去。

"巴不得叫这伙人早一天到这座茶室里学习茶道呢。"

"那就叫稻村小姐把这座房子买下来吧,反正最近要卖掉的。"

"文子小姐,你也一起去吧。"

千佳子不理睬菊治,转向文子。

"好的。"

"我得快点儿去收拾一下。"

"我帮您。"

"是吗?"

可是,千佳子没有等文子,立即到水屋去了。

传来哗哗的水声。

"文子小姐,我看算了,不要跟她一道去。"

菊治小声说。

文子摇摇头。

"我害怕。"

"不用怕。"

"我就是很怕呀。"

"那就跟她走一段,再甩掉她吧。"

文子还是摇摇头。她站起来,拉平膝窝里衣服的皱褶。

菊治正要从下头伸出手去。

他以为文子要趔趄一下,使得文子飞红了脸蛋儿。

听到千佳子提起怀表的事,文子的眼角染上了薄红,这回羞得满面绯红,犹如鲜花盛开。

文子抱着志野水罐进了水屋。

"哎呀,你到底还是把你母亲的东西拿来啦?"

里面传来了千佳子沙哑的嗓音。

两　重　星

一

栗本千佳子来到菊治家里说,文子和稻村家的小姐都结婚了。

夏季八点半时分,天色还很明亮,菊治吃过晚饭,躺在廊缘上,瞧着女佣买来的萤火虫笼子。青白的萤光不知不觉添上了黄色,天色黑了,但菊治还是没有起来开灯。

菊治向公司拿了四五天休假,到野尻湖一位朋友的别墅去了,今天刚刚回家。

朋友已经结婚,有了孩子。菊治对于小孩所知甚少,生下来几天了,长得是小是大,心里完全没数,不知说些什么好。

"这孩子很健壮啊。"

听他这么一说,女主人回答道:

"哪里呀,生下来时又瘦又小,不像样子,最近才长得好一些。"

菊治伸手在婴儿脸前摇了摇。

"没有眨眼嘛。"

"孩子能看见,眨眼还得再大些之后。"

菊治以为小孩生下来好几个月了,其实刚满百日。可不是,这位年轻的妻子头发稀薄,面皮微黄,产后羸弱的神色还留在脸上呢。

一切都以孩子为中心,精心照料好孩子,菊治感到,在这位朋友小两口的生活中,自己是多余的。登上回程的火车,脑子里闪现着那位老老实实的妻子瘦小的身影,她脸色憔悴,没有一点血色,浑然不觉地抱着孩子。这个影像始终挥之不去。朋友平时和父母兄弟住在一起,生下头胎孩子不久,就搬到湖畔别墅里来了。妻子终于可以同丈夫单独住在一起,这种安逸的生活使她近乎情痴。

菊治回到家里,如今躺在廊缘上,他想起那位妻子的姿影,依然念念难忘,怀恋之中带有一种神圣的哀感。

正巧,这时千佳子来了。

千佳子毫无顾忌地进了屋子。

"哎呀,怎么躺在这个黑暗的地方?"

接着,她来到菊治脚边的走廊坐下。

"一个人怪可怜的,睡到这儿来,连个开灯的人都没有。"

菊治蜷起腿,稍稍过了一会儿,心情烦躁地坐起身子。

"请吧,躺着好啦。"

千佳子挥挥右手,示意菊治躺下后,郑重地打了招呼。她说去了一趟京都,回来时路过箱根。在京都的师傅家里,见到了大泉茶具商老板:

"很久没见了,这回可是充分地谈论了一番老爷的事。他说要带我看看三谷老爷玩乐的地方,我就跟他到了木屋町一家小小的旅馆。老爷和太田夫人也在这里住过。大泉对我说,不到那里住住吗?真是说浑话。老爷和太田夫人都不在了,就算我胆子再大,半夜里也会有几分害怕的。"

千佳子说出这些事,那才真是浑话呢! 菊治一边想,一边沉默不语。

"菊治少爷去了野尻湖了?"

千佳子的口气看来是明知故问,一进家门就问女佣这些事,不等女佣传达来访的消息就闯进来,这是千佳子一贯的做派。

"我刚刚回来。"

菊治不耐烦地回答。

"我三四天前就回来啦。"

千佳子一本正经起来,接着就高高耸起了左肩。

"可是呀,回来一看,发生了一件令人遗憾的事,使我大吃一惊。我太大意了,真是没脸再来见菊治少爷啊。"

千佳子说,稻村小姐结婚了。

菊治幸好躺在黑暗的廊缘上,看不到他一脸惊讶。然而,他却若无其事地应道:

"是吗? 什么时候?"

"您倒好沉静,像是在听别人的事。"

千佳子的话里含着讽刺。

"雪子小姐的事,我已经对你反复多次回绝过了。"

"光是口头上吧? 还不是想对我故意争个面子吗? 好像一开始就不太情愿,只因我这个婆子一个劲儿地张罗,撮合,使人生厌,是吗? 可心里头,对那姑娘倒是挺中意。"

"说什么呀。"

菊治笑起来了。

"您还是很喜欢她的吧?"

"确实是个好姑娘。"

"我早就看穿您的心思啦。"

"好姑娘不一定就要和她结婚啊。"

然而,听到稻村小姐结婚,菊治心里一阵刺痛,脑子里如饥似渴地描画着那位姑娘的面影。

菊治只见过雪子小姐两次。

圆觉寺的茶会上,千佳子为了让菊治看看雪子,特意让雪子点茶。那是一次正统的高品位的点茶,绿树的叶荫映着障子门,雪子"振袖"和服的肩膀、袖口,还有头发,一片净明,心中留下了深刻的印象。但是,雪子的那副面庞却想不起来了。当时,她使用的红茶巾,还有去寺院茶室的路上,手里拿的绘有白色千羽鹤的桃红绉绸小包裹,如今再一次鲜明地浮现在眼前。

后来还有一次,雪子来菊治家那天,也是千佳子点茶。甚至第二天,菊治还依稀觉得茶室留有小姐的余香。小姐那副绘有旱菖蒲的和服腰带,如今虽然历历在目,可是她的身影却很难捕捉。

就连三四年前去世的父母的身影,菊治现在也难以清晰描摹,看到照片,才了然如晤。也许亲人或敬爱的人都很难描摹,而那些丑人、恶人,却都常常完好地留在记忆之中。

雪子的眼睛和面庞闪电般留在抽象的记忆里,然而,千佳子自乳房至心窝的那块黑痣,像癞蛤蟆一样留在具体的记忆之中。

眼下,廊缘一片黑暗,菊治却知道,千佳子多半穿着那件小千谷绉绸①白色长袖衫。即便在亮处,胸前的那块黑痣也无法透视得到,然而,菊治通过记忆,却看得一清二楚。正因为黑得看不见,所以才看得更清楚。

"如果您认为是好姑娘,就不应该放过。因为像稻村雪子小姐

---

① 小千谷绉绸:日本新潟县小千谷市织造的绉绸布料。

这样的人,这个世界上只有一个呀。即便寻找一生,也再没有第二个啦。这个简单的道理,菊治少爷您怎么就弄不明白呢?"

接着,千佳子带着一副教训的口吻说:

"您经验很少,又过于自信。这么一来,菊治少爷和雪子小姐两个人的人生就改变了。小姐本来钟情于您,现在,她嫁了别人,要是生活不幸福,不能说您菊治少爷就没有责任。"

菊治没有回答。

"至于小姐,您也仔细打量过啦,那位小姐一定会后悔的,要是几年前就和菊治少爷结婚该多好。那时她一定思念着菊治少爷吧?难道您忍心让她落入这种地步吗?"

千佳子的声音里又在倾吐毒素。

雪子既然已经结婚,千佳子为何还要说这些多余的话呢?

"这是萤火虫笼子吧?现在还有吗?"

千佳子伸出脖子:

"不是快到秋虫笼养的季节了吗?居然还有萤火虫,真像幽灵一样啊。"

"是女佣买来的吧。"

"女佣这号人,就是这么个水平。菊治少爷要是学习茶道,就不会有这等事啦。日本,处处都要讲究季节的呀。"

千佳子这么一说,确实也并非不能说萤火像幽灵。菊治想起野尻湖畔的虫鸣,它们无疑还是那些奇妙地活到今天的萤火虫。

"要是娶了太太,一定不会让您错过季节而尝到悲凉的迟暮之感的。"

于是,千佳子又急忙低声说道:

"我给您说合稻村家的小姐,也是为老爷尽力啊。"

"尽力?"

"是的,再说,菊治少爷只顾躺在暗处观赏萤火,您看,就连太田家的文子小姐不也结婚了吗？"

"什么时候？"

菊治大吃一惊，仿佛一下子差点儿被人绊倒。他甚至比听到雪子结婚还要惊慌失措。他也来不及掩饰内心的惊讶。菊治那种难以相信的心情，都被千佳子——看在眼里了。

"我从京都回来一看，也一下子呆住啦，两个人约好了似的，一个个，婚事都办完了。年轻人真是欠考虑呀。"

千佳子说。

"文子小姐一出嫁，我想菊治少爷的事就不会有什么阻碍了吧？谁知，那时候，稻村小姐的婚事早就办过啦。稻村家那边，连我也丢尽了脸面，这都全怪菊治少爷太优柔寡断啦。"

然而，菊治仍然不相信文子已经结婚。

"太田夫人死后，依然还在给菊治少爷制造麻烦吗？不过，文子小姐一结婚，夫人的妖气就会从这个家里退走了吧。"

千佳子转脸望着庭院。

"这回倒也清净多了，修剪一下庭园的树木吧。暗乎乎的，树木一个劲儿疯长，密密层层，闷死人啦。"

父亲去世四年了，菊治一直没请花匠来过，庭院里绿叶葱茏，枝条纵横。白天，暑气蒸逼，燠热难当。

"女佣也不浇水吧，这种事儿，可以使唤她去做嘛。"

"你不用管闲事。"

千佳子的每一句话都使菊治大皱眉头，然而，他只能任她继续唠叨下去。大凡见到千佳子，都是这个样子。

千佳子的话虽然不大中听，但她也是拐弯抹角讨菊治的欢心，想了解菊治的想法。菊治也习惯了她的一呼一吸。他有时公开反驳，有时暗暗警戒。千佳子心如明镜，但她大多佯装不知，偶尔也流露一下，表示她心中有数。

而且,千佳子很少触及菊治意想不到、惹他生气的话题;她总是故意拨撩菊治,专挑那些明知使他自我嫌恶的事情说给他听。

今晚,千佳子告诉他雪子和文子结婚的事,看来也是想试探一下菊治的反应。她想干什么呢?菊治对此不敢大意。千佳子将雪子介绍给菊治,本来是想使菊治疏远文子,眼下,两个姑娘都出嫁了,此后菊治作何打算,这与千佳子毫不相干;但她还是穷追不舍,一心想探索一下菊治心中的暗影。

菊治本想站起身来,打开客厅和廊缘上的电灯。说起来,这样在黑暗里同千佳子说话,实在有点儿滑稽,他和她也还没到这般亲密的程度。她提到修整院子里的树木,菊治只当是千佳子多管闲事,根本不放在心上。不过,单单为了开灯而爬起来,菊治总觉得提不起劲儿来。

千佳子一进门就提开灯的事儿,但她也没有主动走过去。大凡这些细枝末节,千佳子往往显得很勤快,这也是她的职业习惯。可是现在,她却懒得为菊治出力。也许因为她上了几分年纪,再就是作为一位茶道师傅,多少也得摆点儿架子。

"京都的大泉商店托我带口信来,说要是这里变卖茶具,可以请他们代为办理。"

千佳子的语调很平缓。

"稻村小姐给逃掉了,这回菊治少爷总该打起精神,迎接新的生活了。那么这些茶具恐怕都派不上用场啦。自打老爷那辈起,我就无事可做了,怪寂寞的。不过,这座茶室只有我来的时候,才打开窗户,通通风的呀。"

哦嗬,原来如此!菊治明白了。

千佳子的目的很露骨。菊治一旦和雪子结不成婚,对她来说,也就没有什么用了。到头来,企图勾结茶具店老板,将茶器一并揽走。她大概是和京都的大泉商店商量好了来的。

菊治与其说是生气,不如说是轻松了许多。

"既然连房子都想卖掉,到时候总会请帮忙的。"

"还是交给老爷那一代的熟人经办才放心啊。"

千佳子又添了句话。

菊治思忖,家中的茶器千佳子比自己知道得还清楚,也许她早已在心中打点好了。

菊治望了望茶室。茶室前面有一棵大夹竹桃,开满了白色的花朵,看过去茫茫一片。天空和院里的树木,界限模糊。暗夜沉沉。

二

下班时分,菊治刚要走出公司的办公室,又被电话叫了回去。

"我是文子。"

对方小声地说。

"哎,我是三谷……"

"我是文子。"

"嗳,我知道。"

"突然打电话来,实在对不起了。可是,这件事儿不打电话道个歉就来不及啦。"

"哦?"

"其实啊,我昨天发了封信给您,可是忘记贴邮票啦。"

"晤,我还没有接到呢……"

"我在邮局买了十张邮票,信发出去了,回来一看,还是十张,真是太糊涂啦。我想无论如何,得赶在信到之前,向您道歉才对呀……"

"这种小事,不必放在心上……"

菊治一边回答,一边想到,这大概是报告结婚的信吧。

"是报喜的信吗?"

"啊……? 过去一直是打电话的,这次头一回写信,心想,发不发呢？犹豫了半天,竟然忘记贴邮票啦。"

"你现在在哪里?"

"这是公用电话,东京站的……外面还有人在排队等着呢。"

"是公用电话呀?"

菊治有些摸不着头脑,但还是说了句:

"恭喜啦。"

"什么……? 托您的福,好不容易……可是,您怎么知道的?"

"是栗本呀,她特来告诉我的。"

"栗本师傅……? 她怎么会知道的? 真是个可怕的人啊。"

"反正你再也不会见到她了。上回,我在电话里听到了阵雨的响声。"

"您曾经说起过。那阵子,我搬到朋友家住,一时犯了犹豫,不知要不要通知您一声。这回也是一样。"

"这事儿还是告诉我一声为好。从栗本那儿听闻后,我也正在犹豫,该不该向你贺喜呢。"

"要是天各一方,那也真是可叹啊。"

她那渐次消隐的声音很像她母亲。

菊治一时说不出话来。

"也许要各奔前程了,不过……"

隔了一会儿,又说:

"这是一间很脏的六铺席房间,是和工作一同找到的。"

"啊……?"

"顶着大热天上班,真够呛啊。"

"可不是嘛。再说,刚一结婚就……"

"什么? 结婚……? 您说的是结婚吗?"

"祝贺你呀。"

"什么? 我……? 真讨厌。"

"你不是结婚了吗？"

"啊？我……？"

"你没有结婚吗？"

"没有呀。我现在哪里还有心思结婚啊……您知道的，我母亲刚刚去世……"

"晤。"

"栗本师傅就这么说的吗？"

"是的。"

"为什么？我真弄不懂。三谷少爷听了，难道就信以为真吗？"

文子仿佛是自己在对自己说话。

菊治急忙果断地说：

"电话里不好说，见面再说，好吗？"

"好的。"

"我去东京站，请在那里等我。"

"可是……"

"或者约个地方也行啊。"

"我不愿意在外面和人约会，我到府上去看您吧。"

"那我们一起回家吧。"

"一起回去，那还是约好在外面。"

"能到我公司来一下吗？"

"不，找一个人单独去。"

"是吗？那我直接回家。文子小姐要是先到，就请进屋里坐吧。"

文子假若从东京站上车，就要比菊治早些到达。可是菊治总觉得会和文子乘同一趟车的，他在车站上人多的地方寻找文子。

结果还是文子先到他家。

听女佣说文子在院子里，菊治便从大门旁边进入庭院。文子坐在白色夹竹桃树荫下的石头上。

千佳子来后四五天,女佣在菊治回家之前浇一次水。院子里的那个旧水龙头也可以用了。

文子坐的石头,下面看起来湿漉漉的。要是夹竹桃茂密的绿叶之中盛开着红花,那就像炎天里的花朵,可是这棵夹竹桃却开放着白花,使人感到了浓浓的凉意。花丛轻轻摇动,簇拥着文子的身影。文子穿着白色的棉服,翻领和口袋都用深蓝色的布镶上一道细边儿。

夕阳掠过文子身后的夹竹桃,照到菊治的面前。

"欢迎。"

菊治说着,亲切地走了过去。

文子本想在菊治开口前先说点什么。

"刚才在电话里……"

接着,她缩着肩膀,转身站起来。她想,要是自己坐着不动,菊治说不定会走过来,拉她的手呢。

"因为电话里说起那件事,我就来啦,跟您说说清楚……"

"是结婚的事吗? 我大吃一惊呢。"

"吃惊的是……?"

文子低下眉来。

"说起来,总之,我听到文子小姐结婚和听到你说没有结婚,两次都大吃一惊。"

"两次?"

"可不是嘛。"

菊治沿着脚踏石走过去。

"从这儿上来吧。进屋里等着我多好啊。"

说罢,他坐在廊缘上。

"前些日子,我旅行回来,正躺在这儿休息,栗本来了,是晚上。"

女佣在屋里招呼菊治。他离开公司时,打电话吩咐准备的晚饭也许做好了。菊治站起身来走去,顺便换了一件白色高级麻纱布夏衫出来了。

文子也似乎重新补了妆,等着菊治坐下来。

"栗本师傅她说些什么呢?"

"她只告诉我文子小姐结婚了……"

"她的话,三谷少爷真的相信了吗?"

"我根本没想到她会骗我……"

"一点儿也不怀疑吗……?"

文子乌亮的眸子立即湿润了。

"我现在能结婚吗?三谷少爷,您难道以为我会这样做吗?母亲和我吃尽了苦头,悲痛还没有消除……"

这话在菊治听来,好像她母亲还活着。

"母亲和我都信任他人,也相信人家会理解自己。看来,这只能是梦想。自己心中的镜子,只能用来照射自己……"

文子泣不成声。

菊治好一阵子默默无言。

"你以为我现在能结婚吗?——上回我对你说过这句话,就是下大雨那天……?"

"打雷的那天……?"

"是的。今天倒转过来由你说出来了。"

"不是,那……"

"你不老是说我要结婚的吗?"

"哪里呀,三谷少爷和我完全不同啊。"

文子泪眼盈盈地望着菊治。

"您和我不一样。"

"哪点不同呢?"

"身份也不同……"

"身份……?"

"是的,身份不同。不过,要是说身份不合适,那就说是身上的暗影吧。"

"就是罪孽的深重……? 那是我呀。"

"不。"

文子使劲儿摇摇头,泪水溢出了眼眶。但只是一滴,离开左眼角后,竟然顺着耳根掉落下来了。

"要说罪孽,全由我母亲一道儿背着进入坟墓啦。但我不认为是罪,那只是母亲的一份悲哀。"

菊治低下头来。

"要是罪孽,也许永远就不会消除,而悲哀终将成为过去。"

"文子小姐所说的身上的暗影,那么,不是把你母亲的死也看成是暗影了吗?"

"还是说'深沉的悲哀'比较合适。"

"深沉的悲哀……"

菊治本想说,这也就是深沉的爱,但又立即打住了。

"比起这个,三谷少爷不是要和雪子小姐结亲吗? 这和我可不一样啊。"

文子又把话题转回现实。

"栗本师傅一直认定我母亲会给这门婚事添乱,说我结婚,也是把我当成了绊脚石。只能这么解释。"

"不过,她说那位稻村小姐也结婚了呀。"

文子立即放松下来,她带着一副有气无力的表情。

"撒谎……胡说。这肯定是撒谎。"

说罢,她又使劲儿摇摇头。

"什么时候的事?"

"是稻村小姐婚事吗……? 大概是最近吧。"

"肯定是撒谎。"

"她说雪子小姐和文子小姐两个人都结婚啦，这使我反而认为，你结婚也就是真的啦。"

接着，菊治低声说：

"其实，我倒认为，雪子小姐或许是真的结婚啦……"

"瞎说，大热天的，谁会这时候结婚呀。只能穿单衣，还直淌汗呢。"

"这样啊，一般都不在夏天举行婚礼吗？"

"基本是的……虽说不是绝对没有……婚礼一般会挪到秋天举行……"

文子不知为何，莹润的眼睛里再次涌出泪水，簌簌滴落在膝头。她自己瞧着泪水渗进衣服。

"可是，栗本师傅为何要撒谎骗人呢？"

"我也被她诓住了。"

菊治说。

然而，这事为什么会使得文子掉泪呢？

至少，文子的结婚是谎言，这一点可以肯定。

说不定雪子真的结婚了，现在千佳子为了使文子疏远菊治，就说文子也结婚了。菊治有这样的怀疑。

可是，他总觉得不大可靠，菊治开始认为，说雪子结婚，也同样是撒谎骗人。

"总之，在弄清雪子小姐是否真的结婚之前，还不能肯定栗本是恶作剧。"

"恶作剧……？"

"啊，权当是恶作剧吧。"

"不过，今天要是不打电话，您一定认为我是结婚啦，这真是一个不小的玩笑啊！"

女佣又在招呼菊治。

菊治从里面拿着一封信回来了。

"文子小姐的信到啦。没有贴邮票……"

他说罢，就高高兴兴想打开信封。

"不，不，请不要看啦……"

"为什么?"

"我不愿意，请还给我吧。"

文子说着，跪着挨了过去，她想从菊治手里夺回那封信。

"请还给我。"

菊治蓦地将手藏到背后。

文子的左手一下子挂到菊治的膝盖上，想用右手夺回信。由于左右手的动作正好相反，身子失去了平衡，差点儿倒在菊治身上。她赶紧用左手向后支撑着，右手依然向前伸着，想夺回菊治背后的东西。文子向右一扭，半个脸孔几乎倒在菊治的怀里。接着，她轻盈地改换了姿势，就连挂在菊治膝头的左手也只是柔软地接触一下而已。这种轻柔的动作是怎样将先向右转、后向前倒的上半身支撑住的呢?

菊治看到文子一下子倒过来，立即绷紧身子。文子意外轻柔的体态，几乎使他叫喊起来。他强烈地感触到了一个女人!他也同时感触到了文子的母亲——太田夫人。

文子是在怎样的瞬间改换身姿的呢? 又是在哪个节骨眼上变得娇弱无力的呢? 这是难得一尝的柔情，宛若来自女人本能的奥秘。菊治本以为文子会沉重地压过来，正在这时，文子轻盈地触到了菊治的身子，犹如一阵温馨的春风飘然掠过。

一股异香扑鼻而来，这是夏季里从早到晚劳动一天的女人的体香，多么浓烈!菊治感受着文子的体香，同时感受到了太田夫人的体香，太田夫人拥抱的体香。

"哎呀，请还给我吧。"

菊治不再坚持。

"我撕啦。"

文子转向一边,把自己的信撕成碎片。她的脖颈和露出的腕子汗津津的。

文子差点儿倒下,改换身姿时,面孔一度青白;坐起身来,又变红了。似乎是这期间渗出了汗水。

三

从附近的饭馆叫来的晚饭千篇一律,没有什么味道。

按照常规,女佣在菊治面前放上了志野茶碗。

菊治立即注意到了,文子也一眼瞥见了。

"哎呀,这只茶碗,还在使用吗?"

"嗯。"

"真难为情啊。"

文子的声音里带着菊治所不能理解的羞耻,说道:

"送给您这件东西,真是后悔。这事我也在信里谈到啦。"

"说了什么呢……?"

"没什么,送给您这么一个没用的东西,向您道歉来着……"

"这不是什么没用的东西。"

"这是一件不怎么好的志野瓷,而且母亲一直当作茶杯使用呢。"

"我虽说不太懂,可这不是一件很好的志野瓷吗?"

菊治把筒型茶碗捧在手里端详着。

"可是,比这更好的志野瓷有的是,如果您使用这只茶碗时,想到别的茶碗,以为那一种志野瓷更好些的话……"

"我们家似乎没有这种志野瓷小茶碗。"

"即便府上没有,在别处也会看到的。当使用这只茶碗时,想到别的茶碗,以为还是那种志野瓷更好。要是这样,母亲和我会很难过的。"

菊治不由一惊,一时说不出话来。

"我已经和茶道无缘,也不会再见到茶碗了。"

"说不定会在哪里见到,您过去不是也看见过更好的茶碗吗?"

"你的意思是送人就要送最好的东西。"

"是的。"

文子爽利地抬起头,直视着菊治。

"我是这么想的。我想请您把这只茶碗打碎扔掉,信里也写到了。"

"打碎?扔掉?"

面对步步进逼的文子,菊治只好绕着弯子回答她。

"这是一只古窑烧制的志野瓷器,恐怕有三四百年了。当初也许是在酒宴上用来盛生鱼丝之类,并不是作茶碗、茶杯使用的。自打用来作为小茶碗使用后,时间也很久了。古人珍视它,代代相传下来。或许还有人将它放在旅行茶具盒里,浪迹远方。可不能照文子小姐的想法,随便毁掉它啊。"

碗口接触嘴唇的地方,还渗进了文子母亲的口红。

口红浸入碗口,揩也揩不掉,母亲似乎对文子说过。菊治得到这只志野茶碗后,将碗口沾上污垢的地方洗了又洗,也没有洗掉。当然,那已经不是口红的颜色,而是薄茶色,中间渗着微红,看起来也像口红褪了色留下的陈迹,也可能是志野瓷本身的微红。此外,若用作茶碗,嘴唇接触的地方是固定的,也有可能是文子母亲以前的所有者留下的口垢。不过,平时太田夫人当作茶杯使用的时间或许最久。

太田夫人把这个当作茶杯使用,是自己想出的主意吗?也许是菊治的父亲想出来的,让夫人试着用的吧?菊治这般思忖着。

他也怀疑过,了人的这对黑红筒形茶碗,太田夫人和菊治的父亲莫非是当作夫妇茶碗,代替茶杯一直使用过来的吗?

父亲使太田夫人用志野水罐当花瓶使用,插上玫瑰和康乃馨,用志野筒型茶碗作茶杯,看来,父亲有时候是把她看作美的化身吧?

两人死后,这水罐和筒形茶碗都到菊治这里来了,如今,文子也来了。

"我不是一时心血来潮,我是真心地请您把那东西打碎,扔掉。"文子说。

"送给您水罐,看您很高兴地接受了,便想到还有一只志野瓷,就送给您当作茶杯使用了,后来想想,实在有些难为情啊。"

"这只志野瓷不该当成茶杯用吧,那样真有点儿可惜啦……"

"不过,好的志野瓷多得很呢。让您用这个,您还会想到别的更好的志野瓷,那样的话,我可受不了啊。"

"你是说,送人要送最好的东西,对吗……?"

"这要看对象和场合。"

菊治一阵强烈的震动。

大凡作为太田夫人的遗物,文子总希望都是最好的东西,这是因为菊治见了它由此会想起夫人和文子,或者进一步亲近它,接触它。

只有最高级的名品才能当作母亲的遗物,文子的话表达了她的这个心愿,菊治也能理解。

这就是文子至高无上的感情,眼前的水罐即是明证。

志野瓷冷艳、温馨的肌肤,让菊治立即联想起太田夫人。然而,那上面之所以没有伴随罪孽的黑暗和丑陋,或许因为水罐是名品的缘故。

看到这只名品级别的遗物,菊治感到太田夫人更是女人中的名品了。名品是和污浊不相容的。

下大雨那天,菊治在电话中说,他一看到水罐,就想见文子一面。他在电话里,才敢说这种话。文子说,还有一只志野瓷,于是就把筒形茶碗带到菊治家里来了。

是的,这只茶碗不像那只水罐,这不是名品。

"听说我家老子也有旅行茶盒……"

菊治回忆着说。

"一定是放着比这只志野瓷更差的茶碗吧?"

"那是什么茶碗呢?"

"这个,我从来没见过呀。"

"我真想见识一下啊,老爷的东西肯定很好。"

文子说。

"这只志野瓷要是比老爷的那只差,就干脆摔了吧?"

"好叫人为难呀。"

饭后吃西瓜,文子灵巧地把瓜子先剔出来,她又催促菊治,说想看看那只茶碗。

菊治叫女佣打开茶室,自己来到庭院。他想去找茶具盒,文子也跟着他来了。

"我也不知道搁在哪里了,栗本知道得很清楚……"

菊治回头望望,那棵白色夹竹桃繁花如雪,文子站在花荫下,她穿着院子里的木屐,树根旁边露出她脚上的白布袜子。

茶具盒放在水屋旁边的搁板上了。

菊治走进茶室,把茶具盒放到文子面前。文子正襟危坐,以为菊治会打开小包,等了一会儿,这才伸出手去。

"让我看看。"

"灰尘积得很厚啊。"

菊治抓住文子解开的包袱,站起身将包袱杵向庭院掸了掸。

"水屋的搁板上有一只死蝉,聚满了虫子。"

"茶室是干净的。"

"是的,前几天,栗本来打扫过了。就是那次,她告诉我,你和雪子小姐都结婚了……因为是晚上,可能无意之中把蝉关进去了。"

文子从茶具盒里拿出裹着茶碗的小包,深深含着胸,解开袋子上的细绳儿,手指微微颤动。

文子向前耸峙着浑圆的肩膀,菊治在一边俯视着她,那细长的脖颈更加显眼。

稍稍兜起的嘴巴,一味紧闭着的下嘴唇,以及未戴耳饰的肥厚的耳垂,令人怜爱。

"是唐津瓷①。"

文子抬头看看菊治。

菊治也坐到近旁来了。

文子将茶碗放在榻榻米上。

"真是一只好茶碗。"

依然是茶杯式的、筒形的唐津瓷小茶碗。

"坚实而又严整,比那只志野瓷高贵多啦。"

"不好这样相比,志野和唐津……"

"不过,两个摆在一道儿,一看便知。"

菊治被唐津茶碗的魅力所吸引,拿过来放在膝头把玩。

"再把志野瓷拿来看看吧。"

"我去拿。"

文子起身走了过去。

志野和唐津两相摆在一起时,菊治和文子蓦然对视了一下。

接着,眼睛同时落在茶碗上。

菊治连忙说道:

"这是男茶碗和女茶碗,如此搁在一起……"

---

① 唐津瓷:佐贺县唐津,于室町时代(1338—1573)开始制瓷,桃山至江户初期最为发达。

文子一时说不出话来,只是点点头。

菊治也觉得自己的话有些异样。

唐津瓷不着花纹,素底。微带枇杷黄的青色里含着茜红,造型刚劲有力。

"行旅之中也带在身边,可看是老爷很喜欢的茶碗,它很像老爷。"

文子说了一句险话,但她似乎没有意识到是险话。

志野茶碗很像文子的母亲,菊治没能这么说。但是,两只茶碗一起摆在这里,就像是菊治父亲和文子母亲的两颗心一般。

三四百年以前的茶碗的造型是健康的,不会诱发人们病态的幻想,但是具有生命的活力,甚至会给予人们官能的刺激。

当他把自己的父亲和文子的母亲看作两只茶碗的时候,菊治感到,仿佛两个美丽的灵魂并排而立。

而且,茶碗的姿态是现实的,他俩围着茶碗相互对坐,菊治感到自己和文子的现实也是清洁无垢的。

他俩相向而坐,也许是可怕的事——太田夫人"头七"的次日,菊治曾经对文子这样说过。然而,今天这种罪孽引起的恐惧,也一起被茶碗的肌体抹消殆尽了吧?

"真漂亮啊。"

菊治自言自语地说。

"父亲本没有什么雅兴,也爱摆弄茶碗什么的,这也许是为了麻痹种种罪孽的心灵吧?"

"说些什么呀?"

"但是,一看到这只茶碗,就不会再想到原来主人的坏处了。父亲的寿命十分短暂,只相当于这只传世茶碗的几分之一……"

"死,就在我们脚下,真可怕。尽管死神在我们身边徘徊,我也不能永远沉浸在丧母的痛苦之中不能自拔。为此,我也做出了各种努力。"

"是呀,要是被死者缠绕不放,就会感到自己也没有活在这个世界之上。"

菊治说。

女佣拎着水壶等进来了。

她估摸着,菊治他们在茶室里待得太久了,可能需要用开水点茶了。

菊治劝文子,就用这里的唐津和志野茶碗,权且作为行旅之人点一次茶。

文子顺从地点点头。

"摔碎母亲这只志野茶碗之前,您再用上一次,留个纪念吧。"

说罢,她从茶具盒拿出茶筅,到水屋里冲洗。

夏日,黄昏尚未降临。

"人在旅途……"

文子喃喃自语,她在小茶碗里不停转动着小茶筅。

"既然是旅行,是住在哪里的旅馆吗?"

"不一定住在旅馆,也可以是河岸,也可以是山野。也许用溪谷流水,点一碗冷茶更有情趣……"

文子举起茶筅时,抬起黑色的眼眸,瞟了菊治一眼,随后立即将那只唐津瓷捧在掌心,全神贯注地转动着。

然后,文子的眼睛和茶碗一起送到菊治的膝前。

菊治感到文子也随之流动过来了。

接着,她把母亲的那只志野瓷放到面前,茶筅碰在茶碗边沿上,嘎啦嘎啦作响,文子停住了手。

"真难办呀。"

"碗太小,不大好调吧?"

菊治说。文子的手仍在颤抖。

215

而且,她一旦停下手来,就不想在那只小茶碗里,继续转动茶筅了。

文子盯着僵硬的腕子,久久低着头。

"母亲不让我点茶。"

"什么?"

菊治霍然而起,仿佛要解救一个被咒语钉住、动弹不得的人,一把抓住文子的肩膀。

文子没有抵抗。

四

菊治未能成眠,等到挡雨窗缝隙里露出亮光,他便向茶室走去。

净手盆前边的石头上依然散落着志野茶碗的碎片。

较大的碎片有四块,在掌心里拼起来,就合成了一只茶碗。只是边缘上有个拇指大小的缺口。

他在石头缝里寻找着,看还有没有碎片,但立即又作罢了。

抬头一看,东边树木之间,闪耀着一颗巨大的星。

菊治已经好几年没见到启明星等星辰了。他想到这里,赶紧起来眺望,这时空中罩上了云彩。

星星在云层里闪烁,看上去显得更大。光环的外围,似乎水蒙蒙的。

菊治看到这颗朗洁的明星,方觉得捡拾和拼凑茶碗的碎片,是多么没有出息啊。

他把手里的碎片随即扔在那里了。

昨晚,菊治来不及劝阻,文子就把茶碗摔在净手盆上,打碎了。

文子一阵风似的走出茶室,菊治没有留意她手中的茶碗。

"呀!"

菊治惊叫了一声。

茶碗的碎片散落在黑漆漆的石板缝里,他顾不得寻找,而是连忙扶住了文子的肩膀。文子是蹲在地上摔的,她的身子差点儿倒在净手盆上。

"还有比这更好的志野瓷的。"

文子自言自语。

有了更好的志野瓷,菊治要是去对照,也许会使她很伤心吧?

菊治一时难眠,文子的话语深含着哀婉而纯洁的余韵,在他心里幽幽不绝。

院子里一亮堂起来,他就去看打碎的茶碗。

然而,看到星光之后,又把拾到的碎片扔掉了。

接着,抬起头来。

"啊!"

菊治叫了一声。

星光没有了。原来在菊治看着丢弃的碎片的一刹那,启明星早已躲到云层里了。

菊治仿佛遭到了洗劫似的,久久凝望着东边的天空。

云彩并不很厚,却不见星星的踪影。天边的云层断了,城市的屋顶笼罩着淡淡的红晕,越来越浓了。

"不能扔到这儿。"

菊治独自嘀咕着,他又拾起志野瓷的碎片,揣进睡衣的怀里。

扔在那儿太叫人难受了。再说,要是栗本千佳子走来看到了,也会大发牢骚的。

菊治思忖,文子像是经过深思熟虑之后才打碎的,所以,他不保存碎片,就埋在净手盆旁边吧。可他还是包在纸里,放进壁橱,然后又钻进了被窝。

文子究竟担心菊治会拿什么样的东西同这只志野瓷相比较呢?

这种担心究竟是打哪里来的呢?菊治感到困惑不解。

何况，昨夜今朝，菊治从未觉得可以把文子和什么人加以比较。

在菊治眼里，文子是个无可比较的绝对存在，具有恒定的命运。

以往，他总是认定文子是太田夫人的女儿，如今，他似乎把这些也忘记了。

母亲的身体微妙地转移到女儿的身体，由此诱发菊治的种种奇思怪想，如今这些也变得无影无踪了。

菊治摆脱了长久的黑暗和丑恶的帷幕。

莫非文子纯洁的哀伤拯救了菊治吗？

没有文子的抵抗，只有纯洁本身的抵抗。

那才是使他沉入诅咒和麻痹的深渊之物，而菊治反而感到从诅咒和麻痹之中逃脱出来了。犹如一个中毒者，最后服了极量的毒药，从而获得奇迹般的解毒效果。

菊治一到公司就给文子工作的店铺打电话。听说文子在神田一家呢绒批发店上班。

文子没有到店里来。菊治因为睡不好觉，提早来上班了，难道文子早晨还沉眠未起吗？菊治想，她今天是否因为羞愧，闷在家里不出门呢？

下午打电话，她还是没来。菊治向店里的人问了文子的住址。

昨天的信里，她应该是写了搬到什么地方去的，可是文子连信封一起撕破，装进口袋。吃晚饭时，谈到文子的工作，菊治这才知道那家呢绒店的名字，可是住址忘记问了。因为文子的住址似乎已经移居菊治心中了。

菊治下班回家的路上，找到了文子租住的房子，位于上野公园后头。

文子不在家。

一个十二三岁的小姑娘，放学回家依然穿着水兵服，走出大门，又折了回去。

"太田姐姐今天早晨说和朋友出去旅行，不在家。"

"旅行？"

菊治又叮问一句。

"是出外旅行吗？早晨几点走的？没说到哪儿去了吗？"

小姑娘又跑回家，这回稍稍从远处说道：

"不知道，妈妈不在家……"

她畏畏缩缩地跟菊治说话，这是个眉毛淡薄的女孩儿。

菊治跨出大门又回头看看，弄不清文子住在哪一间。庭院狭窄，是座小巧的二层楼房。

死就在脚下——文子的话使得菊治两腿发软。

他掏出手帕擦擦脸，每擦一次，就似乎失去些血色，可他还是擦个不停。汗湿的手帕显得又薄又黑，他感到背后的汗水一阵冰凉。

"她不会死的。"

菊治对自己说。

文子既然给了菊治重新生活的信心，她总不至于去死。

然而，昨日的文子不正是死的直接表露吗？

抑或，这种表露来自惧怕自己和母亲一样成为罪孽深重的女人吧？

"让栗本一个人活下来……"

菊治仿佛面向这个假想敌，深深吐了一口自己的恶气。说罢，他急急向公园的林荫里走去。

波 千 鸟

一

前往热海车站迎接客人的车子通过伊豆山,不久就朝大海方面兜着圈儿向下行驶。车子进入旅馆的庭园。玄关的灯光映照着倾斜的车窗,越来越近了。

在那里等待的伙计打开车门,问候道:

"请问,是三谷夫人吧?"

"是的。"

雪子小声回答。这是因为横向停下的车子里,雪子的座席靠近玄关,今天又刚刚举行婚礼,头一回有人用"三谷"的姓氏称呼她。

雪子略显迟疑,还是最先下了车。她回首望了望车厢,等待着菊治。

菊治就要脱鞋,伙计说道:

"茶室已经准备好了,栗本先生打来了电话。"

"啊?"

菊治一屁股坐在低矮的门内地板上。女佣连忙拿着坐垫跑过来。

千佳子从心窝扩展到乳房的黑痣,犹如恶魔的掌印浮现于菊治眼前。他抬起正在解鞋带儿的脸孔,仿佛看见那只黑手就在前面。

菊治去年卖掉房子,茶具也处理了。按理不会再同栗本千佳子见面了,关系也会变得疏远起来。不料,他和雪子的这桩婚姻,似乎依然有千佳子的手在活动。他实在没想到,千佳子连新婚旅行的饭店房间都指点到了。

菊治看看雪子的脸,雪子对伙计的话似乎没怎么在意。

两人被人带领,从玄关沿着长长的回廊走向海边。犹如钻入褊狭的隧道,不知向下抵达何处。在这条钢筋混凝土筑成的细长的通道上,有好几处阶梯,看来途中连接着配殿似的厢房,走到尽头就是茶室的后门。

进入八铺席房间,菊治正要脱去外套,雪子从身后随手接过去,他不由"哦"了一声,回头看看。这是新婚妻子最初的动作。

桌腿旁边开着炉叠①。

"那边三铺席大的正式茶席上,已经架起了水锅……"伙计把两人的行李放置好之后说道,"虽说没有什么好茶具。"

"那边也有茶席吗?"

菊治感到很惊讶。

"连同这间客厅,共有四间茶席。开间是在横滨三溪园②当时的布局,直接整个儿搬过来了。"

"是吗?"

菊治还是有些不明白。

"夫人,那边是茶席,请自便……"

伙计对雪子说。

---

① 炉叠:榻榻米房间中央的炉膛所占的半铺席。
② 三溪园:明治豪商原富太郎(号二溪),于横滨市本牧三之谷海岸,开辟幅员广大的庭园,名"三溪园"。原三溪名满天下,他既是古董收藏家,又是深具鉴赏力的保护者,也是卓越的茶人(茶道师傅)。他不但将纪州德川家别邸和伏见城遗址移筑于三溪园内,还把织田信长之弟——茶人织田有乐的茶室春草庐移建于此。如今作为一般公园开放,每天游人如织。

"等会儿看看。"

雪子叠着自己的大衣,说罢站起身子。

"大海真漂亮啊。轮船掌灯了。"

"是美国军舰。"

"美国军舰进入热海了?"

菊治也站了起来。

"是小军舰。"

"有五艘哩。"

军舰中央挂着红灯。

热海的街灯被小小的地岬遮挡了,只能看到锦之浦一带。

伙计打了个招呼,便和沏茶的女佣一同离开了。

他们两个悠然地望着夜间的海面,又回到火钵旁边。

"好可怜啊。"

雪子把手提包拉到身旁,取出一朵玫瑰花,将压挤的花瓣儿舒展开来。

离开东京站时,雪子觉得抱着花束上车有些难为情,随手交给送行的人,这是当时人家又还回来的一朵。

雪子把花放在桌子上,看到桌面放着寄存贵重物品的纸袋,问道:

"要存什么吗?"

"贵重品……?"

菊治伸手拿起玫瑰。

"玫瑰?"

雪子望着菊治。

"不,我的贵重品很大,纸袋哪能盛得下。再说,也不能交给别人保管。"

"为什么……?"

说罢,她似乎马上意识到了,接着说:

"我的也不能寄存。"

"在哪儿?"

"这儿……"

雪子大概不好意思指着菊治,只能望着自己的胸口,也不抬头。

对面茶室传来锅里的水沸腾的声音。

"要看看茶室吗?"

雪子点点头。

"我不想看。"

"人家特意准备了……"

雪子从茶道口①进去,按照茶道程序,参观了壁龛。菊治呆立在踏入叠②上。一个劲儿发牢骚:

"说什么特意,这里的布置还不是遵照栗本的意图吗?"

雪子回头看看,走到炉前坐下来。这里是点茶人的席位,她双膝朝向火炉,静静地安坐着,随时等菊治再说些什么。

菊治也双膝靠近炉前坐了下来。

"我本不想再提这件事的,在旅馆门口听到说起栗本,我大吃一惊。我的罪孽和悔恨全都缠绕在那个女人身上……"

雪子似乎点了点头。

"栗本现在还常到你家里去吗?"

"打从去年夏天惹怒父亲,她很长时间没来了……"

"去年夏天……? 那时栗本对我说,雪子小姐已经结婚了。"

"哎呀。"

雪子似乎想起来了:

---

① 茶道口:茶室主人的出入口。
② 踏入叠:位于茶室茶道口前的铺席。

"准是那个时候。师傅当时前来商谈另外人家的事……父亲大发雷霆,说只能听一个媒人提一户人家的亲。如果前一户人家不成,就来再提另外人家,我家女儿绝不应承。不要再愚弄我们了! 后来,我非常感激父亲。我能嫁到三谷家里,父亲的一番话起了很大作用。"

菊治默不作声。

"那时师傅也还不罢休,她说,三谷少爷像着了魔,而且还谈起太田夫人的事。真叫人扫兴,越听越令人浑身发抖。听了这种可厌的事,怎么会一个劲儿抖个不停呢? 后来想想我才弄明白,那是我一心一意想嫁到三谷家里的缘故。可当时,我在父亲和师傅面前不住打哆嗦,真叫人难为情啊! 父亲似乎瞧了瞧我的脸色,对她说:'冷水热水都好喝,唯独温吞水不好喝。女儿在你的介绍下,得以会见三谷君,我想她自会有判断的。'经这么一说,才将师傅打发走了。"

烧热水的人似乎来了,传来向浴池里放水的声响。

"这件事虽说使我很痛苦,但我最后自行做出了判断,所以师傅的事无须在意,即便坐在这里点茶,我也很平静。"

雪子仰起脸来,眼里映射着微小的电灯,看到她那绯红的面颊和口唇闪耀着光亮,菊治不由感到一股绵绵情意。本是一团美丽的火焰,一旦接触,浑身渗透着不可思议的温馨。

"记得那时雪子你系着旱菖蒲的腰带,当是去年五月光景。你到我家的茶室来,那时我以为,你永远都是彼岸伊人。"

"因为您当时看样子显得很痛苦。"

雪子说罢,微微闪露着笑容。

"您还记得旱菖蒲腰带? 那旱菖蒲腰带也打进行李了,应该在家里。"

雪子对自己对菊治都使用"痛苦"这个词儿,但雪子痛苦之时,正是菊治到处寻找文子之际。菊治曾经出乎意料地收到文子从九州竹田町寄来的长信,菊治也曾去过竹田一趟。打那之后到现在一年半,依然不知道文子的下落。

文子给菊治的信,劝说菊治忘掉母亲与自己,同稻村雪子结婚,绵绵深情,也是向菊治作别。永远的彼岸伊人,雪子和文子似乎调换了位置。

永远的彼岸伊人,这个世上或许是不存在的。菊治至今还在想,这个词儿是不能滥用的。

二

回到八铺席房间,桌上放着相册,菊治打开来看。

"啊,原来是这所茶室的照片。还以为是蜜月旅行的新婚夫妇们的影集呢,真是有点儿令人吃惊。"

说完,他向雪子那里望去。

相册的开头,贴着茶室由来的说明。——这所寒月庵①,本是往昔江户十人众②河村迁叟③的茶室,后来迁移到横滨三溪园,在那里遭到空袭,屋顶被炸穿,墙壁坍塌,户牖和隔扇四处飞散,地板破败不堪,一派惨象,任其孤立腐朽。据说最近才搬到这家旅馆的庭园里来。因为是温泉旅馆,新设了浴场。此外,皆按原来布局,尽量利用古木旧材。战争结束时节,或许因燃料不足,附近的人们把废弃的茶室的木材当柴烧了吧,房柱等物上还保留着砍刀的印痕。

---

①　寒月庵:未详。或作者依据织田有乐之春草庐所虚构的茶室。
②　江户十人众:选出住在江户的十位富豪,管理幕府财政。外地巨贾,即使在江户设有商店亦不可在其列。
③　河村迁叟:即河村瑞贤(1618—1699),江户前期商人。伊势人,或作瑞轩。入江户,成为材木巨商。

"说是大石内藏助①游历过这座茶庵……?"

雪子边读边说。

这是因为迁叟时常出入于赤穗藩②门下。还有,迁叟保有的名为"残月"的荞麦茶碗③,作为"河村荞麦"传承下来,人们便把薄绿釉和薄黄色彩相互出现的景色,铭记为"晓空残月"。

有几张在三溪园遭空袭后茶室的照片,其余是自搬迁后茶室开始修葺至举办落成典礼茶会的照片。这些照片都按顺序排列下来。

要是大石良雄来过此处,那么这座寒月庵建成,最晚也得在元禄年代。

菊治环顾室内,这里几乎都是新木料。

"刚才那座茶室的房柱像是原来的。"

两人待在三铺席房间的时候,女佣来关挡雨窗,茶室的照片或许就是那时放置的。

雪子久久翻阅着相册,说道:

"不换衣服吗?"

"你呢?"

"我是和服,就这样行。趁着您入浴,我会把人家送的点心拿出来摆在这儿。"

浴室散发着新木的芳香。从浴池、冲洗间、墙壁到天花板,木板颜色柔和,呈现美丽的纹理。

女佣顺着长长的通道走下来,听到她的说话声了。

菊治从浴场回来,雪子不在了。

八铺席的茶室,收起被褥,桌子也挪到一边去。女佣干活的当

---

① 大石内藏助:即大石良雄(1659—1703),赤穗义士事件中的领导者,率领众浪人杀死仇敌吉良,为主报仇雪恨。

② 赤穗藩:江户时代,领有播磨国(今日本兵库县)赤穗地方的藩伐。

③ 荞麦茶碗:朝鲜茶碗之一种。基底色似荞麦,故名。

儿,雪子或许躲到刚才那间三铺席的房间去了。

"炉火就那样可以了吧?"对面传来她的声音。

"可以了。"

菊治回答完,雪子立即走回来。好像别处没有值得看的,她看看菊治:

"轻松了吧?"

"这个……?"

菊治换上旅馆的袍服,套上夹袄,他瞧着自己的模样儿。

"去洗吧,泉水好舒服呢。"

"嗯。"

雪子朝着右首的三铺席走去,好像从旅行包拿出了什么。她又打开八铺席的障子门坐下来,身后廊下放着化妆盒,她默默双手着地,涨红了脸孔,对着菊治鞠了一躬。接着,她脱去戒指,放在镜台上出去了。

雪子出乎意料的礼仪,使得菊治几乎要"啊"了一声。他觉得雪子好可爱。

菊治站起来,瞧着雪子的戒指。结婚戒指原样放在那里,他拿起那枚墨西哥蛋白石回到火钵旁边。他对着电灯光照了照,宝石里面散射着红、黄、绿的小亮点儿,熠熠生辉,时动时灭,时而光耀夺目。透明的宝石内部闪动着摇曳的火焰,紧紧吸引着菊治。

雪子出了浴场,进入右首三铺席房间。

八铺席茶室的左侧,隔着狭长的走廊,有两间分别为三铺席和四铺半席的茶室。右侧也有一间三铺席茶室,这右首的三铺席,是女佣存放两人旅行包的地方。

雪子在那里已经待了好久,看来是在折叠和服。

"这里能敞开些吗? 好怕人哩。"

雪子站起身走过来,将菊治所在的八铺席和三铺席的障子门,各打开一尺多宽的空当儿。

菊治也注意到了，只有他们俩住在距离堂屋八九米远的厢房内，雪子望着透着灯光的地方。

"那里也是茶室吗?"

"是的。那或许是圆炉①,木板上嵌着圆形铁皮炉子……"

随着一声回答,菊治同时透过障子门一端,只见雪子折叠的内衣的裙裾在闪动。

"千鸟②……"

"是的。千鸟是冬季的鸟,所以把它染在衣服上了。"

"是波千鸟啊。"

"波千鸟……? 确实是波上的千鸟。"

"叫夕波千鸟吧。和歌里写着:'夕波千鸟漫长鸣'③……"

"夕波千鸟……? 波中千鸟戏水的花纹,叫作波千鸟吗?"

雪子不慌不忙地说着,千鸟裙裾一下子叠好了,消隐了。

三

抑或是旅馆上空传来的火车的汽笛声,蓦地惊醒了菊治的梦境。

较之刚刚天黑,车轮的轰鸣听起来很近,汽笛高扬,知道依然是深夜。

那声音并非大到把人惊醒的程度,但到底还是被惊醒过来。奇怪的倒是菊治自己怎么会睡着了呢?

他比雪子及早酣然入梦。

---

① 圆炉:寺院客厅常见的铁质圆形火炉,正式茶室不用。

② 千鸟:指鸻科鸟类。

③ 《万叶集》(卷三)第一歌人柿本人麻吕的歌:"淡海之海夕波涌,千鸟戏水漫长鸣。心中渐生,思古幽情。"

然而，菊治听到雪子沉静的鼻息，这才安下心来。

雪子也是因为婚礼前后几天太累，睡着了吧。菊治一旦临近婚礼，因动摇和悔恨，每晚都睡不着觉。雪子也无疑为一些事经历过同样的失眠。

雪子睡在身旁这种事儿，似乎是不可能的，然而，雪子平时的馨香就在这里。

那是什么香水？雪子的体香，雪子的气息，还有雪子的戒指和千鸟戏水的衣纹……菊治将这些似乎都能看成是自己之物。此种亲密之情，纵然于夜阑梦醒后充满不安的睡眠里也没有消失。这是初次体验到的感情。

但是，菊治没有勇气打开电灯看看雪子，他拿起枕畔的钟表走进洗手间。

"五点多了？"

对于太田夫人和女儿文子来说自然而无阻碍的事情，为何在雪子身上，菊治就会感到可怖而异常呢？是良心上的抵触，还是对雪子的卑怯心理，或是太田夫人和文子征服了菊治呢？

照栗本的说法，太田夫人是魔性女子。就连千佳子今晚预订的房间，对于菊治也是稍稍带有可怕意味的圈套。

菊治怀疑雪子身穿平素不大上身的和服前来，也是出于千佳子的旨意。就寝前，他若无其事地问道：

"旅行为何不穿西装呢？"

"也只是今天，听说穿西装有点儿叫人扫兴。头两次会面也都是在茶室里穿和服。"

他没有问是谁说的，菊治再次思忖，雪子穿千鸟图案的衣服来蜜月旅行，也是千佳子让她印染的吧？

"刚才提到的夕波千鸟的和歌，我很喜欢。"

菊治随口应付过去了。

"什么和歌……?"

菊治迅速念叨一声:是人麻吕的和歌。

他用温柔的手抚摸一下新娘子的后背。

"啊,真难得。"

他不由说道。菊治担心雪子受到惊吓,尽量对她表示一下温存。

清早五时醒来,菊治于不安与焦虑之中,依然强烈感到雪子对自己很是难得。菊治感到,单凭雪子宁静的呼吸和幽微的体香,就能使他获得甜蜜而温馨的赦免。这虽然是个人的自我陶醉,然而,只有女人的恩惠才会给予极恶的罪人以宽宥。一时的感伤也罢,麻痹也罢,总是来自异性的救赎。

菊治觉得,纵然明日就同雪子别离,自己一生也感戴不尽。

不安和焦虑一旦有所缓和,菊治随即感到满心寂寥。雪子或许也在为不安和决心而害怕吧?菊治想将她摇醒再度拥抱她,但他终于没能这么做。

涛声时时传来,看样子天亮前再也睡不着了。但菊治还是睡了一会儿,醒来后,明丽的朝阳照在障子门上。雪子不在了。

莫不是逃回家了?菊治猛然一惊。已经九点多了。

打开障子门一看,雪子坐在草地上了。她双手抱膝,眺望大海。

"我睡着了,你什么时候起床的?"

"七点左右。伙计前来烧水,把我吵醒了。"

雪子回过头来,涨红了脸庞。今朝她换穿了西装,胸前插着昨夜的红玫瑰。菊治随即舒了口气。

"那玫瑰倒是没有枯萎呢。"

"昨晚入浴时,我插在洗手间的杯子里了,您没看到吗?"

"我没看到。"菊治回答,"你已经洗过澡了?"

"嗯。刚才起床后,感到有些坐立不安。只好轻轻打开防雨门,来这里一看,只见美国军舰正在驶回去。黄昏前来游乐,一大早回归。"

"开着军舰来游乐,真是怪事。"

"听这里的造园人说的。"

菊治打电话告诉账房已经起床,他洗罢澡就来到草地上。气候和暖,不像是十二月半。他吃过早饭,坐在走廊里晒太阳。

大海闪耀着银白的光芒,看着看着,向阳的地方随时间而移动。从伊豆山朝热海方向,小小地岬般的隆起部分重重叠叠。山脚处奔涌而来的波浪,闪光之处也在不停变化。

"天空明亮,似乎星星在闪光。就是那下面的海水,瞧,那里。"雪子说罢,伸手指着那边,"像是蓝宝石上的星光……。"

星星闪闪烁烁,发出团团光亮,映照在眼下的海面上,随处浮泛着点点光明。因为很近,波光之间保持着距离,而远海明镜般的闪亮,抑或就是这些星光的集合。凝神远望,远方的光群也在跳跃不息。

茶室前边的草地狭小,再向下,可以看到草地一端已经泛绿的夏橘的枝条。这里到海边有一段缓缓的斜坡,海岸边生长着一排排松树。

"昨夜仔细观察了戒指上的宝石,实在美丽……"

"毕竟是宝石嘛。那波光就像蓝宝石或红宝石上的星光,而最像'钻石'的光亮。"

雪子朝自己的戒指瞥了一眼,又遥望着海水的闪光。

这番景色很符合关于宝石的话题,他们二人或许也有这样的时间。但有些事不允许菊治沉浸于幸福之中。

卖掉父亲的房子,虽说可以带着雪子回到简陋的家中,但提起那里的新家,菊治依然不能算是真正结婚。还有,一旦互相回忆起往昔,菊治如若有意抛开太田夫人、文子和栗本,那只能是谎言。两人似乎都无法提及未来和过去,就连当下的话题,菊治也碍难开口。

雪子在想些什么呢?她那阳光映照下的无拘无束的面颜,抑或在给菊治以关爱吧。要是这样,新婚之夜,她也应该能体验到菊治的温情。

菊治心中不安,他想走动一下。

他们预计在这家旅馆住两个晚上,中午到热海饭店吃午饭。餐厅窗户下边,叶片破败的芭蕉悄然而立,对面是一簇苏铁。

"小时候,我曾经随父亲来这里过年,苏铁和那时一样。"

雪子环顾一下这座面对大海的庭园。

"我父亲经常来这里,如果当时我也常跟着他来。说不定能见到小时的雪子呢。"

"什么呀,才不会呢。"

"幼年相逢,不是很有趣吗?"

"要是小时候见过面,也许我不会结婚的。"

"为什么?"

"小时候,我好像很聪明。"

菊治笑了。

"父亲经常这么说呢。他说:'你小时很聪明,渐渐变笨了。'"

雪子姐弟兄妹四人,父亲该如何疼爱雪子,期待她的成长啊。从雪子的这番话里,菊治可以想象得到。看到她那炯炯有神的聪慧的双眼,幼时雪子的面容如今宛在。

四

从热海饭店回来,雪子给母亲挂电话。没什么可说的。

"母亲很担心,问'你们怎么啦?',您能来说几句吗?"

"不,请代我问好吧。"

菊治立即婉拒了。

"是吗？"

雪子回头看看菊治。

"妈妈问您好呢，叫您多保重……"

电话就在房间里，菊治一开始就知道，雪子不会背着自己诉说什么的。

然而，菊治闹不明白，是女人家的直观感受使得新娘子想到要给娘家挂电话，免得有些事让母亲担心呢；还是新婚旅行第二天新娘子给娘家挂电话，将会使得那位丈母娘感到惊恐不安呢？不过他又想，假若因被丈夫初夺处女柔情而感到羞愧难当，雪子也许不会打这个电话了。

四时过后，驶来三艘美国小型军舰。网代地区远方的天空，稀薄的云层也化作烟雾，在春日夕暮般迷蒙的海面上缓缓浮动。即便运送来的是饥渴的情欲，看起来也像是平静的船舶的模型。

"军舰又来游乐了。"

"今早我起床时，昨夜的军舰刚刚回去。"雪子说。

"因为无事可做，可以远远地为他们送行。"

"我起来之前，你等了我两个多小时？"

"我觉得时间还要更长些。待在这里似乎感觉不可思议，但我喜欢。等您起床后，我想着有好多事跟您说……"

"什么事？"

"东拉西扯呗……"

驶来的军舰上，明朗的天空下，却已经灯火辉煌。

"在您看来，我为什么要结婚呢？要是能听听您的看法，那将是很高兴的事。我也想说说这些话。"

"哦，我哪里会有什么看法呢。"

"话虽如此，要是能猜测一下这女子为何来到自己身旁，不是很有趣的事吗？我喜欢听听，比如，您为何把我看作永远的彼岸伊人什么的……"

"去年,你来我家茶室时,也是搽的现在这种香水吧?"

"嗯。"

"那天,我也是把你当作永远的彼岸伊人哩。"

"天哪!这香水很招人厌吗?"

"那倒不是,是这香水让我觉得第二天雪子小姐的香味还会留在茶室内,引得我很想去看看……"

雪子惊讶地望着菊治。

"就是说,我曾想着我必须断念,因为雪子小姐就是永远的彼岸伊人。"

"您这么说令我很悲伤。那是为了别的人的缘故……这我清楚。不过,眼下我只想听您说说为我所做的事。"

"那是一种憧憬。"

"憧憬……?"

"不是吗,或许就是断念和憧憬两方面吧。"

"您说是憧憬,使我很感惊讶。不过,即便是我,也曾试行过断念,那也许就是憧憬过吧。但是,断念也好,憧憬也好,我脑子里未曾浮现这些词儿。"

"或许憧憬这个词儿,是罪人的语言吧……"

"您又在说别人的事了。"

"不,不是的。"

"好了,我也想过,即便有了太太的人,我也许会喜欢上的。"雪子说着,双眼炯炯有神,"不过,憧憬什么的,太可怕了。您不会再提了吧?"

"是啊,昨晚雪子小姐的体香,仿佛也属于了我,真是不可思议……"

"……"

"但是,憧憬消失不掉了。"

"您会很快失望的。"

"绝对不会失望的。"

菊治一口咬定下来,他对雪子怀着深深的感谢之情。

"我也绝对不会失望。我发誓!"

雪子也突然毫不示弱地给以积极的回应。

不过,五六个小时之后,雪子不还是失望了吗?雪子并不了解那种失望,或者说只停留于疑惑之中。即便如此,不是也使菊治对自己产生严冷的失望吗?

菊治不光为此而感到害怕,他从昨夜开始很晚才睡,不停地谈论着。雪子也从昨晚开始,温存地陪侍着他。雪子举止轻柔,她总是适时地为菊治沏上一杯绿茶。

菊治在浴场刮完胡子出来,抹上护肤膏。这时,雪子也走到镜台旁边,用手指蘸了一下菊治的护肤膏,看来看去。

"平时父亲用的,都是我给他买的……"

"那么,我也用那种的吧。"

"还是不一样为好。"

接着,雪子将今晚的睡衣拿过来放在膝头,照样行了礼,然后走向浴室。

"晚安。"

她双手扶地,再次轻轻地行礼。她用手挽住衣裾,十分熟练地滑入自己的床铺。他那少女般爽利而洁净的举止,菊治看了激动不已。

然而,不久一旦沉入黑暗的内里,菊治闭上颤抖的双眼的当儿,不由回忆起文子那种毫无抵抗而只有纯洁本身的抵抗的感觉。卑劣而污浊的殊死的挣扎。他妄想着践踏了文子的纯洁,又仗恃这种妄想打算辱弄雪子的纯洁。这虽然是用心不良的毒药,可是雪子清洁的作为,尽管可以缓解菊治的痛苦,但依然引起菊治对文子的回忆。

此外,对于文子的回忆,又激荡起太田夫人这个女人的波澜,菊治想止住也无法止住。魔性的诅咒,人性的自然,不论哪一方也好,夫人已经死去,文子已经消失,而且,两人只有爱,没有恨,那么,如今折磨菊治使他震颤不安的,究竟是什么呢?

对于太田夫人这个女人的波澜而麻痹无知,他为之感到后悔。但如今,反而他自身的某些东西也麻痹无感了。菊治有些害怕了。

雪子的头发扫着枕头,沙沙作响。

"给我讲点儿什么吧。"

菊治听了,心中一惊。

或许是罪犯的双手猝然抱住圣洁的处女,菊治眼里立即涌出热泪。

雪子将脸孔轻柔地贴近菊治的胸脯,好大一会儿,她嘤嘤啼哭起来。

菊治压低颤抖的嗓音问道:

"怎么……你伤心了?"

"不。"

雪子摇摇头。

"以前我就只喜欢三谷少爷,打从昨天起,我越来越喜欢您了,所以就哭了。"

菊治伸手摸着雪子的下巴颏儿,将嘴唇凑过去。他也不再强忍自己的泪水了。对太田夫人和文子的一番幻想瞬间消泯了。

他想和纯洁的新娘子一起度过几天清净的日子,为什么就不行呢?

五

第三日同样是一派暖洋洋的海面,雪子先起来,梳洗打扮一番。

今早，雪子从女佣那里听说，昨晚有六对新婚夫妇游客，入住这家旅馆。但是茶室远在山下大海这一方，听不到喧闹的人声。小提琴伴奏的歌唱也传不到这里来。

不知太阳发生了怎样的变化，直到下午都不见波面上星星般的闪光。然而，昨天是有星光的。就在下边的海面，七艘渔船出发了。先头的一艘发出蓬蓬蒸汽，拖曳着后头的六艘。那六艘由大到小，井然有序地排成一列。

"是一个家庭啊。"

菊治微笑了。

旅馆送给他们的礼物是两双鸳鸯筷儿，包裹在绘有仙鹤图案的桃红日本纸里。

菊治忽然想起来了，问道：

"那枚绘有千羽鹤的包袱皮儿带来了没有？"

"没有，全都换了新的，换得我都不好意思了。"

雪子飞红了脸蛋儿，连那线条直达眼角的美丽的双眼皮都涨红了。

"发型也不一样了。不过，收到的贺礼上，也有绘着仙鹤图案的呢。"

三点钟前，他们驱车前往川奈。

网代海港，驶进来众多渔船。也有涂着白漆的船舶。

雪子回头望着热海方向。

"海水变成红珍珠的颜色，色彩很相像。"

"红珍珠？"

"嗯。耳环和项链都是绯红色，拿出来给您瞧瞧吧。"

"回旅馆再说。"

热海一带山峦的襞褶阴影变浓了。

遇到一个汉子蹬着柴车疾驰而来，上头坐着他的妻子。

"我也很想像他那样生活。"雪子说。

菊治心中痒抓抓的,他想,雪子或许也觉得找到了意中人,不论日子过得如何,心甘情愿同他过一辈子。

他们看见海岸松林间,一群小鸟飞走了。小鸟飞得几乎和汽车一样快,汽车稍微快一些。

雪子发现,今早从伊豆山旅馆下面驶出的七艘拖船,原来都抵达这里了。从大船到小船,依然如亲密的家人一般,并然有序地打海岸附近驶过。

"好像专来会见我们的。"

雪子的温情也通达这列船舶之上,她眼下的喜悦也温暖了菊治的内心,或许这是他一生中最幸福的日子。

去年自夏至秋,菊治一直寻找文子的下落。就在他既感到疲劳不堪又沉迷不醒的时候,雪子突然独自来访了。菊治犹如黑暗中的活物见到太阳。雪子虽然觉得自己的到来令菊治目夺神摇,又有几分惊怪难解,她本人也有所约束,但自那以后就常来常往了。

不久,菊治接到雪子父亲的信。大意是:你似乎在同我家女儿交朋友,不知道你是否愿意同她结婚。这亲事早先已经由栗本千佳子牵过一次线了,而且我和内人也希望女儿能嫁到当初一开始就称心如意的人家。这封信可以理解为做父母的担心他们两人的交往,或者说对菊治有所警惕,同时又是父母替女儿传达她的意思。

自那至今,整整一年了。那时菊治既等待文子又希望得到雪子,他一直在两种心情中徘徊不定。然而,每当他想起太田夫人,寻找文子而感到追悔莫及时,菊治头脑里就描画出千只白鹤飞翔于早晨天空和夕暮天空的幻影。那就是雪子啊!

雪子为了看拖船,走近菊治身旁,再没回原来座席。

川奈旅馆的人将他们带到三楼的顶头房间。这里两侧没有墙壁,镶嵌着适于赏景的落地玻璃窗。

"海是圆的啊。"

雪子兴奋地说。

水平线描绘着和缓的圆形。

草地中央游泳池对面上来五六个身穿浅蓝色制服的女球童,她们肩上扛着高尔夫球袋。

西边玻璃窗敞亮着通往富士山的道路。

他们想到宽阔的草地上去。

"好大的风啊。"

菊治背向西风。

"风有什么关系,走吧。"

雪子强拉菊治的手。

回到房间,菊治入浴。雪子趁这时候理理头发,换件上衣,准备到餐厅用餐。

"戴着这个去吗?"

她把珍珠耳环和项链拿给菊治看。

晚饭后,在日光室待了一阵子。这是一间椭圆形伸向庭园的大房子,因为是寻常日子,只有菊治他们来。四周围着窗帘,一对盆栽的桃红山茶花开得正旺,朝向椭圆形的前方。

接着,他们来到大厅,坐在暖炉前的长椅上。大块儿的木柴在燃烧。暖炉上面放着大朵的君子兰,也是一对。早开的红梅,在长椅背后的大花瓶里展示着芳姿。高旷的天花板上,也镶嵌着英国式的木质结构,看上去落落大方。

菊治靠在皮椅上,久久望着暖炉的火焰。雪子也目不转睛地瞧着,感到双颊温热。

回到房间,厚厚的窗帷垂挂着。

房子轩敞,但没有套间,雪子只得到浴室换衣服。

菊治穿着旅馆的浴衣,坐在椅子上。雪子换上睡袍,不觉间来到他跟前。

那是一件款式自由的和服,呈现着西装式样的颜色,铁锈红的底子上,微微散落着细白的花纹,袖口宽大而浑圆,一派天真烂漫的样子。她裹着柔软的绿色缎子腰带,好似一个洋娃娃。绯红的里子,翻露着雪白的浴衣。

"好漂亮的和服啊! 是自己想出来的? 圆形短袖?"

"袖子稍微不同,是随便缝起来的。"

雪子走向化妆台。

他们睡了,只留下化妆台的电灯,保持室内光线微明。

菊治猛醒过来时,"咚"的一声巨响。风,呼啸着。庭园尽头是断崖,或许是狂涛巨澜的撞击声。

他朝雪子那边望望,雪子不在床上,她站在窗户旁边。

"怎么啦?"

菊治也起来了。

"那响声好怕人呢。海面出现桃红的火光,快来看……"

"是灯塔吧。"

"一醒过来就害怕地睡不着了。从刚才起来后就一直瞧着呢。"

"是波涛的声音。"

菊治把手搭在雪子的肩膀上。

"怎么不叫醒我呢?"

雪子的一颗心仿佛被人夺走了。

"瞧,泛着桃红的光亮。"

"是灯塔。"

"虽说也有灯塔,但比灯塔的灯更亮,而且是突然冒出来的。"

"是波涛的响声。"

"不对。"

似乎是撞击悬崖的涛声。海面上冷月弯弯,沉寂于黝黑的底子里。

菊治也望了好大一会儿,灯塔的明灭和桃红的闪光是不一样。桃红的闪光间隔较长,又没有规律。

"是大炮！我还以为是海战哩。"

"啊,那可能是美国军舰在演习。"

"是的。"

雪子也信服了。

"那响声好可怕呀。"

雪子说罢,放松了肩膀,菊治抱住她。

弯月映着夜间的海面,风在鸣叫。远方闪现桃红火焰,紧接一声巨响,菊治也有些害怕。

"深更半夜,不可一个人观望。"

菊治紧缩着臂腕,把她抱起来。雪子怯生生地搂住菊治的脖子。

一股悲戚之情袭上菊治心头,他断断续续地说:

"我呀,不是残废,不是残废。不过,我的丑陋的污点和背离道德的记忆,尚未饶恕我。"

雪子似乎昏了过去,重重依偎在菊治的怀里。

旅途的别离

一

菊治新婚旅行回来,在焚烧去年文子的信件之前,又重新看了一遍。

开往别府的"小金丸"船上。十月十九日……

您在四处寻找我吗？权当不知下落了,请原谅我。

我决心不再见您，所以我想这封信我也不会发出。即使发出，也不知会等待何时。我打算前往父亲的故乡竹田町。即便这封信能到达您手中，那时我早已不在竹田町了。

父亲也是二十年前离开家乡，我对竹田很生疏。

四方围岩壁，竹田秋水流。

竹田城门洞，出入一径通。

芒草竹田町，雪白遮门洞。

我只不过是根据与谢野宽和晶子夫妇的《久住山之歌》，还有父亲的话加以想象罢了。

我将回到我全然不知的父亲的故乡去。

久住町有个人，据说也是父亲小时候见过的，他写了如下的和歌。

故国山川美，流水传心音。

连天原野色，儿时浸染我。

我心独苦寂，群山被白云。

离情终消去，愿卿得安逸。

这些和歌也引诱我回归父亲的故乡。

心映久住山,疑近大师旁。

此身知微贱,欲问山川秀。

猝然飘零身,久住山云浓。

与谢野宽的这些和歌同样吸引我回到久住山(亦作九重山)。

虽然我在信里写下了"离情"的和歌,但我对您从未有过叛离之心。即便有叛离之心,那也是针对我自身,针对我身上境遇的。纵然如此,说是叛离,更是悲戚。

在那之后,已过去三个月,我只祝愿您"得安逸"。我不该给您写这样的信。我把给我自己写的信,以寄给您的名义写了下来。写成之后或许会投入大海,也或许是永远写不完的信。

侍者将大厅四面的窗帘诸一扎起来。大厅内除我之外,只有两对年轻的外国夫妇,他们坐在另一头。

我是独自一人旅行,买了头等舱。我不喜欢好多人在一起。头等舱两人一个房间,别府观海寺温泉旅馆的老板娘和我住在一起。听她说婆家在大阪的女儿生孩子,她照料完之后眼下正要回自己的家。

——她说在大阪时没有睡好觉,想美美睡一觉,所以决定乘船。她从餐厅回到房间不久,就上床睡了。

我们的"小金丸"离开神户港时,进来一艘名叫"苏伊士之星"的伊朗轮船,那船形好奇怪。

——"可能是客货轮。"老板娘对我说。我心想,连伊朗船也驶进来了。

随着轮船出港,神户市和背后的山峦眼见着昏暗下来。秋令天短。一到夜里,海上保安官就通过广播提醒人们注意。在船上赌博绝对赢不了,输的人也将一样受处罚……

——今日很可能有人赌博。

内行的赌徒或许都乘三等舱。

看到温泉旅馆的老板娘睡着了,我就到大厅来了。两对外国夫妇中有一位日本女子,看样子她已结婚了,外国人不是美国人,好像是欧洲人。

我突然想,倒不如嫁给外国人,远走国外岂不更好。

——想哪儿去了? 我被自己的想法吓得不由出了声。就算现在乘船漂泊,结婚也是我难以想象的事。

那个日本女子看来出自有教养的家庭,她极力模仿西洋人的表情和做派。尽管这种品性不算坏,但在我看来似乎过于扭捏作态了。或许想到自己是同洋人结婚,心中不绝的自豪感促使身子这么做的吧。

可我真弄不懂,这三个月里有什么事使我心动了呢? 想起在那座茶室前的净手盆处打碎志野筒形茶碗,真是羞惭难当,差点儿没缓过气来啊!

——我说,还有更好的志野茶碗。那时,我确实是这么想的。

志野水罐作为母亲的遗物送给了您,看到您高兴地接受下来,所以无意之中也想把筒形茶碗一道送给您。后来想想还有更好的志野茶碗,便感到坐立不安。

——您曾说过:"要是这样,那送人都要送最好的东西。"我相信这句话,当那个"人"只限于菊治少爷时。因为我只有一个念头,就是使母亲更完美。

除了认为母亲美以外,对于死去的母亲和被撇下的我来说,那时候再也没有任何获得救赎的方法了。在我那颗紧张而着魔似的心灵里,我将那不太好的筒形茶碗作为母亲的信物送给了您,实在后悔莫及。

　　三个月过去了,如今,我的心情也不一样了。我不知道是美梦破灭了,还是噩梦清醒了。反正在打毁那只志野茶碗的时候,母亲和我就同您一切无缘了。尽管打毁志野茶碗令我羞愧难当,但或许这样做也未尝不可。

　　——当时我说,那只茶碗口浸染着母亲的口红……只是出于一种疯狂的执着。

　　随之而来的,我有一种可怕的记忆。还是父亲活着的时候,栗本师傅来到我家,父亲拿出一只黑乐茶碗给她看,记不清了,好像叫长次郎①。

　　——"啊呀,都长霉啦……看来没有保管好,用过后就那么放着不管了,对吗?"师傅皱起眉头说。茶碗表面渗满一层腐烂旱菖蒲颜色似的霉斑。

　　——"即便用热水也洗不掉。"

　　她把湿漉漉的茶碗放在膝盖上,仔细瞧了瞧。猛然将手指插进头发里挠了几下,用那只油手顺着茶碗擦磨一圈儿,霉斑消失了。

　　——"啊,好啦,请看。"师傅得意起来。但父亲没有伸手。

　　——"怎么用这么脏的方法啊,我不喜欢,太恶心人了。"

　　——"我去洗洗干净。"

　　——"不管怎么擦,我都不喜欢,也不想用这茶碗喝茶。你要是想要就送给你。"

　　小小的我坐在父亲身边,还记得当时我也感到很恶心。

　　听说师傅后来将那只茶碗卖掉了。

　　女人的口红浸染在茶碗口上,也和这一样令人感到不快。

　　请忘掉母亲和我,同稻村雪子小姐结婚吧……

---

　　①　据传,乐烧的创始者为陶工长次郎(？—1589),乐烧本家乐家之祖。

二

别府观海寺温泉,十月二十日……

要是从别府乘坐中途经由大分的火车,去竹田就快些。但我想"就近"观赏九重群峰,特地选择了这样一条路线:翻越别府背后的由布岳山麓,从由布院乘火车到丰后中村,然后从那里进入饭田高原,再翻过南面的山峰,由久住町前往竹田。

虽说竹田是父亲的故乡,对我却是个未知的城镇。今日,父母已不在世,真不知是否还有人会怎样迎接我。

——"我感到,这座城镇是我心灵的故乡。"父亲说。或许正像与谢野夫妇和歌中唱到的,是个"四方围岩壁,出入钻洞门"的地方。

要是母亲,她会详细对我说明白的。据说在我出生之前,母亲曾经被父亲带着去过一次。

我原谅您父亲和我母亲的时候,就像是背叛了我的父亲。这座城镇即便是父亲故里,对我却是异地他乡,那么,它为何会吸引我前往呢?是因为这座既是故土同时又是异乡的城镇,为今日的我所眷恋吗?难道我总想着父亲故乡的城镇,有着母亲与我赎罪的清泉吗?

归来拜父后,前行望家山。

此歌亦见于《久住山之歌》。

我以为,当我原谅您父亲和我母亲的时候,实际也就孕育着后来母亲和我的罪过。这件事或许就像咒语一般紧紧套住您,折磨您吧?不过,任何罪您和诅咒都有限度,自我打碎志野茶碗那天起,这一罪您就已经了结了。

我只爱过两个人,母亲和您。我说我爱过您,您或许感到惊讶,我自己也很不理解。但我认为,要是隐瞒不说,反而不能"愿卿求安逸"。我并不因为您对我所做的一切责怪您,怨恨您。我只是想,我的爱获得了最强烈的报应,受到了最严酷的惩罚。我的两种爱走到了可以走到的尽头,一是死,一是罪。这难道就是我这个女人命中所定吗?母亲用死做出清算,我负罪而遁走。

——"啊,我真想死。"这似乎是母亲的口头禅。

——"你想叫我死吗?"当我阻止她去会您的时候,她就这样威胁我。自从在圆觉寺的茶会上见到您之后,母亲就一心想自杀。从我打碎志野茶碗那天起,我也明白了。虽然母亲去会您成为她自杀的根源,但母亲还是一个劲儿想去见您,这种心情让她好歹还是活了下来。可我阻止了母亲,是我逼她死的。自打碎志野茶碗那天起,我也一天到晚想自杀了。所以,我更加了解母亲了。如果母亲不死,我想我会死的。是母亲的死阻止了我的死,那时,我在石头净手盆上打毁志野茶碗,只觉得神志恍惚,差点儿倒在石头上,是您一把扶住了我。

——"妈妈!"我喊叫一声,您是否听到了呢?要么就是没有叫出声来。

您叫我不要回去,您说要送送我,我只是摇头。

——"我再也不见您了。"说着,我逃了回来。我出了一身冷汗,真心想死。我并不怨您,而是觉得我自己已经穷途末路,再也没有前途了。我的死连着母亲的死,似乎是必然的事。如果说母亲是因为忍受不住自己的丑行而死,我也同样打算如此。不过,有时也想到,悔恨的火焰中盛开着莲华花。正因为我爱过您,所以不管您对我做些什么,都不该说是丑行。我就像夏蛾扑火,母亲因自认丑行而死,而我却想要认为母亲很美丽,或许我在那梦中失去了自己。

然而,我和母亲不同。母亲见了您一次,心情就平静不下来,老想同您见面;而我只见您一次,梦就碎了。我的爱是开始,也是终结。与其说感情被压抑,止步于原地;毋宁说被撞击,被抛撒。

——"啊,不行。"我想。母亲死了,我也完了。您若能和雪子小姐结婚,那就太好了。那样,我也获得了救赎。

——您越是寻找我,追踪我,我就越有可能自杀。这话听起来也许太自私了,但正如我一往情深地想要认为母亲是美丽的,我一心想将我们从菊治少爷身边彻底抹消。

栗本师傅说,是我和母亲妨碍了菊治少爷结婚。我清醒后自己也很明白这一点。师傅还说,自打菊治少爷同母亲见面之后,您的性格完全变了。

打碎志野茶碗那天晚上,我一直哭到天亮。我到朋友家,邀她一起去旅行。

——"你怎么啦? 眼泡都哭肿了……你母亲去世时,你也没有哭成这样,不是吗?"朋友惊讶地说。她陪我一同去箱根旅行。

其实,比起那时候,还有母亲去世的时候,更令我悲伤的是幼年时代的一件事。栗本师傅到我家来辱骂母亲,要她和您父亲分手。我躲在里头一听,哭了起来。母亲抱起我来到师傅面前,我很不情愿。

——"妈妈正受到人家的欺侮,你在背后哭闹,叫妈妈怎么受得了呢? 让妈妈抱抱吧。"

母亲说道。我也没有仔细瞧瞧师傅,便坐上母亲的膝盖,将脸藏在母亲怀里。

——"嗬,连孩子都派上角儿了。"师傅发出一声冷笑。

——"你很聪明,三谷伯伯他来干什么,你一定很清楚吧?"

——"不知道,我不知道。"我连连摇头。

——"你不会不知道。那位伯伯,他明明是有夫人的呀,都怪你妈不好,那位伯伯还有个比你还大的孩子呢,连那孩子都恨你妈。你妈的事要是给学校老师和同学知道了,你会觉得很丢脸吧?"

——"孩子是无辜的。"妈妈说。

——"孩子既然是无辜的,那就让她成长得更加无辜些,怎么样……? 一个无辜的孩子,真亏能哭得这么动人!"

当时我十一二岁。

——"你没有为孩子干什么好事,她好可怜……你打算让孩子在阴影里长大成人吗……?"

当时,我只感到一种撕心裂肺的悲伤,比起母亲的死以及同您分手还要痛苦。

到达别府已是中午,乘汽车围绕地狱汤泉区①转了一圈儿。所幸,借助同船室友的关系,住进了观海寺温泉。

今天早晨在伊予滩海面航行,风平浪静。太阳照进在船室的窗户,日光下脱去上衣,只穿一件衬衫还是汗津津的。轮船进入别府港,连绵的群山从左首的高崎山向右环抱着城区,好似一湾既大且圆的海浪。我想,在具有装饰风格的以波涛为题材的日本绘画中,是有这样的海浪的。观海寺温泉位于后山山脚下,从浴场可以一眼看到城镇和海港。我很惊讶,竟然有如此高旷而明亮的温泉场! 围绕地狱汤泉去绕一周,车票一百日元,游览费一百日元,十五六所地狱温泉中,多数为私人经营,有名为"地狱工会"的工会组织。汽车走一圈儿两个半小时。

地狱之中,有血池地狱和海地狱,其水色妖艳而又神秘,简直无可形容。血池地狱犹如从底部喷出血来,消融于透明的热水池里。血色鲜丽,池子里不断腾起滚滚蒸气。海地狱,或许因池中热水呈海水之色而得名。我从未见到过如此清澈明丽、纯静淡蓝的水色。在远离城镇的山地温泉旅馆,于夜阑中想象着血池地狱和海地狱奇异的颜色,宛若梦幻世界中的一泓泉水。假如母亲和我徘徊于爱的地

---

①　地狱汤泉区:别府是温泉之乡,荒瀚的地表喷发出高热泉水和水蒸气以及其他气体,景象看似一片荒凉。谓之"地狱",取其"灼热、阴森"之意。

狱中,那里也有如此美丽的泉水吗?我恍惚置身于地狱温泉的水色之中。容我暂时写到这里吧。

三

于饭田高原筋汤,十月二十一日……

高原深处的温泉旅馆,毛衣外头裹上一件旅馆的宽袖棉袍,在依旧感到寒冷的夜气里,将肩膀倾斜于火钵上。似乎是火灾后迅速修复的旅馆,门窗咬合很差。这座筋汤旅馆位于一千多米高的山坡上,明天还要翻越一千五百米高的山峰,住进标高一千三百米的温泉旅馆,虽说在东京时已经做好了防寒准备,但和今早离开别府时,气温相差实在太大了。

明日抵九重山,后天就能到达竹田。不论是在明天的旅馆,还是在竹田町,我都会继续给您写信。然而,我最想对您说的是什么呢?我写的应该不会是旅途记事,那么,九重山和父亲的故乡,究竟会让我说出怎样的言语呢?

或许是想告别一声吧?但我很清楚,对我来说无言的告别才是至高无上的。虽然和您也没说什么话,但我觉得已经说得够多的了。

——"我请求您原谅我的母亲。"每次见面,我都代母亲向您道歉。

为了求得宽恕,初次拜访您家的时候,您就对我说过,您很早以前就知道母亲有我这么个女儿。并且,您说您曾幻想过同那位小姐谈谈您父亲的事情。

您还说,您父亲的事固然可以谈,要是能找个时候谈谈我母亲的事该多好。

但一直没有找到机会,而且永久失去了这样的机会。如果同您相会,谈起您的父亲和我的母亲的事,那么,如今我只能因悔恨和屈辱而浑身战栗。我们不能谈论父母,那样的孩子们能够相爱吗?写到这里，我流下泪来。

自打我十一二岁时受到栗本师傅那次责骂，"三谷伯伯"有个儿子这件事，就深深刻印在我心中。但我一次也没有同"三谷伯伯"谈起过那个男孩子。因为我觉得不好谈。连那男孩子有没有走向战场，我一个小女学生也不好过问。

空袭越来越厉害了。那之后，您父亲依旧时常来我家里。我常担心，一旦出事，那孩子就会和我一样，成为没有父亲的孤儿，所以我总是送您父亲一道走。细想想，那孩子已到应征的年龄，但不知怎的，我还一直把他当成一位少年。大概是那次师傅提起那孩子时引起的伤痛，深深渗透在心底的缘故。

母亲是个无用的人，我得出去买东西。在争争抢抢挤上火车的一帮人中，我发现一位美人，就挨着她身旁坐了下来。我们互相询问到哪儿去，要买什么东西，说着说着，就扯到各人的身世上来了。

——"我给人做妾。"

美人直率地对我说。

——"我也是妾的孩子。"女学生这么一说，她就大吃一惊。

——"啊呀，不过，能长这么大，真好啊。"

看来，她误解了"妾的孩子"这句话，我只是羞红了脸，没有给予纠正。

她觉得我很可爱，时常约我一道去买东西。我们俩曾经从她的故乡新潟搬运过大米。我忘不了她。

长这么大又有什么好，我再也不能同您谈谈您父亲和我母亲的事了。

听到温泉瀑布的响声。所谓"水打"，就是使几道温泉水从高处落下，人站在下边受冲击。这样可以起到疏通筋骨、减轻疼痛的作用。因而，被朴素地称作"筋汤"。旅馆里没有"内汤"，可以去宽大的公共浴池，这里位于涌盖山和黑岩山之间的深谷之内，夜间的山气会流淌下来。这里同别府的血池地狱以及海地狱的梦幻之色不一样,今日看到山间美丽的红叶。从别府背后的城岛高原所能见到的由布岳也很峻秀。从丰后中村站攀登饭田高原,途中观赏了九醉溪的红叶。沿着十三曲登上顶峰回头一看,逆光之中山阴和襞褶越发深沉,红叶之美也愈益纯厚了。从山肩照射过来的夕阳,将红叶世界打扮得分外庄严。

估计明日的高原、群山也会是好天气吧。我从遥远的山间旅馆,祝您睡个好觉。我出外旅行,三天没有做梦了。

自从打碎志野茶碗那天晚上开始,我在朋友家里住了三个月,夜夜都难以成眠。我在朋友家住得过于长久了。上野公园后面租住的房子里存有少量的行李,也由朋友帮我取来了。

也是听这位朋友说,第二天您好像到公园的家中后面找过我。即便是朋友,我也没有对她说明我从那里逃离出来的缘由。

——"那是个我不能爱的人。"当时我只能这么说。

——"但他曾爱过你吧。被一个不能爱的人所爱,这样的故事大都是谎言。女人都想编造这样的谎言,虽然我会把你的当作是真的……"朋友的意思也许是说,这个世界不存在绝对不能爱的人。她的话也许是对的。例如,假如像我母亲那样一心想死……

不过,力求使母亲的死变得美好的我,被引向了何处,这个问题我想您最清楚。纵然不是被带领,而是主动前行,但二者是否混淆不清,我就尤从判了。然而,对于自己所干的事,自己能说是混淆不清吗?还有,站在旁观的立场看别人干的事,能说是混淆不清吗?当神祇和命运对人的行为加以宽恕时,能说是混淆不清吗?

有件事写出来可能不太合适,留我寄宿的朋友,从前和一个男人犯过错。说不定正是因为这样她才帮了我。所以,她一眼就看出了我的问题。然而,她不会知道我正陷入后悔的旋涡之中。

或许,我也像母亲,有些地方显得漫不经心吧。我一旦稍稍变得快活起来,朋友就同意我单独外出旅行。

我觉得女人单独住旅馆,比起同母亲在一起,或母亲去世后一个人过日子,更显得潇洒自在。然而到了夜晚,依然会感到不安和忧愁,一种孤独感迫使我写出此种没有收件人的信简来。自那之后沉默了三个月,现在究竟还想说些什么呢?

四

于法华院温泉,十月二十二日……

今日越过一千五百四十米高的山岭,翻越诹峨守越,入住标高一千三百零三米的法华院温泉旅馆。据说这里是九州最高的山间温泉。我前往竹田町的旅程,今天就算过了最难关口。明天下山到久住町,抵达竹田。

不知是因为顶着高原的太阳走路,还是这里的硫黄气味太强烈,今晚稍稍有些疲劳。不仅是这里汤泉的硫黄,诹峨守越一侧硫黄山的烟气,也会随着风向的改变而飘流下来。听说银壳手表什么的,一天就变黑了。

——"昨天早晨五度,今天早晨四度……今夜比昨夜变得寒凉了。"旅馆的人说。不知道他们早晨几点钟看的温度计,黎明前的气温也许会下降到接近零度。

不过,我的房间在另一栋楼二层,周围林木蓊郁。窗户镶着双层防寒玻璃。棉袍厚实,火钵旺盛,比起昨夜的"筋汤"舒服多了。只是时时感觉到凛凛砭肤的山间夜气。

法华院旅馆是山间一座独立的建筑,收不到邮件和报纸。据说从旅馆到村镇大约十多公里,邻里相隔也有五六公里光景。这里距离小学也是十多公里,孩子们到了上学的年龄,就得寄宿在山下的村子里。

房东家两个孩子,哥哥六岁,妹妹四岁。或许看我是独身女子,祖母跟我攀谈了好一阵子。两个孩子也跟在身边,争相坐在祖母的膝头上。一开始,妹妹跨在祖母的膝盖上,抱得紧紧的,男孩子想把她推下来,妹妹猛然扑向哥哥,互相追逐,扭成一团。哥哥天生一双俊美的眼睛;四岁的妹妹瞪着一双硕大的眼睛,神情威严,一副不甘示弱的架势。也许是山地日光猛烈,才会有如此峻厉的目光吧。

——"附近没有一个和你家小兄妹一起玩的孩子吧?"我问。

——"得走十多公里,才能见到邻家的孩子。"

听说小女孩出生时,做哥哥的男孩子嘀咕道:

——"妈妈本来跟我睡,偏偏生了她。"未生之前,他说:

——"等生下小宝宝,我要睡在她身旁。"但是,男孩子现在跟奶奶睡在一起。冬季,旅馆不营业,或许要住到山下的村子里。但生长在山间独门独户人家的孩子们,我被他们强劲的目光慑服了。孩子们都有一副圆乎乎的可爱的脸蛋儿。

我突然意识到我是个独生女儿。

因为生下来一直就是一个人,已经习以为常,平时不再注意了。当然也不是完全想不到,不过不再加以深深思考。巴望有个哥哥或姐姐的女学生式的感伤也似乎消失了。就连母亲去世时,也未曾想过要是有个兄弟该多好,而是马上给您打了电话。让您当了掩盖母亲那种死的真相的帮凶。后来想想,这仿佛意味着母亲的死责任都在于您……假若有个哥哥,就不会那样。有哥哥在,母亲或许也不会死。至少我不会堕入那种罪孽的悲哀之中。如今想想,我为我的觉醒感到惊讶。作为独生女的我,本来决不能仰仗着您,可我对您过于依赖了。

独生女的我,一个人住在山中的一户人家里,很想呼唤一声并不存在的哥哥。不是哥哥,也可以是姐姐或弟弟,只要是兄弟姐妹就行。一心想呼唤一声没有生在这个世界上的兄弟姐妹,是很可笑的事吗?

说是独生女,您也是一个人。这一点,我以前从未想到过。您父亲到我家里来,也一概不谈自家事,根本没有说过您是独生子。一次,他对我说:

——"没有兄弟姐妹,很寂寞吧?要是有个弟弟或妹妹该多好。"

我顿时脸色苍白,差点儿不住抖动着身子。

——"可不是吗……太田临死时,也觉得撇下个女孩儿,实在太可怜啦。"

好心眼儿的母亲应和道。她看看我的表情,吓得不再出声了。

我感到憎恶和恐怖。那大约是十四五岁的时候吧,我已经清楚地知道母亲的事了。我想您父亲的意思是想生一个和我异父同母的孩子。现在想想,或许只是我的胡乱猜测。您父亲也许是想到自己有您这个独生子,想到我家只有我和母亲二人,定会觉得寂寞难耐。不过那时候,我的内心是很不平静的。假如母亲生下孩子,我决心要把那孩子害死。这种杀人的念头,或前或后都未曾有过,唯独那时藏于心中。也许真的会杀人。不知是出于憎恶、嫉妒还是愤怒,或许就是少女纯粹的战栗。那心境母亲似乎也注意到了,她说:

——"请人看过手相,说我只能有一个孩子。"

——"她是一个好孩子,能抵上十个孩子哪。"

——"那倒也是……不过,独生的孩子不善交际,只是生活在个人的小圈子里,自我封闭,不爱同别人交流。"

您父亲看我沉默寡言,才这样说的吧。我躲避着,不瞧您父亲的脸,也不说一句话。我像母亲,并不是个内心抑郁的孩子。逢到我兴高采烈的时候,您父亲一来,我就立即沉默不语了。母亲看到孩子的一番抗议,也许感到很痛苦吧。也许您父亲说的不是我,而是指的您。

但是,假如我要杀死的那个孩子生下来,又会怎么样呢?那既是我的弟或妹,也是您的弟或妹……

——"啊,真可怕!"

我翻高原,过山岭,这种病态的想法应该已经洗掉了,我理应是从"晴朗的天气中"走来的。

——"晴朗的天气。"

——"啊,晴朗的天气!"

今朝,走出"筋汤"不久,途中听到村民们如此相互打着招呼。这一带,"晴朗的天气"就是指的"好天气"。而语尾表达得很清楚。他们的问候,也使我的心一片晴朗。

实在是个晴朗的好天气。道路边连续不断的芒草或茅草的穗子,被朝阳照耀得银光透亮。柏树的红叶也一派明丽。左首山脚下的杉树林间,罩上一层深深的阴影。母亲忙着收割稻子,她在田畦上铺着草席,将身穿红色和服的婴儿放在上面坐着,身后白布袋里塞满食物,玩具也一并放在草席上。这一带天气冷得早,插秧也赶早,听说是边生火边插秧。不过,今早倒是看到草席上的孩子都坐在暖洋洋的太阳光里。我也只是换上橡皮底靴子,不需穿防寒衣物。

从"筋汤"开始有好几条登山道路,也有通往山口的近路。但我选择经由饭田邮局和学校,然后穿过高原中央,一边遥望九重群峰,一边举步向前迈进。不登高山,只是经过诹峨守越,前往法华院。因而,这是一段不太耗费足力的行程。

所谓九重,原是群山的总称,自东边数起,计有黑岳、大船山、久住山、三俣山、黑岩山、星生山、猎师岳、涌盖山、一目山和泉水山等。这些山峦的北侧一带,就是饭田高原。

尽管说是群山的北侧,涌盖山等向西蜿蜒而去,崩平山等位于高原北部。高原或为群峰包裹,或被四方山峦支撑,飘浮于空中,是一个圆形。仿佛是秀美的梦之国浮现于此。山间布满红叶,芒草花穗白浪翻滚。但我仿佛觉得高原上洋溢着一股温润的紫气。高度在千米左右,东西南北宽阔,约达八千米。

那南北亦即我要跨越的方向。一旦进入广袤的原野,一往直前,不久就看到三俣山和星生山之间,远远飘逸着硫黄山的烟雾。群山一派晴明。右首涌盖山上空,只是浮游着一缕淡淡的白云。打从离开东京时起,我就瞄准这座高原"晴朗的天气"而来,我感到很幸福。

我只知道信浓高原①,但这座饭田高原,正如许多人所说,有着浪漫蒂克的魅力。温和,明朗,令你相思千里,令你魂牵梦系。南侧群峰连绵,温润婧丽,气品高雅。轮船驶入别府港时,环抱城镇的群山所显现的圆形的波涛,固然使我心醉;在饭田高原所见到的九重峦峰,其高度令我感到意想不到的亲切而协调。这或许是分布均衡的缘故吧。久住山高约一千七百八十七余米,乃九州第一高峰。大船山一千七百八十七米,乃第二高峰。这两座高山虽然藏而不露,但三俣山和星生山分别高达一千七百四十米和一千七百六十米。一千七百米以上的山峰听说有十多座。不过,人在千米高原之上,同高度相差无几的群峰比肩而立,似乎显得山峦十分亲切。再说,这里是南国,大海不很遥远,高原之色显得明朗多姿。

来到堪称高原中心的长者原,我在松阴下休息了好长时间。长者原上散落分布着一簇簇松树,我是被草原中央的一棵松树吸引了。接着走了一会儿,又坐在松阴下,好迟才吃了盒饭。约莫两点光景吧,我环顾一下广阔的草红叶②,从我所在的位置看过去,承受阳光的地方和逆光的地方,色相产生微妙的差异,山峰的颜色也各不相同。红叶秾丽的山野,看起来简直就像彩绘玻璃。就这样,我似乎置身于大自然的天堂之中。

——"啊,真是应该来啊!"我脱口而出。我泪流满面,芒草穗子

---

① 信浓高原:位于日本长野县。
② 草红叶:泛红的草叶。

的波涛再次变得银光迷蒙。然而,这不是玷污忧伤的泪水,而是洗涤悲哀的泪水。

我想着您,为了离别,我来到高原,来到父亲的故里。每每念起您,我就为悔恨与罪您所困扰,使我无法离去。我还不能重新迈步。原谅我吧,来到遥远的高原,我更加想您了。这是为着离别的思念。我一边在草原上散步,一边眺望群山,我继续将您记在我心间。

我在松阴下一直想着您,如果这里是无盖的天堂,不就可以直接升上天空了吗?我再也不想动了。我一心只为您的幸福祈祷。

——"同雪子小姐结婚吧。"

我说着,同我心中的您作别。

虽说无法将您忘却,但今后不论以多么丑陋和污浊的心理想起您,我都会回忆起我在这座高原思念您时,已经同您告别。如今,母亲和我彻底从您身边消失了。我最后再次向您致歉。

——"请原谅我的母亲吧。"

为了从饭田高原翻越诹峨守越,似乎应该攀登三俣山脚的道路,我却选定了运输硫黄的道路。随着硫黄山越走越近,山的姿态也变得可怕起来。远远看去,硫黄的烟雾似喷火一般。广阔的山腹一带喷出硫黄,直到山脊,寸草不生,山体也被烤焦了。岩石和泥土呈现出黑幽幽的颜色,缺乏光艳的灰色和褐色有废墟之感。在左首的小山上采掘天然硫黄(喷气孔内插入圆筒,冰凌般的硫黄从筒口垂挂下来,即可进行采掘),我钻过采掘场的烟雾,越过累累裸露的岩石,到达山顶。

从山顶下山到达北千里浜,回头仰望,正在沉没于山头的太阳,透过硫黄烟雾,看似仿佛白茫茫的月中妖怪。前方,大船山优美的红叶犹如夕暮的锦绣。走下陡峭的斜坡,就是法华院温泉。

今晚写了一封很长的信,是想告诉您,我度过了分手之后清纯无垢的高原的一日。不要记挂我,早点儿歇息吧。

五

于竹田町,十月二十三日……

我来到父亲故乡的城镇。

今日傍晚,我穿过岩山洞门,进入竹田町。从法华院温泉走下久住高原,再乘汽车从久住町到达竹田,花了大约五十分钟。

住在伯父家里。这是父亲的老家,初次见到父亲出生的房屋,心情有些奇特。这里是故乡,同时又是异乡的城镇。我来到这里,看到酷似父亲的伯父,阔别十年后父亲的面影,又历历浮现在眼前。如今,我感到无家可归的我曾经有过一个家。

听说我是从别府绕过九重而来,伯父深感惊讶。一个人登高山,住温泉旅馆,好一个强梁的姑娘!我虽然很想看看高山,但要到父亲的家乡来,还是有些犹豫不定。父亲死后,母亲也和他们疏远了,再说,她的生活也使她无法同父亲的亲族见面。

——伯父说,要是从船上发个电报来,他就会到别府接我……还说他们家离别府很近。我想我是写了信的,告诉他们我要来,但信没有电报来得快。

——“弟弟死的时候是几岁?”

——“十岁。”

——“十岁吗?”伯父重复着,瞧瞧我。

——“和你母亲长得一模一样。我虽然没怎么见过你母亲,但见到你就能想起她来。不过,你有些地方也会像弟弟,那耳轮,看来像太田家的。”

——“见到伯父,就想起父亲。”

——“是吗?”

——“我也要工作了。一旦上班,就没时间出外旅行了,所以想在那之前来看看您……”

我已然孤身一人，但我不想让伯父认为我是为商量自己的生活境遇而来。我也没有向伯父索求什么。伯父也没有来吊唁母亲。从九州出发，赶不上参加葬礼，再说，当时母亲实行的是限于自家范围的"密葬"……

我只是想和与母亲有过联系的您告别，才特地到父亲的老家看看的。我想逃离母亲疯狂的爱的旋涡，回归对健美的父亲的忆念。然而，我一旦走入这座四面岩山包裹的黄昏中的小镇，就有一种落拓之人来到隐居之地的寂寥之感。

今晨，我在法华院睡了个懒觉。

"早上好。"旅馆的人跟我打招呼。他还说，一大早，小孩子在楼下"骚动"，你没有睡好吧？但我什么也不知道。

那个目光峻厉的女孩子也跟着来照料吃早饭了。她依偎祖母身旁坐着，听说一早她从堂屋和另一座楼的渡桥上掉了下来。高约一丈五尺，幸好落在三块岩石鼎立的正中央，捡了一条小命。得救时，她又哭又喊：

——"木屐冲走啦，木屐冲走啦！"

有人逗笑说，再掉一次看看，怎么样？

——"算了，没衣衣啦。"

小河畔的岩石上，晒着一件女孩儿的和服，粗线条的蓝色碎白花底子，印着蝴蝶戏牡丹的花纹。是婴儿穿的红棉背心。我看到朝阳照射在红棉背心上，立时感到一种温馨的生命的惠顾。之所以说三块岩石之间，掉落得恰到好处，是指的什么呢？三块岩石之间十分狭小，一个小孩儿的身子就填满了。一旦稍有差池，就会撞在石头上，即使不丢掉性命，也会摔成个残废。小孩子家不懂得什么叫危险和恐怖，身体哪儿都不觉得疼，一点儿都不在意。我觉得，掉得这么巧妙的是这个孩子，似乎又不是这个孩子。

我无法让母亲起死回生，但我想着某些使我活下去之物，强烈地为您的幸福祈祷。人间的耻辱和罪业的岩石之间,也该有拯救掉落的孩子那样的场所。

我怀着效仿这个孩子之幸运的心情,摸摸她浓黑的娃娃头,从而离开了法华院。

大船山的红叶真是太美了,因而,我又走访了坊之鹤。这里是三俣山、大船山和平治岳等山峰环绕的盆地。三俣山,今天我看的是和昨日相反的对面一侧。一直走到筑紫山岳会布满马醉木的一带地方。马醉木群落之中,生长着可爱的万年杉,有点像杉苔,高约两三寸。我还发现了越橘和岩镜草。大船山的红叶之间,黑色的据说都是杜鹃花。一棵树有六铺席大,又矮又宽阔。坊之鹤也有雾岛杜鹃花,而且,这里的芒草似乎又细又矮,穗花的长度只有一寸上下。

听说山顶上今朝降到零度,而坊之鹤阳光灿烂,红叶之色似乎温暖了盆地。

回到旅馆附近,从白口岳和立中山之间的鉾立岭,下山到达佐渡洼。这里是形状像佐渡岛的盆地,许多蓟草长着长着就枯死了。从佐渡洼下山走过锅破坂,一到朽网别,眺望久住高原的视野就开阔了。穿过锅破坂杂木林中央,沿着砂姜路下行,只听到自己脚踏落叶的声响。

因为没有遇到过什么人,感觉这是独自踏过大自然的足音。前往朽网别,左侧清水山的红叶一派绯红,正逢盛时。从这里该能望到阿苏五岳,不巧被云雾遮挡住了。祖母山和倾山的连峰隐约可见。但是,久住高原是绵亘二十公里长的草原,遥接阿苏北侧山坡以及波野原,广阔辽远。从南边可以回望九重(或者说久住)连峰,不过,山头也罩着一片云雾。我穿越高及人头的芒草丛,通过放牧场,到达久住町。

久住山南边的登山口,有难得听到的名为猪鹿狼寺的名刹遗迹。猪鹿狼寺也好,法华院也好,都是保有几百年历史的灵场。九重峦峰过去即是灵场。我也感到我是穿过灵场走来的。这真是太好了。

伯父家的人们都静静安歇了。我不能再像在旅馆时一样，一个人醒着长久地写信。

——晚安。

六

于竹田町，十月二十四日……

竹田车站，每逢丰肥线火车到站和开出，都播放歌曲《荒城之月》。镇子的人们都说，泷廉太郎是想着这座城镇的冈城址，谱出了《荒城之月》的曲子。据说泷的父亲明治二十年左右，当过这个地区的郡长，廉太郎也在往昔的竹田町高等小学上过学，少年时代或许到城址上玩过。

泷廉太郎死于明治三十六年，二十五岁。是按虚岁计算，我后年就到了他这个年龄。

——我真想二十五岁就死。我记得上女校时曾经和同学们谈论过这件事，似乎是同学们提起的，又好像是我提起的。

《荒城之月》的词作者土井晚翠，今年①也去世了。我来这里之前，听说在竹田町的冈城址举办了晚翠追悼会。听人说作曲的廉太郎和作词的晚翠，在伦敦见过一次面，那时我父亲还很年小，年轻诗人和音乐家相逢于异国他乡，是否和为《荒城之月》作曲有缘，我不知道。但是他们两个留下一首动人的歌曲。如今，《荒城之月》脍炙人口，无人不晓。然而，我同您见过一面，究竟留下了什么呢？

——留下了泷廉太郎这个天才之子……为何会突然这么想，我自己甚感惊奇。我之所以能有这样的联想，并且还能写信对您诉说，抑或因为今天待在父亲的故乡城镇，怀有一份闲情逸致的缘故吧。

---

①　昭和二十七年（1952）。

不过,您可曾想到,作为女人,胸中时不时会因为"如果"而产生一种不知是害怕还是喜悦的战栗。您心中是否浮现过与我相同的不安情绪呢?这在我是一种无法预测的战栗,我这才感到我是个女人。我曾梦想过,不对您说,瞒着您,直到将其养育成人。我之所以这么想,正如同作为母亲女儿的我落得了此般因果,我心中下定了假设性的决心。您感到惊奇吗?我是个女人,这点事儿足以使我日渐消瘦,但是那种不安并未长久持续。

在竹田车站听到《荒城之月》的歌声,我只是想起了那时的颤栗。

四方围岩壁,竹田秋水流。

今日想到镇子里走走,走在秋水潺潺的桥梁上,就听到歌声。我被吸引着向车站方向走去。车站某处在放音乐。昨天不是坐火车,而是从久住町乘汽车来的,所以没注意。

河流就在车站前边。从车站回到桥上,歌声依然在持续。凭栏伫立,久久眺望着河面。河水左岸,河滩的巨石上,竖立着柱子,伸向河面,排列着小房子的人家。岩石一头有个女人洗衣裳。车站后面紧挨着山石岩壁,岩肌上流淌着细细的水流,犹如小瀑布。岩山布满红叶,随处残留着绿色。

我一边怀念您,一边在父亲的城镇上转悠。父亲的故乡不再是陌生的城镇。昨日黄昏时分到达时,还不知道,今天早晨一看,真是个小村镇。走向哪里都会撞到岩壁。我感到我置身于"四方围岩壁"之中。

昨夜,我发现伯父用的旅馆的火柴盒上印着"山清水秀,竹田美人"的文字,笑着说:

——"像京都呢。"

——"可不，都被称为竹田美人呢。还有弹琴、品茶，这里自古就是游艺之地啊！水也好，镇子中央檐下流过的小沟，这里称为'井出'，你父亲小时候，早晨就在'井出'旁边刷牙漱口，还洗过茶碗呢。"

人口只有万人的小镇，十多座寺院，近十座神社，或许真像个小京都。

——伯父说，竹田美人也都不在了。他说罢，举出几位过去的人以及去东京的人。我走在街上，只见女人们都长得很漂亮。走到镇子尽头的洞门旁，看到岩山上红叶似火。耸立于门洞对面出口的岩石，布满绿苔，那绿色前边，一位穿着白毛衣的秀美的姑娘，正款款向这里走来。

镇子正中有一条贯通商店街的柏油马路，排列着寂寞的铃兰电灯①。拐进横巷，是静寂的老街。似乎很快就会碰到岩壁。这里有石崖、白色仓房、黑色板壁，还有几近坍塌的城墙，我想，确实是座古老的城镇，不过，据说在明治十年的西南战争②中全部被焚毁。以前保留下来的房舍，听说只有山脚下的寥寥几座。

回到伯父家里，提到这座古镇，伯母说道：

——"看来，文子姑娘在城里走遍了每个角落哩。"

不足半日，我就走遍了田能村竹田③旧居、田伏屋敷遗迹上的天主教隐蔽礼拜堂、中川神社圣地亚哥的钟表、广濑神社、冈城址、鱼住瀑以及碧云寺等名胜地方。

如今在竹田町，很多人提起竹田依然称"竹田先生"。昨天，我从

---

① 铃兰电灯：仿铃兰花造型的装饰用街灯。
② 西南战争：明治十年（1877），主张"征韩论"而失势的西乡隆盛，回归乡野鹿儿岛举兵反叛，包围熊本镇台。遭政府军镇压，自刃而死。
③ 田能村竹田（1777—1835）：江户时代后期南宗画（文人画）画家，绘有《梅花书屋图》《亦复一乐帖》等。临终前，写下讴歌永恒人生的绝笔诗："一昨不死又昨日，昨日不死又今日，今日不死又明日。若许不死又日腾腾腾不死。踏尽今年之三百六十日，明年三百六十日。"（《不死吟》）

久住町来的路,过去曾经是"大名行列"①的通道,竹田和广濑淡窗②等
众多丰后地方文人,经常来往于这条道路。赖山阳③访问竹田,走的
也是这条路。竹田旧居,保留着和山阳一起品茶的茶室。这间茶室
和堂屋之间的庭园内,阳光照射着芭蕉发黄的叶子和干枯断裂的叶
子。桐叶也发黄了。堂屋前边有块菜地的遗迹,据说竹田给山阳吃
了那里种的蔬菜。竹田纪念馆的画圣堂,是一座新式建筑,但听说里
面也有茶席,这里可以品抹茶,有时悬挂竹田的南画。

　　天主教隐蔽礼拜堂,在竹田庄附近。竹丛深处的岩壁上,开凿着
一座相当宽大的洞窟。圣地亚哥的钟表上,标有"1612 SANTIAGO
HOSPITAL"(1612 圣地亚哥医院)的字样。

　　竹田往昔的城主是天主教徒。

　　竹田庄的庭园里有织部灯笼④。沿小路向上走,再向右转就是
竹田庄的石崖;向相反方向左拐,那里的宅邸居住着古田织部的子
孙。从宅前走过去,心中也是激动难平。传说过去古田织部的孩子
来竹田,就住在这里。这里好像叫作上殿町,是往昔武家宅邸所在的
街衢。

　　我不会忘记。在圆觉寺的茶会上初次见到您时,是稻村雪子小
姐点茶。

　　——"茶碗呢?"

---

①　大名行列:大名(即诸侯)奉公时,往返自国和江户的队列。
②　广濑淡窗(1782—1856):幕末儒者,大分县人,一生未到过江户、京都和大阪。
　　创设私塾咸宜园,培养高野长英、大村益次郎、长三洲等,门生四千。友人中名
　　士济济,有帆足万里、赖山阳、梁川星岩和贯名海屋等。
③　赖山阳(1780—1832):汉学家、汉诗人、书道家。著有《日本外史》《日本政
　　记》《山阳诗抄》等。
④　织部灯笼:石灯笼的一种,以没有台座为特色。相传为茶人古田织部所提
　　倡,安设于茶室庭院之内。

——"啊,就用那个织部茶碗吧。"

栗本师傅说,那是您父亲喜欢的茶碗,送给她了。在属于您父亲之前,本是我父亲的遗物。是母亲送给您父亲的。雪子小姐用那只黑织部茶碗沏茶,您喝下去了。只是如此我就已经无法抬头了,这是怎么回事呢?

——"我也想用那只茶碗……"母亲说。

母亲用那只茶碗喝下了命运的毒汁吗?

我没想到,在父亲的城镇走了一圈儿,竟然清晰地回忆起那次茶会来。假如那只黑织部茶碗还在师傅手里,请您要回来,使它去向不明,也请您把我当作去向不明吧。

看了父亲的城镇,我就要离开竹田了。我之所以如此絮絮叨叨谈论这座城镇,或许是因为我不打算再来了。我想在父亲的故乡同您分手。这封信我不想发出,如果发出,那也是最后一封。

冈城址上除了石崖,什么也没有留下来。不过,险峻的高地,景象壮美,秋晴的日子,可以看到山峦。祖母山、倾山的连峰,还有对面的九重,以及大船山峰顶,只是萦绕着淡薄的白云。我步行而来的高原和山岭,都在那个方向。我在高原的松阴下和芒草穗子的波涛中不断思念着您,同时也在想,这回是真的和您道别了。到如今还说这些告别的话,未免有些恋恋难舍,不过,我即便从您身边消失,作为一个女人,内心里还是不能猝然了断。请原谅我吧,晚安。

旅途的信上,写了不少劝您同雪子小姐结婚的话语。还是由您自行决定吧。我和母亲,决不会妨碍您的自由,也决不会妨碍您的幸福。请您务必不要再寻找我了。

旅行六日,写了这么些无用的话,女人家就是爱唠叨啊。我希望您能理解同您离别的我。但言语虚空,女人只有留在男人身旁才能求得男人理解,而今我正相反。我打算从父亲的城镇重新出发。再见。

七

菊治近一年半之前读文子的信,和如今同雪子新婚旅行归来读文子的信,对文子语言的理解,完全不一样。

但是,他不明白是怎样的不同,或许因为语言是空虚的吧?

菊治在新居的院子里,烧掉了文子的信札。庭院里没有什么东西,只是用粗劣的木板,围起一块褊狭的空地罢了。

信湿了,不易着火。

将信札散落开来,不住擦火柴。文子的墨色变了,即使变成灰,还残留着文字。

"词语呀,快些燃烧吧。"

菊治将一枚枚信笺丢进火里。

文子的语言,那些信札,全都烧了,又会怎么样呢?菊治躲开烟雾,转向一旁。板壁的一隅,斜斜映射着冬日的阳光。

"你们的旅行怎么样啊?"

廊下突然传来栗本千佳子的声音,菊治不由打了个寒噤。

"什么啊,别说话。"

"因为您不回答我啊。都说新婚夫妻容易遭窃。女佣也还没有来吗?或许光是小两口过上一阵子更好。雪子小姐还好吧?"

"你从哪里知道的?"

"您家的位置吗?蛇有蛇道。"

"不愧是条蛇。"

菊治脱口而出。

父亲死后,千佳子依旧不打招呼就径直闯入菊治家里。眼下她又来了,菊治再度唤起满心的厌恶。

"不过,大冬天让雪子小姐洗洗涮涮,真是太为难她了,还是由我来服侍吧。"

菊治没有理睬。

"您在烧什么呀？是文子小姐的信吗？"

还未丢入火中的信就在菊治膝头,因为他蹲踞着,照理说千佳子看不见。

"烧了文子小姐的信,也许会暖和些。这倒是件好事啊。"

"我落魄到如此地步,只好住这种房子。也没什么事需要你来这里了,我不欢迎。"

"我不会打扰您的。当初您和雪子小姐的交往是我搭的桥,这毕竟是件可庆幸的好事,我也很放心。此外,我只是想再为你们尽把力罢了……"

菊治将未烧完的信件揣进怀里,站起身来。

千佳子看到菊治,站在廊下一端,后退了一步。

"啊呀,干吗那样绷着一张可怕的脸?雪子小姐的行李好像还没整理,我想帮帮她……"

"你管得真多啊。"

"也没有多少事,只希望您能理解我的一份用心。"

千佳子瘫坐在地上,刚一抬起左肩,就怯生生地喘息起来。

"夫人回娘家了吧?菊治少爷为何抛下夫人一人,急忙赶回来了呢?夫人很担心呢。"

"你是打雪子的老家来的吗?"

"我去贺喜来着。要是不合适,我道歉。"

千佳子说罢,瞥了一眼菊治的面色。菊治按捺住满心怒气,说道:

"对了,那只黑色织部茶碗还有吗?"

"是老爷送的那只吗?还在。"

"要是还在,让给我吧。"

"好的。"

千佳子充满疑惑的迷惘的目光，不久就似乎干涸在满心的怨气之中了。

"老爷的东西，我一生都不想放手。但是，只要菊治少爷您想要，不论今天还是明天都无所谓……不过，您还打算学习茶道吗？"

"希望你能马上拿给我。"

"我知道了。烧了文子小姐的信札之后，您就用黑色织部茶碗喝上一杯吧。"

千佳子低下脑袋，做出一副要分开什么东西一般的样子，出去了。

菊治再次回到庭院里，双手颤抖，连火柴也擦不着。

新　家　庭

一

雪子是个爱动而充满朝气的女子，但菊治也时常看到她对着钢琴发愣。

在这间房子里，钢琴显得太大了。

这架钢琴是菊治新近建立关系的一家工厂制造的。菊治的父亲曾是乐器公司的股东。这家乐器公司，也临时改行制造了武器。战后，乐器公司的一位技师，提议自行设计制造钢琴，借助父亲的老关系，屡次来和菊治商量。菊治把变卖宅子的钱投了进去。

这家小工厂作为实验品制造的钢琴，有一台也搬到菊治的新居来了。雪子的钢琴留给故乡的妹妹了。她为故乡的妹妹并非买不起另一架钢琴，因此，菊治曾两次三番对雪子说：

"如果这架觉得不合适，那就把原有的旧钢琴要来吧。不要顾忌我的关系。"

在菊治看来,雪子之所以坐在钢琴前面发呆,或许因为她对钢琴不甚满意。

"这架就挺好。"

雪子听到菊治的话,一副出乎意料的样子继续说道:

"虽然我不是很懂,但调音师不是夸了这架钢琴吗?"

实际上,菊治心里很清楚,那并非因为钢琴本身。而且,雪子对钢琴既无兴趣,又非擅长,并没有分辨钢琴好坏的能力。

"因为你一直坐在钢琴前边发愣……"菊治说,"看起来你好像对这架钢琴不中意。"

"和钢琴没关系。"

雪子率直地回答。本来还应该继续说下去,不过,她突然改变话题。

"您看到我一直发愣吗? 什么时候看到的?"

玄关一侧连接着寻常的西式房间,钢琴放在那里,无论从餐室还是楼上菊治的房间都看不到。

"在娘家时,老是那般吵吵嚷嚷,根本没时间发愣。能发愣倒是很稀罕哩。"

父母双全,兄弟成行,客人出出进进,菊治脑子里浮现出雪子颇为热闹的娘家来。

"不过,以前看到雪子你,给我留下很沉静的印象。"

"是吗? 我可能说会道了。只要有母亲和妹妹在,就不会有沉默的时候。娘儿三个总有人在说话。不过三个人当中,我还算是说得最少的。当母亲在客人面前说个没完,我就闷声不语了。母亲那些社交型的会话,连您听了都会感到腻烦。一旦待在母亲身边,我或许就是个言语不多、冷酷无情的姑娘吧。妹妹倒总是和母亲一唱一和……"

"你母亲很想将你嫁到高贵的人家去吧?"

"是啊。"雪子老实地点点头,"到这里来之后,我说的话好像不到在娘家时的十分之一。"

"因为白天只你一个人在家啊。"

"即使您在家,我也不会像着火一般说个没完。"

"可不吗,要是外出散步,你就爱说话了吧。"

菊治说着,想起晚上两人逛街时,雪子似乎忘记近来的寒气,高兴地说个没完。她还靠过来,挽起菊治的臂膀。雪子一旦走出家门,就像获得了解放。

"现在我一个人不会单独外出了,在娘家时,一旦外出回家,就把在外看到的一切告诉母亲,然后再对父亲说一遍。"

"那样,你父亲也很高兴啊。"

雪子盯着菊治瞧了一会儿,然后点点头。

"我同父亲说话,母亲有时也会跟着听第二遍,悄悄地笑着。"

雪子离开父母之爱嫁给菊治,坐在这座寒酸的餐厅,直到如今,菊治似乎依然有些不解。

菊治发现雪子的睫毛间藏着一颗淡淡的小黑痣,那是在两人一起生活之后。

菊治看到雪子的牙齿很美,似乎是放光的,也是住到一起之后的事。接吻时,也为她牙齿的清纯所打动。

菊治紧抱着渐渐习惯于接吻的雪子,突然热泪滚滚。正因停留在接吻的程度,在菊治看来,雪子就是个值得他一生珍重、既可爱又可敬的女子。

然而,只停留于接吻,对于雪子并不像菊治那般感到懊恼和焦虑。雪子对结婚这种事儿不会麻木无知,但对于雪子来说,拥抱和接吻,足够使她感到新鲜和惊异,这其中已满溢着温爱。她回报了菊治。

菊治只能苦恼自己,他有时也会换一种思考:如此的新婚生活,也没有什么不自然或不健康,不是吗?

雪子从蔬菜店买来萝卜和京菜①,这些蔬菜的青绿和细白,在菊治眼里也很新鲜。这不就是幸福吗? 他在以前的家里同老女佣生活在一起时,从未见过厨房里的青菜。

"一个人住在那样宽敞的房子里,您不感到寂寞吗?"

来到这个家之后不久,雪子曾经问过菊治。这个简短的问题,菊治直接听得出来,她是在追溯他的过去,以此安慰菊治。

菊治早晨醒来,发现雪子不在身边,立即感到孤单起来。早晨有好多事要做,雪子早起是当然的事。不过,菊治醒来后如果能看到雪子的睡相,他将包裹在多么温馨的感情之中啊! 他竭力想比雪子早些睁开眼来。每当发现旁边的床铺没有了雪子,心中就不由涌起淡淡的不安。

某日黄昏,菊治刚刚回来就高声叫喊:

"雪子,你在使用一种名叫马查贝利王子②的香水吗?"

"啊呀,您怎么啦?"

"我在洽谈钢琴事宜时,遇到的一位女宾说的,竟然有嗅觉如此灵敏的人。"

"那香气是如何传播出去的呢?"

雪子嗅一嗅手里接过来的西服,突然想起什么似的说:

"我把香水瓶忘记在西服衣柜里了。"

二

二月末,连下三天的雨,快到晚间停止了,广阔阴霾的天空轻柔地低垂下来,呈现一派淡淡的桃红。星期天,栗本千佳子抱着黑织部

---

① 京菜:十字花科植物,叶多出于根际,春天开黄花。叶茎可食。又名千筋菜。
② 原文为 Prince Matchabelli,美国香水品牌。

茶碗来了。

"哎,我把当作最佳纪念品珍藏的茶碗带来了。"

千佳子说着从双重盒里拿出来,托在手上凝视着,然后放在菊治跟前。

"眼下正是要使用它的时候,这上面绘着嫩蕨菜……"

菊治对她拿来的茶碗瞧也没瞧一眼。

"在我忘却的时候又拿来了。那天我叫你当天拿来,你没来,本以为你不会再来了呢。"

"因为是早春时节的茶碗,冬日里送了来,总觉得不合适,实在没法子啊。再说,一旦要脱手,总觉得依依深情,难于割舍,可真是的……"

雪子端来茶水。

"啊,夫人,打扰了。"

千佳子有些夸张地说。

"夫人没有女佣就度过了冬季吗?您可真能忍受啊!"

"我想两人单独在一起的时间更长久些。"

雪子清清朗朗地回答,使得菊治甚感惊奇。

"对不起,"千佳子独自点点头,"夫人,这只织部茶碗还记得吗?渊源很深啊。我觉得把它作为贺礼送给你们,比什么都好……"

雪子以探询的目光看看菊治。

"夫人也请坐到火钵旁边来吧。"千佳子说。

"好的。"

雪子来到菊治身边,胳膊肘蹭着胳膊肘地坐下来,菊治暗暗忍住笑,对千佳子说:

"我不敢领这份情,把它卖给我吧。"

"那哪成啊,想想看,老爷送的礼物,无论多么穷困潦倒,也不好转卖给菊治少爷啊……"千佳子正面回应道,"夫人,我很久没见过夫人点茶了。像夫人这样能做出如此举止大方、气品高雅的点茶的小姐独一无二。看您这样待着,您在圆觉寺的茶会上,第一次用这只织部茶碗为菊治少爷献茶的情景,仿佛又重新浮现于眼前。"

雪子沉默不语。

"您要是用这只织部茶碗再给菊治少爷献上一杯茶,我的礼物也就更有意义了。"

"可我们家什么茶具也没有。"

雪子低着眉头回答。

"啊,别这么说……要点茶只要有茶筅就行。"

"好的。"

"这只织部茶碗,请好好保存吧。"

"嗯。"

千佳子朝菊治的脸上瞥了一眼。

"您说什么也没有,不是有水罐吗,那只志野水罐?"

"那个用来插花了。"

菊治连忙回答。

太田夫人的遗物水罐,菊治没有变卖,来到这个家里了。放在抽屉里,似乎被遗忘了。今天又被千佳子提起,菊治猝然一惊。

这表明,千佳子对太田夫人的憎恶似乎仍在持续。

雪子送千佳子走出大门。

千佳子在门口抬头望望天空。

"城市的灯光好像照亮整个东京的天空……天气暖和了,真好啊。"

她说罢,耸立着一边的肩膀,摇摆着身子走了。

雪子坐在门口。

"口口声声,'夫人,夫人'的,好像故意这么喊叫,好可厌啊。"

"是可厌,估计她不会再来啦。"

菊治也在门口站了一会儿。

"不过,‘城市的灯光好像照亮整个东京的天空’,这句话她说得太好了。"

雪子下来打开玄关的门扉,望望外面的天空。她转身正要关门时,菊治也在窥探天空,雪子犹豫了好一阵。

"可以关上吗?"

"好的。"

"真的暖和起来了。"

回到餐室,织部茶碗还放在那里,菊治说,等雪子收拾好了,想到街上看看。

登上高台的住宅区,来到没有行人的地方,雪子拉起菊治的手。雪子似乎很珍爱自己的手,不大轻易动用。但尽管如此,为冬季冷水所侵,掌心变得粗硬了。

"那只茶碗您不想白要,是想买下吧?"雪子冷不丁地问。

"哎,要卖掉。"

"是吧,她是来卖的吧?"

"不,我要卖给茶具店,把那钱转给栗本就行了。"

"啊,要卖掉吗?"

"关于那只茶碗,在圆觉寺茶会上,你不是也听闻了吗? 刚才栗本也提到了。那本是我父亲送给栗本的茶碗。可在那之前,一直为太田家所收藏。它是一只有来历的茶碗……"

"不过,我并不在意这些,如果是一只好茶碗,您留下也是可以的。"

"肯定是一只好茶碗,正因为是一只贵重茶碗,那就应该交给相应的茶具店,我们还是使它去向不明为好。"

菊治一下说出了文子信中的话:"使它去向不明"。他从栗本手里要回茶碗,也是遵从文子的信。

"那只茶碗自有那只茶碗非凡的生命,要使它脱离我们而生存。我所说的'我们',不包括雪子你……那只茶碗本身坚强而美丽,并未呈现出为不健康的愚执所缠绕的姿影。可我们伴随茶碗而来的记忆过于糟糕,会以邪恶的眼光看待这只茶碗。这里所说的'我们',只不过五六个人。自古至今,真不知有几百人始终理解它,珍视它。那只茶碗产生后也有四百年了,从茶碗的生命来看,在太田家还有我父亲以及栗本手中所保存的年限实在很短,简直就像云影过眼。要是今后能够为健康的收藏家所持有就好了。即便我们死后,那只织部茶碗,依然在某人手中光艳美丽,那该有多好啊!"

"是吗?您要是有那样的想法,不卖掉不是更好吗?我倒是随着您。"

"脱手我并不感到可惜,我一向对茶碗不抱执着之情。我想从那只茶碗开始洗去我们的污垢。栗本保有它也使我感到恶心,就像那次圆觉寺茶会上,她突然拿了出来。茶碗不应该被人的丑恶因缘所束缚。"

"这么说,茶碗比人还伟大。"

"或许吧。我并不了解茶碗,但它经过数百位有眼光的人的传承,我不能将它一手毁弃,还是让它去向不明为好。"

"让它作为我们记忆中的茶碗保留下来,我也喜欢呀。"

雪子以清亮的嗓音重复着说。

"纵然现在我不理解,今后要是这只茶碗看上去顺心了,不也是很高兴的事吗……? 以前的事没关系嘛。要是卖掉了,往后想起来,不是很寂寥吗?"

"那倒不会,那只茶碗命中注定要离开我们而去向不明。"

谈论茶碗,一旦扯到命运,菊治就像尖刀刺进胸膛一般想起文子。

他们逛了一个半小时后回到家中。

雪子正想将火钵的火移到被炉内时，蓦地用两只手掌握住菊治的手，她似乎想让菊治感受一下左手和右手的温差。

"栗本师傅送的点心，尝尝吧。"

"我不要。"

"是吗？除了点心，还送了浓茶呢。她说是从京都寄来的……"

雪子毫不介意地说。

菊治将织部茶碗用包袱皮儿裹好，走过去放进抽屉，发现里面的志野水罐，打算把水罐同茶碗一起卖掉。

雪子搽过面霜，拔掉发卡，准备就寝。她散开头发，一边梳头一边说：

"我也想将头发剪短，怎么样，可以吗？不过，要是裸露出后面的脖颈，也是挺叫人害臊的。"

说罢，她撩起后面的头发给菊治看了看。

口红似乎很难去除，她走近镜台，微微张开双唇，对着镜子用纱布揩拭。

他们在黑暗之中相互温润，菊治沉浸于自我内心的冥想之中，这种神圣的憧憬，将会如此永远地冒渎下去吗？但是，大凡最纯洁之物，都不会被任何东西所玷污，因而，它对任何东西都会加以宽宥。这种事儿应该也是有的吧？他幻想能够随时获得自我救赎。

雪子入睡之后，菊治就缩回手臂，然而一旦脱离雪子的体温，就感到可怖的寂寞。还是不应该结婚啊！一种锥心般的悔恨，静候于身边冷寂的铺席上。

三

接连两天，傍晚的天空布满淡淡的桃红。

菊治在回家的电车上，看到新落成大楼窗内的灯光，全都是白茫茫的，他想那是什么灯呢？看来那是荧光灯。好像为表达新建筑的喜悦,各个房间都大放光明。那座大楼的斜上空,出现一轮即将满月的月亮。

菊治回到家里时,空中的桃红已经变为满天晚霞,犹如被吸引到日落方向,又好似沉落下去。

走到家里拐角的地方,菊治微微感到不安,摸一摸上衣里面的口袋,银行支票还在。

雪子走出邻家的大门,快步跑进自己的家门。菊治看到她的背影,雪子没有发现菊治。

"雪子,雪子。"

雪子走出家门。

"回来了? 刚才看到我了?"

说着,她涨红了面颊。

"邻居说,家里妹妹打来了电话……"

"哎?"

菊治出乎意料。邻居帮忙转接电话是从何时开始的事?

"今天的夕阳也同昨日一般。不过比昨天更为晴朗,暖和一些。"

雪子望望天空。

换衣服时,菊治掏出支票,放在茶橱上面。

雪子低俯着身子,一边收拾菊治脱下的衣服,一边说道:

"妹妹在电话里说,昨天礼拜天,她和父亲本想来这里……"

"到家里来?"

"是啊。"

"来了多好啊……"

菊治不经意地应道。

雪子用毛刷刷裤子,她停下手来。

"纵然您说来了好……"

雪子似乎挡了回去。

"我早前写了信,叫他们暂时不要来。"

菊治觉得奇怪,差点儿要反问一句"为什么"。这时,他突然意识到,作为夫妇,他们二人还未能彻底结为一体,雪子害怕父亲来家里。

这时,雪子立即抬头望望菊治。

"父亲很想来,我希望您请他一次。"

菊治的回答犹如雪子的眼睛一般明丽。

"不请自来不是更好吗?"

"因为是女儿的婆家……不过,也不完全是这样。"

雪子爽朗地应道。

菊治或许比雪子更害怕雪子父亲的来访。雪子提到这件事之前,他都不曾想到过,自从结婚之后,菊治从未邀请过雪子的父母兄弟。可以说,他把雪子的娘家人几乎全忘了。菊治和雪子竟然如此异常地结合在一起。或者说,正因为没有结合,除雪子之外,菊治他谁也不再考虑。

不过,搅得他浑身无力的,或许就是有关太田夫人和文子的记忆,始终像虚幻的蝴蝶在头脑里盘旋的缘故。菊治头脑黑暗的底层,总觉得有蝴蝶飞舞。那不是太田夫人的幽灵,而是菊治悔恨的化身。

然而,雪子不希望父亲来访,并写信加以劝止,这充分使菊治觉察到雪子内心的悲哀和困惑。正如栗本千佳子也曾怀疑过的那样,雪子过冬不雇女佣,或许她害怕女佣会探知他们夫妇之间的秘密吧。

尽管如此,在菊治的眼睛里,看到的多是雪子光耀夺目、兴高采烈的样子。菊治并不认为,那些都是在雪子用心体贴自己的时候。

"那封信是什么时候发出的? 希望父亲不要来访……"

菊治问道。

"这个嘛,过年时节,好像是七日之后吧? 过年时,我们不是一起到乡下去了吗?"

"那是三日吧。"

"是在那之后,又过了四五天。记得吗,新年第二天里,父亲母亲都忙于招待客人,只有妹妹一人来给我们拜年。"

"是的,还让她传话,叫我们第二天到横滨去呢。"

菊治也想起来了,他接着说:

"但是,你写信不让他们来,这是不妥当的。下个礼拜天,还是请他们来一趟吧。"

"好啊,父亲一定很高兴,他肯定会带妹妹一起来。或许父亲也觉得一个人单独来不太妥当吧……不知为什么,我也认为妹妹能一道来最好。"

有妹妹在,雪子也会轻松自在些吧。雪子显然不想让父亲看到她自己和菊治这种谈不上结婚的婚后生活。

雪子似乎烧好了洗澡水。一进小浴场,就听到调节水温的声响。

"先洗澡后吃饭吧?"

"那好。"

菊治进入浴池,雪子在玻璃门外问道:

"放在茶橱上的支票是怎么回事?"

"啊,那是卖织部茶碗的钱,应该转给栗本。"

"茶碗能值那么多钱吗?"

"不,里面还包括我们家水罐的钱。"

"家里的水罐占多少?"

"大概一半吧。"

"即使一半,也是个不小的数字。"

"是的,买什么用呢?"

雪子也知道这只织部茶碗,昨晚一边散步,一边还谈起过。然而,关于志野水罐的来历,雪子却一无所知。

"这笔钱不买东西,用来买股票怎么样?"

雪子站在玻璃门外问道。

"买股票?"

菊治有些意外。

"是这样……"雪子打开玻璃门走进来,"父亲把相当于那张支票四分之一的钱款转到我和妹妹户头上,并寄存在股票交易商那里叫我们让它增值。购买强势的股票存起来,如果下跌就不抛售,等待上涨,再转购其他股票,一点点越积越多了。"

"哦。"

菊治仿佛窥见了雪子娘家的家风。

"我和妹妹每天都看报上的股市行情。"

"那些股票如今还在手里吗?"

"还在。不过全都交给股票商了,自己看不到……因为下跌时不出手,所以不会受损失。"

雪子单纯地说道。

"好吧,那笔钱也存在雪子的那位股票商那里,可以吗?"

菊治笑着望望雪子。雪子身上系着洁白的围裙,脚上套着绯红毛线袜子。

"雪子也进来暖暖身子,怎么样?"

雪子双目炯炯,愈显得腼腆,愈加明艳动人。

"我在准备晚饭呢。"

她说着,飘然走出门。

四

这一周的礼拜六,已经进入三月。

父亲和妹妹明天来访,晚饭后,雪子一人上街买东西。她还买了水果和鲜花,抱着回来了。晚上打扫厨房,直到很晚。然后,她坐到镜台前,慢慢梳理头发。

"今天啊,我老是记挂着想把头发剪短。这之前您说过可以剪,但给父亲看到,使他惊讶总是不好……所以才请人先整整发型,不过我对这种发型也不满意,看起来总感到有些怪。"

她只顾自言自语。

就寝之后,雪子也沉不下心来。父亲和妹妹来访,就值得这样高兴吗? 菊治似乎稍稍有些嫉妒之感。他又不由觉得这是雪子寂寞的体现。想到这里,他主动挨过去,温存地拥抱着雪子。

"你的手好冷。"

菊治将雪子的手搭在自己胸前,一只手挽住雪子的脖颈,另一只手伸进袖口抚摸着雪子的肩膀。

"跟我说说话儿好吗?"

雪子移开朱唇,挪动一下脸孔。

"好痒痒哩。"

菊治说着,撩开雪子的头发,帮她归拢于耳后。

"你叫我说点什么,还记得你在伊豆山也说过这句话吗?"

"不记得了。"

菊治不会忘记。当时,黑暗中,他一边紧闭震颤的眼睑,一边想起了文子,想起太出夫人。他极力挣扎,打算借助这种幻想,获取面对纯洁的雪子的力量。明天,雪子的父亲就要来了,能否以今夜为分界线呢? 菊治再度想起太出夫人作为女人起伏不定的情感波涛,越发体会到雪子的清醇无垢。

"雪子你先说点儿什么吧。"

"我没有要说的话呀。"

"明天见到父亲,你打算说些什么呢……?"

"我和父亲嘛,到时总会有话说的。父亲只是想来看看我们的家。他只要看到我们幸福地生活在一起就满足了。"

菊治静静地待着,雪子依偎过来,用脸孔蹭着菊治的胸脯,他依旧一动不动。

第二天,上午十点钟后,雪子的父亲和妹妹到了。雪子立即忙活起来,和妹妹两个有说有笑。午饭及早开始了。碰巧这时,栗本千佳子来了。

“来客了呀? 我只要见见菊治少爷就行了。”

菊治听到她在门外对雪子说话,便走了出去。

“您把那只织部茶碗卖掉了? 原来您是为了出售,才从我这里要回去的啊。既然如此,您把钱转给我,又是怎么回事呢?”

栗本接二连三追问道。

“本想及早来问个明白的,但想到菊治少爷只有礼拜天在家,所以挨了几天来着。当然晚间也可以来的,不过……”

千佳子从手提袋里掏出菊治的信。

“这个还给您。里面包着钱,没有动,请数一下……”

“不,你全部收下吧。”

菊治说道。

“我为何要收下这笔钱呢? 这难道是绝交的钱吗?”

“别开玩笑了,我现在为什么要给你绝交的钱呢?”

“说得也是。即使绝交,也用不着卖掉织部茶碗,并把钱送给我呀。这不是很蹊跷的事吗?”

“那本来是你的茶碗,卖的钱理应归你所有。”

“是我送给您的呀。也是菊治少爷您所想要的。我以为这是你们结婚的最好纪念。尽管对于我来说,那是您父亲留下的纪念……”

“你全当是卖给我的钱不好吗?”

“那怎么好这样呢? 我再怎么落魄潦倒,也不会把老爷的遗物再卖给您菊治少爷呀。上回我不是谢绝了吗? 再说,您不是已经卖给茶具店了吗? 这笔钱您要是硬给我,我就去将它赎回来。”

菊治转念一想,信里还是不写明是卖给茶具店的钱为好啊。

"啊,请进来吧……横滨的父亲和妹妹来看我们了,请不必客气。"

雪子沉静地说。

"您家老爷……啊,是吗? 在这儿能见面,真是太好啦。"

千佳子急忙轻柔地放松双肩,独自点点头。

译 后 记

《千羽鹤》最初发表于一九四九年五月《读物时事别册》，至一九五一年完成《二重星》，第二年即被出版社及早纳入选题，当时同《山音》合为一册出版。

作家井伏鳟二说，本书作者接触志野瓷茶碗，有所联想，随之创造一位中年妇女"太田夫人"为书中主角而构思故事，滋生繁衍，而获巨篇。

前半部的《千羽鹤》和后半部的《波千鸟》，几个登场人物虽然在情节轻重缓急中稍有变化，但基本上没有大的起伏。不过故事场地有所转变，前者以川端文学习惯使用的舞台——镰仓、圆觉寺以及湘南各地熟悉的场所而展开；后者则向外延伸，一直到达九州岛内各处。

镰仓和圆觉寺我很早就从夏目漱石等人作品中初识，后来又经过多次踏访，备感亲切。二〇〇七年秋天，一个黝黑的夜晚，我乘坐巨鳗般的"飞燕"号列车，由福冈先向南再向东穿越九州岛的福冈、熊本、大分三县之境。空荡荡的车厢，黑漆漆的暗夜，远远窥视着金峰山、阿苏山、九重山等浪漫之地，心情始终处于昂奋状态。那里可是古时萨摩、长州、土佐诸藩争斗之地，又是《三四郎》《草枕》和《波千鸟》里文学人物的故乡。我梦想有一天攀登阿苏山，观看"火山的休假"，洗一洗小天温泉，乘一乘巡游马车；有机会再逛一趟汤布院、血池和"十万地狱"……

而今回首,往事依稀,皆成飞烟一团,逝水一湾。当年福冈UNESCO 协会每年例会的常客、学者师友——唐纳德·金(1922—2019)、加藤周一(1919—2008)、鹤见俊辅(1922—2015)、中西进、川本皓嗣、竹藤宽等,云散各处,有几位已经匆匆离去。想起他们的音容笑貌,不尽唏嘘。梦乎?景乎?实乎?幻乎?

根据文学评论家郡司胜义的论述,一九七四年七月,《波千鸟》文学故事的舞台、九重高原中的饭田高原名曰"大将军"之地,当地文学团体"川端康成先生景仰会"建立了"川端康成文学碑"。碑的正面镌刻着一首和歌:"雪月花开时,我最思友人";碑的背面则是《波千鸟》中的一段文字……

作家不在了,作家的文字还在。这些文字不但镌刻于碑面之上,同时还留存于一代又一代热爱川端文学的读者心中。

译 者
二〇二一年八月二十一日
久雨乍晴草于春日井

古　都

春天的花

千重子看到老枫树的干上开着紫堇花。

"啊,今年又开花啦。"千重子感到了春天的温馨。

这棵枫树长在城内狭小的庭院里,真算是大树了。树干比千重子的腰围还粗,当然,那苍老的树皮和布满青苔的树干,是不好和千重子细嫩的身子相比的……

枫树的老干在相当于千重子的腰肢一样的高度,稍向右斜,在高出她的头顶的地方,朝右来了个大弯儿。这么一弯,一根根树枝扩展开来,占领了整个庭院。长长的枝条尖端略显凝重地微微低垂着。

弯度较大的树干下面一带,似乎有两个小凹窝,每一个凹窝里都长着一棵紫堇,而且每年春天开花。千重子打从记事儿的时候起,这棵树上就有两株紫堇。上面的紫堇和下面的紫堇相距一尺左右。正值妙龄时期的千重子不由得想:

"上面的紫堇和下面的紫堇能不能见面? 它们互相认识不认识呢?"紫堇花什么"见面",什么"认识",说的是什么意思呢?

一般有二朵花,最多有五朵花,每年春天都 样。虽说如此,可树上的小凹窝,一到春天就发芽,开花。千重子要么站在走廊上眺望;要么从树根往上看。有时,她被树上紫堇的"生命"所感动,有时又觉得很"孤独"。

293

"生在这种地方,继续活下去……"

店里的顾客都交口称赞老枫树枝繁叶茂,可是几乎没人留意已经盛开的紫堇花。生长着树瘤的粗大的老干,上下都布满苍苔,更增添了一层威严和高雅。寄生在树干上的小小紫堇花,就更不起眼了。

然而,蝴蝶知道。千重子发现紫堇花时,在院子里低低飞翔的白蝴蝶,正从树干上向紫堇花近旁飞来。枫树正要绽开红红的小嫩芽,蝴蝶们白色的舞姿是那样鲜明耀眼。两株紫堇的叶子和花朵,也在枫树干新绿的青苔上投下朦胧的影子。

樱花开放时节,天气微阴,一个温润的春日。

白蝴蝶飞走了,千重子一直坐在廊下,瞧着枫树干上的紫堇花。

"今年,你又在这儿开出漂亮的花朵啦。"她似乎想跟花儿说个悄悄话。

紫堇花下面一带,枫树的根部,立着古老的石灯笼。灯笼腿上雕着站像,千重子的父亲曾经对千重子说过,这是基督。

"怎么没有玛利亚呢?"当时,千重子问,"不是有一个像北野天神似的大雕像吗?"

"这是基督。"父亲淡然地说,"怀里没有抱婴儿。"

"哦,可不是嘛……"千重子知道了,接着又问,"我们家祖辈人里有切支丹①吗?"

"没有。这个石灯笼还不是造园师傅或石匠带来,放在这里的?也不是什么稀罕的石灯笼。"

这只切支丹灯笼,大概是往昔禁教时代的产物吧?石头粗糙、松脆,表面的浮雕经百年风雨的剥蚀,只有头身和两腿的形态,隐约可

---

① 切支丹:指基督徒,"切支丹"为过去日语对葡萄牙语中基督教(christāo)的音译。

辨。看来,原是一尊单纯的雕像。袖子长及衣裾,似乎合掌站立,臂腕一带微微隆起,但形状模糊不清。不过,这尊雕像同佛陀和地藏菩萨感觉不一样。

也许是古代一种信仰的标志,或者异国风情的装饰,这尊切支丹灯笼,如今,只因为是个老古董,被安置在千重子家店铺的庭院里,挨着老枫树的根部站立着。要是有顾客看到了,父亲就说是"基督像"。不过,做生意的,很少有人会注意到大枫树下这尊黑乎乎的石灯笼。纵然看到了也不在意,觉得院子里有一两只石灯笼很寻常,更不会仔细瞧上一眼的。

千重子看着树上的紫堇花,随之目光下移,眺望着基督。千重子上的不是教会学校,可是她为了学习英语,时常出入教堂,也阅读新约和旧约的《圣经》。然而,要是给这尊古老的石灯笼献鲜花、点蜡烛什么的,那似乎不合适,因为整个灯笼没有刻上一个十字架。

基督像上边的紫堇花,可以想象是玛利亚的一颗心。千重子的目光离开切支丹灯笼,又仰望着紫堇花。——蓦然间,她想起了饲养在古老丹波壶里的金钟儿。

千重子开始喂养金钟儿,是新近的事儿,也就是四五年光景,是她在老枫树上发现紫堇花很久以后的事了。当时,她在高中时代的同学家里听到鸣叫,就要了几只回来。

"养在壶里很可怜啊。"千重子说。可是同学回答她,总比养在笼子里看着它死好得多了。据说有的寺里养了很多,出售虫卵。同好者也不少。

千重子的金钟儿如今也不断增加,要装在两只古丹波壶里了。每年准时在七月一日前后孵化,八月中旬,就开始鸣叫了。

但是,它们只能在又窄又暗的小壶里,诞生,鸣叫,产卵,死亡。尽管如此,可以繁衍子孙,比起养在笼子里只能保存一代要强多了。

简直可以说是壶中过生涯,壶中有天地呢。

古代的中国有个故事,叫作"壶中天地"①,千重子也知道。这壶里有金殿玉楼,摆满美酒佳肴、山珍海错。所谓壶中,就是远离俗尘的另一世界、另一仙境。这是众多仙人传说中的一个。

当然,这些金钟儿并不是厌恶尘世才进入壶内的。它们恐怕都没有意识到是在壶里吧? 而且在里头生息繁衍下去。

金钟儿最叫千重子吃惊的是,有时不把别处的雄虫放进壶里,只靠同一壶里的金钟儿繁殖,生下的虫儿就又瘦小又纤弱。这是反复近亲结婚的缘故。为了避免这种现象,金钟儿的同好者都有互相交换雄虫的习惯。

眼下是春天,虽说不是金钟儿鸣唱的秋令,可枫树干上的凹窝里,今年的紫堇花又开了。看到了花,千重子想到金钟儿,这也不是完全没有关系的事儿。

金钟儿是千重子放在壶里的,可紫堇花为何要到这种狭窄的地方来呢? 紫堇花开了,金钟儿今年也会生下来鸣叫的吧?

"自然的生命……?"

千重子把春风吹乱的头发拢到一侧的耳后,看看紫堇花,想想金钟儿,心里思忖着。

"那我是……?"

在这自然界生机盎然的春天,看着这小小紫堇花的,只有千重子一个人。

店铺里传来准备吃午饭的声音。

千重子说好要去赏樱的,马上该梳洗打扮了。

---

① 　壶中天地:晋・葛洪《神仙传・壶公》:"壶公者,不知其姓名也。……常悬一空壶于屋上。日人之后,公跳入壶中,人莫能见。"后用"壶中天地"指道家所向往的仙境生活。

　　昨天,水木真一给千重子打电话,约她到平安神宫看樱花。真一的同学在神苑的门口收门票,干了半个月了。真一听那位同学说,眼下正是樱花盛开的时节。

　　"我叫他注意观察来着,还有比这更准确的吗?"真一低声笑了。真一的笑声很动人。

　　"他呀,会看到我们吗?"千重子问。

　　"那小子不是把门的吗? 谁都得从他眼皮底下走进去。"真一又是一阵笑,"不过,要是你在乎这个,那就各各入园,在园中的花树下见面好了。即使一个人赏花,也没有看够的时候啊。"

　　"那你就一个人先去吧,好吗?"

　　"也行,不过,要是今晚来上一场大雨,把花瓣儿全打落了,我可没办法啦。"

　　"落花自有风情在呀。"

　　"花给雨打落,沾满了污泥,这就是落花的风情吗? 那你就等着看落花吧……"

　　"讨厌鬼!"

　　"究竟谁才是……?"

　　千重子挑一件不太惹眼的和服穿上,走出家门。

　　平安神宫因"时代祭①"而闻名。这是为纪念千年之前在今天的京都定都的桓武天皇,于明治二十八年(1895年)建筑的,所以社殿不太古旧。但是,神门②和外拜殿据说系仿造平安京的应天门和大极殿。右近卫府有橘树,左近卫府有樱花。昭和十三年,又把东京迁都前的孝明天皇一并供奉于此。来神前举行婚礼的人很多。

　　最漂亮的是那片将神苑打扮得五彩缤纷的红垂枝樱。现存可以

----

①　时代祭:"祭"即祭祀,日语的"祭",亦有纪念、宣传、祝贺、庆典等意思。时代祭是京都三大"祭"之一(另有祇园祭和葵祭)。
②　神门:神社的门。

说:"除了这里的樱花,再没有能够代表京洛春色的了。"

千重子一走进神苑的入口,满树的红垂枝樱花朵,仿佛盛开在她的心中。"啊,今年又看到京都的春天啦!"她停住脚步望着。

可是,真一在哪儿等着呢? 也许还没来吧? 千重子想找到真一之后再赏花。她从樱花树下出来了。

下面的草坪上,真一正躺在那儿睡觉。双手交叉,枕在颈后,闭着眼睛。

千重子没想到真一会躺着,她很不乐意。哪有睡在地上等着年轻姑娘的? 她固然被这副不礼貌的行为弄得很不好意思,但千重子更是对躺在地上的真一实在看不惯。在她的生活范围里,是看不到躺在地上睡觉的男人的。

看来真一经常和同学们躺在大学校园的草坪上,或枕着胳膊肘儿,或尽情仰卧着,海阔天空地闲聊吧,他只不过学平时那样子罢了。

真一身边还有四五个老婆子,一边摊开一层层饭盒,一边高声谈笑。兴许真一觉得这几个老婆子很亲切,在她们旁边坐着坐着,就随地躺下了吧?

千重子想到这里,不由要笑起来,可是反而脸红了。她没有马上叫真一,只是站在那里。接着,想离他而去……千重子从未见过男人的睡相。

真一规规矩矩地穿着一身学生制服,头发也梳理得很整齐,修长的睫毛合在一起,像个少年。然而,千重子对他的打扮瞧都没瞧一眼。

"千重子!"真一叫了一声,随即站起身来。千重子立即有些不高兴了。

"躺在那里像什么话呀? 人来人往地都瞅着你呀!"

"我没有睡着,你来的时候我知道。"

"太坏啦!"

"我要是不喊你,你打算怎么着?"

"你看到我来,故意装睡觉,对吗?"

"想到有这样一个幸福的女孩儿走进来,我就感到几分悲伤,脑袋也有些发疼……"

"我? 我幸福……?"

"……"

"你头还疼吗?"

"不,已经好啦。"

"脸色很不好看呀。"

"不,已经没什么了。"

"像把宝刀哩。"

偶然也有别人说他的脸像宝刀,可打千重子嘴里说出来,却是第一次听到。

真一每当听到这种说法,心里就觉得热辣辣的,像火烧一般。

"别看宝刀,不杀人的。这里可是樱花树下啊!"真一笑着说。

千重子登上一座小山丘,转向回廊入口,真一离开草坪,跟在后头。

"这里的樱花,我都想看看。"千重子说。

一来到西边回廊的入口,红垂枝樱花团锦簇,立即将人带进了春天。这才叫春景啊! 又细又长的树枝上,缀满了艳红的八重樱,弯弯地垂挂下来,与其说是树上开着花,不如说是树枝支撑着花朵。

"这里的樱花,我最喜欢这一种啦。"千重子说。她把真一领到回廊朝外转弯的地方。那里有一棵樱树,枝条向四方扩展开来,好大一片。真一也站在一旁,望着这棵樱花树。

"仔细一瞧,这棵树很有女人味儿。"他说,"低垂的细枝,还有花朵,看起来又温柔,又丰润……"

　　而且,这八重樱的红色里,还浸染着些微的紫色。

　　"如此具有女人味儿,从前未曾感到过。那色彩、风情,还有那娇艳的润泽。"真一又说道。

　　两人离开那棵樱树,向水池那里走去。逼仄的道路旁边,放着一排座凳儿,铺着绯红色的毛毡,游客们坐在那里品薄茶。

　　"千重子,千重子!"有人叫着。

　　微暗的树林中的"澄心亭"茶室,走下来身穿"振袖"和服①的真砂子。

　　"千重子,想请你帮个忙呀,我有点儿累了,帮老师照料茶席呢。"

　　"我这副穿戴,只能洗洗茶具什么的。"千重子说。

　　"没关系,洗茶具也成……能来吗?"

　　"我还有伴儿呢。"

　　真砂子一看到真一,就凑近千重子的耳畔:

　　"是未婚夫吗?"

　　千重子微微摇着头。

　　"男朋友?"

　　还是摇摇头。

　　真一转身走开了。

　　"喏,进去坐坐喝杯茶,一起来吧……眼下正有空位子呢。"真砂子招呼道。千重子谢过她,朝真一追去。

　　"我那位茶席上的朋友,长得挺漂亮吧?"

　　"还算说得过去吧。"

　　"呀,人家会听见的啊。"

---

　　①　振袖和服:和服之一种,未婚少女的礼服,衣袖宽大、飘逸。

千重子看看站在那里目送他们的真砂子,向她告辞。

穿过茶室下面的小路,有个水池。近岸,生长着一簇簇菖蒲,竞相呈现着嫩绿的叶色。水面上漂浮着睡莲的叶子。

这个水池的周围,没有樱花树。

千重子和真一,绕过岸边,进入昏暗的林中小径。这里能闻到新叶的香味儿和湿润的泥土的气息。这条林中小径,又细又短。这里又有一个水池,比前面的水池更大,庭院更广阔、明媚。岸边的红垂枝樱花,映着水面,十分耀眼。外国的游客们,也都围着这棵樱树拍照。

可是,对岸的小树林里,马醉木也羞涩地开放着白色的花朵。千重子想起了奈良。还有,虽说算不上什么大树,但姿态优美的松树很多。要是没有樱花,庄静的松树就会引起人们注意。不,如今,一尘不染的松树的姿影,伴着那一池春水,衬托着低垂的朵朵红花,使之更加艳丽夺目。

真一首先渡过池子中央的脚踏石,这叫作"泽渡"。这些脚踏石是圆盘状的,就像打造鸟居①切割下来的圆形石柱基础石材,直接排列在这里了。有的地方,千重子还得微微提起和服的衣裾。

真一回过头来说:

"千重子,我真想背着你过去。"

"试试看吧,真令人佩服。"

当然,这里的脚踏石,连老太太都能过得去。

脚踏石下面,漂浮着睡莲的叶子。一走近对岸,脚踏石周围的水里,映现着小小的松影。

"脚踏石的这种摆法,倒也挺抽象的,是吗?"真一说。

"日本的庭院不都显得很抽象吗? 就像醍醐寺庭院里的杉苔,

①　鸟居:象征神社神域的门。

吵吵嚷嚷,说是抽象,抽象,反而惹人厌烦……"

"是啊,那种杉苔的确很抽象。醍醐寺的五重塔修理完了,正要举行落成典礼,去看看吧?"

"醍醐寺也是模仿新的金阁寺修缮的吗?"

"想必是焕然一新了吧? 塔没有烧毁……是拆掉以后再按原样组装的。落成典礼正逢樱花时节,人一定很多呀。"

"要赏樱花,没有比这里的红垂枝樱更可看的了。"

两人从稍靠里边的"泽渡"走过去了。

过了"泽渡",岸上长着一簇簇松树,不久就到了桥殿。正确地说,这里是一座名叫泰平阁的"桥",看形态使人想到"殿"。桥两侧各是一排有椅背的低矮座凳儿,人们坐在上头休息,隔着水池眺望庭园的景色。不,当然,水池才是庭院的重点。

坐着的人,有的喝水,有的吃东西,小孩子们在桥上跑来跑去。

"真一,真一! 这儿……"千重子先坐下,用右手给真一占了个位子。

"我还是站着吧。"真一说,"也可以蹲在你脚边……"

"不要。"千重子一下站起来,拉真一坐下,"我去买鲤鱼饵。"

千重子回来,把麸皮投向池水,鲤鱼成群地游来,拥拥挤挤的,有的甚至将身子露出水面。一圈圈的微波扩散开来,摇荡着樱花和松树的影子。

"给你吧。"千重子想把剩下的鱼饵交给真一,他沉默不响。

"你头还疼吗?"

"不疼了。"

他俩在那里坐了好长时间。真一神色安然地一直凝望着水面。

"你在想什么呀?"千重子问道。

"怎么说呢,我想,人也有什么也不想的幸福时刻啊。"

"就像这种赏花的日子……"

"不,是在幸福的姑娘身边……品味着幸福的甜美,温暖而富有朝气。"

"我幸福吗?……"千重子又说。眼里蓦然浮现出忧愁的阴影。抑或是因为低着眉头,池水映入了她的眸子。

千重子站起来。

"桥对面,有我喜欢的樱花树呀。"

"打这儿也能瞧得着,是那里吧?"

那里的红垂枝樱实在好看,以"名樱"而名闻遐迩。枝条垂挂似杨柳,而且很宽阔。一走到树下,微风拂拂,花瓣儿撒满了千重子的脚下和肩膀。

花也落在了樱树下面,斑斑点点。有的漂浮在水池上,可是,也只有七八朵花儿吧……

垂枝樱用竹架支撑着,有的花枝细尖儿几乎垂到池水里了。

这棵绯红的八重樱,透过花枝重叠的空隙,可以窥见池东岸树林梢头,绿叶翠碧的山峦。

"那是东山的余脉吧?"真一说。

"那是大文字山①。"千重子回答。

"哦,大文字山吗?看起来好高呀。"

"从花丛里望去,会怎样呢?"千重子说着,也站在花丛里了。

两人久久不肯离去。

这一带樱花林里都铺着粗糙的白砂子。白砂子的右首是相对于庭园高高耸立着的伟岸松林,以及神苑的出口。

---

①　大文字山:京都市左京区如意岳西峰,每年八月十六日晚,在此燃起"大"字形篝火,明烛夜空,蔚为壮观。

走出应天门，千重子说：

"想去'清水'看看了。"

"清水寺吗?"真一带着一副无趣的表情。

"很想从'清水'那里，眺望一下京城的黄昏，还有那西山的落照。"千重子反复地说着，真一只得同意了。

"嗯，去吧。"

"走着去吧!"

好长一段路呢。躲开电车线，两人绕远路到南禅寺道，穿过知恩院后头，经过圆山公园里面，沿着一条古老的小路，来到清水寺前面。碰巧，正是春日暮霭满天的时候。

清水寺舞台上的游客，只剩下三四个女学生，已经看不清她们的面孔了。

这正是千重子喜欢的时刻，晦暗的本堂里亮起了灯光。千重子没有在本堂的舞台上停留就走过去了。他们从阿弥陀堂前进入后院。

后院里也有架在悬崖上的"舞台"。桧皮葺顶的屋脊显得重量很轻，舞台也很小巧、轻盈。但是，舞台是面朝西的，对着京城，向着西山。

城里灯火明丽，天边残留着微微的亮光。

千重子倚在舞台的栏杆上，遥望着西方。她似乎把同行的真一忘记了。真一走近她的身旁。

"真一，我是个弃儿。"千重子突然说。

"弃儿……?"

"嗯，是弃儿。"

真一一时泛起了迷糊，不知道她说"弃儿"心里是怎么想的。

"是弃儿?"真一嘀咕了一声，"你自己也会认为自己是弃儿吗?

千重子你要是弃儿,那像我这样的人也是弃儿,精神的弃儿……也许人都是弃儿。诞生于世就是被神抛掷在这个世界上了。"

真一看着千重子的侧影,夕暮的霞光无意中淡淡染红了她的脸庞,这就是美好的春愁吗?

"那么说,人也就是神之子,先舍弃,再拯救……"

千重子似乎没有听进去,她俯瞰着灯火迷离的京城,也不回头瞧真一一眼。

真一认为,千重子心里有着莫名的忧伤,他想把手放在她的肩膀上,千重子躲开了身子。

"不要接触我这个弃儿!"

"我不是说了吗? 神之子才被称为弃儿。"真一稍稍提高了嗓门。

"哪会有那么奇妙的事情呀? 我不是神的弃儿,而是凡界的父母的弃儿!"

"……"

"是被扔在土红色格子门前的弃儿!"

"胡说什么?"

"是真的,但告诉你这件事情,又有什么用?"

"……"

"我呀,从'清水'这里,眺望京城漠漠黄昏,心想,我真的生在这座京城里吗?"

"瞧你说的,你头脑有问题……"

"这种事儿,干吗要骗你呢。"

"你不是批发商的独生女儿吗? 好宝贝哩! 大凡独生女儿,总喜欢想入非非。"

"可不,是被宝贝着。如今呀,做个弃儿也不错……"

"你说弃儿,有什么证据?"

　　"证据？证据就是店前的土红格子门呀。老格子门知道一切。"千重子的声音愈加动人，"我呀，大约是上初中的时候吧，妈妈把我喊去，对我说：'千重子，你不是娘肚子里的孩子，是抢了别家的小宝贝，坐着车慌忙逃走了。'可是，抢夺的地点，父母说的都不一样，一个说是观赏夜樱的祇园，一个说是鸭川的河畔……他们觉得，要是说我是扔在店前的弃儿，太可怜了，所以想点子瞒住我……"

　　"嚄，你不知道亲生父母是谁吗？"

　　"当今的父母很宝贝我，我也不想寻亲了。我的生身父母，也许早已化作仇野①的怨鬼游魂，那里的石碣都破败倒塌啦……"

　　自西山起始，柔和的春的夕暮犹如微红的雾霭，逐渐扩散开来，几乎染遍了京都大半个天空。

　　千重子真是弃儿吗？她真的是抢来的吗？真一很难相信。千重子的家在古老的批发商店街，到附近一打听就知道。可是真一眼下当然没心思去查问一番。真一迷惑不解，他想弄清楚的是，千重子为何在这里告诉他这些事情。

　　难道她把真一带到清水寺来，就是为了向他表白这个吗？千重子的声音越发清纯了，话音里蕴含着一丝可贵的坚强。她似乎不是为了向真一诉苦。

　　千重子一定朦胧地知道，真一是爱她的。千重子的表白，难道是让爱她的人了解自己的身世吗？真一听不出她的话有这个意思。恰恰相反，她似乎是为了预先拒绝他的爱。所谓"弃儿"，只不过是千重子制造的假话罢了……

　　在平安神宫时，真一再三说千重子很"幸福"，他想，这权当是对自己的抗议好了。于是，真一说：

---

　　①　仇野：京都内嵯峨小仓山麓的火葬场兼墓地，又称鸟部山、鸟边山。

"你知道是弃儿之后，感到很孤独，很悲伤吗？"

"不，我一点也不感到孤独。我也没有可悲伤的事。"

"……"

"我要进大学的时候，父亲对我说，一个继承家业的女孩儿家，上什么大学，反而惹麻烦。倒不如多照看一下生意呢。只是那个时候，我才有些……"

"是前年吗？"

"是前年。"

"你绝对听父母的话吗？"

"啊，绝对听。"

"婚姻大事呢？"

"啊，现在也是这么想。"千重子毫不迟疑地回答。

"就没有一点自己的看法，自己的感情吗？"真一问。

"有啊，太多啦，不知道怎么办……"

"你就这么压抑自己，一切都闷在心里吗？"

"不是，不想闷在心里。"

"你说话总是绕圈子。"真一轻轻的笑声里微带几分颤抖，他上半身探出围栏，窥探着千重子的脸庞，"很想看看你这个谜一般的弃儿的模样儿呢。"

"已经天黑啦。"千重子这时才回头看看真一，她的眼眸里闪耀着光辉。

"真可怕……"千重子将目光转向本堂的屋顶。厚厚的桧树皮葺的屋顶，看上去沉重而又昏暗，正以可怖的气势压了过来。

尼寺和格子

千重子的父亲佐田太吉郎，三四天前就躲进了隐蔽于内嵯峨的一座尼寺里。

　　说是尼寺,庵主也过六十五岁了。这座小小的尼寺,在古都还是有来头的,可是寺门掩映于竹林里,看不见,和旅游几乎无缘,总是静悄悄的。厢房偶尔用来举行茶会,也称不上知名的茶室。庵主经常出外教插花。

　　佐田太吉郎租住这座尼寺的一间房子,如今他也与这座尼寺很相像。

　　佐田的店算得上是一家京城绸缎批发商,位于中京区。周围的店铺大体都是股份公司,所以佐田的店形式上也是股份公司。太吉郎当然是经理,但交易都委托给掌柜(如今称专务或常务)处理了,不过还是多半保留了传统生意人的老规矩。

　　太吉郎打年轻时候起就有名人气质,而且不愿和人往来。他丝毫没有为自己的染织作品举行个展的野心。即便办个什么活动,在当时因为制作太新奇,要想出售,那是很困难的事。

　　上一代的太吉兵卫,总是闷声不响看着太吉郎做活计。其实,太吉郎并不缺少那些能画时髦花样儿的内部图案设计师和外面的画家的本领。当太吉兵卫发现不是天才的太吉郎毫无长进,靠着麻药的魔力,绘制了一些奇奇怪怪的友禅织的画稿,立即将他送进医院。

　　轮到太吉郎当家了,他的那些画稿也变得寻常一般了。太吉郎对此很伤心。他到嵯峨的尼寺一个人独居,也是为了能获得意想不到的构图方面的灵感。

　　战后,和服的花样发生了显著的变化。他想到,过去靠麻药绘制的奇奇怪怪的花样儿,如今看来,反而富有新鲜的幻想。可是,太吉郎已经五十过半了。

　　"干脆照传统的风格干吧。"太吉郎有时嘴里叨咕着。过去优秀的东西不断浮现于眼前,满脑子都是"古代织物残片""古典服装"的花纹和色彩。当然,他也到京城的名园和山野写生,为和服花样搜集素材。

女儿千重子,正午时分来了。

"爸爸,喜欢吃森嘉的汤豆腐吗? 我买来啦。"

"哦,太难为你啦……森嘉的豆腐,我固然高兴,可是更高兴的是,千重子看我来啦。待上一个晚上,让爸爸歇歇脑筋,想出个新花样来……"

绸缎批发商老板,其实没有必要绘制画稿,那会影响生意的。

然而,太吉郎就连在店内时,也在立着切支丹灯笼的中庭里,于客厅后窗旁边摆上书桌,一坐下来就是半天工夫。书桌后面有两个古老的桐木壁橱,放着中国和日本的古代切片。壁橱一侧的书箱,盛的都是各国绸缎的图录。

最里头的仓库楼上,原样保存着诸多能乐剧的戏装、武官的朝服等,还有不少南洋各国的印花绸子。其中也有太吉郎的上一代,或再上一代起所搜集的古董。举行古代切片展览时,碰到有人求购,太吉郎总是冷冷地断然拒绝:

"吾家遵照先祖遗训,概不出售。"

因为是京都的故家,有人上厕所,就得打太吉郎桌边逼仄的走廊上通过,他看了就皱起眉头,忍着不吭气儿。可是一旦店里有人嚷嚷,他就会厉声喝道:

"不能安静一些吗?"

主管拱着手说:"是大阪来了客人。"

"他们买不买没关系,批发商多得是!"

"都是我们的老主顾哪……"

"买绸缎靠的是一双眼! 靠嘴买,不是一点眼力都没有吗? 生意场的人,只要瞥一眼就够了。别看我们的货都很便宜。"

"是的。"

　　太吉郎在桌子和坐垫底下铺开着一块异国风格的地毯,他的周围挂着南洋名贵印花绸幔子。这巧主意出自千重子。帷幔可以使店内的杂音得以缓和,千重子时常更换一遍。每换一次,父亲就感受一次千重子的孝心,并把这些帷幔的来历告诉女儿:这是爪哇的,那是波斯的,是哪个时代的,什么图案,等等。这种详细的解说,千重子有时也听不明白。

　　"做提兜太可惜,裁成茶巾又嫌大。要是缝腰带,可以做好几条呢。"有一次,千重子环顾着帷幔说道。

　　"拿剪刀来……"太吉郎说。

　　父亲用剪刀果然灵巧地将帷幔裁成了几片。

　　"来,用这个给千重子做个和服腰带,不错吧。"

　　千重子吓了一跳,眼睛湿润了。

　　"不行呀,爸爸!"

　　"好了,好了,千重子扎上这条腰带,说不定会激发我绘制画稿的灵感哩!"

　　千重子去嵯峨的尼寺,就是扎的这条腰带。

　　太吉郎当然立即看到女儿的印花绸腰带了,但他装作不在意。印花绸的花样,显得大气、艳丽,颜色浓淡相宜。不过,作为父亲,他想,让花样年华的女儿扎这种腰带合适吗?

　　千重子将半月形的饭盒放到父亲身边。

　　"现在吃饭吗？稍等一会儿,我去准备汤豆腐。"

　　"……"

　　千重子站起来,随即回头望望门外的竹林。

　　"已经是竹叶萧森的秋天啦。"父亲说。

　　"围墙几近毁坏,倾斜了,剥落了,就像我这个样子啊!"

　　千重子听惯了父亲的话,也没过去安慰安慰他,"竹叶萧森"——她只是重复着刚才父亲说的话。

"你来时路上的樱花怎么样?"父亲轻声地问。

"散落的花瓣儿都漂浮在水池上了。山间嫩绿的树林里,还剩下一两棵尚未落尽的樱花树,从稍远的地方望过去,反而显得很好看。"

"嗯。"

千重子到里屋去了。太吉郎听到切葱和刮鲣鱼的声音。千重子把樽源汤豆腐的工具备齐后拿出来。——这些餐具都是从家里带过来的。

千重子一心一意伺候父亲吃饭。

"你也一块儿吃吧。"父亲说。

"嗯,您吃吧……"千重子答道。

父亲从肩头到前胸打量着女儿,说:

"太素净啦。千重子只穿我画的花样,这样的设计也只有你穿。净是些卖不出去的东西啊……"

"我就爱穿这样的花色,只要我喜欢就行。"

"嗯,太素净啦。"

"虽说素净些,可是……"

"一个年轻姑娘家,太素了,不好。"父亲突然严肃地说。

"可懂行的人看了,都说好呢……"

父亲一声不响了。

太吉郎打画稿,现在只是凭兴趣,玩玩罢了。一个多少转向平民化的批发店,主管为了照顾老板的面子,太吉郎的画稿,也只能叫人印染两三件。其中,由女儿千重子主动挑一件,做成衣服穿,料子要选上好的。

"不一定老是穿我设计的花样。"太吉郎说,"也不必一直穿自家店的料子嘛……不必讲究情面。"

"情面?"千重子迷惑不解,"我没有讲究什么情面啊。"

"我说千重子呀,你要是穿得华丽些,早就有人喜欢上啦。"平素不大爱笑的父亲,这时也呵呵笑起来了。

千重子照料父亲吃汤豆腐,很自然地看到了父亲的大书桌,那上面不见一张"京染"的画稿。

书桌的一角上,只有江户泥金画的砚台盒和两本高野残篇①的复制品(其实就是字帖)。

父亲住到尼寺里,该不是想忘掉店里的生意吧? 千重子思忖着。

"六十方学书呀。"太吉郎羞愧地说,"不过藤原②的草书流畅的线条,对于制作画稿倒是很有用处的。"

"……"

"没出息了,手都发抖啦。"

"字写得大一些嘛。"

"已经写得够大的啦,可是……"

"砚台盒上的旧佛珠呢?"

"啊,那个呀,是向庵主讨要的。"

"爸爸戴着那个拜佛吗?"

"用当今的话说,哈,算个吉祥物吧,含在嘴里,有时候,真想咬碎呢。"

"啊,多不卫生呀,沾着好多年的手汗,太脏啦!"

"脏什么? 那手垢不正体现了两三代尼姑的虔诚之心吗?"

千重子似乎触动了父亲的隐痛,默默低着头。她把吃过汤豆腐

---

①　高野残篇:高野山所藏笔帖残片,现存最古的《古今和歌集》的写本断简,一说是纪贯之笔墨之传承。

②　藤原:此处似指藤原公任(966—1041),平安中期歌人,一度参与政界,失意而退,遂转入文学。晚年隐居,出家。

的用具收拾一下,送回了厨房。

"庵主师傅,她……"千重子从里屋走出来。

"兴许快回来了。千重子你怎么走呀?"

"我从嵯峨走着回去。眼下岚山游人很多,我倒喜欢野野宫、二尊院小道,还有仇野。"

"你小小年纪,净喜欢那种地方,将来好叫人担心哪,可不要学我啊。"

"女人怎么会和男人一样呢?"

父亲站在廊缘上,目送着千重子。

老尼姑不多会儿就回来了。她立即打扫院子。

太吉郎坐在桌前,脑子里出现了宗达①和光琳②的蕨菜图,还有春日的花草画,心里想着刚刚离开他回家去的千重子。

来到乡间小路上,父亲隐居的尼寺,就被竹林遮掩了。

千重子打算到仇野的念佛寺参拜。她顺着古老的石阶爬上左边的悬崖,到达有两尊石佛的地点,听到上面人声喧嚷,立即站住了。

数不清有几百座的残破的石塔群,一律都是所谓"荒野游魂"。近来,有些摄影团体,让一些打扮得奇奇怪怪、穿得薄如蝉翼的女子,站到小石塔群落里照相。莫非今天也是这样吗?

千重子从石佛前下了石阶,又想起父亲的话来。

为了躲开岚山春游的客人,跑到仇野和野野宫这种地方,确实不像是一位年轻姑娘的作为。这比起穿着父亲设计的素净图案的衣

---

① 宗达:生卒年不详。江户初期画家,长于装饰画和水墨画。代表作有《(源氏物语)关屋·澪标图屏风》和《风神雷神图屏风》。
② 尾形光琳(1658—1716):江户中期画家。初学狩野风,而后倾向于光悦、宗达的装饰画风,创造大胆而华丽的画风,给予泥金画、染织等工艺以巨大影响。

服,更加……

"爸爸在那座尼寺,好像什么也没干呀。"千重子心里泛起淡淡的寂寥之情,"咬着那沾满手垢的古老的佛珠,他究竟想些什么呀?"

千重子知道,父亲待在店里,有时也是强忍着激烈的情绪,就像要一口咬碎佛珠似的。

"倒不如咬自己的手指头更好呢……"千重子喃喃自语,随后摇摇头。接着,她又把心思转到和母亲二人,一起到念佛寺撞钟的事情上了。

这座钟楼是新建的。母亲个子小巧,撞钟也不响亮。

"妈妈,憋足气!"千重子将自己的手掌和母亲的手掌握在一起,这下子撞得很响。

"真的呢,响得好远哩!"母亲开心地说。

"哎呀,到底和常常敲钟的和尚不一样啊。"千重子笑了。

千重子一边想着这些往事,一边沿小路向野野宫走去。这条小路,牌子上写着"竹径通幽",也不是很早以前的事。但是眼下,昏暗之处也变得明亮多了。门前的小卖部也是吵吵嚷嚷的。

但是,这小小的神社如今没有改变。《源氏物语》里也写着呢,奉仕伊势神宫的斋宫(内亲王)①,在这里幽居三年,斋戒沐浴,洁身自好。据说这里就是"宫居"②的遗址。带有树皮的黝黑的木造牌坊,还有那小柴垣,广为人知。

从野野宫前沿着野外的道路走下去,景色逐渐开阔起来,前方就是岚山。

千重子来到渡月桥岸边的松树林,在这里乘上公共汽车。

"回到家里,妈妈问起爸爸来,说些什么好呢? 妈妈会不会早就

---

①　斋宫:天皇即位时,选未婚皇女(内亲王)奉仕伊势神宫,赴任前需斋戒。此种规制自崇神天皇始,至后醍醐天皇终。

②　宫居:神的居所。神社。

知道了？"

明治维新前,中京的商家都在所谓"铁炮烧""咚咚烧"的大火①中焚毁了,太吉郎的店铺也未能幸免。

因此,这一带的商店,虽说有土红的格子门,楼上开着小棂窗,保持着古老的京城风格,实际上都还未经过一百年。——据说太吉郎店内尽里面的仓库,在这场大火中没有被烧毁……

太吉郎的店几乎没有随世俗而改变,这固然决定于老板的性格,但也和批发商的生意逐渐清淡有关系。

千重子回来了,她打开格子门,可以一眼望到底。

母亲阿繁,坐在父亲平素常坐的书桌边抽烟。左手支撑着腮帮,隆着脊背,看上去像在读书或写字,可是桌面上没有任何东西。

"我回来啦。"千重子站到母亲身旁。

"啊,回来了？你辛苦啦。"母亲这才回过神来,"你爸爸在干些什么？"

"这个嘛,"千重子正犹豫着,"我买豆腐带去了。"

"森嘉的吗？爸爸一定很爱吃,做的汤豆腐……？"

千重子点点头。

"岚山怎么样？"

"人很多啊……"

"没叫爸爸送你到岚山吗？"

"没有,庵主不在家……"

接着,千重子还说:"爸爸好像一直在练字呢。"

"练字哪。"母亲好像没什么意外,"练字可以使心神安宁,我也

---

① "铁炮烧""咚咚烧":似指"禁门之变"(长州藩于京都策动的武力冲突)时,发生于一八六四年八月十九日的京都大火灾。街道中响起铁炮声,故名"铁炮烧";火势迅速蔓延,不容扑救,故名"咚咚烧"(日语接连不断之意)。

有这个体会。"

千重子瞅了瞅母亲白皙而端庄的面庞,千重子看不出她心里在想些什么。

"千重子。"母亲轻轻叫了她一声。

"千重子,你呀,也可以不继承这个店里的生意啊……"

"……"

"想嫁人,那就嫁人得啦。"

"……"

"你都听见啦?"

"干吗要说这些呢?"

"一句话也说不清,妈妈也都五十了,我可是想定了才跟你说的。"

"干脆把店关掉算了,不行吗……?"千重子一双美丽的眼睛湿润了。

"瞧你,都说到哪里去了呀……?"母亲微笑起来。

"千重子,你说家里的生意不如不做了,是真心话吗?"

母亲声音虽不高,但很威严。——母亲刚才的微笑,难道是自己看错了吗? 千重子想。

"是真心的。"千重子答道。她心里一阵发疼。

"我没有生气,不要那样哭丧着脸嘛。青年人能说会道,老年人拙口笨腮,究竟谁更孤独,你一定很清楚。"

"妈妈,原谅我吧。"

"说什么原谅不原谅的呀……"

这回母亲倒是真的微笑了。

"妈妈的话似乎也和前面对你说的不太一样啊……"

"我呀,一下子不知怎的,说了些什么,连自己也不知道啦。"

“人哪——女人也一样,说到哪儿就算哪儿,不要变卦嘛。”

“妈妈。”

“你在嵯峨,对你爸爸也是这么说的吗?”

“没有,我对爸爸什么也没说……”

“是吗?也跟爸爸说说看……男人哪,听了可能会发火,可心里头,一定很乐意。”母亲捂住额头,“我坐在爸爸的书桌旁边,就会想起他的一些事。”

“妈妈,你都知道了吧?”

“知道什么呀。”

母女俩好半天都一言不发。千重子再也坐不住了:

“要准备晚饭了,我到锦街①买点儿什么吧。”

“好的,太难为你啦。”

千重子站起来,要到店铺那边去,她下了土间②。原来,这土间很狭长,一直通向里间,而且在店铺对面的墙上,开了一排黑黢黢的锅灶。厨房就在那儿。

如今也用不着锅灶了。锅灶里面安着煤气炉,铺了地板。过去,下边铺的是泥灰,这里又是风口,在京都寒冷的冬季非常难熬。

但是,锅灶都没有毁掉(多数家庭都保留着),也许因为人们依然信奉火神—— 灶王爷的缘故吧。锅灶后面,供着镇火牌位,还摆着许多布袋佛。布袋佛要配够七尊,每年“初午”③日,去参拜伏见的五谷神,每次都买来一尊添上。若是家里死了人,得从最初的一尊开始,重新配齐。

千重子店里的火神,配齐了七尊。家里只有父母和女儿三口人,

---

① 　锦街:著名食品市场,号称“京都的厨房”。
② 　土间:日式住房门内较低且不铺地板的地方。
③ 　初午:二月首个午日,祭祀五谷神。有的地方定为蚕和牛马的祭祀之日。

这七年到十年里,也没有死过人。

火神们的一侧,放着白瓷花瓶,每隔两三天,母亲就给花换水,仔细擦干净座架。

千重子提着菜篮子刚刚出门,立即看到一个青年男子走进自家的格子门。

“银行的人吧。”

那人好像没有看到千重子。

是平时常来的年轻银行员,看来也没有什么可担心的,千重子想。不过,脚步随之沉重起来。她紧靠着店前的一排木格子,用手指尖儿轻轻划着一根根格子走过去。

走到店头没有格子的地方,千重子回头看看店铺,又扬起脸来。

二楼的小棂窗前古老的招牌进入她的眼帘。这块招牌连着小小的屋顶,似乎是老铺的标记,又像一种装饰。

春日和暖的夕阳无力地照射着招牌上古旧的金字,反而显得有些寂寥。店前厚厚的棉布门帘也泛白了,露出粗疏的纹路。

“唉,即使平安神宫绯红的垂枝樱,凭现在的心情看,也会觉得没意思啊。”千重子加快了脚步。

锦街的市场还像平时那样熙熙攘攘。

折回父亲店铺附近,遇到白川女①。千重子首先打招呼。

“到我家玩玩吧。”

“嗳,谢谢啦。小姐,回来啦? 真巧,在这儿……”姑娘说,“您上哪儿去啦?”

“锦街。”

“好能干呀。”

----

①　白川女:居住于京都东北北白川地区、在京都市内叫卖花草的女性。

"这是供神的花吧……?"

"是啊,每次都谢谢啦……喜欢吗? 看看。"

说是花,其实是杨桐,说杨桐,也就是一束嫩叶。

每月初一和十五,白川女就送花来。

"今天碰上小姐,真开心啊!"白川女说。

千重子也挑了一支长出嫩叶的小枝条,心里好一阵子激动。她一手攥着杨桐枝回家去,一进门就喊道:

"妈妈,我回来啦!"千重子的声音很响亮。

千重子将格子门打开了一半,再看看大街。卖花姑娘白川女,还在那儿。

"进来歇歇吧,喝杯茶。"她打着招呼。

"好的,谢谢啦。您说话总是那么亲切……"姑娘应和着,然后,抱着一束花草走进土间,"这些花草也没多大用处,不过……"

"谢谢,我是很喜欢花草的,你真是个有心人啊……"千重子眺望着山野里的花草。

门口的锅灶前有一口老井,盖着竹编的井盖儿。千重子把花草和杨桐枝搁在井盖上。

"我拿剪刀来。对啦,杨桐叶要洗洗干净……"

"剪刀这儿有。"白川女咔哧咔哧了几下剪刀,"您家的灶神总是这么干净,我们这些卖花的实在很感动啊!"

"我妈太爱干净……"

"我以为是小姐……"

"……"

"近来好多人家,灶神、插花、水井等,上面积满了灰尘,脏兮兮的。连我们卖花的,看了都觉得寒碜。一到您家就安心了,真叫人高兴。"

“……”

至于生意场上，一天天衰落下去之类的事情，千重子都没跟白川
女提起过。

母亲依然坐在父亲的书桌前面。

千重子把母亲叫到厨房里，给她看从市场买来的东西。母亲看
见女儿从篮子里一样样拿出来摆好了，心想，这孩子也懂得俭省了。
可能也是想着父亲去了嵯峨的尼寺，不在家里……

“我也帮帮你吧。”母亲站在厨房里，“刚才来的是那个卖花姑
娘吧？”

“嗯。”

“嵯峨的尼寺，有你送给爸爸的画册吗？”母亲问。

“哦，我没在意啊……”

“你给的那些，好像是带去的。”

那是保罗·克利①、马蒂斯②、夏卡尔③，还有更为现代抽象派的
画集。千重子给父亲买这本书，是想唤起他新的灵感。

“我们店里，本来不需要你爸爸亲自打画稿的，只要看中了别处
印染的东西，能卖出去就行。可你爸爸呀……”母亲说。

“可是千重子尽喜欢穿爸爸画的和服，连妈妈我，都要谢谢你这
个女儿呀。”母亲继续说。

---

① 保罗·克利(Paul Klee,1879—1940)：出生于瑞士，父亲是德国人，母亲是瑞
　　士人。早年受象征主义与年轻派风格的影响。后期倾向印象派、立体主义、
　　野兽派和未来派。代表作有《亚热带风景》《老人像》等。
② 亨利·马蒂斯(Henri Matisse,1869—1954)：法国画家，野兽派创始人。代表
　　作有《豪华、宁静、欢乐》《开着的窗户》等。
③ 马克·夏卡尔(Marc Chagall,1887—1985)：俄国超现实主义代表画家，其作
　　品内容多为故乡自然风物和人间情爱，充满丰富的想象力，色彩明亮而宁
　　静。

"谢什么呀……我喜欢才穿的嘛。"

"你爸爸他看到女儿的和服腰带,不觉得有点儿土气吗?"

"妈妈,虽说素了些,可仔细一看,还是蛮有意思的,还有人夸奖呢。"

千重子想起来了,今天对父亲也是这么说的。

"漂亮的女孩儿,有时候,反倒素净些更合适。不过……"母亲打开锅盖儿,用筷子试了试东西煮熟了没有,她接着说道:

"你爸爸怎么就不能画一些鲜亮的,当今正在流行的花样儿呢?"

"……"

"过去呀,你爸爸他也画过一些高级、时髦的,新奇、惹眼的花样儿……"

千重子点点头:"妈妈怎么没有爸爸设计的和服呢?"

"妈妈已经老啦……"

"一天到晚老了老了的没个完,您才多大呀!"

"老了就是老了嘛……"母亲只是叨咕。

"那位设计被评为无形文化财(人间国宝)的小宫先生,他画的江户小花纹,年轻人穿在身上,反而很光鲜,惹得过路人都要回头瞧上几眼呢。"

"小宫先生这样的大人物,你爸爸怎好和人家相比呢?"

"爸爸是着眼于精神的深层……"

"别说得那么玄妙啦。"母亲动了动她那京都女子特有的白皙的容颜,"你听着,千重子,你爸爸他说过,等你举办婚礼的时候,一定给你做一件色彩鲜艳的婚纱和服……妈妈很早就巴望着这一天呢……"

"我的婚礼……?"

千重子显得有点儿神情黯淡,她沉默了好大一会儿。

"妈妈,您过去的生涯中,有没有神魂颠倒的时候呢?"

"这个嘛,以前也许跟你说过,一个是在我和你爸爸结婚的时候,还有我们两个抢了你这个可爱的婴儿逃走时。抢了千重子,坐车逃掉啦,就是那种时候。已经过去二十年了,如今一想起来,心里还是怦怦直跳呀。千重子,你摸摸妈妈的心口窝看。"

"妈妈,您不是说我是弃儿吗?"

"不对,不对!"做娘的一个劲儿摇头。

"人在一生当中,总会干上一两件可怕的坏事的。"母亲继续说。

"抢人家的孩子,其罪恶比盗窃金银财宝还要深重,也许比杀人犯还可恶啊!"

"……"

"千重子的亲生父母,一定是急得发疯啦。一想到这些,恨不得马上还给人家,可怎么还呀? 千重子你若要寻找生身父母,我们也只好认啦……可我这个当妈的,也就不活啦!"

"妈妈,不要再提这些事啦……千重子的妈妈,只有一个,那就是妈妈您哪。我就是这么想着长大的……"

"我知道,正因为这个,我更感到自己罪孽深重……我和你爸爸都想好了,早晚要下地狱。但能换个如花似玉的女儿,下地狱又算得了什么!"

母亲的语调很激动,她泪流满面。千重子看着她,眼里也含着泪水。她说:

"妈妈,您对我说实话,千重子到底是不是弃儿?"

"不是,我都说过了……"母亲又是摇头,"千重子干吗老是这么想呢?"

"我不相信爸爸妈妈会抢人家的小孩儿。"

"刚才我说了,人这一辈子,总要有那么一两次鬼迷心窍,干下可怕的坏事的。"

"那么说,千重子是在哪里拾到的呢?"

"观赏夜间樱花的祇园。"母亲滔滔不绝讲述起来,"以前也许说过吧,樱花树下的椅子上,躺着一个可爱的婴孩,看着我们,笑得像一朵鲜花。叫人舍不得离开。一抱起来,心里就'咯噔'一下,再也忍不住啦。我贴着婴孩儿的小脸蛋儿,盯着你爸爸,他说:'阿繁,干脆抱走吧,啊?阿繁,快跑,快跑啊!'接着,就一个劲儿逃啦。记得在平野芋棒①店门口慌慌张张跳上了车……"

"……"

"婴孩儿的母亲离开了一会儿,我们钻了个空子。"

母亲说得头头是道。

"这都是命……后来,你就成我们家的孩子啦。一闪,都过了二十年了不是?对你而言是好是坏呢?即便好,我也是打心眼儿里合掌祈祷,求你原谅。我永远对不起你。你爸爸想必也是一样的心情。"

"交好运了,妈妈,是交好运啦。我是一直这么想的。"千重子用两手捂住眼睛。

不管是拾来的还是抢来的,户籍上是把千重子作为佐田家的亲生女儿的。

千重子头一回听父母表明自己不是亲生女儿,那时就没有这方面的感觉。初中时代,千重子听父母谈起来,还以为自己做错了什么事,惹父母生气呢。

兴许父母怕周围邻居对千重子说三道四,倒不如先主动说明为

①　芋棒:芋头煮鳕鱼,京都名品料理。位于圆山公园内的平野本店,是家有着三百年历史的老铺。

好。或者,他们相信千重子对父母的一片亲情,心想女儿都这么大了,是能分清是非的。

千重子确实感到惊讶,不过,她也没觉得怎么难过。即便青春期到来,也没有为着这件事而苦恼。她对太吉郎和阿繁的亲爱之情依然不变,也没有特别往心里去,更没有着意去消除什么误解。这也是千重子的性格决定的。

但是,假如不是亲生女儿,那么自己的亲生父母,总该生活在某个地方,也许自己还有兄弟姐妹。

"虽说不想见面……"千重子想,"他们一定活得比这里更苦吧?"

对于千重子来说,这些事情也无法弄清楚,倒是记挂着生活在这座古老格子门内的父母来,他们的满腔愁绪也一起涌上她的心头。

在厨房里,千重子用手捂住眼睛,就是因为这个原因。

"千重子。"母亲阿繁,将手搭在女儿的肩膀上,摇晃着说:

"过去的事就不要再问啦。这世界上,随时随地都会有掉落的珍珠。"

"珍珠,好一颗珍珠呀,要是能镶到妈妈的戒指上,那就更好啦……"千重子说着,手脚勤快地干起活儿来了。

吃过晚饭,拾掇好了之后,母亲和千重子上了里屋的二楼。

面朝街道开着小棂窗的二楼,房间简陋,天棚低矮,是给小伙计们住的。从中庭一侧的走廊,可以直接通向里间的二楼。从店内也能上楼去。二楼一般是接待上等顾客或供客人住宿的地方。如今,普通客人都是在面向中庭的客厅里谈生意。虽说是客厅,一直连着店面和里屋,货架上放着绸缎,客厅两侧也是堆积如山。因为房子又长又宽,更便于把东西摊开来挑选。这里一年到头铺着藤席。

里边的楼上房间,天棚很高,有两间是六铺席的。这里是父母和千重子的起居室兼卧室。千重子对着镜子坐着,散开头发。长长的秀发梳理得很整齐。

"妈妈!"千重子向隔扇对面呼喊着母亲,声音里满含着种种思绪。

和　服　街

京城作为大都市,树木的叶色很漂亮。

修学院离宫的内庭,还有御所的松林,古寺广阔的庭院,这些地方的树木自不必说,木屋町和高濑川岸上成排的垂柳,五条和堀川的一条条垂柳林荫道,位于这座城市之中,一下子就映入了游人的眼帘。这是真正的垂柳!碧绿的枝条一直垂到地面,柔情似水。北山的红松也一样,描画着一个个柔和的圆,团团树影,绵延不绝。

眼下正值春天。东山已经出现了青翠的绿叶。碰到晴天,也能隐约看见睿山嫩绿的叶色。

树木的美艳在于城市的清洁,兴许是街道打扫得很干净的缘故吧。祇园那里,一走进小路,晦暗而古旧的小房屋鳞次栉比,路面上一尘不染。

织造和服的西阵一带同样如此。即便那些触目神伤的小店拥挤在一块儿,周围的路面也并不脏污。有着小格子门的,也不见落满灰尘。植物园等地也是一样,没有人随地丢废纸。

植物园,本来美军在这里盖了营房,自然是禁止日本人出入了。军队一撤走,又恢复了原来的样子。

西阵的大友宗助过去常到这里来。植物园里有他喜欢的林荫道,是成排的樟树。樟树不是人树,道路也不长,可他经常来这里散步。即使是樟树发芽的时节……

"那些樟树,不知怎样了。"在织机的声响里,他也曾这样念叨。会不会被占领军给砍了呢?

宗助等着植物园重新开放。

出了植物园,从那里沿着鸭川河岸再登上一段坡路,这是宗助散步的习惯。有时一边走路,一边望望北山。大体都是一个人。

植物园和鸭川,宗助最多待一个小时光景。不过,这种散步倒使人念念不忘。他正在回忆往事。这时,妻子叫他了:

"佐田先生的电话!好像是从嵯峨打来的。"

"佐田先生?嵯峨……?"宗助说着,向账房走去。

织造商宗助和批发商佐田太吉郎两个,宗助要年轻四五岁。抛开生意场上不说,他们是情投意合的朋友,青年时代也曾经是"铁哥儿们",不过近来多少有些疏远了。

"我是大友,好久不见啦……"宗助在电话里说。

"哦,是大友君。"太吉郎的声音异常兴奋。

"听说您去了嵯峨?"宗助问。

"我在嵯峨僻静的尼寺里躲清闲呢!"

"好奇怪呀。"宗助故意说得很郑重,"尼寺也有各种各样……"

"哪里,这是真正的尼寺……由上了年纪的庵主,一个人主持……"

"您真行,庵主一个人,您可以和年轻女孩儿……"

"胡说什么!"太吉郎笑了,"今天呀,我求你大友君一件事。"

"好的,好的。"

"我到你那里去一下,行吗?"

"欢迎,请吧。"宗助有点儿疑惑,"我这里忙得动不了身子,电话里也能听到织机的响声吧?"

"说实在的,这声音听起来,好叫人怀念啊!"

"瞧您说的,要是这声音没了,叫我怎么办?这里可不同于清静的尼寺啊。"

佐田太吉郎坐上车,不用半小时就到了宗助的店里。他眼里闪着光芒,立即打开包袱皮儿。

"这个,我想拜托你……"他展开画稿。

"哦?"宗助瞧着太吉郎的脸,"和服腰带啊!这是佐田先生制作的图案,好华丽呀!嗬,是送给您藏在尼寺的人的……"

"又来了……"太吉郎笑了,"是我家闺女的。"

"哎,要是织成腰带,小姐指不定会吓一大跳。瞧,这种腰带,她怎么会要呢?"

"不瞒你说,千重子送给我厚厚两三本克利的画集呢。"

"克利,克利……?"

"听说是什么抽象派先驱画家,柔和、高雅、充满幻想,很合乎日本老人的心理。我在尼寺反复观看,才画了这么一幅图案来。和日本古代的切片完全不同。"

"可不是嘛。"

"到底会是什么样儿,我想请你先织出来看看。"显然,太吉郎的满腔激情还没有平静。

宗助对着太吉郎的画稿瞧了半天。

"嘿,真棒,色彩搭配也不错……很好。对于佐田先生来说,这是从未有过的新制作,格调雅致,织起来比较困难。那就一门心思试试看吧。力求表现出小姐的孝心和父母的慈爱之情来。"

"谢谢啦……这阵子,有人动不动就大讲什么 idea(构想)、sense(感觉),要不了多久,连色彩也要考虑西洋的啦。"

"那玩意儿不算高级。"

"我呀,最讨厌那些带西洋词儿的东西。日本,自古代王朝以来,不都崇尚无法形容的优雅之色吗?"

"是啊,就说黑色吧,五花八门。"宗助随声附和。

"不过,今天,我也想过,在和服腰带店中,也有像伊豆藏①那样的……那里盖四层洋楼,搞现代工业化了。西阵也向那方面走啊。一天生产五百条腰带,近来,从业员也参加运筹,年龄平均二十多岁。像我家这种家庭手工作坊,二十年三十年之后,肯定要消失的啊!"

"哪儿的话呀……"

"即使剩下来,唉,还不成了无形国宝啦?"

"……"

"像佐田先生您这样的人,也谈论起什么克利来啦。"

"保罗·克利呀,我关在尼寺里,十天半月,昼思梦想,这腰带的花纹和颜色,不是也可以织成这个样子吗?"太吉郎说。

"画得很好,富有日本式的典雅风格。"宗助连忙说道,"不愧是佐田先生的大作。我一定织造一条上好的腰带来。我打算选个最好的式样,精心织造。对啦,还是让秀男干吧,他手艺比我强啊。就是我大儿子,您是知道的。"

"是的。"

"秀男比我织得更紧绷……"宗助说。

"那敢情好啊,拜托啦。我家虽说搞批发,但大都是向地方上供货。"

"瞧您说的。"

"这条腰带不是夏天用的,是秋天用的,虽说时间还早……"

"哎,我知道。这副腰带,适合什么样的和服呢?"

"我先想到了腰带……"

"您是批发商,和服可以随时选择上好的料子……怎么都可以。

---

① 伊豆藏:此处指江户时代的伊豆藏人偶师伊豆藏喜兵卫创始的织锦作坊,一八九三年开始织造西阵腰带。

看样子,要给小姐准备做嫁衣了吧?"

"哪里,哪里。"太吉郎听了,像是说自己似的红了脸。

西阵的手工织锦作坊,据说很难传到第三代,这是因为手工织造是属于工艺之类,即使父辈是一名优秀的织工,有一副好手艺,不一定就能传给儿孙。儿子按照父亲的技艺,毫不怠惰,孜孜以求,也不见得就能很好掌握。

但是也有这样的情况:孩子到了四五岁,首先让他学习缫丝,到了十一二岁,开始练习操作织机,不久就能承包外来的活计。所以,子女众多的人家,可以养家糊口,振兴家业。还有,即便是六七十岁的老太太,在自宅里也能缫丝。所以,也有的家庭,老祖母和小孙女,面对面坐着干活儿。

大友宗助的家里,只有老妻一人桄丝线,她低着头从早坐到晚,年岁显得很老,也不大说话了。

家里三个儿子,每人一架高座织机,织造腰带。高座织机共有三台,这自然是情况好的家庭,也有的家里只有一台,还有的要租借别家的织机使用。

大儿子秀男,正如宗助所说,技术超过父亲,在织造业和批发商之间颇有名气。

"秀男,秀男!"宗助喊着,好像没有回应。这里没有很多机械织机,只有三台木质织机,噪音也不大,宗助的声音很响亮。可是,秀男的织机位于对面靠近院子的一边,或许他在专心织着双层腰带吧,这可是难度很大的活计。要么就是父亲的呼声还嫌小,没有到达他的耳边。

"老太婆,把秀男叫到这里来。"宗助对妻子说。

"嗯。"妻子拂了拂膝盖,下了土间。她要到秀男的织机那边去,一边走,一边用拳头叩打腰节骨眼儿。

　　秀男停住操作筘齿①的手,朝这边看看,没有马上站起身来。也许太累了,但是知道有客人在,不好意思抢膀子,伸懒腰。他抹了一下脸,走过来。

　　"劳您到这种寒酸的地方来,失敬啦。"他对着太吉郎冷淡地打了招呼。他的表情和动作似乎还记挂着手里的活计。

　　"佐田先生画了这幅腰带图案,打算托我们家织造呢。"父亲说。

　　"是吗?"秀男的声音依旧显得有气无力。

　　"这可是很重要的腰带啊,你织比我织更要好些。"

　　"小姐千重子的腰带吗?"秀男这才将那张白皙的面孔对着佐田。

　　作为京城里的人,看到儿子一副冷淡的样子,说道:

　　"秀男一大早就开始干活儿,已经很累啦。"父亲宗助在为儿子说情。

　　"……"秀男没有回应。

　　"不用心是干不好活儿的……"太吉郎反而安慰他。

　　"织那种没趣的双层腰带,脑袋还没转过来,请见谅。"秀男说着低了一下头。

　　"很好,一个织工,就是要这样。"太吉郎表示很佩服。

　　"毫无意思的东西,可关系到我们家的口碑,这就更叫人苦恼。"说罢,秀男低着头。

　　"秀男。"父亲改换了口气,"佐田先生,和那些人不一样。你知道吗,这是佐田先生躲在尼寺里画的,不是拿去卖的。"

　　"是吗?哦,在嵯峨的尼寺……"

---

　　①　筘齿:日语原文为"筬"(osa),织布机上装在筘框内的金属薄片,将经线纬线按照疏密间隔互相组合。

"过来看看吧。"

"嗯。"

太吉郎受到了秀男的冷遇,刚才来到大友店时的那种气势,一下子消了大半。

画稿摊到秀男的眼前。

"……"

"你不会讨厌吧?"太吉郎讨好地问。

"……"秀男还在默默瞧看。

"你讨厌吗?"

"……"

儿子依然固执得一声不吭。

"秀男。"宗助也看不下去了,"快说话呀,怎么这样不懂礼貌?"

"唔。"秀男还是不肯抬起头来,"我是个织锦匠,也拜见了佐田先生的图案,和别的活计不一样,容不得半点马虎,这可是千重子小姐的腰带啊。"

"是呀。"父亲点点头,又有些迷惑不解,他觉得秀男和平时不一样。

"你讨厌吗?"太吉郎又问了一遍,语气也严厉起来。

"很好。"秀男沉住了气,"我没说讨厌啊。"

"嘴里没说,可心里头……从你眼睛看得出来。"

"是这样的吗?"

"说什么?"太吉郎站起身,打了秀男一巴掌。秀男没有躲闪。

"随您怎么打吧,我丝毫不认为佐田先生的图案不好。"

秀男的脸也许因为挨了打,才变得容光焕发起来。

秀男挨了打,拱着手表示道歉,也没有摸一下那半边发红的面颊。

"佐田先生,请恕罪。"

"……"

"虽然惹您生气了,但这条腰带,还是请您交给我吧。"

"好啊,我就是来求你们的嘛。"

太吉郎也渐渐消了气,"我也请你原谅,都这么大年纪了,还这样儿,实在不像话。打人的手在发疼啊……"

"我的手要是借给你,就更好啦。手艺人的手,皮厚。"

两人都笑了。

可是,太吉郎心底里的芥蒂,还没有消失。

"我已经不记得有多少年没动手打过人啦。——这要请你原谅。不过,我想问问你,秀男君,你看到我的腰带图案时,为何表情那么古怪呢?你能不能对我说实话?"

"哦。"秀男又有些神情黯淡了,"我还年轻,又是个手艺人,不是那么很懂行。您不是说是关在嵯峨尼寺里画的吗?"

"是啊,今天还要回到那里去,还要再住半个月呢……"

"别住啦。"秀男强调说,"请您快回家吧。"

"在家里静不下心来。"

"这腰带的花纹呀,华丽,雅致又新颖,我感到很惊奇。我想,佐田先生怎么会画出这样的图案呢?所以一直瞧着……"

"……"

"乍看起来,好像很有意思,可是没有温热的内心调和。不知为何,总有一种粗野和病态的感觉。"

太吉郎脸色青白,嘴唇发抖,说不出话来。

"不论多么僻静的尼寺,都会有狐狸精或狸猫妖作祟的,不过,佐田先生总不至于被迷住了吧……?"

"唔。"太吉郎把画稿拿到自己的膝盖旁边,入神地注视着,"嘀……说得好!别看年纪轻轻的,倒很有眼力啊!多谢……我再好好考虑一下,重新画一幅。"太吉郎慌忙卷起画稿,塞进怀里。

"不,这样也很好,织出来的成品感觉不一样,颜料和染丝,也将会使色彩更优雅……"

"谢谢啦。秀男君,照这幅草图,你能把你对我家女儿温暖的爱心织进色彩中去吗?"太吉郎说罢,草草告别,走出大门。

眼前有一条细细的小河,真正的京都特有的小河。岸上的草也以旧有的形状向水面倾斜。岸边的白墙大概就是大友的家吧?

太吉郎将怀里的腰带画稿,揉作一团儿,扔进小河。

嵯峨突然来了电话,说是叫带着女儿去御室赏樱花,阿繁一时没了主意。她从来没有同丈夫一起赏过樱花。

"千重子,千重子!"阿繁求助般地呼喊着女儿,"你爸爸的电话,过来一下……"

千重子来了,她扶着母亲的肩膀接电话。

"好的,领妈妈一块儿去。就在仁和寺前的茶店门口等我们好啦。这就走……"

千重子撂下电话,望着母亲笑了。

"是邀我们赏花去的。妈妈,你干吗这样啊?"

"怎么还约我去呢?"

"听说御室的樱花,现在开得正旺呢……"

千重子催促着还在犹豫不决的母亲走出店门。母亲心里似乎还是有点儿不踏实。

御室的有明樱和八重樱,在京城樱花中属于迟开的花,或许是京城花事最后的盛筵。

进了仁和寺的山门,左手是樱花林(或称樱园),繁花满枝,弯弯低垂着。

可是,太吉郎却说:"啊呀,这里受不了。"

通往樱花林的路上，摆着好些大座凳儿，人们吃喝谈唱，吵吵嚷嚷，一片狼藉。一群乡下老妈子，兴致勃勃地跳着舞。一个醉汉，鼾声如雷，从座凳滚到了地上。

"这简直是胡闹!"太吉郎颇为失望，他停住脚步。三个人没有进入樱花林。不过，御室的樱花，他们很早就熟悉了。

后面的树林里，在焚烧游客丢下的垃圾，烟雾腾腾。

"怎么样? 躲到安静些的地方去，好吗? 阿繁。"太吉郎说。

他们正要折回去，这时，樱花林的对面，高高的松树下边的座凳儿，坐着六七个朝鲜女子，穿着民族服装，敲着朝鲜大鼓，在跳朝鲜舞。这一带显得风情优雅。松树的绿色之间，可以窥见山樱的芳姿。

千重子伫立不动，一边观看朝鲜舞蹈，一边说道：

"爸爸，还是安静的地方好啊，到植物园看看吧?"

"走吧，应该是个好去处。御室的樱花，瞧上一眼，也算对得起春天的情分啦。"太吉郎出了山门，上了汽车。

植物园四月起重新开放，从京都车站开往植物园的电车也恢复正常，一趟连着一趟。

"要是植物园人也很多，可以到加茂川岸上散散步。"太吉郎对阿繁说。

车子行驶在新叶滴翠的街道上，比起新建的房屋，古色古香的旧式住家，更能映衬出嫩叶的鲜丽。

从植物园门前的林荫道开始，这一带的景色宽阔而又明亮。左首是加茂川的河堤。

阿繁把门票掖在腰带里。这里开阔的景象，使她的心胸也随之放松起来。平时待在批发街，只能望望山尖儿，况且，阿繁也很少到店前的大街上去。

走进植物园,正面喷水池周围,开满了郁金香。

"这里的景色不像是京都,确实是美国人住过的地盘了。"阿繁说。

"瞧,那后头就是。"太吉郎答道。

走近喷水池,不见有春风吹过,却飘散着细细的水珠儿。水池左方,盖起了一座圆拱形钢筋玻璃屋顶的大温室。三人没有进入温室,只是隔着玻璃窥看了热带植物群。只不过短时间地散散步。道路右侧,高大的雪松抽芽了。下边的枝条铺展在宽阔的地面上。虽说是针叶树,那新芽的柔软润绿,很难叫人联想起"针"字。雪松和落叶松不同,不属于落叶树木,假若是落叶松,也还会长出这样梦幻般的嫩芽吗?

"我挨了大友儿子好一顿数落呀。"太吉郎冷不丁地冒出了一句。

"他比他父亲更能干,眼光敏锐,一针见血。"

太吉郎只顾自言自语,阿繁和千重子当然不知道他在说什么。

"您见到秀男师傅啦?"千重子问。

"听说他一手好技艺呀。"阿繁也附和道。话题就此打住。太吉郎平时就不喜欢人家追根究底。

由喷水池向右,走到顶头,再向左拐,似乎是儿童游乐场,可以听到孩子们的嬉闹。草地上整齐地堆放着许多小小行李包。

太吉郎一家三口沿着树荫拐向右方,没想到已经进入郁金香园。鲜花朵朵,争妍斗艳。千代子不由惊叫起来。红、黄、白,还有暗紫色,花轮硕大,满园摇曳。

"啊,新和服上倒是可以用郁金香呀。虽说以前觉得有点儿呆板……"太吉郎叹息了一声。

如果说雪松下方的枝条如孔雀开屏,那么,这里盛开的五颜六色

的郁金香,应该像什么呢? 太吉郎凝神眺望着。花朵的颜色,浸染了
空气,一直渗进心底。

阿繁稍稍离开丈夫,一直紧紧挨着女儿千重子。千重子觉得有
点儿奇怪,但没有表现在脸上。

"妈妈,那些站在白色郁金香园前边的一伙人,好像是相亲的
啊。"千重子悄悄对母亲说。

"嗨,可不是嘛。"

"不要再看啦,妈妈。"女儿拽了一下母亲的衣袖。

郁金香园前边有泉水,养着鲤鱼。

太吉郎离开座凳儿,走到郁金香花近旁,仔细观看。他猫着腰认
真窥探花朵的内部,然后回到娘儿俩跟前。

"西洋的花虽说很鲜艳,看一次就厌啦,爸爸还是觉得竹林
里好。"

阿繁和千重子也站起身来。

郁金香园,包裹在树林里,是一片洼地。

"千重子,植物园是西洋式庭园吗?"父亲问女儿。

"这个嘛,我不太清楚,似乎有点儿像。"千重子回答,"为了妈
妈,再多待一会儿吧。"

太吉郎无可奈何地又在园子里走起来。

"佐田先生吧……? 果然是佐田先生!"太吉郎被叫住了。

"哦,大友君,秀男君也一道来啦?"太吉郎说道,"真没想
到……"

"啊,我们也没想到……"宗助深深鞠了一躬。

"我喜欢这里的樟树林荫道,一直巴望着重新开放。这些樟树
树龄都有五六十年啦。我们是一步步溜达过来的呀。"宗助再度低
下头,"前几天,儿子多有冒犯……"

"年轻人嘛,可以理解。"

"是打嵯峨来的吗?"

"嗯,我是打嵯峨来的,她们娘儿俩是从家里……"

宗助走近阿繁和千重子身边,打了招呼。

"秀男君,这郁金香怎么样?"太吉郎不客气地问。

"花是活的。"秀男说话还是那么干。

"活的? 嗯,确实是活的。可是我看得有点儿厌烦,对着这满园的花……"太吉郎转过脸去。

花是活的,生命虽然短促,可是活得明朗。明年又会含苞待放。——这就像大自然活着一样……

太吉郎好像又被秀男戳了一刀,他心里有些窝火。

"我眼拙,看不准。用郁金香做和服衣料和腰带的花纹,我虽然不喜欢,但只要出自优秀画师之手,哪怕是郁金香图案,也将富于永久的生命。"太吉郎的脸依旧转向一边,"古代的切片也是如此,甚至有比这座古老的都城更古老的。那样鲜艳夺目的切片,已经没人会织造了,只好模仿。"

"……"

"即使是活着的树木,也有比这京城更古老的,不是吗?"

"我不是故作深奥。我每天嘎嗒嘎嗒织锦,从不会考虑什么高尚的东西。"秀男低下头,"不过,这么说吧,例如千重子小姐,她要是站在中宫寺和广隆寺的弥勒佛面前一比较,小姐就更显得光彩照人啦。"

"这话你对千重子说说看,也让她高兴一下。不过,这比喻实在不敢当啊……秀男君,女儿一眨眼就变成老太婆啦。你看,就这么快。"太吉郎说。

"是的,所以我说郁金香是活的。"秀男加重语气,"意思是,正因为郁金香花期短暂,所以一到花期就憋足劲儿大放异彩。如今正是开花时节啊。"

"哎,对呀。"太吉郎把脸转向秀男。

"我并非想给您织一条腰带能穿到您的孙子那一辈人。现在还……我只想能为您织一条漂漂亮亮穿上一年左右的和服腰带。"

"好主意呀。"太吉郎点点头。

"没办法。我们和龙村不一样。"

"……"

"我说郁金香花还活着,就是出于这种心情。眼下,虽然鲜花竞放,也还会有两三片花瓣飘落下来。"

"说的是。"

"谈到落花,樱花是花飘似雪,很有情趣。可是,郁金香怎样呢?"

"花瓣儿或许是七零八落吧……?"太吉郎说,"只是我看到那么多郁金香,感到有些腻烦。色彩太鲜艳,反而没情趣……大概因为年纪老了吧?"

"走吧。"秀男催促着太吉郎,"送到我家里的郁金香腰带刻纸什么的,都不是活着的郁金香。今天倒是大开眼界啦。"

太吉郎一行五人,走出洼地里的郁金香园,登上石阶。

石阶近旁是一带花墙。说花墙,其实是一簇簇雾岛杜鹃,密密层层,犹如一道河堤。眼下虽说不是开花季节,但那繁茂的细叶,将盛开的郁金香,衬托得更加鲜艳夺目。

上了石阶向右走去,视野开阔,有牡丹园、芍药圃。这些还未到花期。也许是新辟的园地,人们不太熟悉。

这里,东边可以看见比睿山。

睿山、东山、北山,站在植物园里任何一处,几乎都能望见这些山峦。但是,芍药圃东面,正对着睿山。

"比睿山浓雾缭绕,所以看起来好像很低呢。"宗助对太吉郎说。

"春霞迷蒙,越发有趣……"太吉郎眺望了片刻,"大友君,你从那雾气里,不觉得春光已逝吗?"

"是吗?"

"看到那样的浓雾,反而觉得……春天渐渐就要过去喽!"

"可不是嘛。"宗助也附和道,"真快呀,我还没有好好看看樱花呢。"

"也没有什么可惜的。"

两个人默默走了一阵子。

"大友君,我们打你喜欢的樟树林荫道回去吧?"太吉郎说。

"哎,那太好啦。我一走上那条林荫道,就满心高兴。来的时候,也是从那里钻过的……"宗助回头对千重子说,"小姐,跟着我们一道走吧。"

林荫道上的樟树,树梢左右交错,枝头柔嫩的细叶尚带几分薄紫色。虽然没有风,有的树叶却在微微摇摆。

五个人慢慢走着,几乎不再说话。走在树荫里,每人都有万千思绪。

太吉郎一直在想,秀男将自己女儿千重子和奈良、京都高雅的佛像相比拟,难道他的心真的被千重子掳去了吗?

"可是……"

千重子即使和秀男结婚,她会处在大友织锦场的什么位置上呢?难道就像秀男母亲一样,从早到晚桄丝线吗?

太吉郎回头一看,千重子正在专心听秀男说话,不时点点头。

即便"结婚",千重子也不一定嫁到大友家,也可以招秀男到佐田家做女婿嘛。太吉郎心里打着主意。

千重子是独生女儿,要是嫁出去,母亲阿繁该有多么伤心啊!

秀男是大友家的长子,父亲宗助说,秀男的手艺比老子强。此外,还有老二老三两个儿子。

还有,"丸太"的生意日渐萧条,连传统的店面也无力修缮,但毕竟是中京的一家批发商店,不同于只有三台织机的织锦作坊。秀男家没有一个雇工,只靠家人干手工活儿,其境况是可想而知的了。只要看看秀男母亲朝子的样子和简陋的厨房,就不言自明了。尽管秀男是长子,把话挑明了,说不定会愿意做千重子的养老女婿的。

"秀男君呀,真是个能干的孩子啊!"太吉郎试探地对宗助说,"别看他年纪轻轻,可办起事来很可靠呀,真是难得……"

"哦,您还这样夸他。"宗助淡然地应和着,"哎,他干活儿倒是挺卖力的。可是一到人前,就粗鲁莽撞……叫人不放心哪。"

"这些不算什么。最近,我还不是老挨秀男君数落吗……?"太吉郎倒也开心起来了。

"真是太对不住您啦,他就是那么个孩子。"宗助微微低着头,"父母的话,只要他不认同,也不会服从的。"

"这倒没啥。"太吉郎应和着,"今天怎么只带秀男君一个人来啊?"

"弟弟们要是也跟来,家里的织机不就得停工吗?再说,他有点倔强,带他到我喜欢的樟树林荫道走一走,或许能使他性格变得柔和些……"

"这林荫道真好。说实话,大友君,我带阿繁和千重子到植物园来,也是受秀男君一番好心的劝告啊!"

"是吗?"宗助惊讶地盯着太吉郎的脸,"还不是想看看自家闺女吗?"

"不,不。"太吉郎连忙否认。

宗助回头瞧瞧。不远处走着秀男和千重子,阿繁落在最后头。

出了植物园,太吉郎对宗助说:

"这车子你们用吧。西阵离这儿不远。我们还想到加茂川的河岸上逛一逛……"

秀男看到宗助有些犹豫不决,于是开了口:

"那我们就领情啦。"说罢,先让父亲上了汽车。

佐田一家站在一起送行,宗助从座席上弓着身子打招呼,秀男看不出点了头还是没点头。

"真是个怪儿子啊。"太吉郎想起打了秀男一个耳光,他忍住笑说:

"千重子,你和那个秀男师傅谈得很投合呀。他对女孩儿倒挺温和嘛。"

千重子的眼神有些羞涩了:"在樟树林荫道上……? 我只是听着呢。他干吗要跟我说那些呢? 他对我说话时好像很兴奋……"

"咦,还不是喜欢千重子吗? 连这个也不明白。他说过,你这个女孩儿比中宫寺和广隆寺的弥勒佛还漂亮……爸爸听了也非常诧异。那么个别别扭扭的人,竟也有惊人之语。"

"……"千重子也不由一怔,脸蛋儿红到脖根。

"他都说了些什么呀?"父亲问。

"他好像讲了西阵手工织机的命运啊。"

"命运? 是吗?"父亲陷入沉思。

"说起命运,这道理似乎很难懂,不过,命运嘛……"女儿回答着。

出了植物园,右面加茂川的堤岸上是一条松树林荫路。太吉郎首先从松荫里出来,走到河滩上。说是河滩,其实是碧草如茵的原野。河水从堤堰上流下来,哗然有声。

一群老年人坐在草地上吃盒饭,也有结伴而行的青年情侣。

河对岸也同样,上行车道的下面是步道。透过樱树斑驳的花和叶,可以看见以爱宕山为主体的西山的连峰。河上游似乎临近北山。这一带是风景保护区。

"坐下歇歇吧。"阿繁说。

河滩草地上晾晒着友禅绸缎,从北大路桥下可以一眼看到。

"啊,还是春天好呀。"阿繁看了一会儿周围的景色。

"阿繁,那个秀男君怎么样?"太吉郎问。

"什么怎么样呀?"

"给我们当女婿……?"

"什么? 怎么一下子提起这事儿……"

"人很能干哪。"

"那倒是。哎,问问千重子吧。"

"千重子不是早就说了吗? 她绝对听父母的。"太吉郎望望千重子,"是吧? 千重子。"

"这种事儿,怎么能勉强她呀?"阿繁也看看千重子。

千重子低着眉,眼前浮现着水木真一的面影。那是幼年时代的真一,有一年的祇园祭上,他描着细长的眉毛,搽着口红,化了妆,身穿王朝衣服,坐在高高的长刀彩车上头。真一扮的是一个稚儿的形象。——不用说,那时的千重子年龄也很小。

北 山 杉

从古代平安王朝时候起,在京都,山,当数比睿山;节日,当数加茂祭。

五月十五日的葵祭也已过去了。

葵祭的敕使行列中增加斋王行列,是昭和三十一年以后的事。这是沿袭传统仪式,斋王幽居斋院之前,先在加茂川净身,以乘彩舆、着礼服的命妇①为先导，女嬬②、童女随后，伶人奏乐。斋王身穿十二单衣③，乘牛车渡河。由于这样的装束，斋王一般由年龄相当的女大学生扮演，既高雅又华丽。

千重子的同学里，有位姑娘曾经被选做斋王。当时，千重子她们也到加茂川河堤上观看过游行队伍。

古寺神社众多的京城，可以说几乎每天不知哪里都有或大或小的节日。要观看节日庆典，五月里随时都有一些活动。

献茶④、茶室、临时休息处、茶釜，随处可见，令人眼花缭乱。

但是，今年五月，千重子连葵祭都没有看到，也许是五月里多雨，抑或打幼年时代起，就被大人带去看过各种节日活动的缘故吧？

樱花当然很美，千重子也爱看嫩叶和新绿。高雄一带的枫树嫩叶，自不必说，若王子那地方她也喜欢。

她一边沏宇治送来的新茶，一边说：

"妈妈，今年一直没去看采茶呢。"

"现在也还是采茶时节啊。"母亲说。

"那是的。"

上次看到的植物园樟树林荫道，那也是比新芽初放、美若鲜花时稍迟了些的。

朋友真砂子打来电话：

"千重子，去看高雄的枫树嫩叶好吗？"对方邀请她，"比红叶时期，人也少……"

"是不是晚了点儿？"

"那儿比城里冷，正是时候。"

①　命妇：日本律令制下身份较高的女官的称谓。
②　女嬬：日本律令制下于宫中侍奉的下级女官。
③　十二单衣：女官服饰的总称，单衣外面再加十二件"重褂"。
④　献茶：以崇敬之心向神佛、灵魂奉茶的仪式。

“嗯，”千重子稍稍停了一下，“看罢平安神宫的樱花，再去看看周山的樱花该多好，一下子全忘啦。那样的古树……樱花算了，想去看北山杉啊。那里离高雄很近吧？看到北山杉高大挺拔的姿态，我心里很振奋。一块去看杉树吧。比起枫树，还是想先去看北山杉呀。”

高雄的神护寺、槙尾的西明寺、栂尾的高山寺等地枫树的绿叶，千重子和真砂子既然来到这里，还是决定先去看看。

神护寺和高山寺，山坡都很陡峭。真砂子已经换上了初夏轻便的洋装，穿着平底鞋，这当然好，可是身着和服的千重子怎么样呢？真砂子瞧了瞧千重子，然而，看不出千重子很吃力的样子。

“干吗那样一直盯着我？”

“好漂亮啊！”

“好漂亮啊！”千重子站住了，俯视着清泷川，“本以为树林里更加郁闷，没想到这般清凉。”

“我……”真砂子抿着嘴笑，“千重子，我呀，我是在说你呢。”

“……”

“我是说，世上怎么会有这么漂亮的女孩儿呢？”

“真讨厌！”

“穿着朴素的和服，站在绿树丛中，千重子就显得这样美丽，要是换上鲜艳些的衣服，还会更加光彩照人啊！……”

千重子穿的是暗紫色的和服，腰带是父亲毫不犹豫剪下印花绸幔子制作的那条。

千重子登上石阶。——神护寺里的平重盛①和源赖朝②的肖像

①　平重盛(1138—1179)：日本平安时代末期的武将，平清盛的长男。
②　源赖朝(1147—1199)：日本镰仓幕府初代将军。

画,即安德烈·马尔罗①称为世界名品的肖像画,那重盛脸上或其他地方微微残留的红晕,千重子是在想起以上这些时,听到了真砂子的话语;而且,千重子以前也曾多次听真砂子说过同样的话。

在高山寺里,千重子喜欢站在石水院宽阔的廊缘上,眺望对面的山容。她也喜欢欣赏开山祖明惠上人树上坐禅的肖像画。《鸟兽戏画》绘卷的复制品展开在壁龛一侧,两人坐在廊缘上,受到了献茶的招待。

真砂子没有从高山寺再向里面走过。这里是游客止步的地点。

千重子想起曾经跟父亲到周山赏樱花,采摘了笔头菜回家去。笔头菜又粗又长。而且,既然到了高雄,哪怕单独一人,也要走到北山杉村。——如今合并到市里,成为北区中川北山町,一百二三十户人家,称作村子,也许更合乎实际。

"我走惯了,还是走走吧。"千重子说,"再说,路也很好。"

陡峭的山峦逼近清泷川河岸。不大工夫,就看见了优美的杉树林。这笔直而整齐的杉树,是经过人工精心修整过的,一看便知。闻名的北山圆木,只有这个村子才能生产。

或许到了三点钟的工休时间,一群割草护林的女人从山上的杉树林里下来了。

真砂子伫立不动,盯着一个姑娘仔细瞧。

"千重子,那女子多像你呀,看,长得跟千重子一模一样。"

那姑娘一身蓝底碎白花窄袖衣服,襻着背带,下面套着劳动裤,系着围裙,戴着护手,而且蒙着手巾。围裙一直裹到背后,两侧开衩。

---

①　安德烈·马尔罗(André Malraux,1901—1976):法国小说家、评论家。早年到远东游历,接触多国革命家。一九五八年,曾担任法国总统府国务部长。主要著作有小说《纸月亮》《征服者》和《王家大道》等。

只有背带和裤缝闪出的细带子才是红色的。别的姑娘也都是一样的打扮。

她们从头到脚打扮得和大原女①或白川女一模一样，不过这不是到城里卖东西时候穿的，而是进山做活儿的劳动服。日本在山乡干活儿的妇女，都是这种穿戴。

"真像，简直不可思议。千重子，你再仔细瞧瞧。"真砂子又重复地说。

"是吗？"千重子并没有盯着看人家，"你呀，太冒失啦。"

"什么冒失？那样漂亮的人儿……"

"漂亮是漂亮，不过……"

"就像千重子的私生子呢。"

"胡说什么呀，冒冒失失的。"真砂子一经提醒，就感到自己太失言了，她捂住嘴忍住笑："也有长得像别人的，可是也太离奇了呀！"

那姑娘，还有她的女伴们，都没有注意到千重子她们两个，从两人身边交肩而过。

那姑娘严严地蒙着头巾，只能瞥见额前的刘海儿，半边脸被遮住了。不像真砂子说的，能清楚看到她的长相。再说，也没有面对面瞧过。

还有，千重子到这村子来过好几次，看到男人们先把杉树圆木的表皮粗粗地扒下来，然后再由女人们仔细地剥一遍，还要放到河水或温泉水里泡软，用菩提瀑布的砂子将圆木打磨光滑。这些加工作业都是在路旁或户外进行的，因此，那些姑娘的长相她还朦胧地记得。不过，这座小山村里虽说没有多少姑娘，可她也不可能对每位姑娘的长相都认真观察一遍。

真砂子目送着女人们的背影，心里略略平静了。

---

①　大原女：居住于京都北部大原地区、在京都市内头顶炭、柴叫卖的女性。

"真奇怪。"她又絮叨起来,而且这回再次审视着千重子的脸,歪着头。

"还是很像呀!"

"哪儿像呢?"千重子问。

"这个嘛,感觉很像,至于哪儿像,还真说不明白。眼睛、鼻子……中京的姑娘和山里的姑娘,当然是不一样的。对不起。"

"干吗呀……"

"千重子,咱们跟在那姑娘后头,到她家瞅瞅去,怎么样?"真砂子依依难舍地说。

到那位姑娘家瞅个仔细,真砂子再怎么不拘小节,也只是嘴上说说而已,然而,千重子却放慢了脚步,仿佛站在原地,抬眼望着布满杉树林的山岭,又瞅瞅家家户户门口排列着的杉树圆木。

白杉的圆木,粗细一致,都磨得很光亮。

"像工艺品一样。"千重子说,"修建茶室似乎也会用。要卖到东京和九州去呢……"

圆木接近屋檐,排成整齐的一列,二楼也一样。有一家楼上一排圆木前面晒着衣服之类,真砂子好奇地看着,说:

"这家人也许就住在一排排圆木里面呢。"

"冒失鬼,这个真砂子……"千重子笑了,"圆木小屋近旁的房子,不是挺气派吗?"

"哦,楼上晒着衣服呢。"

"你说那姑娘像我,也只是随便说说玩的吧?"

"这是两回事。"真砂子认真起来,"我说你像她,你感到遗憾,是吗?"

"什么遗憾呀,根本不是……"千重子说罢,出乎意料,蓦然之间,那姑娘的眼睛浮现在眼前。那是一副朴实而健美的身姿,可是眸子里却沉淀着一粒又浓又深的哀愁。

"这个村庄的女子都很会干活儿。"千重子回避着什么似的。

"女人和男人一起劳动,也没什么稀罕的。庄户人家,还有卖菜的,卖鱼的,都一样……"真砂子轻松地说着,"像千重子这样的贵小姐,感到新奇吗?"

"我在家里,都是这么干的。你怎么样呢?"

"我呀,我不干活儿。"真砂子显得很坦然。

"劳动?说得轻巧,我真想让你瞧瞧这村的姑娘是怎么劳动的。"千重子又望望长满杉树的山峦,"似乎又到整枝的时候了。"

"什么叫整枝?"

"为了使杉树长得好,用砍刀把不要的枝子砍掉。有时用梯子,有时像猴子一样,从这棵树的树梢荡到那棵树的树梢……"

"那多危险!"

"有的人一大早就上树,中午吃饭才下来……"

真砂子抬头望着满山的杉林,那直挺挺的树干看上去实在壮美。树梢的一簇簇绿叶犹如精工雕刻一般。

山不高,也不深。山头上也整齐地排列着一棵棵杉树,举目可见。因为是用来建造茶室的木材,所以杉林的形态也呈现着茶室一样的景象。

清泷川两岸陡峭的山岩直逼狭窄的溪谷,雨量多,日晒少,这也是杉树这种名木得以茁壮生长的一个原因。风,也自然地被遮挡了。原来杉树一遇强风,就会向新一年年轮低弱的一边弯曲,歪斜。

村里的人家只是排列在山脚下或河岸上。

千重子和真砂子一直走到小村庄的尽里头,才折返回来。

有的人家在打磨圆木。浸在水里的圆木拖到河岸上,女人们便用菩提砂仔细研磨。那赭红色黏土般的砂子,据说是从菩提瀑布下面捞上来的。

"砂子要是用完了,怎么办呢?"真砂子问。

"一下雨,砂子随同瀑布一起流下来,堆在一起。"一个上了年岁的女子回答。她的话说得多自在! 真砂子想。

可是,正如千重子所言,女人们是整天闲不住手的。这是五六寸的圆木,大概是做柱子的吧?

——打磨过的圆木,经水洗净,晾干。再裹上纸,或用稻草捆扎,就可以发运了。

就连清泷川的河滩上,有的地方也种上了杉树。

看到山间并排生长的杉树和檐端罗列整齐的杉树圆木,真砂子联想到京城古老的房舍和一尘不染的土红色格子门。

村口,有个名叫"菩提道"的国铁①公共汽车站。往上走,也许就有瀑布了。

两人从那儿乘上回程汽车,沉默了一会儿,真砂子突然说:

"人世的女孩儿,要是能像杉树那样,挺直身子长大成人,该有多好!"

"……"

"可惜,你我都得不到那样的精心栽培和护理呀。"

千重子忍不住要笑出来。

"真砂子,有过约会吗?"

"嗯。有过。坐在加茂川水边的青草里……"

"……"

"木屋町的纳凉床②增加了好多客人,都掌灯了。因为我们背对

---

① 国铁:日本国有铁道的略称,为一九四九年设立的公共企业。一九八七年,实行民营化改革,通称 JR。

② 木屋町的纳凉床:京都木屋町鸭川,每逢夏季沿河岸人家的露台铺设木板供游人夜间纳凉宴乐。

着他们,那些人不知道我们是谁。"

"今晚上……?"

"今晚上七点半有约会,天还没完全黑呢。"

千重子对真砂子的这种自由,十分羡慕。

千重子和父母,一家三口坐在面临中庭的后院客厅里吃晚饭。

"今天,岛村君送来了一大盘瓢正饭馆的竹叶寿司,所以我在家里就做了一个汤,对不起,请凑合着吃吧。"母亲对父亲说。

"是吗?"

鲷鱼竹叶寿司是父亲最爱吃的。

"主勺厨师回来稍晚些……"母亲指的是千重子,"又去看北山杉啦,和真砂子一起……"

"唔。"

伊万里①瓷盘里满满地盛着竹叶寿司,包成三角形。剥去竹叶,上面搭着一块薄薄的鲷鱼。汤碗里主要是汤叶②,加了少量的蘑菇。

就像大门的土红格子一样,太吉郎的店,也还残留着几分京城批发商的古风。不过,如今成了公司,主管、伙计也都变成职员,大部分人改作每天从家里来上班。近江来的两三个学徒工,住在面朝街道有着小棂窗的二楼上,晚饭时分,后院很安静。

"千重子很喜欢到北山杉村去呢。"母亲说,"为什么呀?"

"那杉树,高大、挺拔,非常好看。我想,要是人心都这样,那有多好!"

"不是跟千重子一个样吗?"母亲说。

"不,我是弯曲的,歪斜的……"

---

① 伊万里:佐贺县西部伊万里以产瓷器著称。

② 汤叶:汉语中的腐竹,俗称豆腐皮儿。

"瞧,是这样的。"父亲插嘴说,"不论多么正直的人,也会有各种想法的。"

"……"

"这也没有关系嘛,像北山杉一样的孩子固然可爱,哪里会有啊? 就是有,不知什么时候,也会遇到意想不到的事情。即使树,就算也会弯曲、歪斜,只要能长大就好。爸爸就是这么个想法……喏,看那窄院里的老枫树。"

"千重子这么好的孩子,对她说些什么呢?"母亲有点儿不高兴了。

"知道,知道。千重子是个正直的姑娘……"

千重子转向中庭,沉默了好一阵子。

"看到这棵枫树那样坚强,可千重子呢……"她声音里含着悲戚,"差不多是树干的凹窝里长出的紫堇花吧。啊,那紫堇花不知打何时就消失啦。"

"是啊……明年春天,一定还会再开的。"母亲说。

千重子低着头,目光停在枫树根部的切支丹灯笼上。屋里的灯光照过去,虽然看不清风雨剥蚀的圣像,她还是想祈祷一番。

"妈妈,我究竟是在哪里生的?"

母亲和父亲对望了一下。

"祇园的樱花树下呀。"太吉郎果断地说。

说什么在祇园的樱花树下生的,这就像《竹取物语》里的赫奕姬生在竹节里,不就和神话一样吗?

正因为如此,父亲反而更这样说。

假如生在樱花树下,也许就像赫奕姬一样,月宫里或许会有人来接我回去吧? 千重子想到了一个轻松的玩笑,但她没有说出口。

不管是拾来的还是抢来的,千重子生在何处? 父母不知道,千重子的生身父母也未必知道。

千重子后悔不该打听这件不愉快的事,但她觉得,还是不道歉为好。那么,为什么会突然问起来呢? 她自己也不清楚。也许因为她想起了真砂子说的,北山杉村那位姑娘和自己长得很相像……

千重子目无所指,她望着老枫树的上面。天空一派明净,是月亮出来了呢,还是闹市的灯火映照的缘故呢?

"天空的样子也逐渐像夏季啦。"母亲阿繁也抬头看看,"喏,千重子,你就是在这个家里生的,虽然不是我生的,但是就生在这个家里。"

"是的。"千重子点着头。

——正如千重子在清水寺对真一说的,她不是阿繁夫妇从观赏夜樱的圆山抱来的婴儿,而是被扔在店门口的孩子。抱她回家的是太吉郎。

这是二十年前的事了,太吉郎三十来岁,是个游手好闲的主儿。妻子没有立即相信丈夫的话。

"说得好听……指不定是你跟艺妓生的孩子,叫你带回来的。"

"胡说!"太吉郎变脸了:

"仔细看看孩子的衣服,这能是艺妓的? 哎,是艺妓生的吗?"说着,把孩子杵到妻子面前。

阿繁接过孩子,将自己的面颊贴在婴儿冰凉的小脸儿上。

"这孩子怎么办呢?"

"到后院慢慢商量吧。还犹豫什么?"

"刚刚生下来呀。"

不知道父母是谁,所以不能称养女,户籍上登记的是:太吉郎夫妇亲生女儿,名叫千重子。

俗话说:"以人之子,诱我之子。"——抱了别人的孩子,自己也能生孩子了。可阿繁没有做到。所以,千重子作为独生女儿长大成人,备受宠爱。随着岁月的流逝,太吉郎夫妇不再为孩子被什么人遗弃而烦恼不安,千重子生身父母的生死也无人知道了。

——晚饭后只需简单地收拾一下,将竹叶扔掉,汤碗洗干净,全由千重子一人承担。

然后,千重子关进后院楼上自己的寝室,打开父亲带到嵯峨尼寺去的保罗·克利的画集、夏卡尔的画集观看。她睡着了,不久就"啊,啊"大叫,千重子被一场噩梦惊醒过来。

"千重子,千重子!"母亲在隔壁呼喊,没听到千重子回答,她就打开了隔扇。

"你刚刚大叫来着,"母亲进来问,"是做梦……?"

她坐到千重子身旁,扭亮枕畔的电灯。

千重子坐在被窝里。

"哎呀,满身的汗!"母亲从千重子的镜台上拿来一条纱布手巾,给千重子擦擦额头,再擦擦胸脯。千重子任母亲摆布。多么白嫩的胸脯啊! 母亲想。

"来,再把胳肢窝擦擦吧……"说着,把手巾递给了千重子。

"谢谢,妈妈。"

"梦很可怕吗?"

"嗯。梦见从高处跌落下来……一下子掉进了一团可怕的浓绿之中,深不见底。"

"这梦很多人都会做,"母亲说,"一掉下去就没个底儿。"

"……"

"千重子,小心别着凉了,换换睡衣吧?"

千重子点点头,心里还没平静下来。她想站起身,两条腿不由趔趄了一下。

"哎,哎,妈妈来拿吧。"

千重子坐着,羞涩而利落地换了睡衣,把先前的那件叠一叠。

"不用啦,反正要洗的。"母亲接过去,扔到墙角的衣架①上。然后,又坐到千重子的枕畔。

"不过一个噩梦……千重子,没有发热吧?"她把手心贴在女儿额头上,倒是冰凉的。

"唔,一下子走到北山杉村,也许太累了吧?"

"……"

"脸色很不好,妈妈来陪你睡。"母亲要把床铺搬过来。

"谢谢妈妈……我已经好些了,您放心地休息吧。"

"是吗?"母亲说着,钻进千重子的被窝。千重子挪了挪身子。

"千重子,你都这么大了,妈妈不能抱在怀里睡觉啦,多么没意思呀!"

母亲先安然入睡了。千重子怕母亲肩头受凉,用手摸了摸,关了灯。千重子没有睡着。

千重子做的梦长着呢,对母亲说的只是结尾。

开始不是真正的梦,而是恍惚于似梦非梦之间,反倒很快活。她想起今日和真砂子去北山杉村的情景。真砂子说很像千重子的那位姑娘,比起在村子里时更加离奇怪诞了。

梦的结尾,她掉进一团浓绿之中,那绿色抑或就是印在心底的长满杉树的山峦。

鞍马寺的伐竹会,是太吉郎喜爱的一项庆典活动,因为富有男子汉气概。

对于太吉郎来说,年轻时多次看过,并不觉得稀奇,但还是想带女儿千重子去一趟。何况今年因紧缩经费,十月里鞍马的火祭也不

---

① 　见第53页注①。

一定举行了。

太吉郎记挂着会不会下雨。伐竹会是六月二十日,正值梅雨季节中间。

十九日的一场雨下得较大。

"雨这样一直下着,明天总该放晴了。"太吉郎不时望望天空。

"爸爸,下点雨怕什么。"

"虽说不怕。"父亲说,"但天气不好,总是……"

二十日,雨又淅淅沥沥下起来了。

"把门窗关紧些,要是潮气进来,会使绸缎衣服长霉的。"太吉郎对店员们说。

"爸爸,不去看鞍马了吗?"千重子问父亲。

"明年还会有的,算了吧。雾浑浑的鞍马山……"

——参加伐竹的人不是和尚,主要是乡人,称为"法师"。十八日就要做伐竹的准备,将雄竹和雌竹各四棵,横着绑在竖立于本堂两侧的圆柱上。雄竹去根留叶,雌竹的根子保留不动。

面向本堂,左为丹波座,右为近江座。这是沿袭过去的称呼。

当班的家中人,着传统素纱服,穿武士草鞋,襻玉带,插两把刀,头戴五条袈裟的黑白头巾,腰间披着南天竹叶。伐竹的砍刀装在锦囊里。然后,由开道者引领,走向山门。

午后一点左右。

一长老着僧袍,吹螺号,伐竹开始。

两稚儿齐声对管长喧呼:

"恭贺伐竹之神事!"

接着,稚儿进入左右两座,各自赞曰:

"美哉,近江之竹!"

"美哉,丹波之竹!"

理竹者首先砍掉绑在圆柱上的粗大的雄竹,修整一番。细长的雌竹原样不动。

稚儿对管长报告：

"理竹终了。"

僧众进入本堂诵经，撒夏菊花，替代莲花。

管长降坛，张桧扇，上下各扇三回。

"嚯——"随之一声吆喝，近江、丹波两座各出二人，将竹子砍成三段。

太吉郎本想让女儿看看这种伐竹的庆典，因下雨而正在犹豫不定时，秀男腋下夹着包袱进了格子门。

"小姐的腰带，我终于织成啦。"他说。

"腰带……？"太吉郎怪讶地问，"我女儿的腰带吗？"

秀男稍微后退一些，郑重地行礼。

"是郁金香花纹的……"太吉郎淡淡地说。

"不，是您在嵯峨尼寺里画的……"秀男认真地应和道。

"那个时候，我年轻气盛，对待佐田先生实在太失礼啦。"

太吉郎心里暗暗惊奇：

"哪里，我只是画着玩玩罢了。经秀男一番指点，这才明白过来。还得谢谢你呢。"

"我把那副腰带织好，就送来啦。"

"哦？"太吉郎更是惊诧不已。

"那个画稿，让我揉作一团，扔到你家附近的小河里啦。"

"您扔啦……？　是吗？"秀男依然不动声色，显得十分沉着，"只要我看过一遍，就印入头脑里啦。"

"到底是生意人啊。"说着，太吉郎神色黯淡下来。

"可是，秀男君，我扔到河里的画稿，你干吗还给我织出来呢？哎，你说，为什么还要织啊？"太吉郎絮絮叨叨没个完，心里充满一种既说不上悲戚也说不上恼怒的情绪。

"你不是说那画稿不很协调、粗疏而带有病态吗？——秀男君，这不是你说的吗？"

"……"

"所以呀，我一跨出你家门口，就将画稿扔到小河里啦。"

"佐田先生，请先生务必包涵。"秀男再一次拱手道歉。

"当时，我呀，被迫织了一件很无聊的东西，很疲倦，心里烦躁不安呀。"

"我的头脑也是一样。嵯峨的尼寺，僻静倒是僻静了，只有一个老尼，白天雇了个婆子来料理一下。好寂寞，好寂寞哟……再加上，店里的生意一天不如一天。听了你那番话，我觉得很有道理。再说，我这个批发店老板，没必要非自己打画稿不行。那种时新的画稿……可也是啊。"

"我也有各种想法。在植物园遇见小姐之后，我又在思考。"

"……"

"腰带，能看看吗？如果不中意，请当场就用剪刀铰碎。"

"嗯。"太吉郎答应了，"千重子，千重子！"他呼唤女儿。

千重子正在账房里和主管坐在一起，听到喊声走了过来。

眉毛浓密的秀男，嘴唇紧闭，脸上充满自信。可他那解开包袱的手指微微颤抖着。

秀男不便再对太吉郎说什么，他转向千重子：

"小姐，请看看吧。这是令尊设计的图案。"他把卷在一团儿的腰带递过去。他的神情十分拘谨。

千重子把和服腰带稍稍拉出一头来。

"哦，这是爸爸从克利画集受到启发想出来的，是在嵯峨画的吗？"说着，她拉到自己的膝头上，"呀，真好看！"

太吉郎苦着脸，一句话不说。他没想到，秀男竟然能把自己的图案记在脑子里，这使他甚感震惊。

"爸爸。"千重子喜不自胜，"真的是一条好腰带啊！"

"……"

她摸摸腰带的料子，对秀男说："织得挺紧密的。"

"嗯。"秀男低着头随口应了一声。

"我想在这里摊开来看看，可以吗？"

"嗯。"秀男回答。

千重子站起来，在两人的面前将腰带展开，她扶着父亲的肩膀，站在原地欣赏。

"爸爸，怎么样？"

"……"

"不是蛮好看的吗？"

"真的好看吗？"

"是呀，谢谢爸爸！"

"再仔细瞧瞧嘛。"

"这是新式的花样，当然还要同和服相配……可是，到底是一条好腰带啊。"

"是吗？好吧，你要是满意，就向秀男君道个谢吧。"

"秀男师傅，谢谢您啦。"千重子跪在父亲身后，向秀男行了礼。

"千重子，"父亲招呼着，"这腰带协调吗？就是心理的协调……"

"哦？什么协调？"千重子被突然这么一问，又瞧了瞧腰带，"要说协调，还要看配什么样的和服，什么人穿呢……但是，眼下偏偏时兴穿那种打破协调的衣服呀……"

"唔。"太吉郎点点头，"你知道吗？千重子，秀男君看画稿时，他说不协调。所以，我把那画稿随手扔到他家附近的小河里冲走啦。"

"……"

"谁知,一看秀男君织的腰带,心想,这不就和我扔掉的画稿一样吗?虽然,颜料、彩线稍微有些不同。"

"佐田先生,请多多包涵。"秀男双手伏地道歉。

"小姐,我有个很冒昧的请求,能不能系上腰带让我瞧瞧呢?"

"这件和服……"千重子站起身来,系上了腰带。刹那之间,千重子立即显得容光焕发起来。太吉郎脸色也变得柔和了。

"小姐,这是伯伯的杰作啊。"秀男的眼睛闪耀着光辉。

祇 园 祭

千重子提着一只大购物篮子走出店门。她向北穿过御池大道,到麸屋町的汤波半去。从睿山到北山,天空里一片火红。她站在御池大道上,抬头眺望了好大一会儿。

夏日天长,还不是出晚霞的时候,但广袤的天空颜色并不单调,看上去像一团团烈焰。

"也有这样的景色啊,今天是头一回看到。"

千重子掏出小镜子,在强烈的云色里照照自己的脸。

"不要忘记,一生都不要忘记……人呀,全凭一副好心情。"

睿山和北山被这种光焰所压抑,显得更加郁郁青青。

汤波半已经做好了汤叶、牡丹汤叶和八幡卷。

"欢迎小姐光临,祇园祭里忙得不得了啊,只好先照顾老主顾啦。"

这家老店平时只接受订货。在京都点心铺中,也有这样的店铺。

"又过祇园祭了,谢谢多年来的照顾。"汤波半的女店员把千重子的篮子装得满满的。

所谓"八幡卷",很像鳗鱼的八幡卷,就是在汤叶里放入牛蒡裹起来。"牡丹汤叶",很像炸豆腐丸子,是在汤叶里包上银杏等。

这家汤波半,是所谓"咚咚烧"大火灾中未遭焚毁的二百年前的老铺,有的地方略加改建……例如,小天窗镶上了玻璃,制造汤叶的炕床式的地炉,重新用砖头砌成。

"以前使用木炭,煮豆浆时,一点火炭灰就不断飘入汤叶,现在改烧锯末了。"

"……"

一排四方形的大铜锅,当表层的汤叶凝结以后,用竹筷轻轻挑起来,挂在上面的细竹竿上晾晒。细竹竿有高有低,随着汤叶渐渐变干,逐步上移。

千重子走进作业场里间,手扶在古老的房柱上。她和母亲一到这里来,母亲总是一遍又一遍抚摸这根大黑柱子。

"这是什么木头的?"千重子问。

"是桧树。长得高大,挺拔……"

千重子在柱子上抚摸了一会儿,出了店门。

千重子往回走,一路上,排练祇园祭的音乐越来越响亮。

从远方来的游客,一般都认为祇园祭就是七月十七日那天的彩车巡行。他们都赶在十六日晚上的前夜节之前来到这里。

但是,实际上可以说,祇园祭的庆典活动,整个七月里随时都在进行。

七月一日,各个彩车经过的街上,举行"祈吉符仪式",然后演奏节日音乐。

真人稚儿乘坐的长刀彩车,每年都是巡行的先头,其他彩车的排列顺序,于七月二日或三日,由市长主持通过抽签决定。

彩车在前一天装点好,其实七月十日的"洗御舆"就是庆典的序曲了。"洗御舆"在鸭川的四条大桥举行。说是"洗",其实只由神官把杨桐枝在水里浸一浸,洒在舆轿上罢了。

接着,十一日,稚儿参拜祇园社①。这是乘坐长刀彩车的稚儿。他会骑马,戴黑礼帽,穿礼服,率童子二人,被授予五位少将之位。五位以上称殿上人②。

过去神佛混杂,稚儿左右的童子分别扮作观音和势至两菩萨。有时,稚儿也为神授位,以此比作稚儿和神举行婚礼。

"哪有这样的怪事?我可是个男人呀!"水木真一扮稚儿的时候这么说过。

稚儿必须"别火",就是说,要和家人分别生火做饭。因为吃的东西要洁净。但是,现在省略了,只要在做稚儿的食物时用火石打火就行。家里人要是忘了,稚儿自己就催促道:"打火,打火!"传闻里有这个说法。

总之,稚儿不是一天巡行就算完事的,他还要参加各种各样的活动,十分辛苦。他必须到彩车经过的街道挨家挨户致意。节日一个月,稚儿也随着劳累一个月。

比起七月十七日的彩车巡行,京都人早从十六日晚间的前夜节品尝了节日的情趣。

祇园会的那一天临近了。

千重子的店里也拆掉门前的木格子,忙着做过节的准备。

千重子是京都姑娘,家里的批发店又在四条大道附近,也是八坂神社的氏子③,祇园祭是每年必到的,她已经不稀罕了。这是炎热的京都夏天里的一项庆典活动。

最使她怀念的,是乘在长刀彩车上的真一稚儿的身影。一到节

① 祇园社:即下文的八坂神社,供奉祇园祭神的社寺。建立于"神佛混交"时期,故又称祇园社或祇园感神院。
② 殿上人:登殿侍奉天皇的官员。
③ 氏子:受到所处地域守护神护佑的民众。

日,一听到祇园音乐响起,一看到彩车周围坠着众多明亮的灯笼,他的身姿便骤然浮现。当时,真一和千重子都才七八岁呢。

"就算是女孩子里,长得那么漂亮的从来没见过。"

真一拜谒祇园社,被授予五位少将之位,千重子一直跟着。彩车巡行,她也跟着看。扮演稚儿的真一,领着两个儿童①,也到千重子的店里祝贺节日。

"千重子,千重子!"听到喊声,千重子飞红了脸蛋儿瞧着他。真一化妆,搽口红,而千重子的脸只是被太阳晒黑了。连接土红木格子的座凳倒在地面,浴衣上系着红色三尺带的千重子,正在和邻里的孩子们一起放线香焰火——。

眼下,音乐声里,彩车的灯光里,仍然有个稚儿真一的影子。

"千重子,你去前夜节吧?"晚饭后,母亲对千重子说。

"妈妈呢?"

"妈妈有客人,走不开。"

千重子走出家门,加快了脚步。四条大道人头攒动,走不过去了。

但是,千重子清楚地知道,四条大道哪里有什么样的彩车,哪个巷口会通过什么样的彩车,所以她还是随地转了一圈儿。依然那般豪华艳丽。各个彩车上鼓乐喧阗,随处可闻。

千重子来到"御旅所"②前,要了蜡烛,点着火,供在神前。庆典活动期间,八坂神社的神也被请到御旅所了。御旅所位于新京极到四条的路口南侧。

在御旅所,千重子发现一个"七度拜"的姑娘。虽然是背影,但一眼就知道了。所谓"七度拜",就是从御旅所神前,来来往往,连拜

---

① 原文为"秃(kamuro)",辅佐稚儿的彩衣短发儿童。
② 御旅所:神社举行祭礼时,神舆出行时临时停驻的地方。

七回。这当儿,即使遇到熟人,也不许打招呼。

"呀!"千重子感到似乎见过那个姑娘,好像被她邀请似的,千重子也开始进行"七度拜"了。

姑娘向西走走,回到御旅所前,千重子相反,向东走走,再回来。然而,那姑娘却比千重子拜得时间长,心也显得更虔诚。

姑娘拜完了七次,千重子来往的间距没有姑娘的远,所以几乎是同时结束的。

姑娘出神地凝视着千重子。

"您刚才祈祷什么?"千重子问她。

"您都看见啦?"姑娘的声音震颤着,"我想知道姐姐的下落……您,就是姐姐吧? 是神把我们引到一起来啦!"姑娘的眼里溢满泪水。

她就是那位北山杉村的姑娘。

御旅所前接连不断地排列着献灯,加上参拜的人们点燃的蜡烛,神前一派光明。姑娘的泪水虽然并不在意这样的光亮,但那明丽的灯火却煌煌然留驻在姑娘的心底里。

千重子凭借一种坚强的毅力克制自己。

"我是独生女儿,没有姐姐,也没有妹妹。"她说罢,脸色苍白。

北山杉的姑娘抽抽噎噎哭起来。

"我知道啦,小姐,很对不起,请原谅。"她重复地说着,"姐姐,姐姐,我从小就这么念叨过来,常常认错人……"

"……"

"因为是双胞胎,我也不知道是姐姐,还是妹妹……"

"也有长得很像的人啊。"

姑娘点点头,眼泪打湿了双颊。她掏出手帕:"小姐,您生在哪里……?"

"这附近的批发商街。"

"是吗？您向神祈求什么呢？"

"祈求父亲和母亲幸福、健康。"

"……"

"您的父亲……？"千重子问。

"那是很久以前的事了……他在北山杉树林里整枝，从一棵树荡到另一棵树的时候，不小心掉下来了，摔到身子要害的地方……这是我听村里人说的，那时我刚生下来，什么也不知道……"

千重子不由心里一惊。

——我老想去那座村子，我喜欢眺望满山美丽的杉树，这不正是父亲灵魂的召唤吗？

这位山里姑娘说她是双胞胎，自己的生身父亲也许在杉树梢上想念丢弃的千重子，一不留神摔下来了吧？一定是这样。

千重子的额头上渗出了冷汗。四条大道人们杂沓的脚步和祇园祭的音乐，似乎消失到远方，眼前随之黯淡下来。

山里姑娘把手搭在千重子的肩膀上，她用手帕给千重子擦擦前额。

"谢谢。"千重子接过手帕揩了一下脸，无意中把手帕装进了自己的口袋。

"您妈妈呢……？"

"妈妈也……"姑娘支支吾吾，"听说我生在妈妈的娘家，那地方更是深山坳，比杉树村还远。妈妈她也……"

千重子不再问下去了。

北山杉村来的姑娘流的自然是喜悦的泪水，她止住眼泪，脸上闪烁着光辉。

千重子呢？她伫立不动，两腿发颤，心里像一团乱麻。待在这里,是无法平复下来的。唯一支撑着自己的是这姑娘健康而美丽的形象。千重子没有像姑娘一样欣喜非常,她的眼里似乎深深含蕴着一丝忧愁。

今后怎么办呢? 她一时感到迷惘。

"小姐,"姑娘喊了一声,伸出右手,千重子一把握住了。这是一只皮肤粗糙的手,和千重子柔嫩的手完全不同。然而,那姑娘毫无觉察,她攥得紧紧的。

"小姐,再见。"她说。

"哦?"

"啊,真高兴……"

"您叫什么名字?"

"我叫苗子。"

"苗子小姐? 我叫千重子。"

"我现在在当雇工,村子很小,只要问起苗子,立即就能找到。"

千重子点点头。

"小姐,您很幸福啊。"

"嗯。"

"今晚见面的事儿,我谁也不会告诉的,我发誓,知道的只有御旅所的祇园神仙。"

虽说是双胞胎,身份不一样,苗子似乎也懂得这一点。千重子想到这里,说不出话来。但是,被丢弃的不正是自己吗?

"再见,小姐。"苗子又说了一遍,"趁人家没看到……"

千重子心情很沉重。

"我家店就在附近,苗子小姐到店前走走,顺便看看吧?"

苗子摇摇头,又问:"您家里人……?"

"我家里吗? 只有父亲和母亲……"

"不知为什么,我也猜到了,您是他们的宝贝女儿啊。"

千重子拽着苗子的衣袖。

"不能久久站在这里啊。"

"可不是嘛。"

苗子再次转向御旅所,恭恭敬敬拜了一拜,千重子也慌忙学着她那样做了。

"再见。"苗子第三次道别。

"再见。"千重子应道。

"还有好多话要说,什么时候到村里来吧,躲进杉树林里谁也看不见。"

"谢谢。"

她们两个若无其事地穿过人流,向四条大桥走去。

八坂神社的氏子很多。即使前夜节以及十七日的彩车巡行结束了,还有许多庆典活动。店铺一直敞开着,摆上屏风。过去曾有初期浮世绘①、狩野派②、大和绘③和宗达的一双屏风。肉笔浮世绘④中也有南蛮屏风,典雅的京都风俗画里也有外国人。这些都表现了京都町人的繁盛之势。

如今,这些东西都存留于彩车里了。使用的材料都是进口的中国织锦、法国挂毯、毛呢、金襕缎、缀锦刺绣。一派绚烂的桃山⑤风格中,也加进了从对外贸易中获取的异国之美。

彩车内部也都是各个时代知名画家的作品。长矛似的铁柱,相

---

① 浮世绘:江户时期发展起来的民众风俗画。
② 狩野派:以狩野正信为始祖的画派。
③ 大和绘:以日本风物为内容的绘画,以此区别于"唐绘"(中国画)。
④ 肉笔浮世绘:不同于版画浮世绘,直接在纸上创作的浮世绘作品。
⑤ 桃山:十六世纪末叶丰臣秀吉掌握政权的二十年间,史称安土·桃山时代。

传顶端是朱印船①的桅杆。

祇园音乐,简单地说就是"咚咚锵铿锵"。实际有二十六种,似壬生狂言②音乐,亦似雅乐。

前夜节上有好多彩车,装饰着一串串灯笼,音乐也很响亮。

四条大桥以东,虽然没有彩车,但是一直到八坂神社都装点得花枝招展。

千重子一迈进大桥路口,就淹没在人群中,稍稍落在苗子的后面。

"再见!"苗子招呼了三遍。就在这里分别了吗? 是否领她从"丸太"商店前面经过,或到附近看看,告诉她店的位置呢? 她一时犹豫起来。千重子对于苗子,蓦然涌起一股温暖的亲情。

"小姐,千重子小姐!"苗子走到大桥中间,秀男喊着追了上来,原来秀男把苗子当成千重子了,"您来看前夜节啦? 怎么一个人……?"

苗子一时摸不着头脑。但是,她并没有回头看千重子。

千重子一怔,躲进人群里了。

"呀,天气真好……"秀男对苗子说,"明天也会好,星星很多啊……"

苗子抬头看着天空。其间,她不知如何对应。不消说,苗子不认识秀男。

"上回我对伯伯太失礼啦,那幅腰带图案很好啊。"秀男对苗子说。

"嗯。"

"伯伯回去没再生气吧?"

---

①　朱印船:获得盖有朱印证书,允许进行海外贸易的日本船。
②　壬生狂言:每年四月在京都壬生寺演出的狂言剧。

"嗯。"苗子一片茫然,她无法回答。

苗子的目光依然没有转向千重子。

苗子迷惘了,千重子要是可以和这个青年男子见面,她应该自动跑过来才是啊!

这个男子头大,肩宽,目光沉滞,但在苗子眼里,绝不像恶人。他提起腰带的事,看来,可能是西阵的织匠吧? 长年坐在高座织机上织锦,那体形多少可以看得出。

"我太年轻啦,对伯伯的图案说了些不该说的话。考虑了一个晚上,还是决定织出来。"秀男说。

"……"

"您没有系在腰上试试吗?"

"嗯。"苗子暧昧地应和着。

"您怎么啦?"

大桥上面不如大街那般明亮,两人又被汹涌的人流挤来挤去。尽管这样,秀男认错了人,这使苗子甚感奇怪。

一对孪生姐妹,要是在同一个家庭里长大,也许很难辨别,可是千重子和苗子两重天地,两种生活。苗子想,这位男子莫非是近视眼吧?

"小姐,我打算用我的构想,为您精心织造一条腰带,当作您二十岁到三十岁这段时期的纪念,好吗?"

"嗯,谢谢。"苗子支支吾吾。

"能在祇园祭的前夜节见到您,这都是托神的福,说不定神也会帮助我织好这条腰带的。"

"……"

千重子不想让这位男子知道自己是双胞胎,所以她才不到这里来的吧? 苗子只能作如是想。

"再见。"苗子对秀男说。秀男有些出于意料。

"哎,再见。"他答应一声,"腰带就这么说定啦。争取赶上红叶季节……"他又叮嘱了一句,就离开了。

苗子的眼睛搜寻着,早已不见千重子的身影了。

刚才见到的青年男子,还有他提到的腰带,苗子并没有特别在意,她只为能在御旅所前和千重子邂逅而感到庆幸,以为这全是托神的福。她抓住大桥栏杆,久久望着灯影晃荡的河面。

然后,她悠悠然迈步出了桥口,打算到四条大道尽头的八坂神社去。

刚走到大桥中央,发现千重子正站在那里和两个青年男子说话。

"哦。"

苗子独自轻轻惊叫了一声,没有走过去。

她装作毫不在意地瞅了瞅站在那里的三个人。

苗子和秀男究竟谈了些什么呢? 千重子想。秀男无疑是把苗子当成千重子了,可是苗子是怎样回复他的呢? 不消说,苗子对这些一定很纳闷。

千重子是可以到他们身边去的,但她没有这么做。不仅如此,当秀男对苗子喊着"千重子小姐"的时候,她猝然藏到人群里去了。

这是为什么?

千重子在御旅所遇见苗子,她心潮澎湃,比苗子更加激动不已。苗子说她早就知道自己是双胞胎,正在寻找这个姐姐或妹妹。然而,千重子做梦也没料到这一点。苗子发现千重子的那份喜悦,对于毫无心理准备的千重子来说,她不可能立即就能感受得到。

还有,自己的生身父亲从杉树上摔下来,生养自己的母亲也早已不在人世了。千重子第一次从苗子那里听到这些,她心如刀割。

以往,千重子只是偶然从街坊邻里的议论中知道自己是个弃儿,至于父母长什么样，又是哪儿的，尽量不想这类问题。想也想不明白，再说，也没有深究的必要。太吉郎和阿繁对于她，恩重如山。

今夜的前夜节上听到苗子的话，对于千重子来说，未必值得庆幸。但是，对于苗子这个亲姐妹，还是萌生了温暖的情爱。

"看样子，她心灵比我更清纯，能吃苦耐劳，身体也很健壮。"千重子喃喃自语，"说不定有一天，还要指望着她呢……"

她神情恍惚地走在大桥上。

"千重子，千重子！"真一在叫她，"干吗一个人呆呆地走着？你脸色也不好啊！"

"哦，真一。"千重子回过神来，"真一扮稚儿坐在长刀彩车上时，那样子好可爱呀。"

"那时候苦死啦。现在想想还挺怀念的。"

真一有个伴儿。

"这是我哥哥，正在读研究生。"

真一的这位哥哥很像弟弟，他大大咧咧地朝千重子点一下头。

"真一小时候是个胆小鬼，很可爱，长得像女孩子一样漂亮，所以老是被拉去当稚儿，简直是傻瓜一个。"哥哥说罢大笑起来。

他们走到大桥中间，千重子看着哥哥刚毅的面庞。

"千重子，你今晚上脸色苍白，好像很悲伤啊。"真一说。

"或许是大桥中央灯光不同的缘故吧？"千重子说着停住脚步。

"再说，这前夜节人来人往，大家都是匆匆忙忙的，谁会注意一个女孩儿家是否悲伤呢？"

"这样不行啊。"真一把千重子推到桥栏杆上，"稍微靠一靠吧。"

"谢谢。"

"河面上也没有风，不过……"

千重子用手支着前额，闭上了眼睛。

"真一，你扮稚儿坐在长刀彩车上的时候，是几岁来着？"

"唔，好像是虚岁七岁，上小学前一年吧……"

千重子点点头，沉默不语。她想擦擦额头和脖颈上的冷汗，将手伸进口袋里，那里是苗子的手帕！

"啊。"

这手帕被苗子的眼泪打湿了，千重子握在手里，该不该掏出来呢？她一时犯了踌躇。她把手帕团在手心里，揩了一下额角，泪水不由涌上眼眶。

真一露出怪讶的神色。他知道千重子不会将手帕那样揉成团儿放入口袋的，他了解她的性格。

"千重子，热吗？打寒战啦？要是热伤风就糟啦，早点儿回家吧……我们送你，好吗？哥哥。"

真一的哥哥点点头，他刚才一直盯着千重子看。

"路很近，不用送啦……"

"路近就更要送送啦。"真一的哥哥很干脆。

三人从大桥中间折回去。

"真一，你扮稚儿乘坐彩车巡行时，我一直在后头跟着走呢。你真的知道吗？"千重子问。

"记得，记得。"真一回答。

"那时还很小吧？"

"是很小嘛。稚儿要是怯生生地东张西望，很不像样子。可是心里老想着，后头跟着一个小姑娘。真是太难为你啦，肯定被人挤得好苦……"

"现在再也不能回到小时候啦。"

"说些什么呀？"真一轻轻躲过她的追问，他怀疑，今晚千重子到底怎么了。

送到千重子家的店里之后，真一的哥哥向千重子的父母郑重行了礼,真一一直站在哥哥身后。

太吉郎在里屋,同一个客人饮节日酒。他没怎么喝,只是陪客。阿繁忙里忙外地伺候着。

"我回来啦。"千重子打了招呼,母亲对她说:"回来得很早嘛。"她瞅瞅女儿的神色。

千重子向客人郑重地行了礼。

"妈妈,我回来晚啦,也没能帮帮您……"

"好啦,好啦。"母亲阿繁用眼睛对千重子轻轻示意了一下,便同千重子一起去厨房端烫好的酒。

"千重子,瞧你心神不定的样子,他们不是把你送回来了吗?"

"是真一和他的哥哥……"

"我说是吧。你脸色不好,好像晕晕乎乎的。"阿繁用手试试千重子的额头,"虽说没有热,也挺可怜的。今晚有客,你跟妈妈一起睡吧。"母亲说着,很体贴地搂住千重子的肩膀。

千重子眼里渗出一粒泪珠,她强忍住没掉下来。

"你先到里院的楼上歇着吧。"

"知道啦,谢谢妈妈……"千重子在温暖的母爱里,心情放松了。

"爸爸因为客人少,也很寂寞。吃晚饭时倒有五六位呢……"

千重子端来了酒铫子。

"已经酒足饭饱了,再喝上一杯够啦。"

千重子斟酒的手不住哆嗦,她又加上左手,可还是微微抖动。

今夜,中庭里的切支丹灯笼点上了火。老枫树凹窝里的两棵紫堇也隐约可见。

花儿已经不见了,这上下两棵小小的紫堇,就是千重子和苗子吧?两棵紫堇看来似乎不会见面,可是今天晚上见到了吗?千重子朦胧之中望着两棵紫堇,眼眶里又噙满了泪水。

太吉郎也觉得千重子有点儿心事,他不时看看千重子。

千重子悄悄走开了,她登上里院的二楼。平时的住房里,也铺上了客人的床铺。千重子从壁橱里拿来自己的枕头,钻进了被窝。

她抽抽噎噎地哭了,为了不让外面听到,她的脸抵在枕头上,双手抓住枕头的两端。

阿繁上了楼,看到千重子的枕头湿了。

"唉,等会儿换换吧。"她给千重子拿出了一个新枕头,又立即下楼去了。她站在楼梯中间,回头看了看,什么也没说。

房间里是能铺下三张床的,可是只铺着两张。而且这一张是千重子的床。母亲似乎打算睡在千重子的床上。床铺的另一头,叠放着母亲和千重子盖的两条麻布被单。

阿繁没有铺自己的床,而是铺好了女儿的床,这本来是小事一桩,可是千重子却感受到了母亲的一份心意。

于是,千重子止住了眼泪,心情也平静下来。

"我是这家的孩子。"

千重子本来已经想明白了。可是见到苗子之后.她又心烦意乱,久久不能平静。

千重子站在镜台前面,瞧着自己的面颜,她想化化妆掩饰一下,随即又作罢了。她只是拿来香水瓶,在床卜稍稍洒了一点儿。接着,紧了紧腰带。

不用说,她是不会那么容易入睡的。

"是不是对苗子这孩子太薄情了呢?"

一闭上眼睛,她就看见了中川村(町)美丽的杉树林。

苗子的一番话,使得千重子对于生身父母的情况大致清楚了。

"能不能对家里的父母挑明呢? 是说了好,还是不说好呢?"

恐怕这里的父母也不知道千重子生在哪里,更不知道千重子生身父母的下落吧？自己的生身父母"早已不在这个世界上啦"，想到这里，千重子不再流泪了。

大街上传来了祇园祭的音乐。

楼下的客人看来是近江长浜一带的绸缎商。几杯酒下肚，说话声音也大起来，就连千重子所在的里院楼上也断断续续听到了。

他强调说，彩车的巡行由四条大道经过宽广的现代化河原町，再拐向疏散道路御池大道，市政府前边还搭建了观览席，都是为了所谓的"观光"。

他说，从前，彩车经过古老京城狭窄的街道，偶尔会多少撞毁一些房子，但极富情调，有时还能从楼上接到粽子。现在是撒粽子了。

四条大道不用说了，一拐进狭窄的街巷，不容易看到彩车的下方。他说，这样反而好。

太吉郎沉静地辩解说，在宽阔的大道上，整个彩车的姿态都能看得很清楚，还是这样最过瘾。

眼下，千重子躺在被窝里，仿佛也听到彩车巨大的木轮，在十字路口拐弯时"嘎啦嘎啦"的声响。

今夜，这位客人似乎要住在隔壁的屋子里。千重子思忖着，明天把从苗子那里听到的事，全都给父母说明白。

听说北山杉村都是私人企业。但是，不是每户人家都有山林，有山林的很少。千重子想，自己的生身父母看来也是在山林主家里当雇工。

"我是当雇工的……"苗子自己也这么说。

二十年前的事了，父母生下一对双胞胎，不仅名声不好听，两个孩子养大也很不容易，考虑今后的日子不好过，这才把千重子丢弃的吧？

——千重子还有三件事忘记问苗子了：千重子被舍弃的时候是

婴儿,那么为何舍掉的是自己,而不是苗子呢?父亲从杉树上掉下来是哪一年?苗子说过自己"刚出生",可是……还有,苗子说出生在母亲的娘家,那儿是"比杉树村更远的深山坳",那里究竟是个什么地方呢?

苗子似乎认为,被丢弃的千重子已经"身份不同"了,要是那样,苗子是决不会再来看望千重子了。要想说说话儿,只有千重子到苗子劳动的作业场去。

但是,千重子不能瞒着父亲和母亲秘密行动。

千重子曾经反复阅读过大佛次郎的名文《京都的诱惑》,她脑子里浮现出这样一段话来:

> 北山种植了专门用来做圆木的杉树,青青的树梢重重叠叠,葱茏茂密,宛如天上的云层。一排排红松,队列整齐,树干纤细而又明丽,满山遍野,传来了悦耳的森林之歌……

那一座座浑圆的重叠的山体演奏的绵延无尽的音乐——森林之歌,如今也在她心头响起,驱散了节日的锣鼓和人群的喧闹。她透过北山众多的彩虹,倾听着这音乐和歌声……

千重子的哀愁变得淡薄,也许不算什么哀愁,而是突然邂逅苗子时的惊讶、迷惘和困扰的情绪。然而,作为一个姑娘,这毕竟是令人落泪的命运。

千重子翻转身子,闭着眼睛,倾听山峦的歌唱。

"苗子是那样高兴,我为何就不能呢?"

过了一会儿,客人以及父亲和母亲一起登上里院的二楼。

"好好休息吧。"父亲向客人招呼了一声。

母亲将客人脱下的衣服叠好,又来到这边房间,打算折叠父亲脱下的衣服。

"妈妈,我来吧。"千重子说。

"还没睡呀?"母亲交给了千重子,自己躺下了。

"好香啊,到底是年轻人。"她高兴地说。

近江客由于喝了酒,隔扇那边立即响起了鼾声。

"阿繁,"太吉郎从临近床铺上喊着妻子,"有田先生不是想把儿子送到我们这儿来吗?"

"想当店员或是公司职员吧?"

"做养子,就是千重子的……"

"干吗提这种事儿,千重子还没睡着呢。"妻子想堵住丈夫的嘴。

"我知道,让千重子听听也好嘛。"

"……"

"是他家老二。他为他父亲办事,到我们家来过好几次。"

"我不太喜欢有田先生。"阿繁声音很低,但话说得很有力。

千重子的山间音乐消逝了。

"哎,千重子。"母亲转向女儿这边。千重子睁开眼,没有回应,房间里一时安静下来。千重子一直把两只脚叠在一起,默默无声。

"有田呀,他是想得到这座店,我是这么看的。"太吉郎说,"再说,他知道千重子是个又漂亮,又懂事的姑娘……他家又是生意场上的老搭档,对我们的买卖也很清楚。此外,我们店里,说不定有人向他打小报告呢。"

"……"

"千重子无论长得多么好看,我也不能为了家里的生意随便让她嫁人啊!哎,阿繁,你说是不是? 这样做也对不起祖宗。"

"那当然喽。"阿繁说。

"我的性格不适合在店里。"

"爸爸,我让您把保罗·克利画集拿到嵯峨尼寺里去,您竟然也忍让啦。"千重子坐起来,向父亲道歉。

“什么呀，那是爸爸的乐趣，一种安慰。现在看来，正是生活的意义所在啊。”父亲微带歉意，“说实话，我也没有绘制那种图案的才能……”

“爸爸。”

“千重子，我正琢磨着，卖掉这个批发店，搬到安静的南禅寺或冈崎，西阵也行，买一处小小的住宅，我们父女两个一起绘制和服和腰带图案，怎么样？你耐得住那份清苦吗？”

“什么清苦，我一点也不……”

“是吗？”父亲说到这里，不久就睡着了。千重子却难以成眠。

可是，第二天清晨，她及早醒来，就去清扫店前的道路，擦洗木格子和座凳。

祇园祭的活动还在继续进行。

节日的后半段有：十八日的彩车装点，二十三日的节后前夜、屏风节，二十四日的巡山，其后是奉纳狂言剧，二十八日洗御舆，接着回到八坂神社，二十九日举行神事结束奉告仪式。

好几座山都通向寺町。

千重子心事重重，她惴惴不安地度过将近一个月的节日。

秋天的颜色

保留至今的明治“文明开化”的一项遗存——沿堀川河岸行驶的北野线电车，现在就要拆除了。这是日本最古老的电车。

人们都知道，作为千年古都，又最早引进了一些西洋的东西，京都人竟然也有这样的一面。

然而，这种老朽的“丁零丁零”电车时至今日还在运行，这其中或许也含有某种“古都”的风味儿。车体当然很小，相向而坐，几乎膝盖顶着膝盖。

不过，一旦拆除又会令人惋惜，所以就把电车用假花装饰起来，成了"花电车"，叫那些尚保有遥远的明治遗风的人乘坐，同时广泛向市民宣传。这也是一项"纪念活动"吧。

连日来，一些清闲无事的人，挤满了古老的车厢。这是七月里的事，这时还有人打着阳伞。

京都的夏天太阳比东京酷烈，可如今的东京早已看不到有人打阳伞走路了。

太吉郎在京都车站前面正要登上花电车，一个中年女子故意躲在他的身后窃笑。太吉郎倒也算得上一个具有"明治风格"的人了。

上了电车，太吉郎注意到这个女子，他有些不好意思地说：

"怎么，你不太具有明治风情嘛。"

"近似明治呀，何况，我家就住在北野线上。"

"是吗？唔，是啊。"太吉郎说。

"什么是啊？ 您真是个挺薄情的人呀……不过还是记起来了吗？"

"带个挺可爱的孩子……躲到哪儿去了？"

"说什么昏话……您明明知道不是我的孩子！"

"我可不知道。女人家……"

"说什么呀，谁知道你们男人干些什么？"

这个女子领着一个女孩儿，肌肤实在白嫩可爱，大概有十四五岁了，浴衣上系着红色细腰带。女孩儿很腼腆，她有意躲开太吉郎，坐在女子身边，一句话不说。

太吉郎轻轻拉了拉女子的衣袖。

"小千惠，坐到中间来。"女子说。

三个人好大会儿没有说话。女人隔着女孩儿的头，向太吉郎咬耳朵：

"这孩子,我打算叫她到祇园当舞女呢。"

"是谁的孩子?"

"附近一家茶馆的。"

"唔。"

"还有人以为是您和我生的呢。"女子隐隐约约地嘀咕着。

"胡说什么?"

这女子是上七轩茶馆的老板娘。

"这孩子硬要拉着我去北野天满宫①……"

太吉郎明知是老板娘开玩笑,他还是问那女孩儿:

"你多大啦?"

"初中一年级。"

"唔。"太吉郎看看女孩儿,"好吧,等下辈子投胎时请多关照。"

到底是生在花街的孩子,太吉郎这句奇妙的话,她也似乎不动声色地听懂了。

"这孩子干吗要拉着你去拜天神呢? 她莫非是天神转世吗?"太吉郎跟老板娘开玩笑。

"是啊,是啊。"

"天神是男的……"

"他早就投胎成女的啦。"老板娘一句话挡了回去,"要是还脱生成男的,怕又要遭流放之苦啦。"

太吉郎几乎笑出声来:"是个女的呢?"

"变成个女的嘛,可不是,那就会得到如意郎君的欢心啊。"

---

① 北野天满宫:祭祀平安时代学者菅原道真等的神社,镇座位于京都上京区马喰町。道真左迁,于延喜三年(903年),殁于九州太宰府,后因多种因素,京都僧侣借信仰天神,遂将道真之灵移往北野天满宫,设社殿以祭之,被奉为学问之神。

"唔。"

那女孩儿生得俏丽,百里挑一,刘海儿又黑又亮,一副漂亮的双眼皮儿。

"是独生女儿吗?"太吉郎问。

"不是,有两个姐姐。老大明年春天初中毕业,也许要去当舞女。"

"像这孩子一样好看吗?"

"像是像,没这孩子长得俊。"

"……"

上七轩,如今没有一个舞女,即使要当舞女,也得等到初中毕业之后。

之所以称为上七轩,也许因为本来这里只有七间茶屋吧。如今增加到二十多间了。太吉郎不知在哪里也曾听说过。

往昔,也不是太久远的往昔,太吉郎和西阵的织匠,还有当地的老主顾们经常来上七轩眠花卧柳。那时候结交的女子,又若有若无地在他脑子里浮现。当时,太吉郎店里的生意也很红火。

"老板娘一副好兴致,也来乘这种电车……"太吉郎说。

"人呀,谁不有点儿恋旧呢?这个很要紧啊。"老板娘说,"我家的生意不会忘记老主顾的……"

"……"

"况且,今天送客人去车站,顺道儿就坐这趟电车回去了……佐田先生,您才叫人奇怪呢,孤零零一个人乘在车上……"

"这个呀,可怎么说呢。本来我也只想看看花电车罢了。"太吉郎歪着头,"还不是怀旧嘛,眼下很寂寞啊。"

"寂寞?您还不到那个年纪。跟我一块儿走吧,看一眼年轻的女孩子们也好嘛……"

太吉郎就要被带到上七轩去了。

老板娘径直来到北野神社的神像前面,太吉郎也跟着进来了。老板娘久久虔诚地祈祷着,女孩儿也低着头。

老板娘回到太吉郎身边就说:

"这个小千惠,放她回去算了。"

"唔。"

"小千惠,回家去吧。"

"谢谢。"女孩儿跟他们两个打招呼。她渐去渐远,走路的样子就像一个中学生。

"怎么? 看来您喜欢上那女孩儿啦?"老板娘说,"过了两三年之后,就该出道喽,等着吧……如今就像大人般乖巧,将来肯定会出落成个美娇娘的。"

太吉郎没有吱声,他想,既然来到这里,就到神社宽广的境内走走吧。可是,天气太热了。

"到你那里给我歇歇吧,太累啦。"

"哎,哎。我本来就是这个主意,隔了这么久,好容易来一趟。"老板娘说。

走进那间破旧的茶屋,老板娘一本正经地说:

"您来得正好。日子都怎么过的呀? 姐妹们常念叨您来着。"

她又说:

"躺下来歇歇吧,我拿枕头来。哦,不是说寂寞吗? 要不,我叫个老实的姑娘陪您说说话……?"

"以前熟悉的艺妓就不要来了。"

太吉郎刚要打个盹儿,进来一个年轻的艺妓,她静静地坐了一会儿。客人一张生面孔,或许使她很难应付吧。太吉郎绷着脸,一直提不起劲儿来。艺妓也许觉得客人对她没兴趣,就说什么自己出来之后,两年之间就有四十七个相好的。

"正好成了赤穗义士①啦。四五十个人,现在想想挺好玩的……人家都笑话我说,那样会害相思病的呀。"

太吉郎清醒过来:

"现在……"

"现在一个人。"

这时候,老板娘早已进了客厅。

太吉郎怀疑:艺妓才二十岁光景,对于那些没有深交的男人,真的能记住是"四十七个"吗?

艺妓还说,她刚出来时的第三天,陪一个毫无情趣的客人去洗手间,突然遭到强吻,艺妓咬破了客人的舌头。

"出血了吗?"

"哎,哎,出血啦。客人叫我出医药费,他火冒三丈,我都吓哭了,闹了一场小乱子。可这都怪他呀。那人叫什么名字,我早就忘记啦。"

"唔。"太吉郎应了一声。这么一个细腰身、溜肩膀、当时十八九岁的温柔的"京美人",怎么会突然凶狠地咬起人来了呢? 想到这里,他凝视着艺妓的脸庞。

"看看牙。"太吉郎对年轻艺妓说。

"牙? 我的牙吗? 说话的时候,不都看见了吗?"

"还想仔细瞧瞧,行吗?"

"不行,太难为情啦。"艺妓紧闭着嘴,"这样也不行,老爷。人家总得开口说话呀。"

艺妓可爱的嘴角里露出一颗洁白的牙齿。太吉郎逗她说:

---

① 赤穗义士:元禄十五年(1703),兵库县赤穗城大石良雄等四十七人偷袭吉良义央宅第,为主君浅野长矩复仇,史称赤穗义士。

"想必是牙咬断了,安的假牙吧?"

"那舌头挺软的。"艺妓一下子漏了嘴,"哎呀,够啦……"她把脸藏在老板娘背后。

过了一会儿,太吉郎对老板娘说:

"既然到了这里,也顺便路过中里看看吧?"

"嗯……'中里'她们也会高兴的,我陪您一块儿去,好吗?"老板娘说着,站了起来。她走到镜台前整整妆。

中里外表还像原来一样,客厅装饰一新。

又添了一个艺妓。太吉郎在中里待到吃完晚饭。

——秀男来到太吉郎的店铺,正碰到他不在家。秀男说是找小姐,千重子来到店里。

"祇园祭的时候约好的,我把腰带的图案画好了,特送来请您过目。"秀男说。

"千重子!"母亲阿繁喊着,"请他到里院来吧。"

"嗳。"

秀男来到面对中庭的一间房里,打开图案,给千重子看。有两幅,一幅是菊花,连着叶子。叶子看起来让人想不到是菊花叶,为了力求新颖,实在是花了一番工夫。还有一幅是枫叶。

"很好啊。"千重子紧盯着画面瞧。

"要是千重子小姐满意,那我就太高兴啦……"秀男说,"想选哪一幅呢?"

"这个嘛,菊花的长年都能用。"

"那么就织菊花图案的,好吗?"

"……"

千代子低着眉,神色忧戚。

"两种都好,不过……"她支支吾吾,"长满杉树和红松的山峦,能织吗?"

"杉树和红松的山峦？比较困难,让我想想吧。"秀男有些诧异,望望千重子的脸。

"秀男师傅,请原谅。"

"原谅？说不上……"

"其实……"千重子不知该不该说出来,"过节那天晚上,在四条桥上,秀男师傅说要给织腰带的,不是我,您认错人啦。"

秀男没有出声。他不相信,脸上显得很失望。他为了给千重子设计图案,费尽了心血。难道千重子会完全拒绝吗？

要是这样,千重子的话实在叫人难以相信,难以理解。秀男稍稍涌上来男子汉的刚烈脾性。

"莫非是我见到小姐的幻影了？我是在同千重子小姐的幻影谈话吗？祇园祭的晚上,难道出现的是您的幻影吗？"但是,秀男没有说是"意中人"的幻影。

千重子神情冷静地说:

"秀男师傅,当时听您说话的是我的姐妹。"

"……"

"我的姐妹。"

"……"

"我也是那天晚上第一次见到我的姐妹。"

"……"

"我姐妹的事,我还没告诉家里的父亲和母亲。"

"什么?"秀男很惊奇,他无法理解。

"北山做杉树圆木的村子,您知道吗？那女孩儿就在那里干活儿。"

"真的?"

秀男一时闭了嘴,他感到很意外。

"中川町,知道吗?"千重子说。

"嗯,乘汽车去过一次……"

"请秀男师傅给她织一条腰带吧。"

"好的。"

"您答应啦?"

"嗯。"秀男依然狐疑不定,他答应了,"所以您叫我把图案换成长满红松和杉树的山峦,对吗?"

千重子点点头。

"行。不过,这样有点儿太生活化了。"

"还不全仗秀男师傅的设计吗?"

"……"

"那姑娘会一辈子珍惜的。她叫苗子,虽说家里没有山林,可她很勤快,比起我来,又刚强,又能干……"

秀男虽说还有几分疑惑,但他表示:

"只要是小姐托我的,我一定把它织好。"

"我再说一遍,那姑娘叫苗子。"

"我记住啦。可她怎么长得和千重子小姐一模一样呢?"

"亲姐妹嘛。"

"尽管是亲姐妹……"

千重子没有告诉秀男是孪生姐妹。

因为是一身夏季节日里轻装的打扮,在夜间的灯影里,秀男误将苗子当成了千重子。看来,不一定是眼睛有毛病。

优美的木格子,外面再加一道格子,连着一排座凳,而且铺面也很深广。——今天看来,或许是已经过时的一副形态了。然而,毕竟是京城里既老派又富裕的绸缎商。这家老板的女儿,怎么会和北山杉圆木村的一个打工的姑娘,成为姐妹呢? 秀男实在不能理解。不过,这种事儿,旁人不便插嘴打听。

"腰带织成了,送到这里来吗?"秀男问。

"这个,"千重子略微想了想,"请直接送到苗子那里,行吗?"

"这样也行。"

"那就这样吧。"千重子的嘱咐里满含着诚意,"不过,离这儿远一些……"

"我知道,远点儿也没关系。"

"苗子指不定该多高兴啊!"

"她会接受下来吗?"秀男的疑虑是有道理的。苗子一定会感到蹊跷吧?

"我来跟苗子说清楚。"

"是吗? 要是这样……我就送去吧。她家住在哪里呢?"

这个,千重子也不知道:"苗子的家吗?"

"嗯。"

"我再打电话或写信告诉您吧。"

"是吗?"秀男说,"我不考虑有两位千重子小姐,权当是给小姐一个人织,我一定出色地完成,并亲自献给她。"

"谢谢您。"千重子低下头,"拜托啦。您还感到奇怪吗?"

"……"

"秀男师傅,这腰带不是给我织的,是给苗子小姐织的。"

"嗯,我知道。"

不久,秀男出了店门,他脑子里依旧疑云重重。可是得马上考虑腰带的图案啊! 红松和杉树山峦这一内容,如果不大胆地进行构思,千重子的腰带就有落入俗套的可能。秀男只当作是给千重子织腰带,即使当成苗子姑娘的腰带,那也不能太贴近她的劳动生活,就像他对千重子说过的那样。

自己所见到的究竟是"千重子的苗子"还是"苗子的千重子"呢?

秀男掉转脚步,他想再到四条大桥看看。可是,烈日炎炎,酷热难当。他走到桥上,背倚栏杆,闭上眼睛倾听。他要听的不是行人和电车的喧闹,而是河水似有若无的响声。

今年,千重子没有去看"大文字",母亲阿繁由父亲带领难得去了一次,千重子留下来看家。

父亲他们,连同附近关系亲密的批发店二三家,包租了木屋町二条下茶屋的纳凉床。

八月十六日的"大文字",是盂兰盆节的送神火。按传统的习惯,夜间向空中投放火把,送游荡的魂灵回归冥府。如今,则是在山间燃起篝火。

东山如意岳的"大文字"只是其中的代表,实际上,五座山上都点燃篝火:金阁寺附近大北山的"左大文字"、松崎山的"妙法"、西贺茂明见山的"船形"和上嵯峨山上的"牌坊形",这五座山上的送神火接连不断地点燃起来。这四十分钟间,市内所有霓虹灯和广告灯都要熄灭。

从送神火山上的颜色,还有夜空的颜色,千重子感受到了初秋的颜色。

比"大文字"提早半个月之前,立秋前夜,下鸭神社举行"越夏"的祭神活动。

从前,千重子为了观看"左大文字",经常和几个朋友一起登上加茂川河堤。

"大文字"这种仪式,她从小就司空见惯了。

"今年,又到'大文字'的时节了……"随着年龄的增长,心里又记挂起来了。

千重子走到店外,围着座凳和邻里的儿童们一起游乐。小孩子对于"大文字"不感兴趣,他们只爱看焰火。

　　然而,这个夏天的盂兰盆节,千重子心里又添新愁。因为在祇园祭上同苗子相逢,从苗子那里得知,她们的生父生母都早早离开了人间。

　　"对啦,明天就去会见苗子。"千重子思忖着,"秀男师傅给她织腰带的事也对她说明白……"

　　翌日午后,千重子身穿不太引人注目的衣服出发了。——千重子还没有在白天里看过苗子呢。

　　她在菩提瀑站下了车。

　　北山町该是大忙季节了。男人们已经剥下好多杉木外皮,堆积如山,四周还散落了不少。

　　千重子脚步迟疑地向前走着,苗子一溜烟跑过来。

　　"小姐,欢迎,欢迎! 您来得真好,真好啊……"

　　千重子看到苗子一身出工的打扮,问道:

　　"可以吗?"

　　"哎,今天我请假了,我看到您的身影……"苗子一边喘息,一遍拉住千重子的袖子,"我们到山林里说话吧,那里没人看见。"

　　苗子迅速解下围裙,铺在地上。丹波绵织的围裙很大,能将身体前后都裹起来,所以,她们两个完全可以并排坐在上面。

　　"请坐下吧。"苗子说。

　　"谢谢。"

　　苗子取下头上的手巾,用手指拢了拢头发。

　　"您来得真好。我太高兴啦,太高兴啦……"她目光炯炯,仔细打量着千重子。

　　泥土的温馨,树木的香味,整个山林的气息十分浓烈。

　　"来到这里,山下没有人能看见。"苗子说。

　　"我喜欢优美的杉树林,时常来这里玩,可是没有进入过山林,这是第一次。"说着,千重子眺望着四周的景色。几乎同样粗大的一排排杉树,挺然而立,包围着她们两个。

"这些都是人们种植的杉树。"苗子说。

"是吗?"

"这些树木都四十多年了,已经可以砍伐做房柱等材料了。要是一直任它长下去,千年以后,真不知会多粗多高呢。我有时就这样想。所以,我更喜欢原生林。这个村子,说起来,就是干着生产截枝剪花的行当啊!"

"这个世界,要是没有人,就不会有京都这样的城市,就会成为自然生长的森林和杂草的荒原。这一带,也一定是山鹿和野猪出没的领域。这个世界干吗要有人? 多可怕呀,人类……"

"苗子,你是这样想的吗?"千重子感到惊讶。

"嗯,有时候……"

"苗子讨厌人类吗?"

"我很喜欢人类,不过……"苗子回答,"没有比人更可爱的啦。但这块土地上要是没有人,会变成什么样呢? 有时候,我躺在山野里,一醒过来就会想到这些……"

"这不就是藏在你心底的厌世情绪吗?"

"我呀,我才不会厌世呢。每天都在高高兴兴地干活儿……可是,人类……"

"……"

两个姑娘周围的杉树林蓦然变暗了。

"要下暴雨啦。"苗子说。雨点落在杉树梢的叶子上,积攒着,大滴大滴地掉落下来。

接着,传来震耳欲聋的雷声。

"好可怕,好可怕!"千重子脸色惨白,紧紧攥住苗子的手。

“千重子小姐，蜷起腿，弓着背，尽量缩成一团儿。”苗子说罢，趴在千重子身上，紧紧抱着，将她完全保护起来。

雷声越来越大，电闪、雷鸣，已经完全没有间歇。似乎就要山崩地裂了。

雷声很近，仿佛在两个女孩儿的头顶上炸响。

杉树林的树梢，在大雨里喧骚不止。雷电的光焰在大地上闪烁，照亮了她们身边的树干。优美而挺拔的树木，转眼变得阴森可怖。忽然，又是一阵霹雳的雷鸣。

“苗子，雷会落下来吗？”千重子又紧缩一下身子。

“也许会落下来的。可是不会落在我们身上的。”苗子一口咬定说，“决不会的！”

然后，她用自己的身体，更加严严实实地护住千重子。

“小姐，您的头发有点儿湿啦。”她拿起手巾擦擦千重子颈后的头发，然后把手巾折叠起来，盖在千重子头顶上。

“雨滴也许会渗下些来的。不过，小姐，雷是绝对不会落在千重子小姐身上和周围的。”

心性坚韧的千重子，得到苗子一片真心的照顾，随之平静下来。

“谢谢啦……实在太感谢啦！”她说，“你这样护着我，自己全湿透啦。”

“反正是工作服，不碍事。”苗子说，“我很高兴。”

“腰里在闪光，是什么呀……？”千重子问。

“哦，我忘记放下了，是镰刀。我在路边正在剥杉树皮，直接就跑过来啦。”苗子想到了镰刀，“好危险啊！”说着，扔到了远处。这是一把不带木把的小镰刀。

“回去时再带走。真不愿回去呀……”

雷声似乎打她们两人的头上滚过。

千重子切实感到，苗子是在用整个身子把她全部盖住了。

　　不管多么炎热的夏天,这山里的暴雨总是冷到指尖儿。苗子从头到脚掩护着千重子,她的体温在千重子身上扩散,深深地渗透着。这是无可形容的温暖的亲情啊! 千重子心里充满幸福之感,她久久地闭着眼睛。

　　"苗子,我真的很感谢你。"她又说了一遍,"在亲娘的肚子里,你也是这样抱着我的吗?"

　　"那时候,还不是你踢我一脚,我给你一拳吗?"

　　"可不是嘛。"千重子笑起来了,声音里满含着骨肉情怀。

　　骤雨伴着雷声过去了。

　　"苗子,真难为你啦……已经不要紧了。"千重子在苗子身底下挪挪身子,想站起来。

　　"哎,再等等,别慌。杉树叶子上还有雨点滴落下来……"苗子依然掩护着千重。千重子伸手摸摸苗子的脊背:

　　"全淋湿啦,不觉得冷吗?"

　　"我习惯啦,没事儿。"苗子说,"小姐来看我,我很高兴,心里一直热乎乎的。小姐您也多少淋湿啦。"

　　"苗子,爸爸是在这儿从杉树上掉下来的吗?"千重子问。

　　"不知道。我当时也很小。"

　　"妈妈的娘家呢……? 外公外婆都还好吗?"

　　"这些也都不清楚。"苗子答道。

　　"你不是说在姥姥家里长大的吗?"

　　"小姐,干吗还问这些呢?"苗子的口气变得生硬起来,千重子不敢再问了。

　　"小姐,您不会有这样一些亲人的。"

　　"……"

　　"您把我当作亲姐妹,我就够感谢的啦。至于祇园祭上的那些话,有些是多余的。"

"没有,我很高兴。"

"我也是……不过,小姐家的店,我是不会去的。"

"来吧,我会好好待你的。我也给父母说说……"

"算啦。"苗子强调说,"小姐要是像今天一样,遇到什么难处,我会拼着命保护您的,不过……您懂我的意思吗?"

"……"千重子不由眼里一阵热辣辣的,"喏,苗子,节日晚上,你被错认是我,感到有些惊讶吗?"

"嗯,您是指谈起织腰带的那个人吗?"

"那位青年是西阵腰带店的织匠,他待人很诚恳……他不是说要给你织一条腰带吗?"

"他把我当成千重子小姐了呗。"

"前些日子,他拿着腰带图案找我去啦。我对他说,那不是我,那是我的姐妹。"

"是吗?"

"我托他给我的姐妹苗子也织一条。"

"给我……?"

"不是说好了吗?"

"那是他认错人啦。"

"他给我织一条,也给你织一条,作为两姐妹的纪念……"

"我……"苗子感到很意外。

"这不是在祇园祭的节日里约定好的吗?"千重子温婉地说。

苗子庇护过千重子的身体,显得有些僵直了,她纹丝不动。

"小姐,在您遇到困难的时候,我甘愿挺身而出,不惜一切,帮助您,解救您。可是要我代替您接受别人的礼物,我不愿意。"苗子断然地说,"那样叫人受不了。"

“你不是替我。”

“我是替您。”

千重子不知道该如何说服苗子，于是说道：

“就算我送给你的，也不接受吗？”

“……”

“我托他织，就是要送给你的嘛。”

“这事儿有点儿不对头。节日的晚上，他认错了人，明明说是给千重子小姐织腰带的。”苗子停顿了一下，“那位腰带店老板，不，是织匠师傅，看来对您很倾心。我也是个女人，这一点，我看得很明白。”

千重子忍住心中的羞涩之情，说：

“所以你就不接受了，对吗？”

“……”

“我是说请他织一条送给我的姐妹的……”

“那我就领情啦，小姐。”苗子乖乖听从了，“我刚才说些多余的话，还请原谅。”

“他会直接送到家里去，你家住在哪里呢？”

“家里姓村濑。”苗子回答，“是高级的腰带吧？ 我这样的人，哪里会有机会系呢？”

“苗子，人的未来是不可知的。”

“是的。是这样。”苗子点点头，“我也不想出人头地……不过，即便没有机会系它，我也会当作宝贝保存的。”

“我们家店里虽说不做腰带生意，但我会为你挑一件和服，同秀男师傅织的腰带相匹配。”

“……”

“我父亲很古怪，近来渐渐对生意不感兴趣了。像我家这样的杂货批发商，看来也不能光卖高级商品了。况且，化纤和毛织品也多起来了……"

苗子仰望着杉树的树梢,离开千重子脊背,站起身来。

"还有一些水滴掉落下来……小姐,让您受苦啦。"

"哪里,多亏了你呀……"

"小姐,您可以帮家里照料一下店铺呀。"

"我呀……?"千重子像是挨了打一样,站了起来。

苗子的衣服水淋淋的,紧贴在皮肤上。

苗子没有把千重子送到汽车站。她的衣服湿透了,更主要的原因是怕人看见。

千重子回到店里,母亲阿繁在通道土间的最里头,给店员们准备工间点心。

"回来啦?"

"妈妈好。我回来得太晚啦……爸爸呢?"

"钻进手织帘子布后面,像是在思索什么。"母亲眼瞅着千重子,"到哪儿去啦? 衣服都湿了,快去换换吧。"

"嗯。"千重子登上里院的二楼,慢悠悠地换着衣服,坐了好大一会儿,然后下了楼。这时,母亲已经给店员发过三点钟的点心了。

"妈妈,"千重子的声音微微颤抖着,"我有话想跟妈妈说。"

阿繁答应了:"到楼上去吧。"

于是,千重子极不自然地问道:

"这里下暴雨了吗?"

"暴雨? 没下暴雨呀,不是要谈暴雨的事吧?"

"妈妈,我去北山杉村了。那里有我的姐妹……不是姐姐,就是妹妹。我是双胞胎。今年的祇园祭上,第一次见到她啦。听她说,我们的生身父母早就去世啦。"

不用说,阿繁受到了突然打击,她只是呆呆地望着千重子的脸,

"北山杉村……? 啊?"

"我不能瞒着妈妈。祇园祭和今天,我们只见过两次面,可是……"

"是个姑娘吗? 她现在怎么样啦?"

"在杉树村里当雇工,干活儿。是个好姑娘。她不愿意到我们家里来。"

"唔。"阿繁沉默了片刻,"这样也好。那么,千重子……"

"妈妈,千重子是这家里的孩子,请您和过去一样,一直把我当成您的女儿吧。"她说着,脸上满含真诚。

"那当然,千重子二十年来,一直是我的孩子。"

"妈妈……"千重子把脸伏在阿繁的膝盖上。

"其实,自打祇园祭以来,我就看见你时常恍恍惚惚的,还以为喜欢上谁了,妈妈正想问问你呢。"

"……"

"要不,把那姑娘领到咱家来瞧瞧,行吗? 找个晚上,等店员都下班了。"

千重子趴在母亲膝盖上,微微摇摇脑袋。

"她不愿意来,她一直喊我小姐……"

"是吗?"阿繁抚摸着千重子的头发,"谢谢你鼓起勇气对妈妈说了。她是不是很像千重子啊?"

丹波壶里的金钟儿,开始鸣叫了。

松林青青

据说南禅寺附近,有一处价格较为理想的房子出售,一个天朗气清的秋日,太吉郎领着妻子、女儿,一边散步,一边想去看一看。

"您打算买下来吗?"阿繁问。

"看看再说。"太吉郎立即不耐烦了。

"据说很便宜,就是太小了。"

"……"

"到那里转转也好。"

"是啊,不过……"

阿繁有些不安,她猜想:买下这座房子住下来,每天跑到现在的店铺上班吗?——就像东京的银座、日本桥一样,中京的批发商店街,也有好多老板在别处购了房子,每天到店里去上班的。这样也好,说明"丸太"商店的生意即便继续衰落,也还有能力到别处购买小型住宅。

但是,太吉郎是不是想把商店卖掉,买下这座小住宅"隐居"呢?或者考虑趁手头还算宽绰,先下手为强呢?不过,买下来之后,他住在南禅寺的小房子里,打算干些什么,如何过日子呢?丈夫已经快到六十岁了,想让他舒舒服服地活着。店铺可以卖一笔大钱,不过单靠银行利息生活,心里总是不踏实。要是有人利用这些资金再去赚上一笔,那日子就会更好过。但是,阿繁一时想不起谁能干这件事。

母亲的不安虽然没说出口,女儿千重子似乎很清楚。千重子年轻,她用安慰的目光瞧着母亲。

然而,太吉郎却显得既开朗,又快活。

"爸爸,要是到那里散步,顺便看看青莲院好吗?"千重子在汽车上央求说,"就在大门口停一下……"

"那里有樟树,你是想看樟树吧?"

"是的。"父亲一眼看出她的心思,这使千重子很惊奇,"是想看樟树。"

"行,行。"太吉郎说,"爸爸年轻的时候啊,也常和朋友一起,到那棵高大的樟树绿荫里聊天呢。——那些朋友,没有一个留在京都的。"

"……"

"那一带,每个地方都很令人怀念啊!"

千重子暂时让父亲沉浸在青年时代的回忆中。

"我离开学校后,白天里还没有去看过那棵樟树呢。"过了一会儿,她说,"爸爸,您知道夜间游览车的路线吗? 参观寺院一项里只安排一个青莲院,汽车一到,和尚们就打着灯笼一起出来迎接。"

在和尚们的灯笼光里,一直被领到大门口,有相当长的一段路。然而,情趣也就只在这段路上了。

游览车的说明书上写着:青莲院的尼僧们,进献薄茶一碗。谁知一进入大厅,情况就变了。

"要说献茶倒也献了,可那么多人,都只用一个大盘子端来,里面堆了好多粗瓷茶碗,匆匆忙忙,放下就走人啦。"千重子说着,笑了。

"也许有尼姑混在里头,没等注意就看不见啦……真扫兴,茶也是温暾的。"

"有什么法子呢? 招待得太认真,不要花时间吗?"父亲说。

"哎,这还不说,在那宽大的庭院里,四面八方,灯火通明,和尚站在院子里解说。虽说是青莲院的说明词,但听起来,却像一场激烈的演讲。"

"……"

"进入寺院,不知从何处,传来悠扬的琴声。我和同学都在议论,那是真的奏琴,还是放唱片呢……?"

"唔。"

"接着去看祇园的舞伎,只是在歌舞排练场里看了两三个舞蹈。哎呀,真不知那叫什么舞伎啊。"

"怎么啦?"

"虽说勒着陀罗尼腰带①,可衣裳却很寒酸。"

"真是。"

"从祇园到岛原角屋看高级艺妓②,她们的衣裳实在华美,童女们也一样……在辉煌的烛光里,举行什么'饮酒盟誓'的仪式。然后,来到门口的土间,观看一下高级艺妓艳装走步表演。"

"嗬,能看到这些倒也不寻常啊。"太吉郎说。

"是啊,青莲院的灯笼迎客和岛原角屋的艺妓表演确实很好。"千重子应和着,"这些事记得以前也讲过……"

"找个时间也带着妈妈去一趟,什么角屋和高级艺妓,我还没见过呢。"母亲正说着,汽车已经到达青莲院门前。

千重子为什么突然想起要来看樟树? 是不是因为漫步了植物园的樟树林荫路,还是看了北山杉,觉得那些树都是人工栽培的,没有自然生长的大树更好呢?

然而,青莲院门外石墙边上只有樟树,一排四棵,其中跟前的一棵最古老。

千重子一行三人,站在樟树前面看着,什么也没说。凝神仰望,樟树粗大的枝条,虬曲盘绕,向四方展开,枝叶纵横交错,仿佛蕴蓄着一种诡异的威力。

"好了,走吧。"太吉郎向着南禅寺迈开脚步。

太吉郎从口袋的钱包里取出房主家的路线图,边走边说:

"我说千重子啊,爸爸对樟树也不太熟悉,这种树是不是适合生长在温暖的南方各地? 比如热海、九州,那里一定很多。这里的那棵老樟树,怎么看上去像大盆景一样呢?"

---

① 陀罗尼腰带:花街艺妓、舞伎背后宽大而长及足跟的彩饰多层腰带。
② 高级艺妓:原文作"太夫さん",富有文化教养、色艺拔群的艺妓。

"京都不就是这样吗？山川民众也一样……"千重子说。

"哦,是吗?"父亲点点头,"可每个人不一定都是如此。"

"……"

"不论是今人,还是古人……"

"是这样。"

"照千重子的说法,整个日本不也是这样?"

"……"千重子觉得父亲虽然以小比大,可也有道理,"爸爸,那棵樟树的树干,以及那伸展着的奇妙的枝条,定睛一看,您不觉得有一种可怖的力量吗?"

"是啊! 一个女孩子,也在思考这类问题吗?"父亲回头望着樟树,然后又盯着女儿瞧,"确实像千重子说的,即便你头上乌黑闪亮的头发,也一样……爸爸迟钝啦,老朽啦。你给我上了重要的一课啊。"

"爸爸!"千重子怀着激动的心情,呼喊着父亲。

从南禅寺的山门窥视境内,静谧而深广,像平素一样,看不到几个人影。

父亲看着房主家的地图,拐向了左边。这座房子虽然很小,但围墙很高,纵深也大。从狭窄的屋门口到大门,两边的胡枝子,盛开着白色的花朵。

"呀,好漂亮。"太吉郎在门前站了很久,出神地望着雪白的胡枝子。但是,他已经失去前来看房子的兴趣,这是因为,他发现相邻一间的隔壁房子,变成了旅馆兼饭铺。

然而,那两排白色胡枝子,却使他依依不舍。

太吉郎好长时间没到这里来了,南禅寺前面大街上的房子,大都改建成了旅馆兼饭铺,这使他大为惊奇。其中,有的经过改建,可以接待大型旅游团,地方上来的学生吵吵嚷嚷,出出进进。

"房子还不错,可是不能买。"太吉郎站在长着胡枝子花的屋门口,嘴里不停嘀咕。

"看来,整个京都大有变成旅馆、饭铺之势,就像高台寺周围……大阪、京都之间,也变成了工业区。西京一带,虽说还有空地,就算不考虑交通不便,但附近将来也许会建造一些奇形怪状、花里胡哨的房子来的……"父亲失望地说。

太吉郎还在留恋白胡枝子花,他走了七八步远,又一个人折回去,看了很久。

阿繁和千重子在路边等着父亲。

"花真好看呀。莫非有什么秘诀吗?"他回到娘儿俩身旁,说:

"要是用竹子支撑着就好啦……一下雨,胡枝子的叶子湿漉漉的,倒在石板道上不好走路啊。"父亲说,"这家房主,想没想到今年的胡枝子也会盛开呢? 要是想到了,他还会卖吗? 看来,他是到了非卖不可的地步啦,哪里还顾得上胡枝子是死是活啊!"

娘儿俩一声没吭。

"人哪,都是这样子。"父亲显得神情黯然。

"爸爸,您那么喜欢胡枝子呀?"千重子故意打趣儿,"今年来不及了,等明年,我为爸爸设计一幅细花纹的胡枝子图案。"

"胡枝子适合于女性,一般用来做女子浴衣①。"

"我要设计的既不是女服,也不是做浴衣用的。"

"哦,什么细花纹,那只能做内衣啊。"父亲望着女儿,笑了,"作为回礼,爸爸给你画一幅樟树的图案,做成和服或礼服,穿在千重子身上,那怪异的图案……"

"……"

"男人和女人完全颠倒了。"

---

① 浴衣:即 yukata,夏季穿着的单层和服。

"没有颠倒啊。"

"不信你穿上怪异的樟树花纹的和服,到街上走走看。"

"我一定走走,不管到哪里都行……"

"唔。"

父亲低着头,陷入沉思。

"千重子,我不光喜欢白胡枝子,不管什么花,连同观赏的时间和地点都一并印入心里了。"

"可不是嘛。"千重子回答,"爸爸,既然来到这里,龙村也很近了,我想路过那里看看……"

"啊,那是一家为外国人服务的店铺……阿繁,怎么样?"

"千重子想看,就去一下吧。"母亲轻松地说。

"是啊,不过龙村没有腰带什么的……"

这一带地方,是下河原町的豪华住宅区。

千重子一进店,就去看摆在右侧的一卷卷做女服的绸缎,这些不是龙村的,而是"钟纺"①生产的料子。

阿繁走过来说:"千重子也想做洋装吗?"

"不,不是,妈妈。我看看外国人都喜欢什么样的绸子。"

母亲知道了,她站在女儿的身后,不时伸出指头,摸摸绸子。

以正仓院切片为主的古代切片的印花丝绸仿品,挂在中间的店面和走廊上。

这些才是龙村的产品。太吉郎多次看过龙村的展品,也看过原本的古代切片和图录,这些都装在他的脑子里,如数家珍。但是,他还是觉得应该仔细地再看一遍。

---

① 钟纺:一八八七年创立的纺织公司,原名东京棉商社,一九七一年改称"钟纺",二〇〇八年因合并清算,现已不复存在。

"这是为了让外国人知道,日本也能生产这类商品。"一位熟悉太吉郎的店员说。

太吉郎上回来参观的时候,也曾经听到这类话,现在还是点了点头。当他看到中国等地的印花丝绸仿品时,也称赞说:

"真了不起啊。古代……这是一千多年前的东西吧?"

这里,这种古代印花大切片的仿品,似乎不出售。——有一些仿品会织成女子腰带,太吉郎很是喜欢,买过几条送给阿繁和千重子。可是这家店是做外国人生意的,没有腰带出售。最大的商品是桌布。

另外,展示柜里还摆着袋包、钱包、烟盒、方巾等小物件。

太吉郎买了两三条不像龙村风格的龙村领带和"揉菊"钱包。所谓"揉菊",就是将光悦①在鹰峰制作的"大揉菊"纸质工艺的纹样,应用到丝绸切片上,这种制作相当新颖。

"东北有个地方,用结实的和纸制作这种钱包,和这里很相像。"太吉郎说。

"啊,啊。"店里人应和着,"他们和光悦有什么关系,我们不太清楚……"

里面的展示柜上,排列着"索尼"微型收音机,太吉郎一家甚感惊讶,就算这是为"赚取外汇"的寄售商品……

三人被请到里头客厅品茶。店员告诉他们,那里的椅子上,曾经坐过一些从外国来的所谓"贵宾"。

玻璃窗外,生长着一片稀有的小小杉树林。

"这是什么杉树?"太吉郎问。

"我也不很清楚……据说是广叶杉。"

"怎么写的?"

---

① 本阿弥光悦(1558—1637):江户初期艺术家。京都人。长于陶艺、茶道、泥金画等。

"花匠有的不识字,他们也不知道,可能就是'广''叶'这几个字。本州以南,才有这种树木。"

"树干的颜色……?"

"那是苔藓。"

微型收音机响了,回头一看,一个青年男子,正在向三四个西洋妇女讲解使用方法。

"哦,是真一的哥哥呀!"千重子站起身来。

真一的哥哥龙助,向千重子这边走来。他向坐在客厅椅子上的千重子的父母鞠了躬。

"是您陪同那些太太们吗?"千重子问。两人一接触,千重子就觉察,这位兄长和真一不同,他身上仿佛有一种迫人的气势,叫人很难跟他说话。

"我不是什么陪同,给她们当翻译的是我的同学,他的妹妹死了,我来代他三四天班。"

"呀,他妹妹……"

"是的。比真一小两岁,是个可爱的姑娘……"

"……"

"真一英语不行,人又腼腆。所以,我就……这家店根本不需要什么翻译……再说,这些客人也只是来买买收音机什么的。她们都是住在都饭店的美国人的太太。"

"是吗?"

"都饭店很近,所以过来看看。她们要是仔细看看龙村的丝绸该多好,可是偏偏喜欢微型收音机。"龙助低声笑了,"管它呢,随她们便。"

"我也是第一次发现这里卖收音机。"

"不管是微型收音机还是丝绸,都一样要美元,哪个都不能少。"

"是啊。"

"刚才在庭院里,看到水池里有各种颜色的锦鲤,心里就犯了嘀咕,假若她们详细地询问,我应该如何说明才好呢?没想到她们只是说'好看,好看',就完啦。帮了我一个大忙。什么锦鲤,我哪儿知道啊?鲤鱼的各种颜色,英语怎么说,我也弄不清楚。还有带花斑的鲤鱼什么的……"

"……"

"千重子小姐,去看看鲤鱼吧。"

"那些太太们呢?"

"可以交给这里的店员,她们也差不多到时间该回饭店喝茶啦。之后还要和她们的先生们会合,一同去奈良呢。"

"我去跟父亲母亲打声招呼。"

"对,我也要告诉客人们一下。"龙助说罢,就回到太太那里说了些什么。太太们一起朝千重子看,千重子脸上出现了红晕。

龙助立即折回来,邀千重子到庭院里去。

他们两人坐在水池岸边,瞧着美丽的锦鲤游来游去,久久沉默不语。

"千重子小姐,您家里店铺的主管——不知算是公司的专务还是常务,请千重子小姐严肃教训他一次。您能做到吗?必要时我也可以到场……"

千重子甚感意外,她的心突然紧缩起来。

从龙村回来的那天夜里,千重子做了个梦。——千重子蹲在水池岸上,五彩斑斓的鲤鱼成群结队地向她的脚边游来。鲤鱼聚合在一起,有的纵身一跳,有的将头露出水面。

就是这样的梦,而且是白天里的事情。千重子将手伸进池水,稍稍搅动水波,鲤鱼就立即聚拢过来了。千重子十分惊奇,她从这群鲤鱼身上感受到了一种莫名的情爱。

千重子身边的龙助,比她更加感到惊奇。

"千重子小姐的手上有着什么样的馨香——什么样的灵气呢?"

千重子羞涩地站起来,说:"这或许因为鲤鱼和人混熟了的缘故吧。"

龙助凝神注视着千重子的侧影。

"东山就在眼前呢。"千重子躲开龙助的眼睛。

"哦,您不觉得颜色有些变了吗? 秋天来了……"龙助应和着。

千重子的鲤鱼梦里,龙助有没有待在自己的身边呢? 醒过来的千重子也不记得了。她好大一会儿再也睡不着了。

第二天,千重子想起龙助要她对店里的主管严肃教训一下的劝说,对此她犯起了犹豫。

店里临近打烊时分,千重子坐到账房前边。这是一个围绕着低矮木格子的古色古香的账房。主管植村一眼看出,千重子的情绪非比寻常。

"小姐,有什么吩咐吗……?"

"我想看看衣料。"

"是小姐穿的……?"植村松了口气,"是用自家店的料子吗? 当下,是打算做过年穿的节日和服,还是外出的礼服或'振袖'呢? 对啦,小姐不是一直在冈崎染坊和雕万店里购买的吗?"

"我想看看自家店里的友禅,不是过年穿的。"

"好的。把所有的料子都搬出来,供您过目,不知其中有没有小姐中意的。"植村立即站起来,叫两个店员,对他们耳语了一下,三人一起搬出十几反①料子,摆在店中火,熟练地排列起来。

"就选这一种吧。"千重子也很果断,"请在五天到一周之内做

---

①　反:日本布匹单位,一反相当于成人的一件衣料。

成,还要吊上衣裾的里子。"

植村一下子怔住了:"太仓促啦,我们是搞批发的,很少直接同外面的裁缝店打交道,不过我尽量努力。"

两个店员动作灵活地卷好料子。

"这是尺寸。"千重子放在植村的办公桌上。可是,她还不肯走开。

"植村先生,我也想学习学习,逐渐熟悉家里生意的情况,还请您多多关照。"千重子的语气很柔和,她轻轻点了点头。

"好说。"植村的表情有些生硬。

千重子沉静地说:

"明天我想来看看账簿。"

"账簿?"植村苦笑起来,"小姐要查账吗?"

"哪里,我怎么敢干那种事儿。我呀,只是想看看,了解一下店里的买卖如何。"

"是吗? 直说了吧,账簿有好几本呢,一种账是应付税务署的。"

"我们店里有两种账簿吗?"

"说些什么呀? 小姐。要想干那种糊弄人的事儿,恐怕还得请小姐您呢。我们可是光明正大的啊。"

"反正明天我要来看,植村先生。"千重子甩下这句话,从植村面前走了过去。

"小姐,我植村从您出生前就在这店里料理生意了……"植村说罢,看到千重子头也不回,轻轻嘀咕了一声:"要干什么啊?"然后咂咂舌头:"腰真疼啊。"

母亲在准备晚饭,千重子一走过来,母亲就神色不宁地说:

"千重子,你怎么干那种事啊?"

"哎,您害怕啦? 妈妈。"

"年轻人哪,看起来挺文静,好可怕呀。连妈妈都吓坏啦。"

"这也是人家给我出的主意。"

"什么? 是谁呀?"

"真一的哥哥,在龙村时……真一家里,他父亲经营一座出色的店铺,手下有两个主管。要是植村不干了,他们可以调过一个来,他自己来也可以。"

"是龙助跟你说的?"

"嗯。他说,反正要经商的,为了生意,他可以随时不读研究生……"

"是吗?"阿繁望着千重子青春焕发的俊美的容颜。

"植村先生似乎还没有打算辞职,不过……"

"他还说,要是那块长着白胡枝子花的地方,还有合适的房子出售,他想叫他父亲买下来。"

"唔。"母亲一下子说不出话来,"可是你爸爸有些厌世呀。"

"其实,爸爸那样也很好……"

"这也是龙助说的?"

"嗯。"

"……"

"妈妈,我刚才看了看,想用店里的料子给杉树村的那个姑娘做一件和服,行吗? 千重子求您啦……"

"行啊,行啊。再做件外褂吧。"

千重子转过脸去,眼里噙着泪水。

为什么称高座织机呢? 当然是指高高的织锦机了。也有的说,是因为将地面浅浅挖出一层,把织机坐进去,泥土的潮气,对丝线有好处。本来,高机上面坐着人,可如今,是将重石装进竹筐里,吊在织机边上。

有的织锦店同时使用手工织机和机器织机。

秀男家有三台手工织机,兄弟三个各据一台。父亲宗助有时也坐在织机上织一会儿。西阵有着不少这样的小作坊,秀男家的这种境况还算说得过去。

千重子托付的腰带快要织好了,秀男也一天天兴奋起来。看到自己倾尽全力的腰带眼看就要完成,心里怎能不高兴呢?然而,更重要的缘由是,他从筘齿和织机的声响里感受到了千重子的存在。

不,不是千重子,是苗子。这不是千重子的腰带,而是苗子的腰带。但是,秀男在织造过程里,把千重子和苗子只当成一个人。

父亲宗助站在秀男身边,望了好半天。

"嗬,好腰带,这花纹难得一见啊!"他歪着头,"是谁的?"

"佐田先生家的千重子小姐。"

"这花纹……?"

"千重子小姐设计的。"

"哦,千重子小姐……?真的?唔。"父亲吃惊地看着,又伸手摸摸织机上的腰带,"秀男,你织得很硬挺嘛,这样好啊。"

"……"

"秀男,以前记得也给你说过,佐田先生对咱家有恩哪。"

"听您说过,爸爸。"

"唔,是说过吧。"宗助说着,还是又重复了一遍,"我从一个织匠干起,好不容易置了一台高座织机,有一半钱还是借来的。每织完一条腰带,就拿到佐田先生那里去卖。一条腰带,也很难为情的,只好夜间悄悄地送去……"

"……"

"佐田先生从来都没有表示过不悦。到了有三台织机,还算能……"

"……"

"不过,秀男,人家同咱身份不同……"

"我心里有数,干吗要说这些啊?"

"秀男,佐田先生家的千重子小姐,你好像很喜欢她……"

"就这啊。"秀男刚刚歇下的手脚又继续动起来。

腰带织成了,他赶紧给北山杉村的苗子送去。

午后,北山的天上,好几次升起了彩虹。

秀男带着苗子的腰带,一上路就看到了彩虹。彩虹很宽大,但颜色轻浅,弓形的顶端尚未合拢起来。秀男站住,望着望着,那彩虹的颜色越来越薄,眼看就要消失了。

然而,汽车驶进山峡前,秀男又两次看到相似的彩虹。一共三次,每一次都没有形成完整的弓形,总是有淡薄的地方。这样的彩虹本来很常见,可是今天秀男心里,却有点不很踏实。

"唔,这彩虹到底是主吉还是主凶啊?"

天空不太阴沉。一进入峡谷,原先那里又出现类似的淡淡的彩虹了吗?由于被清泷川岸边的山峰挡住了,看不见。

他在北山杉村一下车,苗子就穿着一身劳动服,用围裙擦擦湿漉漉的手,马上走过来。

这阵子,苗子正赤着两手,用菩提砂(其实近似红黏土)仔细清洗杉树圆木。

时令还是十月,山水已经很凉。人工挖掘的水沟里漂浮着圆木,一端安着简陋的锅灶,好像有热水从那里放出来,上面飘着热气。

"辛苦您到这种山坳坳里来。"苗子弯弯腰。

"苗子小姐,上回说的那条腰带终于织成了,现在给您送来。"

"是千重子小姐的替身腰带吧?我不愿意做她的替身,只见见面就行啦。"苗子说。

"这条腰带是已经约好了的,而且是千重子小姐画的图案。"

苗子低着头:"其实啊,秀男师傅,千重子小姐店里的人前天已经把给我做成的和服,还有草履,一并送来啦。可这些东西,我哪一辈子才能穿上身呀?"

"二十二日的时代祭怎么样?您不能出来吗?"

"不,他们会放我出来的。"苗子毫不迟疑地说,"眼下,在这里,人家会看到的。"她想了想,"到那河滩沙石地去坐一会儿吧。"

她不能像上次和千重子两个人那样,躲在杉树林里。

"秀男师傅织的腰带,我会当作终生的宝贝的。"

"不,我还会再给您织的。"

苗子没有吱声。

千重子给苗子送和服,苗子寄居的人家自然是知道的,所以,将秀男带到家里来也说得过去。但是,苗子已经大体知道了千重子如今的身份和店铺的情形,光是这一点,她幼年时代一直怀抱的心愿就获得了满足。此外,她不想因为一些小事情,再给千重子增加烦恼。

再说,养育苗子的村濑家,是这里颇有威望的山林主,苗子又整日不辞劳苦地干活儿,所以即便千重子家里知道了,也不会引起什么麻烦来。按说,比起一个中等程度的丝绸批发商来,持有一片杉树林的人家更有保证。

然而,苗子思忖着,她和千重子越来越亲密的交往一定要保持慎重。不为别的,正因为千重子的情爱已经渗入她的心底……

所以,她把秀男带到河滩的沙石地里来了。清泷川的沙石河滩上,也随处种满了北山杉。

"真是太难为您啦,请原谅。"苗子说。到底是个姑娘家,她很想早点儿看到腰带。

"好漂亮的杉树林啊!"秀男抬眼望着山峦,随手打开棉布包裹,解开纸袋儿。

"这里是身后的鼓形结儿,这些是前面的……"

"哇!"苗子试着把腰带抻一抻,"这样的腰带,我哪里配得上呀?"苗子眼里闪现着光辉。

"一个傻小子织的腰带,有什么配不上的?红松和杉树,同新年很相宜。我本来只考虑把松树作为背后的鼓形,千重子小姐说还是以杉树为主。到这儿一看,才真正明白过来。一说杉树,就以为是大树、老树,这回,我把它处理得柔和些,也许就是这条腰带的特色吧。红松的树干也一样,在色感上也动了点儿脑筋……"

不用说,杉树的树干,他没有画成原色,在形态和色调上都费了番功夫。

"这腰带,真不错。实在感谢您啦……像我这样的女子,是不能系这种华丽的腰带的。"

"千重子小姐送的和服合身吗?"

"我想会很合身的。"

"千重子小姐从小就对京都风格的绸缎很熟悉……可是,这条腰带还没有送给她看过呢。不知为什么,总觉得有点难为情啊。"

"这不是千重子小姐设计的吗……我也想让她看看。"

"时代祭的时候,请您就穿上吧。"秀男说罢,将腰带叠好,装进纸袋。

秀男在纸袋外面扎好细绳。

"请您不必介意,收下来吧。虽说是我约定的,可这条腰带是千重子小姐委托我织的。您把我当作一个平平凡凡的织匠看待吧。"他对苗子说,"这可是我凭着一片真诚织造的啊!"

苗子把秀男送给她的腰带小包,搁在膝头上,久久不语。

"千重子小姐从小就见惯了和服,她送给您的那件和服,同这条腰带肯定相配。这些我刚才都说了……"

两人面前的清泷川,浅浅的流水传来了潺潺的声响。秀男环顾着两岸山坡上的杉树林："我想到杉树的干,宛若工艺品整齐地站立着,上面的枝叶倒也像朴实的花朵啊。"

苗子的脸上蒙着一片愁云。她想,父亲一定是在为杉树整枝的时候,忽然想起丢弃的孩子千重子而牵肠挂肚,当他从一棵树梢荡到另一棵树梢的当儿,不小心摔下来了。当时苗子和千重子,都还是婴儿,当然什么也不记得。苗子稍稍大了些之后,才听到村里人提起这件事。

因此,苗子只知道自己有个孪生姊妹,至于千重子——她当然不知道这个名字——是死是活,是姐姐还是妹妹,她一概不清楚。她只巴望能见上一次面,哪怕远远看她一眼也好。

苗子原来像草棚子一样破陋的小屋,如今还在杉树村里荒着,一个姑娘怎好单独住下去呢?现在由一对长年在山林里干活的中年夫妻和一个上小学的女孩儿住着。当然,她不会收什么房租,再说,这样的破屋也根本谈不上收房租。

那个上小学的女孩儿,不知为何那样喜欢花,房子附近正好有一棵漂亮的金木樨。"苗子姐姐!"她有时跑到苗子这里,询问管理木樨树的方法。

"用不着费心。"苗子答道。可是,苗子每当打那里经过,总是比别人更能远远闻到木樨的香气。对于苗子来说,这花香反而给她增添一丝悲凉。

——苗子把秀男织的腰带搁在膝盖上,沉甸甸的,各种思绪一起涌上她的心头……

"秀男师傅,我知道千重子小姐的下落以后,就不会再和她往来了。这和服和腰带我权且心领了,可就这一次……您能理解我吗?"苗子诚恳地说。

"知道啦。"秀男说,"时代祭那天您来吧。请苗子小姐系上这条腰带,让我瞧瞧。我不邀千重子小姐。节日的仪仗队是从御所出发的,我在西面的蛤御门旁边等您。就这样,好吗?"

苗子的脸上久久泛起了红潮,她深深地点了点头。

对岸水边,一棵叶子发红的小树映在水里,树影不住晃动着。秀男抬起头来。

"那长着鲜艳红叶的是什么树?"

"是漆树。"苗子扬起脸回答,她顺势用震颤的手指整整头发,一不小心松散开来,乌黑的长发,一直披散到肩头和脊背上。

"哎呀!"

苗子立即涨红脸,她拢着头发,向上缩起来,再用衔在嘴里的发卡别住,可是,有些发卡散落到地上,不够用了。

秀男眼瞅着她的姿影,一举一动都那么优美迷人。

"您留着长头发吗?"他问。

"嗯。千重子小姐也没有剪短,她梳拢得很好,男人们根本看不出……"苗子慌忙顶上头巾,说了声,"对不起。"

"……"

"我在这里,只给杉树化妆,自己不化什么妆。"

不过,她也搽点儿口红,薄薄的一层。秀男真希望她再次取下头巾,将长长的秀发披散到背上,可他哪能说得出口。秀男一看到苗子慌忙蒙上头巾,心里就泛起这种想法。

褊狭的溪谷西岸,山头渐渐昏暗下来。

"苗子小姐,该回去了吧?"秀男说着站起来。

"今天的活儿该结束了……天也变短啦。"

秀男望着峡谷东面山巅上挺拔而立的杉树林,透过树干的空隙,他看见了金色的晚霞。

"秀男师傅,谢谢啦。实在难为您啦。"苗子爽快地收起腰带,也站了起来。

"您要是感谢,那就感谢千重子小姐吧。"秀男说。不过,他能为这位杉树村的姑娘亲手织一条腰带,那种喜悦像一股暖流涨满了心间。

"别怪我啰唆,时代祭那天,请记住,我在御所的西门蛤御门等着您。"

"嗯。"苗子深深点着头,"穿着从未上过身的和服和腰带,那该多难为情呀……!"

十月二十二日的时代祭,连同在上贺茂神社和下贺茂神社举行的葵祭和祇园祭,在节日繁多的京城里,并称三大祭。虽说主会场在平安神宫,但游行的仪仗队是从京都御所出发的。

苗子打从一早就心神不定,她比约定时间提前半小时到达御所西便门蛤御门,站在树荫下等秀男。和一个男人相约,她还是头一回。

天气晴朗,碧空如洗。

平安神宫建立于明治二十八年,正值国都迁都于京都一千一百年。不用说,在三大祭中是最新的一个。但是,因为是庆祝定都于京都的节日,千年古城的流风逸韵,都要在仪仗队里体现出来。为了展示各个时代的服饰,还要请众多名人粉墨登场。

例如和宫①、莲月尼②、吉野太夫③、出云阿国④、淀君⑤、常磐御

---

①　和宫(1846—1877):仁孝天皇第八公主,亲子内亲王。下嫁德川加茂将军。加茂殁后,落饰为尼,号静宽院宫。
②　莲月尼:即大田垣莲月(1791—1875),江户末期女流歌人,歌风优美纤细,著有家集《海人刈藻》。
③　吉野太夫:指京都的高级艺妓。
④　出云阿国:生卒年不详,阿国歌舞伎创始者。原为出云大社的巫女,于京都创造"歌舞伎踊",后发展为歌舞伎。
⑤　淀君(1567—1615):丰臣秀吉侧室,名茶茶。居山城之淀城,生秀赖。秀吉殁后,拥秀赖于大坂城。城陷,自刃而死。

前①、横笛②、巴御前③、静御前④、小野小町⑤、紫式部⑥、清少纳言⑦。

还有，大原女、桂女⑧。

因为杂有娼妓、女演员和商女，故先举出了以上这些女子来。当然，楠正成⑨、织田信长⑩、丰臣秀吉⑪等，王朝公卿和武人也很多。

仪仗队犹如一幅京城风俗的画卷，长而又长。

女人加入游行行列，是昭和二十五年以后的事。她们把节日打扮得更加华艳、风流。

仪仗的先头有明治维新时期的勤王队、丹波北桑田的山国队，后尾是延历时代文官上朝的队列。一到达平安神宫，就站在凤辇前面致祝辞。

队伍是从御所出发的，而且在御所前的广场上观看最好。所以，

---

① 常磐御前：生卒年不详。平安末期女官。嫁源义朝，义朝死后，为保子命委身于平清盛。后再嫁藤原长成。

② 横笛：《平家物语》中的女子。建礼门院杂仕。为平重盛臣子泷口入道所追恋。后双方堕入空门。

③ 巴御前：生卒年不详。镰仓初期女子。艳丽骁勇，嫁源义仲，以麾下一武将，雌雄并驱疆场。夫死，再嫁和田义盛。义盛败亡，遂祝发为尼。

④ 静御前：生卒年不详。源义经爱妾，色美且善歌舞。源氏兄弟阋墙后，同义经诀别于吉野山，被执，送镰仓，于源赖朝、北条政子前翩然起舞，表达对义经思恋之情。

⑤ 小野小町：生卒年不详，平安前期歌人，歌风柔艳。传说中的绝世美女。

⑥ 紫式部：生卒年不详，平安中期女官，藤原为时之女，《源氏物语》作者。

⑦ 清少纳言：生卒年不详，平安中期女官，中古三十六歌仙之一。本姓清原。古典随笔《枕草子》作者。

⑧ 桂女：居住于京都西部桂地区，头戴白布，手拎木桶，在京都市内叫卖鲇鱼、糖等的女性。

⑨ 楠（木）正成（1294--1336）：南北朝时代武将。

⑩ 织田信长（1534—1582）：战国安土·桃山时代武将。

⑪ 丰臣秀吉（1537—1598）：战国安土·桃山时代武将，仕织田信长，灭明智光秀，筑大坂城。称太阁。

秀男才邀苗子到御所来。

苗子站在御所便门的树荫里等秀男，由于来往的人很多，没有人注意她。倒是有个商家模样的中年妇女，向她走过来："小姐，这腰带真好看。哪儿买的？和衣服挺相配……让我瞧瞧。"说着，她想伸手摸摸，"能让我再看看后面的大鼓结子吗？"

苗子转过身子。

"哇！"那女人赞叹了一声。被人家打量一番，苗子反而显得平静了。她能穿这样华美的和服，系如此漂亮的腰带，这可是从来没有过的。

"让您久等啦。"秀男来了。

仪仗将从这里出发，紧靠御所的观览席被拜佛团体和旅游协会占据，秀男和苗子只得站在相邻的观览席的后列。

苗子第一次站在这样好的席位上，她凝睇眺望着仪仗队的行列，忘记了秀男，也忘记了自己身上的新衣裳。

这时，她蓦然回过神来。

"秀男师傅，在瞧什么呢？"

"我在瞧松树的青绿。看，那仪仗队以绿色松林为背景，队伍也被映衬得越发醒目啦。这御所广阔的庭院不是长满了黑松吗？我可喜欢啦！"

"……"

"我也从旁盯着您呢，没感觉吗？"

"真讨厌。"苗子低下眉来。

深秋里的姐妹

在节日众多的京都，较之"大文字"，千重子更喜欢鞍马火祭。苗子离得不远，也去看过。但是，以往的火祭，两个人即便是交肩而过,也不会互相引起注意。

从鞍马道至参道,家家户户扎上树枝,向屋顶喷水。到了夜半,人们举着大小各种火把,一路呼喊着"哼呀咳哟",登向山顶的神社。火焰熊熊燃烧。接着,出现了两顶轿子,村(现在是町)里的妇女们全体出动,拉着轿子的绳索。最后,献上大火把,活动一直持续到天亮。

然而,今年不举行这种闻名的火祭了,据说是为了节约。伐竹祭照例举行过了,而"火祭"却停止了。

北野天神的"芋茎祭"今年也没有了。据说因为芋茎歉收,无法装点芋茎轿子。

在京都,鹿谷安乐寺的什么"南瓜供"啦,莲花寺的什么"黄瓜封"啦,这样的祭祀活动也不少。所有这些,都表达了古都乃至京都人的一个侧面。

近年来,得以恢复的是:岚山河水里龙船上的迦陵频伽①,还有上贺茂神社庭院里的曲水流觞吧。这些都是王朝贵族的风流趣味。

曲水宴,人们身着古人衣冠坐在岸边,当酒杯流到跟前时,或吟诗作画,或即兴挥毫,然后掬起面前的酒杯,一饮而尽,再将酒杯放入水流。左右有童子伺候。

这是从去年开始的节日活动,千重子去看了。王朝公卿的先头是和歌诗人吉井勇。(这位吉井勇已经辞世,如今不在了)

恢复后的活动因为是新近的事,似乎不为人们所熟悉。

千重子今年也没有观看岚山的迦陵鸟,她以为缺乏古雅的情味。京都有的是古色古香的庆典,看都看不完。

——也许是由于被阿繁这位勤劳的母亲一手养大,也许千重子天生就是这样的性格,她一大早就起来,仔细揩拭格子门窗。

---

①　迦陵频伽:想象中的极乐净土的一种鸟儿,鸣声优美,听之无厌。

"千重子,时代祭上,你们两个倒是玩得很开心啊!"吃罢早饭,收拾完毕,真一打来了电话。看来,真一又把千重子和苗子看错人了。

"你去了吗? 怎么连个招呼都不打……"千重子耸耸肩膀。

"我本来想约你的,可是哥哥不允许。"真一说得挺坦率。

千重子迟疑了,没有提醒他认错人了。但是,千重子从真一的电话里联想到,苗子穿着自己送的和服,系着秀男织的腰带,去观看时代祭了。

苗子的同伴肯定是秀男。这件事,千重子一时有些意外,但随后心里立即热乎乎的。她笑了。

"千重子,千重子!"真一在电话里喊着,"怎么不说话呀?"

"给我打电话的不是真一吗?"

"是的,是的。"真一笑起来,"现在,主管先生在吗?"

"不,还没来……"

"千重子,你感冒了吗?"

"你听我感冒了? 我刚刚在外面擦木格子呢。"

"是吗?"真一似乎晃动了一下听筒。

这回,千重子笑得很开朗。

真一压低声音说:"是哥哥叫我打电话的,现在换他给你说话……"

千重子对真一的哥哥,就不像对真一那样自由自在。

"千重子小姐,对主管先生教训过了吗?"龙助突然问道。

"嗯。"

"哦,真了不起!"龙助提高了嗓门,"真了不起!"他又重复一遍。

"妈妈在后头听见了,差点儿吓坏啦。"

"是吗?"

"我对他说,我打算学学店里的买卖,请把账簿全部拿出来给我看看。"

"嗳,这很好嘛。您能说出来,就好。"

"然后,我又叫他把保险柜里的存折、股票、债券等东西,全都拿出来。"

"干得好,千重子小姐,您真不简单。"龙助控制住情绪,"千重子小姐,看您平时是个文静的姑娘,可是……"

"还不都是仗着龙助君的指点吗?"

"不是我指点您,附近的批发商也有一些奇怪的谣传。想着如果您不便说,就由我父亲或我自己去决心说个明白。不过,还是由您说最好。主管先生的态度有变化吗?"

"嗯,总是有点儿。"

"是吗?"龙助在电话里沉默了好长时间,"这样最好啊。"

龙助在那边似乎有些犹豫不决,然后对千重子说:

"千重子小姐,今天下午,我到你家店里去一趟,方便吗?"他说,"真一跟我一起……"

"没什么不方便的,我这里不会有什么不得了的事儿。"千重子回答。

"你是闺阁小姐嘛。"

"瞧你。"

"怎么样?"龙助笑了,"最好趁着主管还在店内的时候,我也要给他点颜色看看。千重子小姐,您不必有什么顾虑。我会看着主管先生的表现,相机行事的。"

"啊?"千重子再没有话可说了。

龙助家的店是室町一带的大批发商,同伙们也都各自雄踞一方。龙助虽然正在读研究生,但店里的重担自然而然地落在他的肩膀上。

"到了吃甲鱼的时节啦。我在北野的大市预订了席位,敬请光临。您家父母,由我出面请吃饭不合适,所以就只您一个……我将带着小稚儿一起去。"

"唔。"千重子很感诧异,她只是应了一声。

真一扮作稚儿坐在祇园祭的长刀彩车之上,已经是十多年前的事了。哥哥龙助,现在还是半开玩笑地管真一叫作"小稚儿"。也许因为真一身上,至今依然保留稚儿般可爱的温柔的性情吧……?

千重子对母亲说:"龙助和真一打电话来,说他们下午要来我家呢。"

"真的吗?"母亲阿繁显得有些意外。

午后,千重子登上后院二楼,化妆上虽然不想太惹眼,但还是精心地修饰一番。她认真梳理着一头长长的秀发,怎么也绾不成一个可意的发型。衣服也是挑来拣去,不知穿哪件好。

她终于下楼了,一看,父亲早已出门,不在家里了。

千重子来到里面客厅,拨了拨炭火,向周围打量了一下。她看看狭窄的庭院,老枫树上的苔藓,依然绿油油的,树干上寄生的两棵紫堇,叶子已经发黄了。

切支丹灯笼脚下的那棵小山茶树,开放着红花,那红色看上去鲜艳夺目,胜过红玫瑰,深深印在千重子的心里。

龙助和真一来了。他们向千重子的母亲郑重行了礼之后,龙助一人来到账房,端坐在主管面前。

主管植村慌忙走出柜台,再次向龙助施礼,久久问候一番。龙助虽然也加以应酬,但神情严肃,态度冷淡。植村自然明白,来者不善。

植村琢磨着,这位学生哥儿究竟干什么来了? 可是,他被龙助的气势所压倒,一筹莫展。

龙助等植村停下嘴,便沉静地说道:

"贵店生意兴隆,经营有方啊。"

"嗯,承蒙夸奖,谢谢。"

"家父等人时常谈起,佐田先生多亏有植村先生,您经验丰富,乃商界老手……"

"实在不敢当。同水木先生的大店相比,我们小店不值一提。"

"哪里,哪里。我们只是到处伸手,既是绸缎批发商,又是杂货铺呀！我不喜欢。像植村先生这样兢兢业业、稳扎稳打经营的店铺,眼下是越来越少啦……"

植村正要回答,龙助已经站起身来,朝着千重子和真一所在的里间客厅走去。植村带着一副尴尬的表情望着龙助的背影。这位主管终于明白,千重子想查账,看来是和这个龙助暗暗商量好的。

龙助来到里间客厅,千重子用询问的眼光看着他。

"千重子小姐,我已经叮嘱主管了,因为之前是我让你去说的,我有这个责任。"

"……"

千重子低下头,为龙助沏薄茶。

"哥哥,你看枫树干上的紫堇,"真一用手指着,"不是有两棵吗？千重子多年前就把那两棵紫堇当成亲密的恋人啦……两棵花虽然靠得很近,但决不会到一起去……"

"唔。"

"女孩子嘛,总爱把事情想得很美。"

"讨厌,别再编派人啦,真一。"千重子把沏好的茶端到龙助面前,她的手微微颤动。

三人乘上龙助店里的汽车,驶向北野六番町大市甲鱼饭馆。大市是一家富有传统风格的老店,来往宾客,人人皆知。房子古旧,天棚低矮。

这里的名菜清炖甲鱼,就是所谓甲鱼火锅,餐食收尾时制成杂烩饭。

千重子浑身暖洋洋的,她有点儿醉意蒙眬了。

千重子脸红到了耳根。她脖颈上细白的肌肤柔润而光艳,洋溢着青春的性感,娇媚迷人。她杏眼微饧,不时抚摸一下面颊。

千重子没有沾一滴酒,但甲鱼火锅的汤汁一大半是酒。

车子在外面等着,千重子担心自己的脚步走不稳当。不过她还是兴奋异常,话也多了起来。

"真一,"千重子冲着好说话的弟弟说,"时代祭在御所的庭院,你看到的一对儿不是我,认错人啦。你离得很远吧?"

"用不着隐瞒嘛。"真一笑了。

"我一点儿不骗你。"千重子不知说什么好,"告诉你吧,那女孩儿是我姐妹。"

"什么?"真一怪讶地问。

千重子也许在思忖,自己在赏花季节的清水寺,曾经告诉真一她是弃儿,真一当然也会告诉哥哥龙助的。即便真一不对哥哥说,由于两家的店铺靠得很近,也会无意之中传出去的。

"真一,你在御所庭院看见的……"千重子犹疑了一下,"她是我孪生姐妹的另一个。"

这件事,真一也是第一次听说。

"……"

三个人久久地沉默着。

"我是被丢弃的。"

"……"

"要是真的,怎么没有丢在我们家店门口呢……? 真的,要是丢到我们家店前该多好啊!"龙助一片真诚,他连连说了两遍。

"哥哥,"真一笑了,"那可不是现在的千重子,那是刚刚降生的婴儿。"

"婴儿也很好嘛。"龙助说。

"那是哥哥见到现在的千重子,你才这么说的呀。"

"不是。"

"现在的千重子,是在佐田先生无微不至的关怀和呵护下长大成人的。"真一说,"那时候,哥哥你也还是小孩子,一个小孩子怎么扶养一个婴儿呢?"

"能扶养。"龙助强辩道。

"唔。哥哥总是这样自信,不服输。"

"也许是的,可我很想养育婴儿的千重子,家中的母亲也一定会帮忙的。"

千重子酒醒了,她额头变得白皙起来。

秋季里北野的舞蹈会将持续半个月,闭场前一天,佐田太吉郎独自一个人外出了。茶屋送来的门票当然不止一张,可是太吉郎谁也不想邀请。否则,看完舞蹈回来,一帮子人到茶屋玩,岂不更麻烦。

舞蹈开始前,太吉郎闷闷不乐地坐到茶席上。今日当班坐着点茶的艺妓,也没有一个太吉郎的旧相识。

旁边站着一排七八个少女,等着帮忙端茶。她们一律穿着粉红的"振袖"和服。

"哦?"太吉郎惊叫一声。那个一身盛装的少女,不是那天跟着花街老板娘,和自己一同坐在"丁零电车"上的吗?——只有她一人是蓝色和服,也许是见习吧?

那位蓝衣少女为太吉郎端来薄茶,放在他面前。她当然要遵守茶道的规矩,一本正经,不苟言笑。

但是,太吉郎的心里轻松多了。

舞蹈是称作《虞美人草图绘》的八景舞剧,是表现中国的项羽和虞姬的悲剧,人人皆知。虞姬拔剑自刎,被项羽一把抱住,于四面楚歌之中死去,项羽也随之战死疆场。可下半场转回日本,是熊谷直实①和平敦盛以及玉织姬的故事。熊谷讨伐敦盛后,因感人生无常而出家为僧。他凭吊古战场,看到敦盛墓周围,虞美人草花红耀眼。忽闻笛声悠扬,敦盛的魂灵出现了,请求他将青叶之笛纳于黑谷寺,玉织姬的魂灵则托他将墓边虞美人草的红色花朵献给神佛。

这出舞剧之后,还有一出是热闹的新型舞剧——《北野风流》。

上七轩,不同于祇园井上流派②的舞蹈,属于花柳流派③。

太吉郎出了北野会馆,路过一家富于古趣的茶屋,呆然枯坐。

"叫个姑娘来吗?"茶屋老板娘问。

"唔,就要那个咬舌头的艺妓。——还有那个穿蓝色和服献茶的姑娘呢?"

"那个坐'丁零电车'的吗……? 就过来打个招呼可好?"

艺妓未到之前,太吉郎一个劲儿喝闷酒。等艺妓一来,故意离开了。艺妓跟在他后面,太吉郎问:"现在还咬人吗?"

"哟,还记得呀? 不咬啦,不信伸出来试试看。"

"好可怕。"

"真的,不咬啦。"

太吉郎伸出舌头,立即被她那温热而香软的舌头吮吸住了。

太吉郎轻轻拍着女子的脊背,说:

"你堕落啦。"

"这叫堕落吗?"

---

① 熊谷直实(1141—1208):镰仓初期武将。初仕平知盛,后降源赖朝,追讨平家有功。又与久下直光争地,败走京都,皈依佛门,师事法然,称莲生。
② 井上流派:上方舞之一,江户后期京都初代井上八千代(1767—1854)创始。动作纤细而丰富,尤以女性柔软而妩媚的腰肢动作见长。
③ 花柳流派:初代花柳寿辅为始祖的舞蹈流派。

太吉郎想用水漱漱口,但艺妓就站在身旁,他不能那么做。

艺妓的这番恶作剧,真是不遗余力。对于艺妓,也许瞬息即逝,没什么别的意思。太吉郎并不讨厌这个年轻的艺妓,也不认为她不干净。

太吉郎正要回到座席上去,艺妓拉住他说:

"等等。"

她掏出手帕,擦擦太吉郎的嘴角,手帕沾上了口红。艺妓把自己的脸凑到太吉郎眼前瞧了瞧。

"好啦,这下子行啦。"

"谢谢……"太吉郎将手轻轻搭在艺妓的肩膀上。

艺妓留在盥洗室的镜子前,她要在嘴上补一些口红。

太吉郎回到座席,早已没有一个人影了。他一气喝了两三杯冷酒,权当漱漱口。

尽管如此,他身上总觉得哪里残留着艺妓的体香或香水的气味。太吉郎似乎也觉得自己变年轻了。

虽然艺妓这一招儿玩得出其不意,太吉郎感到自己太麻木了。大概是长期没有和年轻女子玩玩的缘故吧。

这个刚满二十岁的艺妓,也许是个很有情趣的女子吧?

老板娘领着女孩儿走进来。依然是那身蓝色和服。

"您要的人儿来啦。刚才说了,只打个招呼,她到底是个孩子。"老板娘说。

太吉郎看着女孩儿,问:"刚才是你端茶来的……?"

"是,"毕竟是茶屋的孩子,她一点儿也不畏葸,"我知道您是先前那位伯伯,所以就端过来啦。"

"唔,真是,谢谢,你还记得我?"

"记得。"

艺妓也回来了。老板娘对艺妓说：

"佐田先生,可喜欢小千惠啦。"

"真的?"艺妓瞧着太吉郎的脸,"您倒挺有眼力的,还得再等三年。而且,小千惠来年春天要到先斗町去。"

"先斗町? 为什么?"

"她想当舞女,听说她很羡慕舞女那身穿戴。"

"哦? 要当舞女,在祇园不是很好吗?"

"小千惠的姑妈在先斗町。"

太吉郎注视着那个少女,他想,不论在哪里,她都会成为一个出色的舞女。

西阵丝绸纺织工业工会,采取了断然的、前所未有的措施,决定自十一月十二日至十九日的八天,所有织机停梭。十二日和十九日是星期日,实际只停工六天。

原因有种种,一句话,自然是出于经济上的考虑。亦即因生产过剩,库存达三十万反,临时停机,就是为了处理这匹商品,改善经营方法。近来,资金周转越来越困难,也是其中一个原因。

从去年秋天到今年春天,西阵绸缎贩卖公司也一个接一个倒闭了。

停机八天,大致减产八九万反。但是其结果还好,看来是成功了。

然而,只要看看西阵的丝绸纺织街,尤其是小巷,就会明白,这些都是零散的家庭手工作坊。真亏他们都能严守这次的规制。

古旧的瓦葺的小屋,深深的庇檐,一排排蹲伏于老街陋巷,有二层楼的,也很低矮。街道荒寒,一片零乱,就连织机的声响,也是从晦暗之处传来的。有的不是自家织机,而是租赁来的。

但是,申请"免除停机"的只有三十多家。

秀男家里不织和服成衣，只织腰带。他们有三台高座织机，不用说，白天里也是开着电灯干活儿。幸好，机房在后面的空地上，还算亮堂。但是，家里那点儿粗陋的厨房用具往哪儿搁？家人又在哪儿休息、睡觉呢？

秀男身强力壮，聪明能干，还有对工作的热情。但是一天到晚，坐在高座织机窄小的木板上不停地织，恐怕屁股上都磨出老茧了。

秀男邀苗子去看时代祭时，比起那些各种时代服装的仪仗队，他更注意背景里御所那片广袤的青松。这是因为他从日常繁忙的生活里得到解脱的缘故吧？对于整天价在深山老林劳动的苗子来说，是她难以体会的……

然而，秀男在时代祭上，看到苗子系着自己织的腰带以后，他干起活来更加勤快了。

千重子打从和龙助、真一兄弟一起去大市之后，虽说还没到苦不堪言的地步，但有时就像丢了魂儿似的，细想想，还不是心有所恼吗？

京都从十二月十三日，"年事开始"的一天过去了。这里的冬天天气多变，有时候，晴天里下起阵雨来，雨点儿在阳光里闪亮，偶尔夹着冰霰，晴一阵阴一阵。

十二月十三日是"年事开始"的日子，从这天起，京都就要准备过年了。按老规矩，人们开始互相赠送岁暮礼品。

严守这些传统礼仪的，依然首推祇园等地的花街。

艺妓、舞女等走街串巷，给平素照顾自己的茶屋老板娘和歌舞音曲的师傅，还有艺妓老姐姐们的家里送年糕。

然后，舞女们挨家去拜年，道一声"恭贺新禧"，庆祝一年平安地过去，希望来年继续给予关照。

这一天里，艺妓和舞女们比平时打扮得更加绚丽多姿。她们来来往往，香尘满路，稍稍早来的年末景象，将祇园一带装点得五彩缤纷。

　　千重子的商店街,没有这般华丽。

　　千重子吃过早饭,一个人登上里院的二楼。她想简单地化一下晨妆。但是,她的手总也找不到地方。

　　千重子在北野甲鱼饭馆,听到龙助激情的话语,心里一直不平静。他说什么当时还是婴儿的千重子,要是扔在他家门前该有多好,这话是否太重了一些?

　　龙助的弟弟真一和千重子青梅竹马,又是读到高中为止的同学。真一性情和顺,他虽然也喜欢千重子,但不会说出这种使她震惊的话语来,他们交往也很自然。

　　千重子认真梳理一下长发,垂在背后,下了楼。

　　早饭似了未了的当儿,北山杉村(町)的苗子给千重子打来了电话。

　　“是小姐吧?”苗子叮问了一声,“我想见小姐一面,我有话给您说。”

　　“苗子,好想你呀……明天行吗?”千重子回应道。

　　“我什么时候都行……”

　　“你到我们店里来吧。”

　　“对不起,我不能到您家店里去。”

　　“苗子的事,我已经对妈妈说过了,爸爸也知道。”

　　“我不愿意见到店员。”

　　“……”千重子沉思片刻,“那么,我去你们村吧。”

　　“我这里很冷,不过您能来,我很高兴……”

　　“我还想看看杉树呢……”

　　“是吗? 天气冷,有时还会下阵雨,您来时要做好准备。不过可以烤火,这里有的是木柴。我在路边干活儿,您来我马上就能看到。”苗子爽快地回答。

冬天的花

千重子套着长裤,穿上毛衣,这可是从来没有过的,脚上厚厚的袜子也很惹眼。

父亲太吉郎在家里,千重子坐在他面前请安。太吉郎望着千重子一身不同寻常的打扮,问:

"要进山吗?"

"是的……北山杉那姑娘想见我,她有话跟我说……"

"是吗?"太吉郎毫不犹豫,"千重子。"

"哎。"

"那孩子要是有什么苦恼或困难,就把她接到咱们家来吧……我收留她。"

千重子低下头。

"那样很好,两个女儿,加上我,还有妈妈,那就更热闹啦。"

"谢谢爸爸,谢谢爸爸!"千重子鞠了一躬,眼泪落到腿上。

"千重子,你是父母从小养大的,是爸爸妈妈的心肝宝贝儿。对那个姑娘也一样,尽量不分你我。听说她像你,肯定是个好姑娘。把她接来吧。二十年前,双胞胎不讨人喜欢,现在可不是了。"父亲说。

"阿繁,阿繁!"他喊妻子。

"爸爸,我非常感谢爸爸的一片好意。不过,那姑娘,苗子,她决不会到我们家来的。"千重子说。

"那又是为什么呢?"

"还不是怕影响我的幸福吗,即使一点点,她也不愿意。"

"那怎么会呢?"

"……"

"那怎么会影响呢?"父亲又重复一遍,他歪着头在思索。

"今天我也给她说过了,我说反正爸爸和妈妈都知道了,就请你到店里来吧。"千重子边哭边说,"她好像对店员和街坊邻里有顾虑……"

"店员怕什么?"太吉郎终于喊叫起来。

"爸爸的意思我都知道了,今天我再跟她说说看。"

"那好。"父亲点点头,"路上当心啊……还有,你可以再把我刚才的话对苗子讲一遍。"

"哎。"

千重子穿上雨衣,围好风帽,鞋子也换成了胶皮雨靴。

早晨中京的天空一片晴朗,不知何时阴沉下来了,也许北山正在下雨吧。从城里的景象看,很有可能。京都要是没有一群优美的山丘的遮挡,说不定能看到温雪的天气呢。

千重子乘上国铁的公共汽车。

北山杉的中川北山町,运行着国铁和市营两种公交车。市营公交车到达京都市(现在扩展大了)最北的山口,然后按原路返回。国铁公交车则一直通到遥远的福井县的小浜。

小浜位于小浜湾的岸上,透过若狭湾面向日本海。

冬天里,乘公交车的人不很多。

两个搭伴的青年男子目光犀利地直盯着千重子,千重子有些不安,戴上了风帽。

"小姐,请您不要那样,不要把脸遮住。"其中一个男子用沙哑的声音说,听起来不像个青年。

"干什么? 住口!"旁边的男子说。

央求千重子的男子戴着手铐,不知犯了什么罪。旁边的男子似乎是刑警,看来,他要押解这个犯人翻过后面的山岭到某个地方去。

千重子不能摘下风帽让他们看到自己的脸孔。

车子抵达高雄。

"高雄,究竟到哪里了呀?"一个乘客问。倒不是一点也看不清楚。枫树的叶子落光了,树梢细细的枝条描画着一派冬景。

"栂尾下"停车场上,没有一辆汽车。

苗子一身劳动服,来到菩提瀑车站迎候千重子。

千重子的这身打扮,她一下子竟然没有认出来。

"小姐,欢迎您啊,这深山老林的,您还真的来啦。"

"这里哪是什么深山呀。"千重子没来得及脱手套,一把攥住苗子的双手,"真高兴啊,打夏天就没再来过。夏天那次在山林里,多亏了你啦。"

"那算什么呀。"苗子说,"哎,可也是,那时候,要是朝咱俩头上砸下个雷来,真不知会怎么样呢。不过,就算那样,我还是很开心……"

"苗子,"千重子一边走,一边说,"你打来电话,肯定是有什么特别的事吧。你还是先告诉我什么事儿,让我放下心来,才好慢慢聊啊。"

"……"苗子穿着劳动服,头上顶着手巾。

"什么事情呀?"千重子又问了一遍。

"是这么回事儿,秀男说,他想和我结婚,因此……"苗子摇晃了一下身子,随即抓住千重子。

千重子一把抱住就要跌倒的苗子。

整天干活儿的苗子,身体很结实。——夏天打雷的时候,千重子只顾害怕,没有注意到这些。

苗子立即端正了姿势,她被千重子抱在怀里,心里很自在,所以也没有辞让。可以说,她是被千重子抱着走的。

抱着苗子的千重子,其间也多半是靠在苗子身上,这两个姑娘都没有感觉到这一切。

千重子没有取下风帽,她问:"苗子,那么,你是怎么回答秀男的呢?"

"回答……? 我怎么能当场就回答他呢?"

"……"

"他之前把我当成了您,虽然现在已经没有认错了,不过秀男的心底里,早已深深印上了您的影子。"

"哪有那么回事呀?"

"不,我对这点很清楚。即便没有认错人,他也是和千重子小姐的替身结婚。秀男从我身上看到了您的幻影。这是第一……"苗子说。

——千重子记得,春天郁金香盛开时节,从植物园回来,走到加茂堤时,父亲曾经对母亲说,要把秀男招来做千重子的女婿。

"第二,秀男家不是腰带织匠吗?"苗子强调说,"那么他肯定和您的店有来往,要是我也牵连在内,就会给您带来麻烦,周围的人也会觉得奇怪。这样,我就是死也无法给您赔罪啊。还不如干脆躲到山坳坳去呢……"

"你是这么看吗?"千重子摇着苗子的肩膀,"今天,我来你这里,给父亲说过了,母亲也知道。"

"……"

"你猜父亲怎么说?"千重子越说越激动,她又摇着苗子的肩膀。

"他说,苗子这孩子要是有什么苦恼和难处,就接到我们家里来吧……我取得了爸爸亲生女儿的户籍,但爸爸说,他会尽量待你好,不分你我的。他说,只我一个人,太冷清啦。"

"……"苗子摘下了手巾。

"谢谢。"她捂住了脸,"我打心里感激不尽。"然后,老大一会儿没有说话。"我呀,喏,没有一个知冷知热的人可以依靠,孤苦伶仃的,为了忘掉就拼命劳动。"

千重子安慰她说:

"关键的秀男的事儿……?"

"我不能随便地回答他。"苗子呜咽起来,她瞧着千重子。

"给我吧。"千重子接过苗子的手巾,"都哭成这样了,怎么进村
啊……"说罢,她擦擦苗子的眼角和脸颊。

"没事儿,我性格坚强,一个人干两个人的活儿。可就是爱哭。"

千重子给苗子擦过脸,苗子顺势把面孔埋在千重子怀里,反而更
加悲伤地啜泣起来了。

"你很难过吗? 苗子,感到孤独吗? 别哭啦。"千重子轻轻拍着
苗子的脊背,"你再哭,我可要走啦。"

"不行,不行。"苗子慌了神儿,她接过千重子手里自己日常用的
手巾,使劲儿擦了一下脸。

冬天里谁也看不出来,只是白眼珠儿稍稍变红了。苗子用手巾
把脸包得严严的。

两个人默默走了一阵子。

北山杉,整枝一直整到了树梢,千重子看到梢顶还留着几片残
叶,她觉得那是淡青色的冬天的花。

千重子乘着这个时候对苗子说:

"秀男亲手画的腰带图案也很好看,他织起来也很仔细,很
认真。"

"嗯,我也知道。"苗子回答,"秀男邀我去看时代祭,他对各个时
代的仪仗游行倒不怎么在意,可是对背景上御所青青的松林,还有东
山的颜色变化很感兴趣。"

"因为秀男看惯了时代祭吧……"

"不,好像不是那样。"苗子强调道。

"……"

"他说等游行完了，请我到家里去一下。"

"家？你去了秀男的家啦？"

"嗯。"

千重子有些吃惊。

"家里有两个弟弟，他还带我到后面空地看了看。说我们俩要是成亲了，就在那里盖一座小房子住，自己喜欢织什么就织什么。"

"那不是很好吗？"

"很好——？秀男和我结婚，还不是把我当成您的幻影吗？我也是个女孩子，这一点瞒不了我。"苗子又重复说道。

千重子不知所措，她茫然地走着。

那条狭窄溪谷旁边的小山沟里，洗涤杉树圆木的女人们休息了，她们围坐在一起烤火，木柴的烟雾飘散到天空。

苗子来到自家门前。说是家，其实是一座小屋。长年失修，草葺的屋顶歪斜着，高高低低。因为是山里人家，有一个小院子，随意生长的南天竹，高高的枝条上结着红红的果实。七八棵南天竹，枝干交合，绿叶纷披。

然而，这座寒碜的小屋子，可能也是千重子的家。

她们打旁边经过时，苗子的泪水已经干了。她在思忖着，这个家的底细要不要告诉千重子呢？千重子生在姥姥家，也许她没在这个家里待过。苗子还是婴儿的时候，就先后失去了父亲和母亲，就连她也记不清是否在这座小房子里住过。

幸好，千重子没怎么留意这座破烂的屋子，她只顾抬眼望着杉树林，注视着排列整齐的杉树圆木。她们经过这里时，苗子也没有再提家的事情。

高大而挺拔的树干，树梢上残留着几片叶子，千重子说那是"冬天的花",可不,那真是冬天的花啊。

多数人家的檐下和楼上,都晾晒着一排排剥了皮、洗得很干净的杉树圆木。那莹白的圆木,从根部整整齐齐地排列在一起,单从外观上就显得很美,比什么样的墙壁都好看。

山上的杉树林,树根旁的野草干枯了,那整齐的笔直而粗大的树干也很漂亮。有些地方,斑驳的树干之间,可以窥见蓝天。

"这里的冬天很美丽。"千重子说。

"是的吧?我看惯了,倒不觉得了。冬天的杉树林,叶子稍稍像芒草色一样,不是吗?"

"那多么像花呀。"

"花,那是花吗?"苗子有些出乎意料,她抬眼望望杉树林。

走了一会儿,看到一家古雅的房屋,大概是山林主的住宅,低矮的围墙,下半部嵌着木板,漆成土红色,上半部是粉墙,瓦葺的屋顶。

千重子站住了:"这房子真好。"

"小姐,我就寄居在这个家里,进去看看吧。"

"……"

"无碍的,我住在这里已经快十年啦。"苗子说。

苗子三番五次跟千重子说过,她认为秀男和自己结婚,只是把她当成是千重子的替身,更是幻影。

"替身"倒可以理解,至于"幻影",究竟指的是什么呢?——尤其是作为结婚的对象……

"苗子,你老是幻影,幻影,那么幻影是什么呀?"千重子一本正经地问道。

"……"

"幻影嘛,是无形的东西,手也摸不着。"千重子继续说,她不由涨红了脸。这个不仅是面孔而且任何一处都同自己一模一样的苗子,就要为一个男人所有了。

"对呀,幻影本来就是无形的嘛。"苗子回答,"幻影可能存在于男人的头脑里,或者心头上,也可能表现在别的方面,谁又能说得清呢?"

"……"

"苗子即使活到六十岁,幻影中的千重子小姐还是像今天这般年轻。"

苗子的话使千重子很感意外。

"你都想到哪儿去了?"

"美丽的幻影永远不会令人生厌。"

"那也不一定。"千重子鼓着勇气说了这句话。

"对于幻影,你不能踢,也不能踩,否则跌跤的是你自己。"

"唔。"千重子看到苗子也有嫉妒心,"真的有幻影吗?"

"这儿……"苗子摇晃着千重子的前胸。

"我不是幻影,我和你是孪生姐妹。"

"……"

"要是那样的话,苗子不就是和我的幽灵做姐妹吗?"

"瞧您说的,喏,我是和您这个千重子小姐做姐妹。不过,说是幻影只限于秀男一个人……"

"你想得太多啦。"千重子微微低着头,走了一会儿,"我们三个人,在一起谈谈心不好吗?"

"谈什么心? ——有时会说真心话,有时也不见得……"

"苗子啊,你疑心很重呀。"

"那倒不是,作为一个女孩子,我也有我的想法……"

"……"

"北山的雨要从周山袭来了,山上的杉树也……"

千重子抬眼望着。

"快回去吧,看样子要下雪霰啦。"

"我怕万一下雨,所以穿着雨衣来啦。"

千重子脱掉一只手套:"这只手不像是小姐的手吧?"

苗子一怔,用自己的双手包住了千重子的这只手。

时雨是在千重子毫无觉察的时候到来的,也许连住在这村里的苗子都没有留意。这雨既不是小阵雨,也不是毛毛雨。

千重子听苗子一说,随之抬眼望着周围的山峦,上面弥漫着寒冷的雨雾,山脚下的杉树林,那排列整齐的树干反而更加清晰了。

其间,一群小山雾霭缭绕,模糊一片。这雾气来自天上,自然和春雾不同。可以说,这种雾气更带有京都的韵味。

看看脚下,地上已经濡湿了。

一时,群山蒙上薄薄的灰色,似乎也被水雾包裹了。

不一会儿,溟蒙的水雾顺着山坡流淌下来,夹杂着稍许的白色,变成了雪霰。

"我们快走吧。"苗子对千重子说,因为她看到了白色的雾气。不是雪,而是雪霰,但那白色,时而消隐,时而显现。

随着时间的推移,山谷渐渐变得晦暗了,骤然冷起来。

千重子也是京都姑娘,对北山的雨并不感到稀奇。

"趁着还没有变成严寒的幻影……"苗子说。

"又是幻影……?"千重子笑了,"我穿着雨衣来啦……冬天的京都,天气多变,这雨还会停的。"

苗子仰望天空:"今天还是请回吧。"说罢,她将千重子脱掉手套的那只手,紧紧攥在自己手里。

"苗子,你真的考虑过结婚吗?"千重子问。

"只是一点点儿……"苗子回答。然后,她满怀情爱地给千重子戴上了那只手套。

这时候,千重子说:

"到我家店里来一趟吧。"

"……"

"你来吧。"

"……"

"等店员下班之后。"

"是晚上吗?"苗子吃惊地问。

"你就住在我家,反正父亲和母亲都知道你的事。"

苗子的眼睛里浮现着喜悦,但立即又犹豫了。

"就一个晚上也好,我和你一起睡。"

苗子转向路边,不让千重子看见,她偷偷地流下了眼泪。当然,千重子不会不知道。

千重子回到室町的店里,这一带市街仅仅是阴天。

"千重子,你回来得正巧,没有淋雨。"母亲阿繁说,"爸爸在里屋等你。"

千重子向父亲请安,太吉郎没等听完就赶紧问道:

"怎么样? 千重子,那姑娘怎么说?"

"哎。"

千重子不知如何回答才好。要想三言两语讲清楚,是很困难的。

"怎么样?"父亲又追问一句。

"哎。"

苗子的话,千重子自己也是有的明白,有的不明白。——实际上,秀男想跟千重子结婚,因为很难如愿便死了心,转而向酷似千重子的苗子求婚。苗子那颗少女的心灵,早已看穿了这一点。于是,她就对千重子讲了一通奇妙的"幻影论"。秀男钟情于千重子,也许是想借着苗子寻求慰藉吧? 千重子认为,这并非完全出于自己的自负。

但是，事情也许不仅如此。

千重子羞得一直红到了脖颈，她不好意思正面看着父亲。

"苗子那姑娘，只是突然一下一心想要见你吗？"父亲问。

"是的。"千重子鼓足勇气抬起头来，"苗子告诉我，大友先生家里的秀男师傅向她求婚了。"千重子的声音有些打战。

"哦？"

父亲望着千重子，沉默了一阵子，仿佛看透了什么事，但他没有说。

"是吗？她和秀男君……？大友家的秀男君嘛，很好啊。缘分真是个奇怪的东西。这也是你的关系吧？"

"爸爸，我以为，那姑娘她不会和秀男结婚。"

"哦，为什么？"

"……"

"为什么呢？我看很好嘛……"

"不是不好，爸爸您还记得吧，您在植物园说过，要把秀男招为女婿。这件事那姑娘也听说了。"

"哎？那怎么办呢？"

"还有，秀男是织匠，他家和我们店总会有些生意上的来往。她对这个也很在乎。"

父亲心中一震，陷入沉思。

"爸爸，就叫那姑娘到我们家米，住一个晚上吧。千重子求您啦。"

"当然可以。那又算什么……我不是说过，把她接到咱家来也行吗？"

"她决不会来的。就住一个晚上……"

父亲温存地看看千重子。

听到母亲打开挡雨窗的声响。

"爸爸,我去帮妈妈一把。"千重子站起来。

小雨暗暗,落在屋瓦上。父亲依然坐着不动。

水木龙助、真一两兄弟的父亲,请太吉郎在圆山公园的左阿弥吃晚饭。冬季日短,坐在高高的客厅里,可以看到满城明丽的灯火。天空灰暗,没有晚霞。除却灯光,城里也是这种颜色,这种灰暗正是京都的冬的颜色。

龙助的父亲作为室町一家大批发商的老板,生意做得很红火,为人刚强而富有毅力。可是今天似乎有些难言之隐。他总是犹疑不定,东拉西扯,净说些无关紧要的话磨时间。

"说实话……"借着酒劲儿,他终于要谈正经的了。平时有些优柔寡断,一味沉醉于厌世情绪之中的太吉郎,倒是猜中了几分水木的意图。

"说实话……"水木又支支吾吾了,"您家小姐有没有给您讲过龙助的鲁莽行为?"

"啊,我呀,自己虽然不争气。但龙助君的一番好意,我很清楚。"

"是吗?"水木一下子放松下来,"那孩子很像我年轻的时候,说一不二,谁也别想强使他改变。真叫人头疼……"

"我倒认为很难得。"

"是吗? 您这么一说,我倒放心啦。"水木真的吐了口气,"请多包涵。"他郑重地行了礼。

太吉郎的店尽管已经走下坡路,但同行业的年轻人前来帮忙,这本身就是一种耻辱。如果说是见习,从两家店的资格来说,应该是相反。

"我倒是很感谢他……"太吉郎说,"贵店若没有龙助君,不是也很难办吗……?"

"哪儿话,龙助他仅仅知道一点儿生意上的事,他不是很内行。不过,我这个当父亲的,觉得他做事还挺干练的……"

"是啊,他到我们店来,一下子坐到主管面前,神情严肃,把人吓一跳啊。"

"他就是那么个脾气。"水木说,接着,又喝了一阵子闷酒。

"佐田先生。"

"哎。"

"要是龙助能到贵店帮忙,即便不是每天都去,他弟弟真一也会渐渐能干起来,我也就轻松多啦。真一这孩子性情温顺,至今龙助还老拿他开玩笑,说他是什么'稚儿'。这是他最讨厌的事……因为他从前坐过祇园祭的彩车。"

"他生得挺讨人喜欢的,和我们家千重子从小一块儿长大……"

"说到千重子呀……"水木又一下子不吭声了。

"那个,千重子呀……"水木又重复起来,简直是怒气冲冲地叫道:

"您说,这姑娘怎么就出落得那么俊呢?"

"这可不是我们做父母有什么本领,她天生就那模样儿。"太吉郎很直率地说。

"我想您也看出来了,您的店和我们的店性质差不多,龙助他想到你们店做帮手,其实呀,说到底还是想待在千重子小姐身边,哪怕半小时或一小时的。"

太吉郎点点头。水木擦擦额头,这额头和龙助长得一样。"那孩子虽说不成体统,可是很会干活儿。我决没有勉强的意思,我想万一有那么一天,千重子那丫头说不定看上我们龙助了,别怪我不要脸,请务必收他做个养老女婿,成吗?那我就把他过继给您……"说着,他低头行礼。

"过继……?"太吉郎大吃一惊,"一个大批发商的未来的老
板……"

"那也不是人生中的什么幸福。这阵子,我一看到龙助就有这
个想法。"

"你的愿望当然很好,不过,这件事情还得看这两个年轻人心里
的想法如何。"太吉郎避开水木的话锋,说了句,"千重子,她是个
弃儿。"

"弃儿又怎么了?"水木应道,"好吧,我的话,是想让您心里留个
底儿。那么,龙助去贵店的事,就这样说定啦?"

"行啊。"

"谢谢,实在感谢。"水木乐不可支,喝酒的样子也变了。

第二天一早,龙助就来到太吉郎店里,把主管和店员召集到一
起,实行盘货。——漆染绸①、白绸、刺绣绉绸、特级绉绸、绫子、强力
绉绸、铭仙绸、罩衫、振袖和服、中袖和服、窄袖和服、金襕缎、缎子、高
级印染、礼服、腰带、衬里、和服小件儿……

龙助只是瞧了一眼,没有开口。主管因为前次领教过,见到龙助
有些打怵,竟没敢抬头。

尽管挽留龙助留下,他还是晚饭前回了家。

晚上,苗子"咚咚"地敲格子门,这声音只有千重子听到了。

"哎呀,苗子! 天黑以后外头很冷,你来得真好啊!"

"……"

"星星也出来啦。"

"噢,千重子小姐,我对您父母怎么打招呼呀?"

"我跟他们都说过了,就说是苗子好啦。"千重子挽住苗子的肩
膀,向里屋边走边说,"吃饭了没有?"

---

① 漆染绸:以生漆绘制花纹的印染技法,或于和服衣裾上用白漆描画雪花。

"我在外面吃了寿司啦,不饿。"

苗子有些拘谨,看到这么一个和自家女儿一模一样的姑娘,千重子的父母惊得一句话也说不出来。

"千重子,到里院楼上去吧,你们两个好好聊聊吧。"还是母亲阿繁想得周到。

千重子拉着苗子的手,走过逼仄的廊缘,登上里院的二楼,点上暖炉。

"苗子,过来一下。"她把苗子叫到穿衣镜前照着,仔细瞧着两人的长相。

"真像!"千重子心头一热,左右交换着站,"活像一个模子刻的,呀!"

"本来就是双胞胎嘛。"苗子说。

"人假如都是双胞胎,那可怎么办呢?"

"那成天认错人,应该很伤脑筋吧。"苗子后退一步,眼睛湿润了,"人的命运真难捉摸。"

千重子也退到苗子身边,使劲儿摇晃着苗子的两个肩膀。

"苗子,就在我们这里住下吧,行吗?父亲母亲也都这么说过……我一个人太孤单啦……当然,我不知道住在杉树山上有多么快乐。"

苗子有点站不稳当,稍微摇晃了一下,随之坐下来了。接着,她摇摇头。在她摇头的时候,眼泪就要滴落在膝盖上了。

"小姐,现在,我们的生活不同,教养也不一样了。我在这室町也住不习惯呀。我只是一次,就这么一次,到您家店里来,让您看看您送我的和服……再说,您也去过两次杉树山里看望过我。"

"……"

"小姐,我们的父母丢掉的婴儿,就是小姐您哪。那时候,我什么也不知道啊。"

"那些事我都全忘掉啦。"千重子坦率地说,"对我来说,已经不再想有过那样的父母了。"

"父母他们,我想恐怕也受到了报应……我当时也是个婴儿,请您原谅吧。"

"这件事情,苗子又有什么责任和罪过呢?"

"虽说没有,正像从前我跟你说过的,苗子我不愿意影响您的幸福,哪怕一分一毫。"苗子低声地说,"我想干脆消失算啦。"

"胡说,怎么会那样……"千重子声音大起来,"我总感到有点不公平……苗子,你觉得很不幸吗?"

"不是,我只感到孤独。"

"也许幸运都是短暂的,而孤独则是长久的,对吗?"千重子说,"躺下来慢慢说吧。"千重子从壁橱里拿出了被褥。

苗子一边帮着理床,一边倾听屋顶上的声音,说:"幸福就是这个样子吧。"

千重子看见苗子聚精会神地听着,问道:

"这是时雨? 雪霰? 还是雨加雪呢?"她自己也停下手来。

"这个嘛,也许是淡雪吧?"

"雪……?"

"静静的,不像是大雪,这是真正的淡雪啊。"

"唔。"

"山村里时常下这种淡雪。在我们劳动的时候,谁也没有在意,杉树叶子就变成了白花,冬季里干瘦的树木,细细的枝条上一片银白。"苗子说,"煞是好看。"

"……"

"有时候会马上停下来,有时又变成雪霰,也有时变成雨……"

"打开挡雨窗看看好吗？就知道究竟是什么了。"千重子向窗边走去，苗子将她抱住，"算啦，太冷，会感到幻灭的。"

"又是幻、幻的，苗子很喜欢用这个字儿。"

"幻……？"

苗子姣好的脸蛋儿鞭然一笑，含着一丝淡淡的哀愁。

千重子开始铺被褥，苗子慌忙说道：

"千重子小姐，让我为您铺一次床吧。"

两张床铺紧挨在一起，千重子悄悄钻进苗子的被窝里了。

"啊，苗子，真暖和呀。"

"也许是干的活儿不同，住的地方也……"

苗子紧紧抱住千重子。

"这样的夜晚会很冷的。"苗子似乎一向耐冷，"微雪飘飘地下着，飘一阵子，停一阵子，再飘一阵子……今晚上……"

"……"

听动静，父亲太吉郎和阿繁，一起上楼进了隔壁的房间。年纪大了，他们床上铺着电热毯。

苗子凑到千重子耳边小声地说：

"千重子小姐的床已经热啦，苗子到旁边的床上去。"

母亲将隔扇打开一条细缝儿，瞅瞅两个姑娘的寝室。这是其后的事了。

第二天早晨，苗子很早起来了，她摇醒千重子说："小姐，这是我一生的幸福。趁着人家看不见，我要回去啦。"

正如昨晚苗子所说的，夜里，微雪确实下下停停，眼下依然在零星地飘落。这是个寒冷的早晨。

千重子坐起来："苗子，没带雨衣吧？等一下。"她把自己最心爱的天鹅绒大衣、折叠伞，还有高齿木屐，一并送给了苗子。

"这些是我送你的。下回再来啊。"

　　苗子摇摇头。千重子抓住土红的格子门,好大一会儿,目送苗子远去。苗子一直没有回头。微雪稍稍飘落在千重子额前的头发上,立即消融了。城市依然在沉睡。

后　记

　　《古都》连载于一九六一年十月八日至一九六二年一月二十三日《朝日新闻》，计一○七回。小矶良平氏插图。

　　由于我自始至终都不能如期交稿，给报社造成很大麻烦。小矶氏似乎在绘制插图的全过程中，都未看到过我的原稿。然而，将《古都》改编为话剧并且搬上舞台的川口松太郎氏告诉我，他认为插图很好，还想拿到明治剧场里展出。鉴于有好多插图是对小说背景发生地的素描，所以我也很想将这些插图收入这本书中。

　　封面上东山魁夷氏的"冬之花"（北山杉），是一九六一年为祝贺我获得文化勋章而画的。"冬之花"这一主题，是依照《古都》最终章的标题绘制的，画的是文章里提到的北山杉。一九六二年二月，东山夫妇将这幅画带到了我所入住的东大病院冲中内科病房。我每天在病房里观赏这幅画，随着即将到来的春光渐渐明朗，画中北山杉的绿色也变得明丽起来了。——如今，东山氏正在北欧旅行，我未经他允许，就请人将"冬之花"冠于卷头了。我本来就有这样的打算，想将这幅画作为我的异常之作《古都》的一种救赎纳入书中……

　　《古都》完稿后十天光景，我便住进了冲中内科。多年来一直服用的安眠药，打从写作《古都》之前起就吃得昏天黑地，本来很早前

447

就想摆脱药物的毒害,某日趁着《古都》完稿之机,突然将安眠药停止了。不料立即发生剧烈的药物戒断反应,被送进东大病院。住院后十多天人事不省。其间,又染上了肺炎和肾盂炎,我自己却浑然不晓。

而且,我在写作《古都》期间的各种记忆多半都失去了,真可怕!我不记得《古都》写了些什么,实在想不起来了。我每天都吃安眠药,不论是写作《古都》之前还是写作期间。我沉迷于安眠药里,挥笔于朦胧状态。莫非是安眠药叫我写作的吗?这就是我把《古都》看作"我的异常之作"的缘由。

因而,我不想再读它,心里深感不安。我一直拖延看校样,甚至要不要出版也犯起了犹豫。此时,川口松太郎氏计划着要将《古都》亲自改编为戏剧,借助他对这部作品寄予的同情和慰藉,我着手开始校稿了。果然颇为奇异,很多地方都不合常理。校对时虽然大都改正,但行文混乱、笔调狂纵,这些反而可视为这部作品的特色之处,原样不动地保留下来。校对固然很费心力,但是,《古都》多少有异于我的其他作品,说不定是得益于安眠药的缘故。

使得这部书面目一新的是京都方言,我请京都人士校改了一遍。我看到整体的会话都做了细致周到的订正,深感是一项非凡的艰辛的劳动,尤其是第一难点京都方言获得改善,我就放心多了。但有的地方并未按照我的喜好加以修正。

报上连载期间,我在《朝日新闻》"PR 版"①上拜读了京都新村出②先生题为《古都爱赏》的文章,令我喜出望外。还有,给我写信的

---

① PR 版:public relations 的缩写,即宣传、广告版。

② 新村出(Shinmura Izuru,1876—1967):日本语言学家,京都大学教授。积极引入欧洲语言理论,致力于日本语言学、国语学的确立。尤其对国语史及其语源、外来语、南蛮文化进行多方面考证,业绩辉煌。荣获文化勋章。著有《东方语言史丛考》,编有《广辞苑》等。

读者多半是老人,这对我来说也非常难得。

对小说而言,作者的"后记"之类,本属蛇足,但《古都》这本书对报载的内容做了充分改订,还是稍加说明为宜。

一九六二年六月十四日

译　后　记

　　《古都》最初连载于《朝日新闻》一九六一年十月至一九六二年一月,一九六二年六月由新潮社出版发行。

　　《古都》小说的舞台是京都,这是谁都知道的。

　　在我眼里,京都是日本历史的缩影,文化艺术的博物馆。

　　一如去伊豆,我也同样去过京都多次。去伊豆是为了缅怀川端康成,深入体察川端文学的悠远妙味;访京都则是为了走进历史,考察过去,亲身体验往昔日本的一呼一吸。

　　一次一次地来来回回,都使我流连忘返,一遍遍地阅读《古都》之作,则使我更加了解京都,了解日本文化艺术。

　　作者在本书的后记中,诉说了自己当时的身体与精神状态,由于长期服用安眠药致使引起药物戒断症状。因而,这部小说是在非正常状态中完成的,应该称为"我的异常之作"。这或许是作者写作心态的真实感触,并非罕见,但我不想也没有能力探究作家当时的精神境况和真实心理,抑或作家本人也是朦朦胧胧、无法说清楚吧。作为读者和译者,我且随着故事情节一步步进入这块"壶中天地",领略一下作者笔下的古都风情罢了。

　　全书一共九节,没有序号,川端小说大都如此,字数在中长篇之间,有节无序,每节大约在八千至一万汉字左右。

　　《古都》构思精巧,情节随着一对孪生姊妹出生、失散,到后来的相互约见与寻找,带动城里城外两个家庭、亲友之间的互动与联络,自然推衍发展下来,好似一幅绘卷,无数美景随着文字在眼前逐渐展开;又如一条彩练,连缀着金银珠宝,璀璨闪光。其中,写到的"年中行事"(全年间的节日庆典)就有赏樱、葵祭、鞍马伐竹会、祇园祭、大文字、时代祭、北野舞……涉及的场所与当地风物有平安神宫、嵯峨、锦街、西阵、御室仁和寺、青莲院、北山杉、圆山公园等。

情节是载体,风物是乘客,阅读《古都》如观看小河淌水,只有微波潺潺,没有浪涛汹涌。悠悠流动,安然平静。

作者在后记中说道:

使得这部书面目一新的是京都方言,我请京都人士校改了一遍。我看到整体的会话都做了细致周到的订正,深感是一项非凡的艰辛的劳动,尤其是第一难点京都方言获得改善,我就放心多了。

作者"放心"的地方,正是译者感到困难和颇为"担心"之处,因为我对京都方言一窍不通,大凡经过"京都人士"改制的"普通话",我必须再请"京都人士"一一改回来。所幸,家住宇治市的自由撰稿人柴田美纪女史给予了热情协助。说起来,那已经是十多年前的事了。如今,值此新书出版之际,特向柴田女史深表谢意。

译　者

二〇一一年六月初稿

二〇二二年六月校改于

栀子花开时节

附录

川端康成简谱

明治三十二年（1899）

六月十四日，生于大阪市北区此花町医师川端家，父亲荣吉，母亲 GEN，长子，上边有比他大四岁的长姊芳子。

明治三十四年（1901）两岁

一月十七日，父亲死于肺病。

明治三十五年（1902）三岁

一月十日，母亲亦死于肺病，康成遂由祖父三八郎（大正三年改名康筹）、祖母 KANE 领养于原籍地大阪府三导郡丰川村大字宿久庄字东村（今茨木市宿久庄）。川端家族世世代代担当本村的"庄屋"（村长），大地主。然而，后来祖父将家产抛散精光，一时离开村子。康成母亲死后，祖父祖母又回到昔日村内，建造更小宅邸而居，养育幼孙。姊芳子寄养于姨族儿女婚家，大阪府东成郡鲶江村蒲生的素封秋冈之家。康成姨父乃众议院议员，母死留有遗金，为川端一族老小生活费之来源。

明治三十九年（1906）七岁

四月，进入丰川普通高小读书，九月九日，祖母 KANE 去世（67岁）。

明治四十五年·大正元年（1912）十三岁

三月,高小六年级毕业。四月,以第一名优异成绩考入大阪府立茨木中学,早晚徒步往返六公里走读。遂使生来虚弱的身子受到锻炼。

大正三年(1914)十五岁(初中三年级学生)

五月二十五日,祖父死去(73岁),写作《十六岁日记》。八月,被领养于母亲娘家大地主黑田家。

大正四年(1915)十六岁

三月开始住校,立志当作家。向《文章世界》等杂志投稿,皆无反应。

大正五年(1916)十七岁

相继于当地《京阪新报》连载《H中尉》等习作。四月,任学生宿舍舍长,为低班生小笠原义人所友爱。此种体验后来写入《少年》(1948)一作。秋,同祖父一起生活过的故宅被出售给川端岩次郎。

大正六年(1917)十八岁

三月,茨木中学毕业。赴东京寄寓于母亲亲戚家里,准备投考第一高等学校(简称"一高")文科。九月进入乙类(英语)学习。

大正七年(1918)十九岁

十月末,到伊豆旅行。偶遇江湖艺人,同行途中。获得十四岁舞女之好意与温情。

大正八年(1919)二十岁

六月于校友会杂志发表小说《千代》。其后,去本乡元町埃拉西咖啡屋,会见名曰"千代"的少女(本名伊藤初代),随之与学友经常出入于该家咖啡屋。

大正九年(1920)二十一岁

九月,进入东京帝国大学文学部英文科。秋,与石浜金作、铃木彦次郎、今东光等人创立同人杂志《新思潮》,结识菊池宽,长期受其恩顾。

大正十年（1921）二十二岁

二月，第六次新思潮创刊，二号（四月）刊出《招魂祭一景》，引起注目。四号（七月）刊载《油》。十月，往访十六岁的初代，签署婚约。一月之后，初代毁约。以后康成经数度努力，终未成功。

大正十一年（1922）二十三岁

六月，转入国文科。带着失恋的悲痛，住在汤岛，著文记述当年同舞女和小笠原初遇之情景。

大正十二年（1923）二十四岁

一月，加入菊池宽所创立的《文艺春秋》，为同人。开始写作有关"千代"的《南方之火》。（《新思潮》，七月）。九月一日，关东大地震。

大正十三年（1924）二十五岁

三月，东京帝国大学文学科毕业。十月，与横光利一、片冈铁兵、今东光等共同创办同人杂志《文艺时代》。千叶龟雄称这一流派的出现为"新感觉派的诞生"（《世纪》，十一月），此后，人们渐渐以此名呼之。

大正十四年（1925）二十六岁

《新进作家的新倾向解说》（刊载于《文艺时代》，一月）。《十七岁日记》（《文艺春秋》，八九月），后改为《十六岁日记》发表。这一年几乎都住在伊豆。

大正十五年·昭和元年（1926）二十七岁

《伊豆的舞女》（《文艺时代》，一二月）。四月，住在市谷左内町，与留守的松林秀（夫人秀子）开始一起生活。和横光利一等结成新感觉派电影联盟。六月，出版处女作品集《感情装饰》（金星堂）。

昭和二年（1927）二十八岁

在汤岛疗养的梶井基次郎经常去汤本馆看望川端康成，帮助校对作品集《伊豆的舞女》（金星堂三月）。四月，去东京参加横光利一结婚典礼。此后一直未回汤岛,入住于杉并区马桥。五月,《文艺时代》终刊。最初报纸连载小说《海的火祭》,连载于《中外商业新报八月至十月》。十二月,租住热海小泽的鸟尾子爵别庄,至翌年春。

昭和三年(1928)二十九岁

无产阶级文学隆盛,结交片冈铁兵等众多左倾势力。当局加强镇压左翼人士,林房雄、村山知义等一时寄居于川端之处。五月,移居大森。附近宇野千代夫妇、萩原朔太郎、广津和郎群集,交际频繁。开始爱好养犬。

昭和四年(1929)三十岁

九月,移居上野樱町。往返于浅草,为写作《浅草红团》取材,发表于《东京朝日新闻》十二月至二月。十月,加入堀辰雄主编的《文学》杂志同人集团。

昭和五年(1930)三十一岁

加入中村武罗夫等十三人俱乐部,同新兴艺术派新人交往。为倡导新心理主义,横光利一写作《机械》(《改造》,九月),川端写作《针和玻璃和雾》(《文学时代》,十一月)《水晶幻想》(《改造》,翌年一月)。

昭和六年(1931)三十二岁

九月,"九一八"事变。说服奉舞蹈家梅园龙子脱离浅草喜剧团,劝其学习西洋舞蹈音乐及英语等。十二月,同秀子订婚。

昭和七年(1932)三十三岁

三月,千代(婚后为樱井初代)拜访川端家。创作《致父母的信》《抒情歌》《化妆和口哨》等。

昭和八年(1933)三十四岁

二月,《伊豆的舞女》首次拍制电影(田中绢代主演)。无产阶级作家小林多喜二遭虐杀。写作《禽兽》《临终的眼》等。

昭和九年(1934)三十五岁

六月,初访越后汤泽,十二月再访。《雪国》执笔。

昭和十年(1935)三十六岁

以《暮景中的镜子》为起始,《雪国》各章连载于各个报纸杂志。一月,担任芥川文学奖铨衡委员。同被遗漏的太宰治往来交信。十二月,听林房雄劝,迁居镰仓。

昭和十一年(1936)三十七岁

向《文学界》推荐北条民雄《生命的初夜》,震动文坛。夏,赴轻井泽,开始关注信州。

昭和十二年(1937)三十八岁

七月,《雪国》(创元社,六月)荣获文艺恳话会奖。战争开始,写作《牧歌》,以信州为舞台,描写战争时代社会百相。九月,购买轻井泽别墅。

昭和十三年(1938)三十九岁

《川端康成选集》(九卷,改造社)。观看本因坊秀哉退隐比赛,于《东京日日新闻》连载观战纪实。后来,据此创作《名人》。

昭和十五年(1940)四十一岁

《爱的人们》(副题《母亲的初恋》)《逝去的人》《年暮》等九篇,相继发表于《妇人公论》。

昭和十八年(1943)四十四岁

三月,领养表兄黑田秀孝三女麻纱子为养女。创作《故园》,发表于《文艺》六月至翌年一月。四月,为梅园龙子做媒,并出席婚礼。

昭和十九年(1944)四十五岁

战争激烈时期,亲近《源氏物语》和中世文学等等典籍。

昭和二十年(1945)四十六岁

四月,作为海军报道班成员,采访鹿儿岛鹿屋海军航空队特攻基地,停驻月余。五月,同久米正雄、小林秀雄等开办租书屋"镰仓文库"。八月,日本投降,二战结束。镰仓文库改为大同造纸工厂旗下的大同出版社。

昭和二十一年(1946)四十七岁

一月,接待三岛由纪夫来访。推荐《香烟》发表于《人间》杂志六月号。十月,转居于镰仓长谷二六四番地,终生居于此地。

昭和二十三年(1948)四十九岁

五月,《川端康成全集》(十六卷本),新潮社出版。六月,任日本笔会第四届会长。十二月,完结版《雪国》,创元社出版。

昭和二十四年(1949)五十岁

《千羽鹤》《山音》等相继问世。这年,镰仓文库倒闭。

昭和二十五年(1950)五十一岁

二月,《天授之子》发表于《文学界》,十二月,《舞姬》连载于《朝日新闻》。

昭和二十六年(1951)五十二岁

八月,《名人》连载于《新潮》杂志。

昭和二十八年(1953)五十四岁

四月,《波千鸟》连载于《小说新潮》。十一月,当选为艺术院会员。

昭和二十九年(1954)五十五岁

一月至十二月,《湖》连载于《新潮》;五月,《东京人》连载于《北海道新闻》等。

昭和三十一年(1956)五十七岁

英译《雪国》在美国出版。三月,《身为女人》连载于《朝日新闻》。

昭和三十二年(1957)五十八年

三月,与松冈洋子一起赴欧,出席国际笔会执行委员会会议。九月,主持召开第二十九届国际笔会东京大会。事前为筹措资金四方奔波。

昭和三十三年(1958)五十九岁

二月,当选为国际笔会副会长。十一月至翌年四月,因胆结石住院。

昭和三十五年(1960)六十一岁

《睡美人》,一月至翌年十一月,连载于《新潮》杂志。

昭和三十六年(1961)六十二岁

《美丽与哀愁》,一月至后年十月,连载于《妇人公论》。《古都》,十月至翌年一月,连载于《朝日新闻》。十一月,荣获文化勋章。

昭和三十七年(1962)六十三岁

二月,因停服睡眠药出现异常而住院。六月,《古都》由新潮社出版。十月,当选为保卫世界和平七人委员会委员。

昭和三十八年(1963)六十四岁

四月,财团法人日本近代文学馆成立,任监事。《一只胳膊》,八月至翌年一月,连载于《新潮》。

昭和三十九年(1964)六十五岁

《蒲公英》,六月至昭和四十三年十月,连载于《新潮》。

昭和四十年(1965)六十六岁

四月起一年间,NHK播送连续电视剧《玉响》。十月,辞去日本笔会会长职务,由芹泽光治良接任。

昭和四十三年(1968)六十九岁

七月,担任今东光参议院议员选举委员会事务局长。十月,作为日本人,首次荣获诺贝尔文学奖。十二月应邀前往斯德哥尔摩出席授奖式。会上发表演讲《我在美丽的日本——序说》。

昭和四十五年(1970)七十一岁

十一月二十五日,三岛由纪夫剖腹自杀时曾赶到现场。

昭和四十六年(1971)七十二岁

一月,担任三岛葬仪委员会委员长。

昭和四十七年(1972)七十三岁

三月,因阑尾炎而住院。四月十六日,于逗子马丽娜公寓含煤气管自杀。十月,财团法人川端康成纪念会成立。

昭和五十六年(1981)

为纪念川端康成逝世十周年,新潮社出版新版《川端康成全集》(三十五卷,增补两卷,凡三十七卷)。

(二〇二〇年夏据羽鸟彻哉所编年谱并参阅其他诸家作成)

雪国

ユキグニ